中国现代文学馆青年批评家丛书

丛书主编 吴义勤

李振 著

时代的尴尬

北京大学出版社
PEKING UNIVERSITY PRESS

图书在版编目(CIP)数据

时代的尴尬 / 李振著. —北京：北京大学出版社，2017.7
(中国现代文学馆青年批评家丛书)
ISBN 978-7-301-27759-1

Ⅰ.①时… Ⅱ.①李… Ⅲ.①中国文学 – 当代文学 – 文学评论 Ⅳ.① I206.7

中国版本图书馆 CIP 数据核字(2016)第 277625 号

书　　名	时代的尴尬 SHIDAI DE GANGA
著作责任者	李　振　著
责 任 编 辑	黄敏劼
标 准 书 号	ISBN 978-7-301-27759-1
出 版 发 行	北京大学出版社
地　　址	北京市海淀区成府路 205 号　100871
网　　址	http://www.pup.cn　新浪微博:@北京大学出版社 @培文图书
电 子 信 箱	pkupw@qq.com
电　　话	邮购部 62752015　发行部 62750672　编辑部 62750112
印 刷 者	三河市国新印装有限公司
经 销 者	新华书店 660 毫米 ×960 毫米　16 开本　19.25 印张　238 千字 2017 年 7 月第 1 版　2017 年 7 月第 1 次印刷
定　　价	46.00 元

未经许可，不得以任何方式复制或抄袭本书之部分或全部内容。
版权所有，侵权必究
举报电话：010-62752024　电子信箱：fd@pup.pku.edu.cn
图书如有印装质量问题，请与出版部联系，电话：010-62756370

目 录

丛书总序　　吴义勤 3
自序：伟大的传统与时代的尴尬　　5

第一辑

苏区文艺的组织化过程　　3
割裂之痛：1940年代延安的保育困境　　27
骚动与规训："半公家人"的家庭内外
　　——以《夜》和《乡长夫妇》为例　　38
"当局者"的现场反思
　　——1940年代初延安文学中的"革命婚恋"　　52
从苦难书写到被动翻身
　　——1942年后延安文学的性别话语　　66
母性的让渡与异化
　　——1942年后延安文学现象之一　　80

第二辑

"文""史"断裂的起点
　　——《小二黑结婚》的叙事策略　　95
《创业史》：细节中的逻辑与常识问题　　106
《金光大道》的阶级斗争叙事　　119

《金光大道》的路线斗争问题　　130

1977—1983：文学空间再认识　　141

第三辑

"中国故事"：到底应该怎么讲？　　159

"70 后"的"文革"想象与叙述
　　——以《花街往事》和《认罪书》为例　　173

参照以及距离的长度
　　——重读《安娜·卡列尼娜》兼论当下小说　　186

艰难的"时代性"：青年作家的突围与沦陷　　198

当身体不再成为"武器"
　　——"80 后"部分女作家身体书写初探　　208

第四辑

《古典之殇》：守护乡土中国的斯文　　219

小说世界中的野心家
　　——阿乙论　　229

离开，或者死
　　——再论阿乙　　242

"像守财奴一样守住自己的往事"
　　——路内论　　255

张楚论　　268

雄心勃勃怎奈江郎才尽
　　——漫谈马原《荒唐》　　283

《琴腔》：藏不住的记忆或年代　　290

走不出的西山
　　——读王可心　　293

丛书总序

中国现代文学馆是在巴金先生倡议和一大批著名作家的响应下，于1985年正式成立的国家级文学馆，也是目前世界上规模最大的文学博物馆。中国现代文学馆的主要任务是收集、保管、整理、研究中国现当代文学书籍、期刊以及中国现当代作家的著作、手稿、译本、书信、日记、录音、录像、照片、文物等文学档案资料，为文化的薪传和文学史的建构与研究提供服务。建馆二十多年以来，经过一代代文学馆人的共同努力，中国现代文学馆的事业不断发展壮大，现已成为集文学展览馆、文学图书馆、文学档案馆以及文学理论研究、文学交流功能于一身的综合性文学博物馆，并正朝着建成具有国际影响的中国现当代文学资料中心、展览中心、交流中心和研究中心的目标迈进。

为了加快中国现代文学馆学术中心建设的步伐，中国作家协会党组决定从2011年起在中国现代文学馆设立客座研究员制度，并希望把客座研究员制度与对青年批评家的培养结合起来。因为，青年批评家的成长问题不仅是批评界内部的问题，而且是一个对于整个青年作家队伍乃至整个文学的未来都具有方向性的问题。青年评论家成长滞后，特别是代际层面上70后、80后批评家成长的滞后，曾经引起了文学界乃至全社会的普遍担忧甚至焦虑。因此，客座研究员的招聘主要面向70后、80后批评家，我们希望通过中国现代文学馆这个学术平台为青年评论家的成长创造条件。经过自主申报、专家推荐和中国现代文学馆学术委员会的严格评审，中国现代文学馆已经招聘了三期共30名青年评论家作为客座研究员。第四批客座研究员的招聘工作也已经完成。

四年多来的实践表明，客座研究员制度行之有效，令人满意。正如中国作协党组书记李冰同志在中国现代文学馆第二批客座研究员聘任仪式上的讲话中所指出的那样，青年评论家在学术上、思想上的成长和进步非常迅速。借助客座研究员这个平台，通过参加高水平的学术例会和学术会议，他们以鲜明的学术风格和学术姿态快速进入中国当代文学批评现场，关注最新的文学现象、重视同代际作家的创作，对于网络文学、类型小说、青春文学等最有活力的文学创作进行即时研究，有力地介入和参与着中国当代文学的创作实践，在对青年作家的研究及引领方面发挥了不可替代的作用。作为70后、80后批评家的代表，他们的"集体亮相"，改变了中国当代文学批评的格局和结构，带动了一批同代际优秀青年批评家的成长，标志着70后、80后青年批评家群体的崛起。鉴于客座研究员工作的良好成效和巨大社会反响，李冰书记在第一批客座研究员到期离馆时曾专门作出了"这是一件功德无量的事情，要进一步扩大规模"的批示。

为了充分展示客座研究员这一青年批评家群体的成就与风采，中国作家协会和中国现代文学馆决定推出"中国现代文学馆青年评论家丛书"，为每一位客座研究员推出一本代表其风格与水平的评论集，我们希望这套书既能成为中国当代文学批评的重要收获，又能够成为青年批评家们个人成长道路的见证。丛书第一辑8本、第二辑12本分别在2013年6月、2014年7月由北京大学出版社推出后引起了巨大反响，现在第三辑11本也即将付梓出版，我们对之同样充满期待。

是为序。

吴义勤
2016年夏于文学馆

自序：伟大的传统与时代的尴尬

屠格涅夫临终前曾给托尔斯泰写过一封信，他说："我想向你提出最后的、真诚的请求。我的朋友，回到文学活动上来吧！"弥留之际，屠格涅夫的请求诚恳而动人，却也让我们不能回避二人在"文学活动"上的分歧。在屠格涅夫看来，托尔斯泰浪费了"上天所赐"的文学天赋，而晚年托尔斯泰却将自己的文学天分视为堕落与背叛的痛苦，将严厉的目光置于文学如何在哲学和宗教层面触及人的灵魂与历史。但是，一百多年过后，这种分歧是否还在让我们为难？

我们固然可以把阅读的缘由看成一种孤独的习惯，但在很多时候，它也会变成一种强有力的参照，映射着我们自身，也映射着这个时代的文学。屠格涅夫也好，托尔斯泰也好，甚至他们的分歧本身就化为一种伟大的传统，成为我们阅读和评判的尺度。但问题是，20世纪及其之后的文学，让事情变得更加复杂也更加敏感。

发生于20世纪的那些大事件，改变的不仅仅是政治的或国家的格局，同时也是对文化以及文学传统的巨大冲击。总体上来看，20世纪是现实主义被挑战并走向溃败的世纪，但在一些国家，现实主义反而显示出一种更坚韧、更强硬的姿态。屠格涅夫与托尔斯泰的分歧其实是建立在现实主义前提之上的，但20世纪让这种分歧在一个前提消解的基础上，进一步加剧、扩大，变得越来越绝对。我们看到了列宁"党的出版物"的要求，也看到了高尔基"不合时宜的思想"；当《豪斯特·威塞尔之歌》在德国盛行，人们也记住了西格尔和他的《奥兰登堡》；伴随着政治的剧痛，帕斯捷尔纳克产出《日瓦戈医生》之后是索尔仁尼琴对"我的文学命运不是我个人的文学命运，而是千百万人的命运"的确信；即便是在英国，奥威尔写作时也不会对自己说"我得弄件艺术品出来"。

屠格涅夫和托尔斯泰所纠结的"文学活动"在并不太长的时间里发生了剧烈的变异，正如我们无法想象托尔斯泰活在20世纪会怎么样，我们同样也无法将他们的问题严丝合缝地镶嵌在这个时代。于是，相对于充满艺术魄力的表述和关乎宗教与哲学的追问，相对于那些伟大的传统，20世纪文学向我们充分地展示了一种新的时代性和属于一个时代的尴尬。

从梁启超讲欲新民、欲新道德、欲新政治、欲新宗教等等若干都要自新小说始，中国文学也变得沉重异常，一百多年的文学创作和文学研究都没跳出这个路子。问题是小说或者文学何德何能就能担起这么大责任？但要说文学可以把这些东西全部撇开，又是天方夜谭。《学衡》创刊号上梅光迪就有《评提倡新文化者》——"彼等非思想家乃诡辩家也、彼等非创造家乃模仿家也、彼等非学问家乃功名之士也、彼等非教育家乃政客也"——这样的质疑固然尖刻，却无不切中要害，新文学的努力正因与之的伴生的激进和功利才得以实现，而这本身又让它陷入尴尬之境，无法真正回应梅光迪们的质问。

当然，事情也会变本加厉，从1920年代末，中国的文学之路愈发艰难。在这里，应该被珍视的文学传统是被完全清除出去的。它开始不断地强调工具论、强调阶级性，当然也就不能与那些伟大的灵魂并置相谈。但时，如果我们充分意识到某种文学样式在一个时代当中的尴尬处境，意识它可能仅仅是一个时代尴尬的存在，似乎也就有了心平气和深入进去的可能。

从这个角度来讲，任何一种文学样式、文学面貌都有讨论的价值，像"文革文学"、延安文学,甚至之前的苏区文艺、红军文艺等等。就延安文艺来说,很多人,甚至不少学者,一提起就显示出种种偏见,认为这些政治宣传式的文艺不值一提。但这种态度其实并没有真正进入延安文艺,或者说把文艺狭隘化了。而且,除了文学性之外,文学能够给我们提供太多的东西。我始终认为,一个时代、一个国家乃至一个政党,如何对待文艺便会如何对待市场、对待法律、对待民众等等,它们之间是相通的,如果我们仅仅因为文学性的问题而把某一时期的文艺作简单化的理解,这会非常可惜。从红军文艺到延安文艺,可以说全面地展示了所谓当代文学范式的生发过程,那时候的经验可以成为今天的经验,那时候隐藏的问题,今天可能全面地暴发出来,虽然相隔近百年,但依然可以顺利对接,甚至不断重复,在这种情况下,对教训的清理就变得必要而且紧迫。当然延安时期的文学性也是很有意思的一个话题。我们去阅读那时候的小说、戏本,常常会感到惊讶。它可能很有文学性。那种质朴,那种传统的讲述方式,那些来自于文化不高的文人甚至是军人、农民的创作,带着一种粗粝而单纯的俏皮,不但它本身值得品味,而且对于我们当下文学创作中的文艺腔,也能够形成一种有效的参考。

对任何文学命题、任何文学样式的讨论如果不指向当下,终究要打些折扣。我们之所以要分清并反复强调什么是伟大的传统,什么是时代的尴尬,归根结底还是要它在当下的文学创作、文学批评中产生作用,无论其提供的是崇高的、内在的尺度还是可悲的、惨痛的教训。

第一辑

　　一般来说，中国大陆的所谓"当代文学"，是延安文学范式扩张与普及的结果，一系列重大问题都源自延安文艺。但是，延安文艺从何而来？它绝不仅仅是以"左联"为中心的左翼文艺之延续。如果离开苏区文艺，延安文艺就成了无源之河，变成了突然呈现的突兀事件。事实上，延安文艺范式的形成离不开苏区文艺的经验和蓝本，无论是为无产阶级政治服务、为工农兵服务，还是组织化、革命化、大众化的要求，都并非延安文艺的创造，而是在苏区文艺运动中早已贯彻实行的方针。

——《苏区文艺的组织化过程》

苏区文艺的组织化过程

苏区文艺曾是中国现代文学史的重要构成部分。上世纪50年代，中国现代文学学科建构的初期，从丁易的《中国现代文学史略》到刘绶松的《中国新文学史初稿》，都给予苏区文艺以重要地位。70年代末和80年代初，唐弢的《中国现代文学史》和全国各地、各院校编写的中国现代文学史教材，仍然将之作为重要内容讲述。这种情况的出现当然有其非文学的原因，50年代的中国现代文学史建构本来就不是纯粹的学术行为，文学史必须要以阶级斗争的观点为指导，首先分清敌、我、友和左、中、右，历史的叙述则须以左翼为主线，在新文学中找出可以证明并代表"无产阶级领导的、人民大众的、反帝反封建"之文学性质的力量，形成历史的发展线索。这样一来，无论五四文学中的"无产阶级领导""社会主义因素"还是30年代的"左联"和苏区文艺，往往在某种程度上被放大。因此，到了"拨乱反正"和"重写文学史"的80年代，苏区文艺逐渐淡出中国现代文学史，《中国现代文学三十年》之后，几乎少有哪本文学史还为其专设章节叙述，大多数的本子对它只字不提。这种变化固然有其历史的合理性，毕竟苏区文艺的确没有创造出足够优秀的文学作品。然而，对苏区文艺的淡化处理，却也给文学史带来了新的遗憾，造成了文学演变链条的断裂和残缺。文学史不只是优秀作家、作品的罗列，还承载着解释历史，总结经验教训的职责。因此，史家的任务并不只是选出不同历史阶段中的优秀作品,而是要理清文学发展和流变的过程:彰显优秀作家作品的成功经验固然重要,而呈现发展中的曲折翻覆,对其变化、兴衰做出解释,也是不可缺少的。从这个意义上说,对苏区文艺的舍弃和漠视与对它的尊崇和放大同样有害,这种处理方式非但不能使文学史的叙述变得清晰,更是令一些问题的来龙去脉模糊不清。

一般来说,中国大陆的所谓"当代文学",是延安文学范式扩张与普及的结果,一系列重大问题都源自延安文艺。所以,学界对延安文艺尤其是最终造就延安文艺规范和模式的延安文艺座谈会,表现出足够的重视,成果可谓层出不穷。但是,延安文艺从何而来?它绝不仅仅是以"左联"为中心的左翼文艺之延续。如果离开苏区文艺,延安文艺就成了无源之河,变成了突然呈现的突兀事件。事实上,延安文艺范式的形成离不开苏区文艺的经验和蓝本,无论是为无产阶级政治服务、为工农兵服务,还是组织化、革命化、大众化的要求,都并非延安文艺的创造,而是在苏区文艺运动中早已贯彻实行的方针。在此所要清理的,只是苏区文艺的组织化过程。

一、从"娱乐科"到"宣传股"

讨论苏区文艺,应该从红军文艺说起。

在最初阶段,红军文艺有着很强的自发性和娱乐性。当时的红军处于艰难状态,集中力量开辟根据地,反击一次又一次的"围剿",因而几乎无暇顾及文艺工作的开展。据老红军邹耕生的回忆,文艺工作确实没有进入这支初创军队的议事日程,也就没有专门的机构对部队文艺工作进行组织和领导,更没有连队俱乐部、剧团之类的组织。①

---

① 邹耕生:《红军文艺的初萌》,《中国人民解放军文艺史料选编·红军时期(上)》,北京:解放军出版社,1986年。

但是,部队的娱乐活动是普遍的,又与文艺密切相关。某个士兵在行军队伍中的哼唱,可能迅速变成一大群人的齐唱;某个士兵在闲暇时摆弄乐器,也许聚起众人聆听、应和。而且,这支部队的构成值得注意:它绝大多数成员来自于穷苦农民、破产手工业者,文化素质普遍不高,有着相近的生活习惯和审美趣味。无论是在战斗间隙的休整和放松里,还是在胜利的喜悦中,无论是行军路上,还是营房驻地,人们总是要寻求种种娱乐形式。正因为这样,群众性的文艺娱乐活动无需组织便会自发产生,成为艰苦战斗生活中不可或缺的一种调剂。在一些回忆文章中可以看到:"我们的战士来自各地,当时江西、福建、湖南的兵多,也有一些解放过来的北方省籍的战士,他们不少人会唱家乡小调、会唱戏、会耍武术,平时班里的同志互相都知道,所以要开晚会很快就凑出节目"。① 特别是战斗胜利,"召开祝捷大会的时候,都有文艺节目的演出","那些善于唱家乡小调、地方戏曲以及性格活泼、诙谐的战士,都要走到会场前面作一番表演,以烘托胜利的欢乐"。② 由此可见,小调、戏曲、歌唱、表演,是红军娱乐活动中的主要文艺形式。

1928年5月4日,为庆祝井冈山会师,红军队伍与附近一两万群众聚集于宁冈龙市镇河边一个草坪上,用竹竿、门板、木板、禾桶搭起舞台,举行了规模盛大的联欢大会,会后的文艺演出必不可少。后来有亲历者回忆了当时的情形:

> 接着开始演文娱节目,来自两军的干部战士,穿着各式各样的衣服,有的打土豪得来的长衫改成短衫穿,演出了许多短小有趣的节目。我们这些从湘南宜章僻远山区来的起义农军,怀着无比喜悦的心情,登上了主席台,大胆地表演了一

---

① 梁必业:《红军时期的文艺活动》,《中央苏区革命文化史料汇编》,南昌:江西人民出版社,1994年,第459页。
② 邹耕生:《红军文艺的初萌》,《中国人民解放军文艺史料选编·红军时期(上)》,第36页。

些节目,有宜章县委书记胡世俭的二胡独奏以及他和我哥哥彭琦表演的双簧,还有我的单人跳舞和唱歌。①

一九二八年,井冈山会师的时候,开了振奋人心的庆祝大会,许多同志自告奋勇上台唱民歌、山歌。佟罗同志是当时为数不多的女同志当中的一位,她也表演了京剧清唱,她的声音至今还留在一些老同志的心中。当游艺节目开始,她在大家的欢迎下走到会场的前面,刚唱了开头一句,就有人拿着二胡来为她伴奏。②

从这些回忆文章不难看出,红军历史上"第一个文艺晚会"依然处于自发的状态。虽然这是一次被组织起来的大型文艺活动,但是谁来演,演什么,并没有预先的设计和有目的的规划。整个晚会的推进,主要是依靠"自告奋勇",内容上也是民谣、山歌、武术、器乐、戏曲等由来自四面八方的士兵们带来的各地民间文艺,虽然规模较大,却在开展手法和艺术形态上与行军、扎营空当里的娱乐消遣并无二致。

红军文艺形态及文艺政策真正意义上的转变,开始于1928年5月4日那场晚会之后。一个重要的转折点就是红军政治部决定在士兵委员会中增设娱乐科。红军在军、团、营、连设立的士兵委员会,是发扬军队民主的产物,主要工作是参与军队日常管理、维持纪律、监督伙食、进行士兵教育等。而新设娱乐科的工作则是:"于纪念日,或每月举行工农兵联欢会,或红军纪念会,有演说,有新剧,有京剧团,有双

---

① 彭儒:《从湖南到井冈山》,井冈山革命根据地党史资料征集编研协作小组、井冈山革命博物馆编:《井冈山革命根据地(下)》,北京:中共党史资料出版社,1987年,第354页。
② 邹耕生:《红军文艺的初萌》,《中国人民解放军文艺史料选编·红军时期(上)》,第36页。

簧,有女同志跳舞,有魔术,这些多能引起士兵的快乐。"①由此开始,红军部队中的文艺工作有了领导者和组织者。不过,有一点是值得注意的:它仍然是"娱乐科",文艺活动的主要目的,是为队伍提供娱乐。在此后的一段时间里,红军的文艺活动多与娱乐科有关,文艺晚会日见频繁,出征、庆捷、会师、节日,都要组织文艺晚会。

在文艺晚会集中出现的同时,节目的内容悄然发生着改变。

首先,革命意志和革命信条在节目中突显出来。例如,1928年5月上演的化装宣传剧《打土豪》,以简短的剧情和直白的对话展开,凸显阶级矛盾和土地革命的现实。该剧选景于江西宁冈县一个土豪家里。土豪手持水烟袋,大声呵斥佃户,逼佃户交租。三个农民的独白承接式地显现他们的不满和生活的窘迫:"一年辛辛苦苦,打下的稻谷交财主";"稻谷都交给了财主,俺一家老小就饿肚";"财主真享福,不下田劳动,坐在家里收租谷"。土豪因送来的稻谷没有晒干,强迫佃农晒干再来,将阶级矛盾推向高潮。就在这时,几个红军战士上场,将土豪抓捕,带领台上台下高呼"打倒土豪劣绅""土地回老家"的口号。②这样的节目显然具有写实性,是现实生活中的"打土豪""分田地"的写照,剧情所传达的,也是比较朴素的阶级观念。

再如红五军编演的化装宣传剧《三兄弟》。剧中大哥刘工在工厂做工,二哥刘农在家务农,三弟刘兵在国民党军队当兵。后来大哥、二哥参加了工农武装,又教育三弟起义投奔红军,最后建立了"工农兵"的牢固同盟。③非常明显的是,该剧剧情以及"刘工""刘农""刘兵"的人物设置,已经更多地承载了政治观念。

---

① 《陈毅关于朱毛军的历史及其状况的报告》,《陈毅军事文选》,北京:解放军出版社,1996年,第12、13页。
② 参见汪木兰、邓家琪编:《中央苏区戏剧集》,南昌:百花洲文艺出版社,1992年,第352、353页。
③ 刘云主编:《中央苏区文化艺术史》,南昌:百花洲文艺出版社,1998年,第55、56页。

这类化装宣传剧，虽然剧情简单，语言粗糙，但与之前自发的、娱乐式的演出相比，存在着性质上的根本不同。无产阶级的革命意识，工农兵大联合的信条，在这些疏于加工的化装表演中得到了充分强调，这是娱乐科接管文艺工作之后，政治介入文艺活动的开始。

娱乐科虽然名为娱乐科，事实上却带来了政治宣传和教育对娱乐文艺活动的强势介入，改变了早期那种单纯娱乐的状况。娱乐科有计划、有组织的运作，不但使红军与当地群众的文艺活动日趋活跃，而且改变了文艺创作游离于红色政治体系之外自发性、群众性的局面。在此基础上，随着根据地的扩大和相对稳固，在这样一片特殊的区域内，红军参与主导的文艺、宣传活动，"应朝着什么方向发展，完成什么任务，遵循什么原则，采取什么方法，这一系列问题，已不仅是一个理论问题，而且是一个实践问题了"①。因此，在红军文艺生产机制中，政策性的引导和法令式的规约必将浮出水面。

其实，早在1927年至1929年间，各地出台的涉及文化、文艺工作的政策、法令并不罕见。1927年9月，江西革命委员会成立后颁布的"行动政纲"，就要求普及教育，提高民众革命文化；1928年10月，毛泽东在湘赣边界各县党委第二次代表大会上列出了湘赣特委八大宣传方法：群众大会演讲、化装演讲、组织宣传队深入群众演讲、画报、壁报、歌咏、标语、浅显宣言②；1929年7月2日，中共江西省委发出的第25号通告，要求地方政府在农村尽可能地组织新剧团，编演群众更易接受且能留下深刻印象的新剧以扩大宣传；1929年8月15日，中共闽西特委颁布的《苏维埃组织法》要求区以上苏维埃成立文化委员会，乡苏维埃设文化委员；1929年9月6日，中央湖南省委关于《湘赣边界目前工作任务决议案》提出："在各革命纪念日或政治□□□发生时，多

---

① 汪木兰：《中央苏区文化方针政策的形成与发展》，《江西师大学报》1990年第2期。
② 参见刘云主编：《中央苏区文化艺术史》，第49页。

开群众大会及游艺大会等","以工农革命的事实和豪绅阶级的罪恶编成戏曲歌谣来表演,使群众对革命以乡里[响应],而有[在]兴趣中去求得认识"①;1929年12月26日,共青团闽西特委在各县宣传科第一次联席会议上对发展新剧团进行了具体部署,要求各县组建一个新剧团。然而,因为战事紧张,加之军内及地方相当一部分人对文艺宣传工作的重要性缺乏认识,这些政令并没有得到贯彻执行。各地苏维埃政府也意识到了这一问题,例如1928年10月5日通过的《湘赣边界各县党第二次代表大会决议案》就明确指出:"过去边界各县的党,太没有注意宣传工作,妄以为只要几支枪就可以打出一个天下,不知道共产党是要在左手拿宣传单,右手拿枪弹,才可以打倒敌人的。同时在各项工作中(如组织苏维埃、暴动队、分田、组织党等工作),完全不宣传其方法和意义,只是利用军事政治势力去逼着做'不做就杀',这是一种最严重的错误。"②问题发现已久,但这一状况直到1929年底才得以改变。

1929年12月,中国共产党红军第四军第九次代表大会在福建上杭县古田召开,会议通过了毛泽东主持起草的《中国共产党红军第四军第九次代表大会决议案》,即"古田会议决议"。决议明确提出:"红军宣传工作的任务,就是扩大政治影响争取广大群众。由这个宣传任务之实现,才可以达到组织群众、武装群众、建立政权、消灭反动势力、促进革命高潮等红军的总任务。所以红军的宣传工作,是红军第一个重大工作。若忽视了这个工作就是放弃了红军的主要任务,实际上就等于帮助统治阶级剥削红军的势力。"紧接着,决议指出了红军宣传工作存在的种种不足:一是"宣传内容的缺点",二是"宣传技术的缺点"。在宣传内容上,包括没有发布具体的政纲、对城乡各类人群缺乏

---

① 井冈山革命根据地党史资料征集编研协作小组、井冈山革命博物馆编:《井冈山革命根据地(上)》,北京:中共党史资料出版社,1987年,第383页。
② 同上书,第192页。

具有针对性的宣传、没有时间性和地方性等八个方面。在宣传技术上，包括宣传队存在的问题，如宣传员缺乏，宣传员成分、素质差，以及"官兵一致地排斥宣传队"，称其为"闲杂人""卖假膏药的"；"革命歌谣简直没有"；"化装宣传完全没有"；"含有士兵娱乐和接近工农群众两个意义的俱乐部没有办起来"等十二个方面。针对以上各方面存在的问题，决议提出了具体的"纠正的路线"。其中几个重要的方面是：从理论上纠正官兵对宣传工作与宣传队的轻视；各单位按照规定人数成立宣传队并制定宣传员以及训练的具体方法；各政治部"征集并编制表现各种群众情绪的革命歌谣"。[①]"古田会议决议"明确了部队与文艺工作的关系，一方面指出文艺工作是部队建设与战斗的重要内容，关系到武装力量的扩大和政权的建立，另一方面也确立了部队对文艺工作的领导，即文艺工作要紧密围绕红军的战斗需要以及建立政权这一核心任务展开。从此，"文艺工作就是部队政治工作的一个组成部分，就是必须要有而不是可有可无的一种部队工作形式和生活形式"，"从那时起，文艺活动就广泛地表现于广大指战员和各种活动之中"。[②]

除明确红军宣传工作的重要性与开展方法之外，"古田会议决议"还细化了宣传机构在红军中的组织结构。决议要求各支队、各直属队均要增设化装宣传股，组织并指挥对群众的化装宣传；增设口头宣传股和文字宣传股，研究并指挥口头及文字的宣传技术；对于军政治部宣传科早有的艺术股，"应该充实起来"，将全军绘画人才集中于此开展工作。化装宣传股、口头宣传股、文字宣传股、艺术股的增设与扩充，是红军文化宣传工作的细分与强化，它决意改变之前泛泛地刷标语、喊口号的宣传方式，不但细分各类文艺、宣传样式，而且让军中不

[①] 相关引文参见《中国共产党第四军第九次代表大会决议案》，《毛泽东文集》第一卷，北京：人民出版社，1993年，第96—102页。

[②] 傅钟：《关于部队的文艺工作（在第一次全国文代会上的报告）》，转引自江西师范大学中文系苏区文学研究室：《江西苏区文学史》，南昌：江西人民出版社，1984年，第21页。

同类型的文艺人才各司其职、物尽其用。从"娱乐科",到"宣传股",这是一个重大的变化。这种变化首先表现在它的隶属关系。决议明确指出:"各支队宣传队,受支队政治委员指挥","直属队宣传队,受政治部宣传科长指挥","全纵队各宣传队受纵队政治部宣传科指挥","全军宣传队受军政治部宣传科指挥",宣传队的费用,"由政治部发给,须使之够用"。之前组织开展文艺活动的娱乐科,隶属于士兵委员会。所谓"士兵委员会",只是军内的群众组织,而不是权力机构。因此,它"只能对于某个建议或置问,而不能直接去干涉或处理,士委开会须有党代表参加,等于一个政治顾问的性质,在非常时期党代表可以解散士委会,或不准其开会,另诉诸士委代表会"。①经古田会议增设的各宣传股,隶属于各级政治部,不再是群众组织的文艺机构而成为红军政治工作的重要部门。

此后,文艺工作被纳入部队政治工作体系这一方针政策由第四军推广开去,在红军各部队实施,各地党委、苏维埃政府以及群众团体也从此按照部队政治工作的原则和方法部署并开展文化宣传活动。

二、从"戏管会"到"工农剧社"

1931年是中国苏维埃运动至关重要的一年,在这一年里,红军取得了第三次反围剿的胜利,中华苏维埃第一次全国代表大会召开,中华苏维埃共和国临时中央政府成立。这些重要事件的发生一方面为红军文艺的发展提供了更为稳定的环境,另一方面也对红军文艺的发展提出了更为实际和迫切的要求。

1931年9月,时任中共苏区中央局代理书记的毛泽东在江西省宁

---

① 《陈毅关于朱毛军的历史及其状况的报告》,《陈毅军事文选》,北京:解放军出版社,1996年,第11页。

都县着手筹办红军干部学校事宜。11月25日,根据中华苏维埃第一次全国代表大会的决议,红军干部学校被正式命名为"中央军事政治学校",校部设在瑞金城内夫子庙后杨家祠堂。在校政治部的领导下,由何长工亲自组建了中央军事政治学校俱乐部。俱乐部活动频繁,几乎每周都举行晚会,上演山歌、舞蹈、活报和新剧。为此,还专门成立了"戏剧管理委员会",由赵品三、伍修权、李伯钊、危拱之、蔡纫汀等任委员,专门负责戏剧的创作及演出工作。在"戏剧管理委员会"的组织下,俱乐部创作并编排了不少活报、话剧,成为了中央苏区的"戏剧活动中心"。

庆祝全苏一大召开的晚会之后,在中央军事政治学校政治部的领导下,成立了中华苏维埃共和国历史上第一个专业剧团——八一剧团。八一剧团的建立标志着红军文艺在戏剧方面有了一个专业化的组织。

1932年5月,中共中央决定成立专门的机构来领导苏维埃话剧工作。1932年6月,八一剧团成立筹备委员会,开始着手筹建全苏戏剧组织。当时参加委员会的有张爱萍、蔡乾、钟维剑、张欣、徐素容、刘通玉、危拱之、霍步青等人。新的戏剧组织从筹备到正式成立经历了半年的时间:1932年7月召开了第一次筹备会议,就全苏戏剧组织的命名进行讨论,提出的名称有"普罗""工人""八一""卢森堡"等,然后决定拟写规章草案;第二次筹备会议讨论组织名称和规章草案,并于8月初定名为工农剧社,剧社规章草案初步形成。就在这个时候,少共中央局却召开了剧社党团员及红军学校政治工作同志会议(称第一次会议),对草案进行批判,在8月17日召开的第二次会议中更是展开对所谓"托派"的斗争,取消了规章草案。9月2日召开第三次会员大会,重新制订新的规章,到10月才得以通过。12月18日,《工农剧社章程》公布,正式宣告了工农剧社的成立。[①]

[①] 参见刘云主编:《中央苏区文化艺术史》,第106页。

《工农剧社章程》共十一条二十八款,其中第二条"宗旨"明确了工农剧社戏剧活动的方向:"本社在工农红军学校政治部领导之下,以提高工农劳苦群众政治和文化的水平,宣传鼓动和动员来积极参加民族革命战争,深入土地革命,反对帝国主义进攻苏联,武装保护苏联,推翻帝国主义国民党的统治,建立苏维埃新中国,激发群众革命的热情,介绍并发扬世界无产阶级的艺术为宗旨。"①沙可夫创作的《工农剧社社歌》中唱道:"我们是工农革命的战士,艺术是我革命武器。(反复:创造工农大众的艺术,阶级斗争的工具。)为苏维埃而斗争!暴露旧社会的黑暗面,指示新社会的光明,创造题材与故事英雄,就在革命与战争,赤色革命的战士。"②

工农剧社的成立标志着红军文艺运动中心的产生,但在这里更为重要的是此后其他红军剧社和各工农剧社分社成立这一组织变化带来的红军文艺走向。

在工农剧社的影响下,红一军团重组改编了红四军直属机关原有的业余文艺演出队,建立了"战士剧社";红三军团建立的"火线剧社"在军内影响很大,而且扩展迅猛,"东方军政治部,提出在短期内,发展一千'火线社'社员的口号",实际发展社员达六七百人,"特别是第一分社,最近在舞台上的建设,实在有令人惊异的成绩,总社能演的剧本,他们也都已学会","第二分社改造后,亦有蒸蒸日上之势"③;红五军团的剧社取名"猛进剧社";总部直属队又有"铁拳剧社"……各军团纷纷建立起自己的专业文艺团体。

《工农剧社章程》第四条"组织"中关于成立分社有这样的规定:"在本社之下,可设分社,但必须经本社执行委员会及红校政治部认可

---

① 《工农剧社章程》,汪木兰、邓家琪编:《苏区文艺运动资料》,上海:上海文艺出版社,1985年,第16页。
② 沙可夫:《工农剧社社歌》,《青年实话》1933年5月21日。
③ 《东方军政治部在文化艺术上的突击》,《红星报》1933年8月13日。

后，方得成立","分社直接在本社指导之下工作，设执委七人，常委三人"。在这一规章下，各地工农剧社分社纷纷建立。1933年5月，工农剧社就已在汀州、叶坪、红校、博生、兴国和江西军区建立多个分社，社员达六七百人。① 到了1933年底，中央直辖区的兴国、于都、博生、赣县、会昌、安远、南康、上犹等县的工农剧社分社也有了显著的增长；闽浙赣省由一个工农剧社分社扩展成两个演出团和闽西新剧社；湘鄂赣省建团多达七十余；湘赣苏区建立新剧团二十个，中共湘赣省委宣传部更是专门发出通知，指示各地"必须立即组织建全起来各级工农剧社，紧张他们的工作，制订简短通俗的传单、歌曲和精巧的画报"，为工农剧社分社的建立进行了广泛动员。② 1934年3月召开的江西省第一次全省各县教育部长联系会议也专门讨论了工农剧社分社、支社的建立问题，并将其写入《江西省第一次教育会议决议案》中：

> 凡是各县俱乐部有自己组织演戏晚会能力的，都可以组织各区甚至各乡的工农剧社（支社），每一工会或机关也可以组织支社，每县的各个工农剧社支社，可以联合起来成立县的工农剧社分社，综合各支社的经验，研究部戏及化装演讲，互相交换剧本等等。这样去领导各支社工作，江西有五个县成立了这种真正有群众基础的工农剧社分社之后，就应该筹备成立工农剧社江西省分社。③

---

① 相关史料参见《工农剧社成立各地分社，蓝衫团出发大获成功》，《红色中华》1933年5月20日。
② 相关史料参见刘云主编：《中央苏区文化艺术史》，第110、137、138页；左莱、梁化群：《苏区"红色戏剧"史话》，北京：文化艺术出版社，1987年，第46页。
③ 《江西省第一次教育会议决议案》，《中央苏区革命文化史料汇编》，南昌：江西人民出版社，1994年，第114页。

后来，工农剧社又对章程进行了修改，并由教育人民委员部批准，这也就是1934年4月的《工农剧社简章》，涉及剧社组织的有以下几项：

> 四、工农剧社支社在一县范围之内如已建立三个以上时，得联合组成该县的工农剧社分社。
>
> 五、工农剧社分社在一省范围之内已建立五个以上时，得联合组成该省工农剧社省分社
>
> 六、各省分社成立后，召集各剧社代表会议（代表人数临时决定之）选举工农剧社中央总社的正式常委委员及其主任，为全苏区剧社的执行机关。
>
> 十、工农剧社各支社……收集当地材料，练习上述各种游艺，并按时将工作情形及所收集的材料报告分社。
>
> 十一、工农剧社的县分社及省分社负责指导下级剧社，供给短期剧本、指示工作方法。并按时报告中央剧社常委。
>
> 十二、工农剧社中央总社负责指导省分社编制剧本，并会同高尔基戏剧学校及中央苏维埃剧团编发戏剧运动函授讲义，在理论上及实际上领导全苏区工农剧社。①

经过修改的《工农剧社简章》更多地把规约重心放在了对剧社支社、分社、总社组织关系的梳理上。

首先是机构整合。在"简章"中，包含着对于工农剧社总社、分社、支社层层递进的严密组织关系之规定。低一级的工农剧社支社在达到一定规模时，须成立高一级的支社，而高一级支社形成指定规模后，须建成更高一级分社，最终归于工农总社的领导与指引之下。

其次是建立了严格的组织权限。"简章"明确规定，总社从理论上

---

① 《工农剧社简章》，汪木兰、邓家琪编：《苏区文艺运动资料》，第24—26页。

领导全工农剧社的活动，而分社对于剧本的编写、演出的开展权力仅限于"短期"，且要"按时"向上层即总社报告。支社没有编写剧本的权力，在文艺活动中的权限至于上级分社指导下的演练与材料搜集。因而，工农剧社总社、分社、支社有着明确的分工，从上而下进行文艺活动、文艺观念的传达指导和接受演练。

在此之前，无论是军队俱乐部，还是各地俱乐部，在实际的文艺活动中基本上是各自为政，特别是地方性的俱乐部，多由旧剧团、老戏班改组而来，保留着大量旧文艺的元素，甚至依然在演旧戏、唱老调。工农剧社从总社到分社再到支社的建立，不但整编、规划了军队俱乐部原有的文艺活动，更是在地方上深入县、乡，把整个苏区的文艺活动纳入严格意义上的红军文艺范畴。这是由红军文艺核心观念到具体剧目、编演方式在苏区自上而下的传达，而此种传达是通过专业剧团的机构整合、权限规约等组织方式实现的。

作为红军文艺在整个苏区确立其核心位置并走向成熟标志的苏维埃剧团的建立，同样遵循了以组织手段达成思想贯通的方式。中华苏维埃教育人民委员部于 1934 年 4 月专门制定颁布了《苏维埃剧团组织法》，对苏维埃剧团人员的选拔，省、县、乡及临时剧团的产生、任务、工作方式、组织权限、工作的总结与检查以及剧本的编写与演练进行了详细而严格的规定。[①] 至此，红军文艺的理念与开展方式，不仅在军内，而且在整个苏区以法规的形式实现了组织上的规范与保证。

[①] 相关史料参见《苏维埃剧团组织法》，汪木兰、邓家琪编：《苏区文艺运动资料》，第 27—30 页。

三、审查、培训与批判斗争

组织的建立与规范自然不能成为红军文艺活动的终极目的,其最终指向是红军文艺思想的确立与推广。那么在这一过程中,组织的建立与规范为之后一系列文艺措施的开展提供了坚实的传达框架与渠道保证。红军文艺作为一种在当时中国大文化框架中显出异质特性的文化样态,特别是在红军文艺机构这业已建立的组织模型内,其排他性与独立性必然要求实现对他种文艺的清理、清算和具有政治纯洁性的自我文艺组织及创作队伍的培养。

事实上,红军文艺也正是依靠组织力量推行了文艺审查与队伍培养两大措施。

为了理清红军文艺审查政策的来龙去脉,我们有必要退回到1929年中国工农红军第四军在福建古田召开的"中国共产党红四军第九次代表大会"。会上,毛泽东主持起草了《关于纠正党内错误思想的决议》,在"红军宣传工作的现状"中批评"革命歌谣简直没有",并在"纠正的路线"里提出了这样的要求:"各政治部负责,征集并编制表现各种群众情绪的革命歌词,军政治部编制委员会负督促及调查之责。"此后,《红色中华》和《青年实话》等报刊也多次发表《征求山歌小调启事》。与此同时,无论是在红军军内还是各地苏区,都有改编旧文艺进行革命宣传的先例,如1928年8月为庆祝黄洋界保卫战胜利晚会上依照京剧《空城计》改编而成的《毛泽东空山计》;中央苏区套用《五更调》的《莺花怨》、套用《哭长城》的《工农兵》、套用《十杯酒》的《地主逼债》、借用《荥阳城》唱腔的《罗伟就义》;湘鄂赣边界套用四川调的《革命伤心记》;湘赣边界套用《十二月歌》的《打败江西两只羊》、套用《二度梅》的《骂国民党歌》、套用皮腔调的《告敌方士兵歌》；赣东北苏区的温州话口白《百姓世代穷》等。① 除旧戏改编之外，还有一批套写而成的普及读物，如《工农三字经》《共产三字经》《国民党四字经》《革命山歌小调集》等。于是，在政策推动与文艺经验积累的基础上，红军乃至整个苏区形成了"旧戏新唱""旧书新说"的文艺创作模式。这一模式在红军及苏维埃的文艺宣传工作中起到了巨大作用，它隔膜较少地直接作用于红军战士和地方民众，使文艺所承载的观念、意识、政治主张相对顺畅地得以表达，正如《苏区歌谣选集》"编完以后"中所说，"我们需要运用一切旧的技巧，那些为大众所通晓的一切技巧，作为我们阶级斗争的武器"②。

但是到了1932年春夏之交，这种状况悄然发生了变化。1932年5月3日，湘鄂赣省苏维埃政府发布通知，"将各县文化部或其他各革命团体前后所编纂的一概收集，详加审查，继续翻印，未经审查者，概行禁演"；湘鄂赣省和湘赣省的工农兵苏维埃代表大会也共同提出"禁演花鼓戏"；闽浙赣省政府要求"让红色舞台取代旧舞台"；横峰县苏维埃政府明确提出，"我们要建设苏维埃的文化教育，就必然地要将阻碍着苏维埃文化教育的封建、迷信观念等障碍物全部摧毁"，彻查并禁演那些"内容不健康、宣扬色情、宣扬封建伦理和迷信思想的旧戏"。③ 然而，"让红色舞台取代旧舞台"不是喊喊口号就能实现的，它需要切实地等待新文艺作品的出现。这一问题直到工农剧社总社乃至各级支社分社建立并开始成熟编演才得以解决。

在新的文艺样式通过可靠的组织渠道建立并扩展之后，中国苏维埃临时政府开始着手对文艺工作进行管理和审查。

1933年3月12日《红色中华》发布了《工农剧社启事》：

---

① 相关史料参见刘云主编：《中央苏区文化艺术史》，第42—48页。
② 《〈革命歌谣选集〉编完以后》，《中央苏区革命文化史料汇编》，南昌：江西人民出版社，1994年，第390页。
③ 相关史料参见刘云主编：《中央苏区文化艺术史》，第147页。

本社编审委员会现已开始工作，除编著剧本、歌曲、朗诵剧诗等外，并须审查各地俱乐部现有剧本与歌曲，以便宜甄别好坏，决定取舍，望前后方俱乐部同志迅以现有剧本、歌曲邮寄红色中华社沙可夫同志收。

对文艺进行审查，是中华苏维埃文艺运动中一次自上而下的重要举动，但值得注意的是，如此重要的审查任务为什么没由级别更高、权力更大、行政色彩更浓的中央教育人民委员部承担，而是落在了工农剧社这样的专业剧团身上？

1932年6月，中央教育人民委员部成立了编审委员会，由教育人民委员部直接管辖领导，负责苏区教育图书的编纂、审定工作，同时因为中央在当时并未设立文化部，所以文化艺术类书籍的编审出版工作及相关文艺活动也由编审委员会负责。在这里，编审委员会更多地将工作置于图书的编审出版，对于苏区文艺活动有所涉及却无法进行全面、具体的监管。而且，从图书编审出版情况看，即使人手短缺，也只是把一部分事务性的出版任务分配至各县，审查和签发的权力一直集中在编审委员会手里。此时的编审委员会虽然拥有相当大的权限，却没有形成层层递进、组织明晰的管理与审查结构与渠道。事实上，1933年以前苏区的编审出版和文艺工作基本上由中央出版局和教育部直接管理，省以下地方机构无权审定。直到1933年4月，教育部才在向中央政府呈报的《省、县、区、市教育部及各级教育部委员会的暂行组织纲要》中加入了地方苏维埃编审出版机构的内容。该纲要于4月15日由中央人民委员会批准通过。依照纲要，中央苏区的江西省、福建省、闽赣省、湘赣省、闽浙赣省，先后成立了省级编审委员会，除少数重要材料需申报中央批准外，其余本省范围内的各类教材由各省编审、批准出版。

到了1933年12月，中华苏维埃共和国中央执行委员会又颁布了

《中华苏维埃共和国地方苏维埃暂行组织法（草案）》，规定省县区市级苏维埃执行委员会之下应设立教育部，教育部下设社会教育科、编审出版科：社会教育科"管理俱乐部、电影、戏园、地方报纸、书报阅览所、图书、革命博物馆、巡视讲演等"文化活动，编审科"管理普遍教育与社会教育的各种材料之编辑，审查下级教育部及私人编辑的材料，并管理出版事业"。①《中华苏维埃共和国地方苏维埃暂行组织法（草案）》的出台是继《省、县、区、市教育部及各级教育部委员会的暂行组织纲要》之后再次明确要求地方苏维埃政权设立编审机构，开始从组织上、形式上加强苏维埃新闻出版及文化教育事业的管理。

从中华苏维埃临时政府一系列有关文化教育、新闻出版的组织法案颁布实施看，中共中央已于1932年下半年明确意识到审查制度建立的紧迫性与重要性，并积极着手这套审查系统的建造。经过一年半的酝酿和筹措，这套文艺审查的组织框架才建立起来。但是，这里就出现了一个时间差的问题。苏区文艺的管理、审查显然不能因为特别编审机构的筹建而一拖再拖，况且新机构上下左右间成熟的沟通与互动也不可能随着机构的建立一蹴而就。那么在这种情况下，工农剧社这个虽然隶属于中央教育人民委员部却有着极其浓厚军队背景的专业剧团，因为一方面更加熟悉苏区文艺活动的状况，另一方面也是更为重要的一面即它已形成了覆盖全军、全苏区的组织脉络，明确了各层次间严格的组织权限，所以当仁不让地接管了全苏区文艺活动的管理与审查。直到1934年4月中央教育人民委员部颁布《教育行政纲要（修正）》对中央教育人民委员部建制进行了再次调整，将管理全苏戏曲、舞蹈、音乐、美术等活动的工作从原编审委员会中独立出来设立艺术局之后，对全苏文艺活动进行管理与审查工作的权力才开始由军队专

---

① 《中华苏维埃共和国地方苏维埃暂行组织法（草案）》，赣南师范学院、江西省教育科学研究所编：《江西苏区教育资料汇编1927—1937（二）》，1985年，第2页。

业剧团逐渐移交到政府特定机构。这一点在1934年4月的《工农剧社简章》中有了明确的反映：剧社上演戏剧，剧本需经过剧社常委会审查，但常委会并无最后审定权，因为"最后审定权属于中央教育人民委员部艺术局"①。

与此同时，文艺队伍的培训最先也是由工农剧社开展的。

1933年3月5日，工农剧社召开了第四次大会。会议检阅了过去的工作，又对之后的工作方针进行了讨论："工农剧社今后除积极转变本身工作外，并决定与各地俱乐部发生关系，经常供给剧本歌曲，并予以指示。"②会议最重要的一项决议就是提出了设立第一届训练班——蓝衫团训练班。关于此训练班的称谓从史料上看有些模糊不清，有的直称"蓝衫团"，有的称训练班，也有的称其蓝衫剧团学校。相比后来更为正规的"高尔基戏剧学校"，该团体还处于征调地方文艺工作者进行基本培训的阶段，故称训练班更为恰当。训练班自1933年3月从各地征调团员进行戏剧方面的特训。训练班由李伯钊负责，隶属于工农剧社总社，接受临时中央政府教育部的直接领导。训练班不仅有沈乙庚、王普青、魏思远、施月英、施月娥、石联星、刘月华等苏区文艺积极分子担任教员，还邀请沙可夫、胡底、钱壮飞、赵品三等苏区知名剧作家来校兼课。除戏剧相关课程的讲习和实践外，训练班还另设政治课进行政治教育。1933年9月，训练班第一批学员在经过了长达五个多月的培训后毕业，并于19日举行了毕业典礼。《红色中华》报道了毕业典礼及晚会的情况，"首先由工农剧社社长报告蓝衫团过去的工作及学习的成绩，在报告中批判地抨击了忽视政治教育的错误"，"晚上举行了晚会，对蓝衫团学生的艺术做了一个总的检阅，每个节目中都表示出蓝衫团学生有了新的成就，特别是国际歌跳舞，显

---

① 《工农剧社简章》，汪木兰、邓家琪编：《苏区文艺运动资料》，第26页。
② 《工农剧社四次大会——创造工农大众艺术的开始》，《红色中华》1933年3月9日。

示出集团主义艺术更进一步的发展"。① 从报道中"批判地抨击了忽视政治教育的错误"可以发现,虽然训练班已经开设政治课,但从培养苏维埃戏剧人才,训练各地戏剧运动骨干的层面看,政治教育进行得还远远不够。由此可见,训练班不仅是一个培训戏剧排演方法的地方,更是一种展开特别政治教育的途径,因为它关系到苏维埃文艺方向的推广,所以后者可能比前者更为重要。同时,报道中"集团主义艺术"不仅是对"国际歌跳舞"的描述,更可以将之视为对训练班集中培训、分散传播的苏维埃文艺生产方式的精准概括。这一方式被保存下去并进一步地规范化、制度化,此后"高尔基戏剧学校"的成立就是很有效的证明。

1934年2月5日,瞿秋白从上海来到瑞金就任教育部长。面对苏区的文艺工作状况,瞿秋白指出,"没有戏剧工作的骨干,就谈不到戏剧运动"。为此,他把相当一部分精力投入到苏区戏剧骨干培训中来,并且在其倡议下,蓝衫团训练班于1934年3月正式更名为"高尔基戏剧学校"。瞿秋白亲自为高尔基戏剧学校拟定了《高尔基戏剧学校简章》②,对校名、组织归属、教育宗旨、教学期间、入学资格、教育方针、设备经费以及学校行政组织进行了详细切实的规定。这成为中国最早的无产阶级艺术学校建校章程。

章程第三条"教育目的"清晰指明学校的办学旨在"栽培苏维埃戏剧运动与俱乐部、剧社、剧团的干部,养成苏维埃文艺运动的人才"。其中,除了培养人才这个核心问题外,对"俱乐部、剧社、剧团"干部培训的特别说明,包含着对苏区文艺运动组织化、渠道化的管理与养成。第六条"教育计划"乙款"教育内容"细分成"前四星期"和"后

---

① 《工农剧社蓝衫团毕业——把艺术的武器带到广大群众中去》,《红色中华》1933年9月24日。
② 《高尔基戏剧学校简章》,汪木兰、邓家琪编:《苏区文艺运动资料》,第31—33页。

十二星期"两个阶段。前四星期的教学科目包括唱歌、舞蹈、活报、文字课,大致为基本功的训练。后十二个星期实为教学重点,其中占很大比重的就是"俱乐部问题"。"俱乐部问题"又细化为"剧团工作""剧社工作""俱乐部组织"三个方面。这一大块作为一个整体,与具体的文艺创作、文艺思想、排演技术无关,着重培训的是各级别、各层次文艺团体的运作和掌控,说到底还是对文艺组织工作的特别关照。

同时,在招收规模与体制上,高尔基戏剧学校较其前身蓝衫团训练班又有了显著而富有针对性的强化。学校除扩大招收普通班,配合团中央为苏维埃剧团培养人才外,还专门开设了红军班和地方班。红军班不仅培养各军团政治部的宣传队骨干,还为军团剧社及各军队俱乐部培训组织领导人员。地方班则为县、区、乡三级工农剧社分社或支社以及各地方俱乐部提供文艺骨干特别是具有组织、领导能力的文艺干部。①

除审查之外,值得关注的还有文艺批判和思想斗争。

尤其是1933年下半年,《红色中华》接连发表文章,号召"开展文化战线上的斗争"。

> 我们应该大踏步向前开展苏维埃文化运动,应该努力创造工农自己的艺术,动员群众来彻底消灭封建残余!这次上中乡演封建戏,北郊的领导机关是要负责的,红校政艺部正在通知瑞金县委,要县委去调查和制止这些封建残余的活动!②

> (于都)县委又发动于都工农剧社(分社)到该处表演新戏,实际地和封建旧戏作肉搏的斗争,并进行侦察这次造谣欺骗

---

① 相关史料参见左莱、梁化群:《苏区"红色戏剧"史话》,北京:文化艺术出版社,1987年,第55页;另见刘云主编:《中央苏区文化艺术史》,第158页。
② 《开展文化战线上的斗争——反对瑞金演封建戏》,《红色中华》1933年9月27日。

群众的分子,在群众中把捣乱分子(豪绅地主流氓烟鬼)严格的打击与镇压下去,一般工农群众才很高兴地来看新戏。

现在这些戏子仍旧在各地流浪着,趁机在一些落后群众中传播反动意识,我们要坚决打击这些地主富农的企图,各地负责机关必须对这一问题纠正那种自由主义的态度,以为把这些戏子赶出地界就完了。而是要坚决地对这些人来一个根本解决来解散这一组织。①

批判的内容之一是打击"封建旧戏"。因为这种批判,早期推行的改编旧戏以作宣传的做法受到了冲击,从中央直辖区到各地苏维埃都由此走入排演"革命的政治的戏剧"阶段。然而,新编的革命的政治戏剧也常常要出问题,而且组织审查也容易出现疏漏,所以就需要进行批判和斗争。从苏区报刊可以发现,不少作品都间或受到公开批评。1933年,《红色中华》曾展开了一场对戏剧《谁的罪恶》的批判。《谁的罪恶》取材于非洲黑人的反抗斗争,对反抗者进行了歌颂,对帝国主义进行了控诉。该剧在1933年纪念"八一"的晚会上演出,却马上受到了严厉的批评。批评者认为这个剧本宣扬了资产阶级的"母爱",宣扬了"爱和平"的思想,是"偷运了小资产阶级和平主义的私货"②"偷运了社会民主党和小资产阶级的和平主义"③。在批评者看来,宣扬母爱,宣扬爱和平的思想,就会模糊人们的阶级意识,模糊对阶级斗争的认识,而且软化人民的斗志。在讨论中,人们强调的是列宁"用革命战争消灭帝国主义战争"的教导,最后的结论是要粉碎和平主义思想,把

---

① 《艺术领域内的阶级斗争——展开反封建旧戏的斗争》,《红色中华》1933年12月5日。
② 微明:《〈谁的罪恶〉的演出及其脚本》,《红色中华》1933年8月16日。
③ 阿伪:《提高戏剧运动到列宁的阶段》,《红色中华》1933年9月15日。

戏剧提高到列宁的教导上来。《红色中华》的编者在讨论的最后总结说，在文艺战线上开展思想斗争是必要的，文艺工作者必须努力学习马克思主义的文艺理论，才能提高创作水平。

1933年9月，蓝衫团培训班的首届学员毕业典礼，演出了哑剧《武装保护秋收》。演出后也受到了批评，批评者认为该剧"是用凄凉忧郁的伏尔加船夫的节调，配合着悲惨痛苦的动作，来表现苏区千百万的劳动农民的耕耘和收获，这不但不能表示劳动农民为自由的耕耘自己的土地而奋斗发扬着的伟大的劳动热忱，而且污蔑千百万劳动农民是过着悲苦不堪的生涯，更恰切些来说，这出戏剧的后面埋着机会主义的一支伏兵，是偷运了邓子恢机会主义的见解在舞台上表演"[①]。

由此，重视文艺斗争，对文艺作品进行批评时采取思想斗争，上纲上线，发挥作品的政治立场和政治意图，进而展开残酷的政治斗争，也是苏区文艺批评中存在的一种倾向。这种批评的作用，首先是规约文艺作品服务于一切政治运动，比如批判邓子恢的所谓机会主义等等。如果考察其政治背景，正是在这一年的7月，中共中央负责人博古曾在一次报告中严厉批评了文化战线，并且特别提到了戏剧运动，认为戏剧运动中对"偷运敌对阶级思想"[②]缺乏警觉性。那么多批评文章都讲"偷运"，原因是中央领导人在讲话中提出了这样的问题。所以，那些对于戏剧的批评，其实并没有多少批评者自己的意见，而是机械地套用上级领导人的讲话。这种风气一直延续到延安，延续到中华人民共和国成立之后的"十七年"和"文革"。

---

① 《提高我们在文艺思想上的政治警觉性——对于〈武装保护秋收〉的批判》，《红色中华》1933年10月3日。
② 阿伪：《提高戏剧运动到列宁的阶段》。

四、结语

　　从1920年代末到1930年代,在这段并不漫长却充满曲折的时间里,苏区文艺范式得以发生并走向成熟。它在中国形成了一套全新的文艺生产方法,将文艺理念通过组织的规范与运作传达并在每个支端末节建立其绝对的权威,决定着文艺的性质、目标以及具体文本叙述方式,同时还掌控着与之相关的文学批评、出版发行和奖惩办法。苏区文艺形成并确立了一个庞大的国家话语体系,不仅左右着苏区文艺的走向,而且随着红军的转移,直接构成了延安文艺的最重要内容。苏区文艺的特点非常明显,主要有三:革命化、大众化、组织化。也就是说,在内容上,必须是革命的;在形式上,必须是通俗易懂为大众所喜闻乐见的;在创作主体和艺术生产方式上,是组织化的,一切创作活动都要听从组织安排,在组织的指导和管理下生产。苏区文艺运动的实践告诉我们,当时已经确定了文艺和政治的关系,并且形成了一套文艺生产和管理的规范。后来在延安形成的那些规范,其实在中央苏区已经大致形成,到延安之后,只是发展和完善而已。如果考察延安文艺的全部来源,主要由三部分构成:以江西为中心的苏区文艺、以上海为中心的左翼文艺和延安本土的民间文艺。就组织化而言,来源显然并不在于后两者。正是当年的苏区文艺,结合并改造了以"左联"为中心的左翼文艺和延安本土的民间文艺,形成了延安文艺座谈会所确立的文艺范式,并于1949年之后在全国普遍推广开来,对中国大陆几十年的文艺状况产生了深远影响。

割裂之痛：1940年代延安的保育困境

生育、保育对20世纪三四十年代的延安有着特殊的意义。在"持久战"的准备下，保持并补充人口、鼓励生育、保护儿童便成为延安的一项基本政策，甚至成为一项具有长期性战略意义的政治任务。1938年7月4日，陕甘宁边区战时儿童保育分会在延安成立，它作为全国性儿童保育组织的一个分支机构，负责收容流亡儿童以及抗日将士的子女。1941年1月，陕甘宁边区政府颁布新的保育儿童决定，明令禁止打胎，同时强调私生子与一般儿童享有同等待遇，以此保证延安新生儿的数量①。

然而，在保证新生儿不断增加的同时，一个很现实的问题浮现出来——在大部队刚刚到达延安不久，一切工作还谈不上秩序井然，而且物质资料极度匮乏的情况下，收容起来的这些新生儿应该如何养活？由谁来养活？必需的生活供给如何保障？这一系列常规性的保育工作在当时都是很大的难题。

出于安全、教育、生活质量等多方面的考虑，一些延安的高级领导人选择将孩子送去苏联。1939年8月，刘少奇的儿子刘允斌、女儿刘爱琴，陈昌浩的儿子陈祖涛，高岗的儿子高毅，周恩来与邓颖超夫妇收养的孙炳文的女儿孙维世，陈伯达的儿子陈小达，搭乘由蒋介石派来

---

① 《陕甘宁边区政府关于保育儿童的决定》，甘肃省社会科学院历史研究室编：《陕甘宁根据地史料选辑：第1辑》，兰州：甘肃人民出版社，1981年，第80页。

的私人24座客机飞往苏联。在此之前,毛泽东的两个儿子毛岸英与毛岸青已抵达莫斯科莫尼诺儿童院。从此,这些孩子们便开始了与父母长期隔离的生活。

当然,并不是所有延安的孩子都有被送去苏联的机会,更多的母亲只得选择就近将孩子送给边区的农民抚养,而陕北农村条件的简陋让她们体验了难以诉说的痛苦与无奈。《艾青传》中,记叙了艾青夫妇将孩子送到边区农家抚养的悲剧。1941年3月,艾青的妻子韦荧在中央医院生下了他们的第一个孩子。孩子出生后,因为韦荧身体状况不佳,不得不把孩子临时寄养在附近的农户家里。一个月后,他们打算把孩子接回来,于是来到寄养孩子的农户家。当艾青夫妇推开门,发现自己的孩子竟然孤零零地被放在炕上,身边摆着一碗小米汤,碗里还趴着一只苍蝇。孩子骨瘦如柴,严重缺乏营养,身体状况很差。结果,孩子被接回后没几天就夭折了,艾青夫妇为此受了很大的刺激,他们整天枯坐在窑洞里,好长时间说不出一句话来。①

1942年正月初一到初三,延安军人俱乐部举办了一场讽刺画展,其中有张谔的作品《娜拉又回到家庭》。这幅画讽刺那些革命女性为着革命理想来到延安之后又过起了相夫教子的生活。为此,林默涵在《讽刺要击中要害》一文中评论说:"一个女同志需要结婚——其实在大多数的场合,是男同志更着急——是很自然的,结了婚除非是生理上有毛病,就免不了要生孩子,生了孩子,如果有很好的托儿所可以寄托,我相信,那些女同志决不会仍要躲在'家'里带孩子,可是现在,在物力和人力上,我们还办不出这样的托儿所来,那末,叫那些女同志不自己来带孩子又怎么办呢?"②的确,当一大批怀着革命理想的女青年来到延安,服从于"革命需要"以及身体的本能使她们在延安成为妻

---

① 参见程光炜:《艾青传》,北京:北京十月文艺出版社,1999年,第335页。
② 默涵:《讽刺要击中要害》,《解放日报》1942年2月25日。

子和母亲,但在婚、孕后却因保育的现实困难陷入了一个尴尬的境地。由于延安"公家"对儿童的抚养能力有限,有孩子的妇女都被编入母亲班强制履行抚养义务。一些怀着革命理想来到延安的女青年不甘心在逃离了旧家庭之后继续做一个全职母亲,于是,将孩子送给别人临时或永久抚养就成了她们的选择。此外,一些母亲年龄太小,根本没有抚养后代的能力,不得不把孩子送给别人;一些由于不同原因而来到延安的私生子,母亲们也会因某些顾忌将其送出。为此,她们不得不暗暗地承受着被割裂的心灵与肉体的伤痛。

这一问题很快进入了延安文学写作者的视野。

一、生母还是养母

雷加的《孩子》①是涉及保育问题较早、也是对这一问题的思考较为深入的一部作品。小说由儿童被寄养之后,两个母亲对孩子难以割舍的情感写起,反映了严酷的保育状况对生母、养母以及孩子的伤害。在小说中,似乎没有谁对谁错,所有人都是受害者——尹棠是一个年轻的母亲,因为再次怀孕,她与丈夫把第一个孩子送到40里外的农村交给一个妇人抚养。后来,妇人不满足于每月10块钱的报酬,尹棠夫妇便将孩子领了回来。但是有一天,这个妇人的突然到来让尹棠如坐针毡。作为生亲的尹棠,她以为血缘带来的情感是无法改变的,而事实却让她看到了养母两年哺育对孩子切实的影响,她开始嫉妒甚至憎恨这个为她哺育了孩子的妇人。尹棠变得刻薄起来,对孩子的养母极尽讽刺挖苦之能事。当她在孩子身上得不到被依赖、被需要的满足时,便不免要通过语言的反击来获得某种快慰。但是,对孩子她又有着深深的内疚,趴在怀里的小生命唤醒了她的母爱,让她为自己的冷酷后

---

① 雷加:《孩子》,《解放日报》1941年6月24、25日。

悔不已。她痛恨自己曾经抛弃了亲生儿子,而如今的一切在她那里仿佛成为了一种惩罚。作者将女性特有的心理状态——母性以及母性的需求受到威胁时的攻击性——细腻地表现出来。当我们已经麻木于对母爱无私付出的歌颂时,小说提示人们,母爱的付出有时是一个母亲与生俱来的需求与不可侵犯的权利,这种原始而质朴的情感,在某些特殊的历史环境因为难以得到满足而发生着变异。

对养母来说,离开孩子同样备受煎熬。《孩子》对养母的塑造无疑是小说的一个亮点。这是一个饱满而鲜活的形象:有她的愚,有她的落后,又有她的执著与真诚。她的痛苦与成就感在小说中都得以充分的展现——因为思念养子,她"一个人,并且没有骑毛驴……用一根树枝支持着她那小脚和纤细的腿走来了"。然而,等待她的却是孩子生母的冷嘲热讽。当她走进窑洞伸开双手企图拥抱那个让她牵挂的小生命时,一句"为了钱你又来了么",让人从她骤然僵住的动作、突然凝住转而抽搐的脸,感受到了她内心的刺疼。在尹棠带着孩子躲出去之后,妇人向旁观者诉说自己奶涨得要死,心里装的是对孩子难以言表的思念和牵挂:"'我自己的娃娃送人了,我奶着他,可是我来看他……'预备着她要捧头大哭,但是她只是把手旁的一根发丝搭上去,瞪起干燥的眼睛"。也许她已哭干了眼泪,也许在她心中,除却思念之外更多的是悲凉和绝望。小说以细微的动作和眼神实现了原本无法限定的感情的量化。在一开始,作者就以妇人还要加收10斤麦子为由直接指出"老百姓唯利是图的态度",加之孩子的气管炎让人很容易地想到"农夫的手,农夫的家,农夫对待孩子的那些愚昧的事情",制造了小说意在批判养母的假象。但是,当我们深入小说,看到那个小脚农妇徒步40多里只为了看看孩子;看到她宁愿去喝两口早已凝结了的剩的小米粥也要将别人送的"锅盔"留给孩子;看到她在窑洞里无休止地哭泣而在看过孩子的第二天什么也没说就早早地离开……至此,有关小说企图批判养母的猜想完全被颠覆了。作品中的这个妇人让我们相信,在10斤麦子之外还有一种真诚叫作母性,这种原本经由血缘确立的独享性的情感在某些时候也可以被真诚地分享。

但是,是什么让两个同样真诚地爱着孩子的母亲反目成仇,让原本单纯而温暖的母爱一度成为攻击与索取的代价?小说绝不是简单地将其中的某个人物当作批判的对象,它只是在陈述一个让人无可奈何的事实——母亲的爱是真诚的,然而"带着败血症的病菌";托儿所里的空气温馨而健康,但这只不过是"一个现代母亲的幸福的幻想"。特殊历史环境中的保育政策确实维持了人口资源的增长,而隐藏其背后的却是许多母亲千疮百孔的心。还有那个尚不懂事的孩子,不仅在出生不久便离开自己的母亲被送到了农村,还因为寄养环境的恶劣患上了气管炎,并且一度在两个母亲的争夺中成为一个"人质"而不是需要关爱与呵护的对象。当生母拒绝让孩子见到他依赖的养母,当养母把他置于肮脏的环境中疏于照料,有谁设身处地地考虑过他的感受与需求?在小说结尾,当孩子迷茫地张开两只小手抓向未知的空中,当尹棠抱着孩子吐出一声精疲力竭的长叹,当妇人留下的"锅盔"慢慢风干、粉碎,小说仿佛只想告诉我们,在这样一个特定的历史条件下,有些痛苦与磨难是难以逃避的。

二、被摧残的母性

与《孩子》诉说母子分离的苦楚不同,发表于《解放日报》的小说《泪》[①]将目光投向了保育院。作者尤淇当时刚从鲁艺毕业,在这篇初出茅庐的作品中,显示了他对现实问题敏锐的洞察力和强烈的人文关怀。

保育院的工作是繁重的,要一个一个地把孩子哄睡,甚至"连伸一伸胳膊的时间都没有"。而这一切,是由一个与孩子毫不相干,甚至没

---

① 尤淇:《泪》,《解放日报》1941年12月16日。

有做过母亲的女性来承担的。孩子的营养不能得到充分的保障,他们不但没有母乳,就连代替母乳的豆浆也不能按时送到。小说写到了一个瘦弱的母亲和她早产的孩子吉提:"五六年前,在这里发生过的那次残酷的战争,属于进攻的那方面的士兵们,在他们退走的时候,把一切都房走了,唯独赠予了'梅毒'这一项永远叫人忘记不了的礼物。于是,可怜的吉提,不能像琳的孩子一样有一个壮健而充溢着乳液的母亲,还要连一个干净可靠的奶妈也找不到。"虽然作者没有明确说出除了营养不良还有什么正在摧残着吉提的健康,但是结合孩子的早产、糟糕的身体状况以及母亲的虚弱,对于小说把"梅毒"和"不能像琳的孩子一样有一个壮健而充溢着乳液的母亲"放在一起来谈又应如何理解?人们自然要猜测:吉提的母亲李意纯本身是梅毒的携带者,孩子可能是先天性梅毒患者,病症造成了孩子的早产,同时又不能进行哺乳。在一般情况下,如果梅毒患者怀孕,医生会建议流产。而在当时,避孕措施极其匮乏,作为病毒的感染者无力阻止怀孕的发生,医疗条件以及生育政策的限制使得一些人宁愿把孩子生下来丢掉也拒绝去承担堕胎的风险,这也就导致了产生先天性梅毒婴儿的可能。如果这种猜测成立,那么,感染梅毒的孩子将是母亲的一种无法拒绝又无可奈何的致命伤痛。小说结尾,有一段反复出现的、近乎是作者呼喊出来的话:"是的,又要到什么时候,我们的孩子才能不受她们母亲的任何影响,而能同样地得到充分的乳液和别的营养呢?"

事实上,《解放日报》1942年1月19日"卫生版"发表的《恋爱与卫生》一文,曾对男女交往中的"花柳病"防治作了着重强调,这表明当时的媒体对梅毒之类的性病有所防范。但对于文学创作来说,无论其描述是否可以找到切实的对应史实,它只要能够引起人们对现实状况的关注,就已然实现了其回应现实的价值。问题的关键是:当一个母亲因为种种缘由不得不把孩子置于肮脏而危险的处境,就如小说中写的那样"连一个干净可靠的奶妈也找不到"时,一个母亲的爱子之心又要经受何等的摧残？小说中，作者以李意纯的平静与漠然把这种痛苦抬升到了一个极高的层面。

小说的另一可贵之处在于对保育员"我"的塑造。当成群的孩子被送进保育院，"我"这样一个原本与他们毫不相干，仅仅是被组织安排去担任保育工作的保育员，却要承受一份额外的心理负担。在保育院担任保育工作的，除了已婚妈妈之外，还有一些未婚的年轻女性，或是一些未成年的女"小鬼"。她们每天面对的是鲜活而脆弱的小生命，不自觉中便要分享孩子成长的快乐，同时，残酷的现实也让她们在保育工作中经受着本不该经受的心灵揉搓："吉提在我的胳膊里和在她母亲的怀抱里一样，她是那么的安静；因此我很可以用一只手抱着她，把她放在抖动的膝头上，然后做我自己的工作；但是当我一看见她那苍白的脸色，和她那双被沉重的疾病折磨着的小眼睛，我的心灵的安静就被强烈地掀动了……"哺育孩子原本是私密、温馨而充满幸福感、成就感的，但是这些尚未做过母亲的、未婚的年轻女性却要首先来面对保育院中那么多孩子的啼哭、吵闹，要面对他们的疾病、营养不良甚至是突如其来的夭折。她们是否已经准备好了要承受这一切，或者她们是否有能力来承受这一切？在当时的情况下，没人顾及这个问题。

三、"救救母亲！"

1942年3月8日，《解放日报》登出"纪念国际三八妇女节特刊"，以整版的篇幅对延安一段时期内的妇女问题进行了总结。除了艾青的诗《给姊妹们》之外，当日发表的其他文章都具有现实的针对性，其中包括谈扩大抗日根据地妇女团体影响力与号召力的《如何使抗日根据地的妇女团体成为更广泛的群众组织》；反映延安女性在革命工作与家庭生活中艰难抉择的《回家庭？回社会？》；女作家草明号召女性提高自我意识、掌控自己命运的《创造自己的命运》；针对延安客观存在的保育困境，曾克发出了"救救母亲"呐喊。由此可见，保育问题在1940年代初的延安是一个涉及女性权益的重大现实问题。

曾克中学时期曾因参加学生运动被勒令退学，后来经别人介绍到上海一家私立托儿所作保教员，相比延安那些临时调派的保育员，她可以称得上是专业保育人士。正是因为有这样的经历，到达延安之后，她对保育工作就有着特别的关注。当她看到理想中的革命"圣地"在保育问题上给母亲带来的种种困境时，不禁要为之大声地呼喊："一个做了母亲的人，她应当是快乐的。然而，我却看见有许多人，她们天天皱缩着眉头，仿佛在背负一个永远解脱不掉的痛苦。因此，我也听到，有许多人，她们从内心里传送出那一致的，迫切的，期待的呼声：'救救母亲呵！'"几十年过去，当我们回头再看，导致延安保育困境的直接原因在于战争环境里革命理想与母性、母职之间的矛盾。延安的革命女性具有一定的群体特质——她们来到这里，不是为了荣华富贵或者生活的安逸，而是追逐一种超越个体的精神和制度理想。所以，当参与社会工作这第一要务受到限制或威胁时，她们很容易表现出超乎其他同性别社会群体的强烈反应，因为她们来到延安的初衷及意义被消解了。为此，曾克在文章中说："她们有了孩子，她们便被一根无形的绳索缚在一个狭小的笼子中了！她们迈动不开脚步，去进取她们自己的希望。为了养育着革命的新一代，她们是愿意付出最大的牺牲与忍耐的。因此，烦恼与劳累，不能使她们发出一句怨言。只是，她们不愿意放弃为革命应尽的母性外的人性的职责。她们在矛盾中挣扎。"在此，我们应该注意到一个事实：延安并不是没有拿出解决这一问题的办法，从遍布延安的保育院就可以看到新政权对女性参与社会工作要求的支持态度。但是，实际存在的物质资料匮乏、营养不良、卫生状况令人担忧、保育员的工作经验和态度参差不齐等情况，无不牵动着母亲的心，干扰着她们繁重的工作，分散着她们有限的精力。因此，延安设立保育院的目的并没有完全实现，在支持妇女参与社会工作中也没能完全发挥其预设的功能。具有保育经验的曾克认为：保育政策本身没有问题，应该积极推动、提高的是如何改善保育条件。这一时期虽然出现了一些反映保育问题的文学作品，但像《救救母亲》这样能够提出详细的建设性意见的文章却并不多见。文章指出要建立更广泛的分区，建立一些小规模的托儿所；对于保育员，可以通过母亲们分时段、分年龄地轮流担负起保育儿童的重任，因为"一个母亲看管一个孩子所费的精力，是足以看管十个或更多的孩子的"，而那些从保育工作中部分解放出来的妇女，便可以"参与到自己所希望的学习和工作中去"。与其他作家在这一问题上讽刺、批评的姿态不同，曾克确实是在为了延安女性的现实需求以及保育工作的完善实实在在地谈问题、想办法、找出路。

然而，曾克的思路也不是没有局限。她在文章中提出："只有集体的养育，对孩子，才是最进步，最科学的办法。"的确，集体的养育，母亲的轮流看护可以在一定程度上缓解妇女被养育孩子拴住手脚而不能参与社会工作的困境，但是这种方式依然无法实现母亲通过哺育孩子获得情感上的满足，也不能解决集体保育中母亲与孩子被割裂给双方带来的心灵创伤。就延安的母亲们来说，保育与革命工作固然相互牵绊，但这两方面却不应该简单地采取一种"二选一"或"二合一"的态度和方式。无论是养育自己的骨肉还是为着革命的理想参与社会工作，都是延安女性不愿舍弃的，二者之间不存在孰前孰后、孰高孰低的区分。当时之所以会形成女性做母亲的天性被强烈的参与革命工作的愿望所遮蔽和取代的局面，是与延安过分强调革命理想、革命工作的功利性宣传以及由此形成的集体主义文化氛围与性别身份预设分不开的。

四、"引娃"的重重阻力

保育工作是繁杂而艰苦的，能否找到合适的人选也就成了其中的一个重要问题。因为能够从事保育的"公家人"实在有限，于是，一批边区妇女、农家女孩儿就进入到延安保育工作中来。然而，这一切并非一帆风顺，"为公家人引娃"也面临着重重的阻力。1940年9月16日至18日，《解放日报》连载了温馨的小说《凤仙花》。小说写了一个十二三岁的边区农家女孩儿，通过到保育院给公家"引娃"逐渐成长，最后参加八路军的故事。小说中的"我"是一个有了孩子的革命女性，为了能够从带孩子的繁杂事务中解脱出来，决定从边区农家找一个看护孩子的人。于是，小说的主人公凤儿就进入了"我"的视野。凤儿因为父亲无常的性格和打骂变得有些自闭。自从跟着"我"看孩子之后，性格渐渐开朗起来，敢跟人说话了，身体也好了，一打扮，格外精神。虽然凤儿的父亲因为她出来看孩子又打过她，骂过她，但是在"我"和青年队同志们的帮助下，她终于逃出家庭，开始了全新的生活。

显然，作家的创作主旨在于突出新政权在帮助作为边区农村弱势群体的年轻女性逃离旧家庭，走向新生活，走向革命的主导作用，但是，它同时也暴露出吸收边区农民进入延安保育工作产生的一系列矛盾。凤儿的父亲得知女儿"给公家人引娃"后，把女儿带回家，打了个半死。面对前来调解的"我"，凤儿的父亲态度强硬："同志，不劳你管咱家务事，这是咱女儿，咱女儿得由咱管"，"你同志可也没权力干涉老百姓，干涉老百姓的自由……反正咱女儿不做'公家儿'"。与同时期延安吸收大量妇女参与公家纺织、缝纫等工作带来大批农民的抵触情绪类似，动员边区农民参与保育的做法面临着相同的困境。雇佣边区农民进行保育工作，使得一些女儿离家、妻子外出，在一定程度上打破了家庭日常的生活秩序，必然造成父亲和丈夫们的反对。在此，中国旧家庭伦理秩序或是男性中心化的性别权力结构合理与否并不是问题的关键，真正应该注意的是这种家庭成员的流动所带来的公家与边区民众的现实矛盾。这就导致了吸收边区农民参与看护以缓解延安保育压力这一有效的方式面临着重重阻力，难以顺利开展。在小说的结尾，虽然"我"看准一个时机，带着凤儿逃了回来，但是，矛盾并没有真正得到解决,只是在小说的叙述中以简单的方式回避了。一个凤儿能够幸运地逃出来,成为延安的保育员,那么其他的人是否也能如此幸运?延安的保育困境是否能够因为这种幸运的"逃出"而得以全面解决?这一点,显然是作家没有进行充分考虑的。

另外,围绕"给公家人引娃"的文学重述,有关凤儿工作的细节,包括被看护的孩子的细节,都无从寻找。在作者的叙述中,那些艰苦而繁重的保育工作,被"(凤儿)默默地抱小C玩,不偷懒,不俏皮"一笔带过;那个被看护的孩子,连名字都没有,虽然在小说中反复出现,也仅仅是以"小C"这样一个简单的符号代替。由此不难发现延安大部分文学写作者对这一问题的态度:虽然保育问题是一个普遍存在而且面临重重困难的现象,但是在"新政权,迎新生"的文学叙述范式下,保育这一长期以来无法解决的社会矛盾,被革命的政治话语覆盖甚至是刻意地屏蔽掉,当然也就谈不上什么对于女性心理以及儿童福利的观照了。由此,我们应该意识到1940年代初延安保育困境的文学书写在特定历史语境下难以规避的叙述局限。

总而言之,对于延安面临的保育困境,作家们给予了充分而深入的关注,这些作品没有避讳延安在对待女性生育、保育等事务上的种种不足,但大多数作品也没能真正触及延安生育、保育问题的根本症结,即便是曾克在《救救母亲》中强调如何改善延安保育条件也是如此。在特殊历史时期,延安强化生育、集体保育的"人口生产合作化"可谓迫不得已,但这很难说是一种可行而可靠的方式,毕竟这种集体政治理想诉求下个人基本权利的被迫让渡,很难达成其所预设的"万众一心"。尽管如此,1940年代初延安文学写作者能够发现保育中的种种问题并敲响警钟,在当时已属难能可贵。

骚动与规训:"半公家人"的家庭内外
——以《夜》和《乡长夫妇》为例

对革命家庭的常规书写,似乎形成了一种特定的叙事模式:夫妻二人往往感情平淡,却能相安无事;对革命理想、政治工作的热情远胜于对家庭关系的经营;生活琐事、个人欲望被有意识地淡化。所以,革命家庭在文学中常常给人"不食人间烟火"的印象。到了1949年之后,涉及革命家庭矛盾冲突的《我们夫妇之间》更是因为一些政治上的因素受到了严厉的批判。但是,《在延安文艺座谈会上的讲话》出台之前,延安的文学写作者们却抓住了一个特殊的群体,叙写了一些生动却也沉重的故事,例如丁玲的《夜》、洪流的《乡长夫妇》等。这些故事的主人公大多游离于新政权机构和纯粹农民的边缘,是一批在封闭的乡村成长起来又参加革命工作的"半公家人"。

一、婚外情的骚动

《夜》[①]是1940年代初延安小说创作中颇具文学价值又意味深远的一篇。丁玲以其敏锐的目光捕捉到了一个其他作家未能关注或没有深

---

① 晓菡:《夜》,《解放日报》1941年6月10、11日。

入探讨的话题。

　　主人公何华明是乡里的指导员,在赵家开完会,破例被准许回家,因为他家唯一的牛将要在这两天生产了。独自回家的路上,他想到地主家粗大的女儿清子,想到了自家还荒着的好几垧地,想到了小时候为追一条麂子冲进树林而遇上豹子,想起曾带着一个小包卷入赘老婆家,还亲手埋葬了他一岁的儿子和四岁的女儿。回到家里,女人在哭,在昏黄的麻油灯下低声地诅咒自己:"你是应该死的了,你的命就是这样坏的呀!活该有这末一个老汉,吃不上穿不上是你的命嘛……"何华明心里烦得很,偷偷骂老婆是个"没有物质基础不会下蛋的老怪"。男人的沉默更让女人愤怒,她用力地捶打,大声地咒骂,使男人心生厌恶,又一次动了跟老婆离婚的念头。何华明受够了老婆的哭闹,溜下床去看他的牛,却在院子里碰上了总在夜里跟他喂牲口的侯桂英。侯桂英是隔壁青联主任的妻子,是妇联委员,丈夫比他小得多,也提出过离婚。何华明与侯桂英相互期待却又有所顾忌,最后,何华明把侯桂英从怀里推开,一夜无事却也一夜未眠。

　　在此我们不能不对丁玲的创作功力表示赞叹,她非常巧妙而精确地把握了小说人物深层的情感矛盾经由行动的外露。当何华明看着清子这个十六岁、高大而发育良好的姑娘时,心中涌出了一丝躁动:

　　　　一个很奇异的感觉,来到他心上,把他适才在会议上弄得很糊涂了的许多问题全赶走了。他似乎很高兴,跨着轻快的步子,吹起口哨来。

　　然而面对一个可望又不可及的女人,或者说是一个可以让他暂时放纵的美丽而虚无的幻想,他急于推翻自己:

　　　　他几乎说出声音来的那么自语了:

> "这妇女就是落后,连一个多月的冬学都动员不去的,活该是地主的女儿,他妈的,他赵培基有钱,把女儿当宝贝养到这样大还不嫁人……"
>
> 他有意的摇了一下头,让那留着的短发拂着他的耳壳,接着便把它抹到后脑去,像抹着一层看不见的烦人的思绪……

这些细微的动作暴露了他内心的不甘与争斗,仿佛还有一丝恐慌,将一个不满于自家老婆落后、衰老、不能生养,渴望一份温暖并使其振奋的感情,但本身又老实本分、怯懦而又有所顾忌的中年男人的微妙心理表现得淋漓尽致。这样的描写很容易引起读者的共鸣,甚至能够或多或少地触动男人的心灵。这让我们相信自己所面对的是一个有血有肉、有感情、会爱也会怕的男人,而不像纯粹的"公家人"那样是"用特殊材料制成的"党员干部。

深夜,当何华明在院子里遇到侯桂英,看到她落满月光的头发、敞开的脖子以及被牙齿轻轻咬住的嘴唇和充满期待的眼睛,他觉得"一个可怕的东西在自己身上生长出来了,他几乎要去做一件吓人的事,他可以什么都不怕的"。但是,他的冲动、突生的胆量旋即又在某种力量面前一败涂地。他推开侯桂英,头也不回地走进自己的窑洞,如释重负一般喊她的老婆:"睡吧,牛还没有养仔呢,怕要到明天。"他一夜未能入睡,像想着别人的事那样想着牛栏前的一幕。但是,面对那样一个二十三岁、热情、上进的女人,他是真的不为所动吗?他喜欢她,却又"讨厌她,恨她,有时就恨不得抓过来把她撕开把她压碎"。这一切显示了他的内心充满了对这个女人的渴望,一种意欲将之占有、蹂躏乃至摧毁的心理。这种心理显然不是出于那种"相互扶持、共同进步的革命友谊",而更多地来自一个男人的本能、肉欲、甚至是兽性。于是,当那种来自双方的期待被中止,何华明如同经历了一场惨烈的战争,像被掏空了一般瘫倒在炕上,长长地叹了一口气。

小说对人物关系的塑造让我们很容易地联想到那些早已尘封的往事。蒋巍、雪扬的《中国女子大学风云录》记录了1941年发生在延河东岸与《夜》有些类似的故事。杨家岭中央办公厅某部门的S（作者根据严昭的意愿隐去了男方的名字）接待了新来的女大学员严昭。S知识广博，谈吐文雅，工作中给严昭帮助引导，生活上对她悉心照顾。每逢周末的舞会，S也总是邀她共舞。日久生情，二人坠入爱河。但是，S已是有家室的人。S夫人跟随丈夫多年，是一个勤劳贤淑、沉默寡言的中国传统妇女。多年来，对于丈夫从事的工作她都是全身心的支持。丈夫进行秘密的革命活动，她从不过问，独自拉扯孩子，给有钱人家打些零工维持生计；丈夫被捕入狱，她曾按照地下党的指示终将丈夫营救出来；她跟着丈夫四处奔波，从未有过一句怨言。然而，S沉浸在与严昭热烈的情感中无法自拔，一方面正式向组织提请离婚，一方面不顾一切地与严昭住在了一起。S夫人面对丈夫情感的变异心灵大受创伤，含辛茹苦、熬过半生风险与动荡的她坚决不同意离婚，声称一旦离婚便会走上绝路。事情掀起轩然大波，李富春多次找严昭谈话希望她能够以革命的大局为重，贺龙也从前线回来要她拿出点勇气来把问题解决掉。最终，已有身孕的严昭决定离开延安。在此之前，她怀着难以言表的痛苦走进医院做了刮宫手术，因为条件与技术的落后，这个年仅18岁尚未为人母的女孩子便永远地失去了生育能力。当然，并不是延安所有婚外情的结局都是如此悲惨，但它确是延安众多婚姻悲剧的九牛一毛。仅在《中国女子大学风云录》一书中，就记录了吕璜与陈泊、严昭与S、萧三与甘露三桩婚外情引发的悲剧。

　　在延安，革命家庭的破裂并不是十分罕见的事情。但是，统观这一时期的文学创作，我们几乎难以发现有关此类现象的描述。即便是像丁玲这样，意识到了该问题的存在，为什么小说最后还是让何华明放弃了离婚的念头？而且，从实际情况看，革命家庭的破裂更多地发生在纯粹的"公家人"身上，而丁玲等人的作品又为何以那些有着双重身份的"半公家人"作为描写对象？在此，也就不能不提及当年延安声噪一时的交际舞热潮及其背后的故事。

"看不惯，试试看，一头汗，死了算。"这是描述在抗大、党校学习的高级将领们接受交际舞心路历程的一个顺口溜。1937年1月，史沫特莱来到延安。就是这样一位身着羊皮大衣、头戴貂皮帽、脚踩高筒马靴的外国女记者，在延安一片青灰色军装制服之间掀起了声噪一时的交际舞潮流。先前，交际舞只是高级干部聚会上的娱乐性节目，后来逐渐出现在公开举办的大型晚会上。当时被作为中共中央大礼堂的一座教堂几乎每个周末的晚上都举办舞会。之后，随着"西安事变"的和平解决，大批受过教育的女学生从上海等大城市涌入延安，随即便被邀请参加周末的交际舞会。一些打过仗、受过苦、家里还有一个黄脸婆的延安男人不免一时春心荡漾。这场看似娱乐的小插曲引起了延安革命女性的强烈反对。她们的愤怒是有原因的。交际舞直接打破了她们的安全感，这些戎马半生的革命女性习惯于依靠在革命队伍里所享有的地位和声望来获得男性的关注，但是突然有一天，她们发现这些曾经投向她们的爱慕的眼光转向了舞会上的女人。不过，愤怒又能怎样呢？舞会早已不是单纯的娱乐活动，革命女性的愤怒没能改变延安离婚率的普遍上升。

如果说交际舞热潮为延安的男人们创造了"反对封建包办婚姻"的现实机会，那么1939年4月陕甘宁边区政府颁布了《陕甘宁边区婚姻条例》则为之提供了法律上的保障。该条例依据"民权主义之根本精神与陕甘宁边区之实际情况"而制定，其中有关离婚的10项条款中便有"感情意志根本不合，无法继续同居者"[①]。同时，根据苏维埃的法令，离婚要求双方同意，但如果理由正当，即使一方反对，也可以获得

---

① 《陕甘宁边区婚姻条例》（1939年4月4日公布），《陕甘宁革命根据地史料选辑》第1辑，兰州：甘肃人民出版社，1981年，第40、41页。

批准。① 诚然，这项法令确实让许多妇女逃脱了旧婚姻的桎梏，但是，又有谁知道这项法令使得多少妇女在"理由正当"的"法"的掩盖下被无情地抛弃？

这一切现实的悲剧都在丁玲笔下变为一种戏剧化的文学重述。在这一过程中，丁玲亮出了自己的评判标准，塑造了一个模棱两可的人物，同时在情节的架构上设置了一个理想化的，更确切地说应该是弹性化的结尾，在很大程度上模糊甚至是解构了现实的惨痛。毕竟从小说情节与现实状况对比来看，何华明的老婆可谓幸甚，何华明堪称善哉。

二、被遮蔽的家庭诉求

何华明的老婆扮演了一个可怜的角色，她甚至连名字都没有。她早年嫁给何华明，也许因为饥荒或是其他什么原因，带着男人投奔娘家。那时她虽然已三十二岁，却依然能让自己的男人无法从记忆中"搜出一个难看的印象"。但如今，她已成了一个秃顶、黄发、满脸皱纹的黄脸婆。她曾经为丈夫生下一男一女，儿子在一岁的时候夭折，女儿四岁也死去了，之后却被丈夫骂作没有"物质基础"的老怪，"牛还会养仔，她是个什么东西，一个不会下蛋的母鸡"。自从丈夫做了乡里的指导员，家里的活计便都由她一个扛着。她身体不好，"总是'难活'，连一点忙都不帮，草也是我铡的，牛要生仔，也不管"，她想要一个靠山，要稍稍安适的生活，但丈夫总是在外面忙碌，于是她骂他不顾家，他骂她拖后腿，两人像是有了解不开的仇。之后她越是哭闹，丈夫越是厌恶，最后也只能在昏暗的麻油灯下冲着丈夫的脊梁诅咒自己。作者对这一人物充满了同情：这个年老色衰的女人，无论怎样也抓不住丈夫的心，丈夫冷漠的鄙夷让她无法寻到她所向往的安适生活。一个

---

① 参见 [美] 尼姆·威尔斯：《续西行漫记》，北京：解放军文艺出版社，2002年，第271页。

新的时代必定为它那些饱受"旧婚姻"之苦的功臣们撑腰,他们可以有无数个侯桂英甚至是无数个清子等在那里,乡长不就是在年下娶进了一个只有十五岁还长得很漂亮的妻子么?但是,这个苍老的女人呢?她可以再嫁吗?她的膝下连个儿女都没有,她又将何去何从呢?丁玲把一连串的问题摆在读者面前。

除却肉身的衰老,政治上的落后也促成了何华明妻子的悲剧。"落后"一词在延安成了拥有绝对权威并渗透到生活每一个角落的评判标准。因为"落后",一个人便可以被他人任意地嘲讽、谩骂,受到鄙夷与轻薄;因为"落后",一个妻子便可以被理所当然地抛弃,而"批判者"则可以获得其实与"落后"与否全然无关的肉身与情感的满足。正如刘绍信在《〈夜〉及〈夜〉的阴影》一文中所说,"女性的衰老,性感魅力的衰退则是一种为男性世界所鄙夷的落后","生理欲望的需求"被冠以时代普遍认同的新名词,"说得明白一点,是落后于何华明等干部的性爱要求"。[①]

与《夜》类似,1941年10月3日《解放日报》发表的洪流的《乡长夫妇》同样反映了边区家庭关系。小说以一个男性的视角展开,在乡长冯春生的思想变化中触及边区家庭中革命斗争、男性欲望相互纠缠对女性诉求的全面覆盖,可谓从男性角度考察延安时期女性处境和婚姻状况的又一珍贵文本。

小说一开始,乡长冯春生又被支部书记叫去谈话了。书记批评他对工作懈怠,提醒他不要步富农朱金富老头子的后尘。但是,他思来想去觉得自己没有一天忘记革命。那么,是什么让他变成了今天的样子呢?他想到了自己的女人。

女人很健壮,"能像一头母牛那样到地头去劳动"。每当冯春生看着这个身体健壮的女人流着汗,头发被风吹起来,一张圆脸上的眼睛

[①] 刘绍信:《〈夜〉及〈夜〉的阴影——丁玲小说〈夜〉的重读》,《当代作家评论》2001年第4期。

分外诱人,他就会"想到自己的幸福",身上便会涌起一股兴致,跟女人暗暗较劲似地作务庄稼。与此相关,他对乡政府的工作逐渐怠惰下来。受支书批评之后,他愈想愈不安,觉得支书的意见是对的,他在不知不觉中被女人引上了一条错误的道路,对革命不忠了。于是他想到离婚,觉得应该离开这个让他"离开革命"的"坏女人"。但是,当他想起女人肚子里的小孩,想起她健壮的身体,还有女人带来的两头大公牛,一匹马,一头驴,瞬间觉得"好像有一大捆麻绳束缚了他的身子"。

矛盾的激化源自边区的借粮。边区向乡里借粮,冯春生主动借出自己家里的四石存粮,但是女人说什么也不同意。她不但偷偷藏起了冯春生放在枕头下的借粮文件,还以自己的生活和肚子里的孩子为由,摇晃着男人的肩膀哭闹起来。最后冯春生忍无可忍,气青了脸,话也说不清了:"我——我——我们离婚。"

在这里,值得注意的是女人的身世。小说在开头交代说,"延安城门开了……自己早已分到羊,分到土地,窑洞什么都有了,自己又想起女人来"。之后他被一个女人看上,也就是现在的老婆。冯春生的老婆本来是一个有钱的寡妇,原来的男人做过白军,早早地死掉了。为了这样的身世,冯春生娶亲之前特意跑到区上讨论过。后来区上说"反革命的是她的汉子,不是她"——这句话既说服了别人,也说服了自己,于是他放心大胆地把女人娶回了家。在这样的背景下,冯春生的女人仿佛更像革命的战利品而不是一个有独立人格的妻子。她带给他的是一种占有的快感,是一份胜利者虚荣心的满足。娶妻生子对冯春生来说,不过是一个占领者享受胜利果实罢了。因此,当这个战利品不利于继续革命的时候,他心生厌恶,甚至不惜把怀了自己孩子的女人骂作"脏东西"也就不足为怪了。

小说中"离婚"的原因简单而不容置疑——女人政治上的落后。而所谓"落后",不外乎是她一心忙于自家的农活,以及藏了冯春生的文件,阻止丈夫借粮给公家。这一切成了她有碍于革命的事实。作为一个代表革命的进步乡长,他与女人的离婚也就意味着革命者与自给自足"单干"道路的决裂。但是,如果从一个女性的角度来看,冯春生的女人难道真就犯了什么不可饶恕的罪过吗?在身份上,一个白军的老婆,纵然男人死得早,在边区也必定受尽了别人的非议与白眼;在生活上,一个孤苦伶仃的女人,要维持生计,操持农活,即便有钱有牲口,也甚是不易。而后时来运转嫁给了乡长,不但脱掉了"反革命女人"的帽子,而且有了一个身强力壮做农活的好把式,又怀了孩子,于是她精打细算渴望过两天舒心的日子——她拼命地打着谷子,小心地护着怀了猪娃的母猪;做饭的时候记得抽出没烧尽的大柴禾,因为"柴要卖二毛一斤了";她听到男人借了四石粮食气得把木盘摔得老远,因为她惦记肚子里的娃娃,"他会出来向你做大的要吃的"。这恐怕是一个吃过苦、受过难,好不容易过上好日子的女人正常而基本的要求,为即将降生的孩子备口吃的对母亲来说也是完全可以理解的。但是,这些起码的家庭生活需求在冯春生那里都成了妨碍革命、拉他下水的证据。作为革命实践主体的男性主人公成为女性需要绝对服从的对象。于是,女性在这里最终变成被男性革命者挑选而自身并无选择权利的存在。小说所呈现的,正是延安男性革命者现实生活与革命理想的分裂,以及在所谓新家庭结构中,革命话语对女性身体和生活诉求的统摄。

三、"半公家人"的身份内涵

两篇小说中,"半公家人"式的人物形象可谓内涵丰富。"半公家人"是一批在农村成长起来的地方干部。他们虽然有着一个干部的身份,并且努力地工作,却因为"没住过学,不识字"而感到"村乡上的工作的确繁难",常常"被很多艰深的政治问题弄得很辛苦"。同时,他们在骨子里又是地地道道的农民，耕作庄稼让地里有个好收成对他们来说比开会更有吸引力，他们只有在庄稼地里才能如鱼得水，一切才会变得自然而然。在思想上，他们虽然接受了新政权的教育，但是"一切以革命为中心"在他们身上却难以实现，他们有着自己的小算盘，担心着自家地里的收成，在情感和男女关系上，也多受原始而朴素的观念支配。所以，他们在干部和农民双重身份之间的游离其实为文学创作留出了空间。

《乡长夫妇》中的冯春生是真心忠于革命的，但女人又是那样地对他有着一种难以抗拒的吸引。这种吸引不仅仅来自肉体，更重要的是她仿佛给他带来了另一种生活，这种生活能够让他感到幸福。但这又让他想起被斗争了的富农，让他意识到自己处于危险的边缘，于是那个曾经让他满意的女人成了他内心对革命不忠的罪恶感的来源。他把自己疏于工作的责任统统算到了自家女人头上："她是一头野兔子，能够引动人的野兔子。糟了，糟了，她引我到漆黑的山洞里去了。"他又想起女人常常在被头里劝他的话："四十不豪，五十不富，六十岁只好穿条烂裤子！我们还指望着养几个胖娃娃呢。"

小说展现了冯春生的思想斗争：

> 他觉得和他女人之间有一根看不见的麻绳给捆住了。她是很有魅力的；但是别一种力量——革命——在吸引他。他想起了富农朱金富。他记得曾经和同志们一起斗争过朱金富的九十块苏区票的舞弊案，说朱金富参加革命不忠实，尽是家庭观念；可是现在他自己呢？

正是冯春生这样一个后来成长起来的革命干部，一个地地道道的"半公家人"，才使得他有了在个人利益、个人情感与革命工作、革命道德之间徘徊的可能。这为情节的发展提供了一个重要契机。"半公家人"成长于乡村的背景使其更贴近农民,因而对自家的地荒了很久的担心远胜过乡里会议的情绪可以理解,而且在现实生活中也能找到真实的例证。他们半路革命的经历也很难令其"一心一意"。所谓旧思想的烙印、个人私利、原始的生命冲动都会时不时地冲破革命的行为以及道德规范。它合乎思维发展的逻辑,也合乎人之常情。更重要的是,对于这种需要改造、有待提高的"半公家人",无论在现实生活还是文学创作中,他们的所作所为、思想波动,都被人们给予了更大的宽容。所以,"半公家人"在文学叙述中的游离与"不彻底",才是小说矛盾冲突的根源。

在丁玲的《夜》中,"半公家人"这一文学形象的设定有着更为微妙的意义和内涵。《夜》的创作绝非空穴来风,它是作者对延安一系列情感纠葛所带来的现实悲剧的文学重述。在这种重述中,丁玲自然表达了自己的态度。小说的主人公何华明虽然动了离婚的念头,但作者最后还是让他回到了自己妻子身边。作为一个经历了新文化运动暴风骤雨洗礼的作家,"启蒙社会,教化国民"的意识已经不可避免地在她灵魂深处留下了烙印,至少在1942年之前还没有被完全铲除。所以,回到发妻身旁这样一个结尾不能不说是作者有意制造出的一个文学创作的现实指向,它似乎是要告诉那些内心骚动着的男人们,抛弃含辛茹苦如今却青春不再的妻子终究是一件不好的事情。那么,在创作中,丁玲为什么没有塑造一个现实针对性更强的离了婚的革命者形象而选择了"半公家人"?

这里需要特别注意的是,何华明是以怎样的理由拒绝侯桂英的:"不行的,侯桂英,你快要做议员了,咱们都是干部,要受批评的。"长期以来对这篇小说的解读是个人情感与革命工作的冲突,是一种新的道德观念去压抑情感和克服思想矛盾的斗争。但是,当我们真正进入人物的内心,或者是进入小说人物的情境,便会发现这种拒绝并非出自所谓新的革命道德。换言之,如果何华明不是一个革命干部,他就一定会坦然接受侯桂英的感情吗？同样不能。虽然借着夜色的笼罩让他这样一个长年面对长自己十二岁、"不能满足他""引不起他丝毫的兴趣"的黄脸婆的男人一时燃起了体内的激情，但是，根本上压倒他的是一种道义上的恐惧。在他心里，一个有妇之夫与一个有夫之妇的感情纠葛是可耻的，其间的审判者是最基本的家庭观与伦理观。他无力冲破这种无形的规则而给自己的感情、欲望以及倾慕自己的女人一个交代。于是，"咱们都是干部，要受批评的"便成了一个有力的借口。如果这还不足以说明问题，那么在何华明是否离婚的决定中，之前的判断可以进一步得到证实。也许别人可以以老婆"落后""不能适应革命需要"堂而皇之地换一个年轻漂亮、积极上进又有文化的妻子，或者背着老婆甚至不背着老婆与"革命的妇女主任"搅在一起。但是，何华明毕竟是何华明，一个老实本分的农民，无论他是不是革命干部，都无法承受抛弃发妻的心理压力。在他的头脑中，抛弃为他烧了那么多年饭、曾为他生下过一儿一女的妻子终究是一件不仁不义的事情。于是，他盘算着"把几垧地给了她……这窑，这锅灶，这碗碗盏盏全给她……她有土地，家具，她可以抚养个儿子"，试图换来心理与道义上的平衡。但是，这种物质的补偿到底不能消除他心里的歉疚："这老家伙终是不成的，好，就让她烧烧饭吧。闹离婚印象不好。"何华明始终在以一些外来的理由欺骗自己，从咒骂清子落后到拒绝侯桂英，再到放弃离婚，虽然心里想"这老家伙终是不成的"，但我们相信他到最后也抛弃不了自己早已厌恶的妻子，因为他有自己的一套准则，一种最简单、最朴素的良心的判定。而这，主要是来自于生活的日常伦理或是一个本分的农民无法摆脱的善恶报应观念，与革命的道德未必有多少关联。

小说里的侯桂英也是一个"半公家人"。她是旧婚姻的牺牲品，丈夫比自己小着很多，两人之间没有感情。她曾试图提出离婚，但是作为妇联会的委员，作为将被提名进入参议会的候选人，她选择了沉默。

然而，当她面对何华明这样一个年纪相仿的革命干部，一个可以在全乡人面前说笑，谈问题，做报告，还在村民选举大会的时候跳秧歌舞，唱迷糊的"全乡的人所最熟稔和欢迎的嗓子"时，她动心了，甚至企图从他那里获得一种救赎。于是，她总是眯起眼睛冲何华明笑，夜里何华明起来喂牲口的时候她也会跟来，她希望这个令她着迷的男人能够给她安慰。但是，当何华明推开她头也不回地走开时，她的希望与幸福便又一次落空。在这篇小说中，侯桂英身上依然存有当年莎菲女士的影子：那丝因感情纠葛而产生的心理波动，那样一颗成熟的年轻女人因男性魅力而被轻易搅动的心灵，以及那种在道德准则、感情需求与身体欲望的冲突与纠缠面前难以避免的困境。这一切都让我们在阅读中难以将之与"革命圣地"相联系。在相貌上，侯桂英那眯起的长眼，月光下露出的脖子，轻轻咬住的嘴唇，分明是作者在用力地描绘着一个成年女性的妩媚与诱惑；而在行动上，那种直接扑入自己喜欢的男人怀抱的方式，更是反映着侯桂英情感与欲望的热烈。这一切，都与后来那些剪着齐耳短发、穿着旧军装、说话做事雷厉风行的"公家"女干部相去甚远。

  作为一个具有很强政治敏感性的作家，丁玲已经意识到了在创作中讨论某些现实问题的尴尬。一方面，对于延安在一段时间里离婚率攀升，一些年老色衰的女性被抛弃，她忍不住地要进行批判，这一点从同时期丁玲的其他作品中也可得到印证。但另一方面，丁玲也不愿意将这些问题坐实，以致人们产生对号入座的想法，毕竟讽刺高级干部，批评新政权的种种不足，在延安文学创作整体的革命功利氛围中是刺眼而不受欢迎的。所以，丁玲选择了"半公家人"。他们的干部身份既能为一些现实问题敲响警钟，又能借助其成长于地方、明显带有农民的"落后"，来避免对一些问题的评判与新政权的光辉形象发生直接的碰撞。冯雪峰曾说这篇小说"可以作为作者对于人民大众的斗争和意识改造及成长的记录，也可以作为作者自己的意识改造及成长的记录",① 作者自己的意识改造透过"半公家人"这种人物形象的设计暴露无遗。有研究者认为,丁玲在1942年6月所作的《文艺界对王实味应有的态度及反省》标志着她由一个"文学家"向"政治家"的转变。但是,在《夜》这篇小说中,丁玲塑造"半公家人"所显露出的政治上的姿态与创作思路,其实已经彰显了她由"文学家"到"政治家"转变的开始。

《夜》和《乡长夫妇》为人们提供了另外一种阅读历史的视野,展示了1940年代革命婚姻鲜为人知的生动而沉重的一面。这些创作虽然很难说具有多少明确的批判意识,但是,它的存在却与1942年《在延安文艺座谈会上的讲话》出台之后文学创作中的革命婚姻形成了强烈的对比。这使我们不得不再次反思座谈会后文学创作中的种种问题:探讨功利性文学创作中多样人性的尴尬处境;考量有关历史的文学重述潜在的规则及其背后的思想来源;探究一代知识分子自觉转变或是被改造过程中的那些微妙心理和那份艰难与无力。

---

① 冯雪峰:《从〈梦珂〉到〈夜〉》,《中国作家》1948年第1期。

"当局者"的现场反思
——1940年代初延安文学中的"革命婚恋"

1920年代末出现于左翼文学阵营中的"革命"加"恋爱"创作模式,为革命的婚恋罩上了一个闪亮的光环。时至今日,我们在文学作品中还能见到"革命的爱情分外浪漫"这样的语句。然而,1940年代初延安实际的恋爱状况却耐人寻味。1938年前后,延安革命队伍中的男女比例为30:1;1941年前后为18:1。到了1944年初,虽然男女比例失调的压力稍有缓解,但依然高达8:1。[①] 如此悬殊的两性比例,一方面给延安革命队伍中的人们解决婚恋问题造成了现实的困难,另一方面也因而滋生了一些不太光彩的事情。值得一提的是,当时已有一批从事文化工作的先行者注意到这并不"浪漫"的现实,在文学写作中融入了对"革命婚恋"的质询。

一、有关"上层路线"

1942年2月15日,延安美协在军人俱乐部举办讽刺画展,展出漫画家张谔、华君武、蔡若虹的七十余幅画作。由于参观画展的人数众多,遂将展览移至作家俱乐部和南门外,时间持续到2月21日。这些

---

① 参见朱鸿召:《延安文人》,广州:广东人民出版社,2001年,第88页。

画作涉及延安生活中存在的种种不良现象,例如主观主义、教条主义、党八股、官僚作风、畸形婚恋观等。对此,漫画作者坦言:"我们已经看到了新社会的美丽和光明,但也看到部分的丑恶和黑暗,这些丑恶和黑暗是从旧的社会中、旧的思想意识中带过来的渣滓,它附着在新的社会上而且腐蚀着新的社会。"①其中,一幅题为《首长路线》的漫画颇引人注意。画中,两个女子在路上聊天,其中一个说:"哦!她,一个科长就嫁啦?"意在讽刺一些来到延安的年轻女性"谁的官大就嫁谁"的现象。在林默涵专为延安讽刺画展撰写的《讽刺要击中要害》②一文中,对华君武的"路线问题"表达了不同的看法。林默涵认为,所谓"上层路线"并非女青年爱攀高枝,而是"一些人利用了自己的某种方便来吸引女同志","这样的人才更加卑劣,更加值得讽刺"。

其实,"上层路线"并非华、林二人所说的那么绝对。所谓"上层路线",更是一种个人需求与组织"包办"的对接。一个孤身前往延安的女青年想嫁个好丈夫,寻求坚实的依靠,这本身无可厚非。在那个战火纷飞的年代,在物资匮乏的延安,作为女性理想的依靠,革命干部当然是首选,其次是知识分子,毕竟这些人在生活上受到一定的优待。而从组织的角度看,为那些出生入死、立下战功的将军、干部解决个人问题,也是顺理成章。事实上,在相当长的一段时间里,革命队伍里的婚姻往往受到组织的约束。比如当时军人、干部的结婚条件有"二五八团"和"三五八团"之说。二五八团,即年龄二十五周岁,军(干)龄八年,团职;三五八团,即男女双方有一方为团职以上干部,双方均为党员且党龄三年以上,双方年龄之和为五十岁。当然,这些规定并没有形成严格的组织文件,各地、各部门可能自行拟定一些规则,在执行中也往往比较宽松。例如当时驻守米脂的八路军三五九旅就规定红

---

① 华君武、张谔、蔡若虹:《讽刺画展的"作家自白"》,《解放日报》1942年2月15日。
② 默涵:《讽刺要击中要害》,《解放日报》1942年2月25日。

军时期入伍的连以上干部、抗战时期入伍的团以上干部，凡是28岁以上的即可被批准结婚。[①] 所以，"上层路线"的问题关键在于个人或组织以什么样的方式来满足当事人的要求：是本着双方平等自愿的原则，还是强行指派甚至是逼婚。

在小说创作中，就"上层路线"进行反思的，首屈一指当是马加的《间隔》[②]。与队伍走散的县救国会女干事杨芬，在山中碰到了带队与敌人遭遇的支队长。杨芬的出现让支队长又惊又喜，"他被她那红晕脸蛋出现的纯朴美丽所迷惑住了，惊战得不知所措"。然而，面对女人这样一种"稀缺资源"，支队长的第一反应便是要将其像一个珍贵的物件那样收藏、占有："他的两只小眼睛频频的闪着光，表示着无限的愉快，似乎他在打扫战场时意外地发现了希（稀）罕的胜利品。"支队长把杨芬带回了队伍的宿营地，"显示了露骨的亲密把她从马上抱下来，拍去了她身上的尘土"，并大献殷勤地让特务员给她端去了洗脚水。在支队部里，小勤务员的眼神让杨芬感到不安和烦躁；原本坐在一旁的政治部主任也悄悄地溜走了；支队长否决了她离开队部的要求，坚持她留下来做文化娱乐工作，并以特定的话语表达了自己的意图，这一切都让她尴尬而愤怒。

杨芬的恋人周琳的到来似乎可以扭转局面，但是，他的猜疑打破了杨芬的希望。周琳的懦弱让她"绝望而又憎恨"，他的痛苦同样刺痛着她的心。渐渐地，杨芬"带着一种恐惧的感觉来认出了自己的处境"，她的周围全都是想使她陷入某种设计好的境遇中去的人——表面上大家对她都很好，但是没有人能了解她，仿佛都罩着"一层虚伪的薄膜"。终于，支队长道出了请求组织批准与杨芬结婚的想法，这让杨芬措手

[①] 参见朱鸿召：《1937—1947：延安日常生活中的历史》，桂林：广西师范大学出版社，2007年，第243页。

[②] 马加：《间隔》，《解放日报》1942年12月15、16日。

不及,哭叫着瘫倒在桌子上。这时候,支队长依然没有忘记他的教条:"第一点,你和我结婚你会进步,二点……"紧接着,参谋长和政治部主任找她谈话,给她东西吃,在政治上进行说服。但到最后,她还是拒绝了。她的拒绝让支队长把怨气全部撒到了周琳身上,以为这是他不能得到杨芬的障碍所在。实际上,杨芬一直不能接受支队长,"她不能像他的部下那么爱他,总觉得有些不顺眼",支队长的"直率,单纯,都只成为一种没有教养,连吃辣椒也使她不喜欢"。让她嫁给支队长,就如同"有谁在勉强她吃苍蝇一样的困难"。支队长步步紧逼,甚至拿出不能违抗组织的命令相要挟。他紧紧地捏住她的手,把她逼到了墙角边。小说结尾,杨芬终于逃离了队部,独自转到一条僻静的山沟里去。当她想起自然界的生命即将陷入冬天的残酷,想起已经离开了的原来的恋人周琳,想起她初次被战争的空气卷进荒山的情景,不禁泪流满面。

马加通过小说让我们看到了一个带着纯真的理想走向革命的弱女子,在战斗的危险与生活的苦难之外,仅仅因着生为女人,便要面对更多的心灵与身体的困扰。

小说中两个男性的形象放在一起颇值玩味:周琳单纯而懦弱,支队长颇有心机且粗暴,他们面对女性、婚恋自然也就形成了不同的态度。与周琳将杨芬视为精神上的伴侣、"有着共同的理想和目的"不同,小说中"胜利品"的比喻明确了支队长对杨芬强烈的占有欲。小勤务员的眼神、政治部主任和参谋长的说教,支队长的诱惑和强力,使杨芬陷入了一个仿佛被精心设计过的圈套。

从这些手段的实施逻辑看,首先是利用险恶环境的威慑力来实现个人的私欲。在战争环境下,无论怎样的理想追求与精神境界,生命的安危始终都是人们不能摆脱的顾虑,这一点对于一个涉世不深、初识战争残酷的女孩子来说影响尤为重大。所以,支队长遇到杨芬之后,一再强调离开队伍的危险:"现在敌情不明,你一个人走路会遇到危险的","你和我们一块打游击,是没有危险的"。他做出侦察敌情的姿势,实则通过望远镜偷偷看着杨芬的脸。在杨芬到达游击队驻地再次要求离开时,支队长又装模作样地指着军用地图,谎称敌人从大王村插过来封锁了道路,示意她除了留在游击队别无出路。这样一来,杨芬不得不老老实实待在支队长身边,为支队长实施下一步计划提供了条件。

在此基础上,支队长又展开了第二轮的攻势,以社会地位和物质满足加以诱惑。他根据女学生的普遍心理,提出让杨芬主持游击队的文化娱乐工作,甚至不去考虑她是否能够胜任:"效果不大好也没有关系,只是女同志……"接着支队长又把珍贵的派克钢笔摘下来插到她的身上,以示自己在物质上能够满足她的需求。另外,支队长安排自己的勤务兵给她打洗脚水,直接把铜盆端到她的面前;就连参谋长和政治部主任来找她谈话时也不忘先给她送东西吃,给她烟抽。令人尊敬的革命业绩和社会地位,相对优厚的生活条件,在骑马、走路差距悬殊,物质资料又极度匮乏的游击区,它无疑成为一部分革命女性被诱惑、被征服的重要因素。做轻松而又高尚的文化娱乐工作,对于像杨芬这样参加革命的女学生来说,更是具有极大吸引力。就连原本颇具优势的竞争者周琳,面对这样的境况也一下子失去了信心,他知道这是他无法给予的:"剧团里的工作要比县救国会里好得多,受优待";而有勤务员、用派克钢笔以及一系列的现实利益,又足以让吃了生活的苦头的年轻女性心动。为此,丁玲曾在《三八节有感》中大发感慨:

> 她们被画家们讽刺:"一个科长也嫁了么?"诗人们也说:"延安只有骑马的首长,没有艺术家的首长,艺术家在延安是找不到漂亮的情人的。"①

---

① 丁玲:《三八节有感》,《解放日报》1942年3月9日。

虽然丁玲是在为延安女性所面临的婚姻困境抱不平,但不能忽略的是,当时确有一些女子在艰苦的生存环境下无法抵御物质的诱惑,为了吃上小灶,为了一月多出几块的津贴,"一个科长也嫁了";也确有人不能抗拒"官太太"的虚荣,不管土包子、洋包子都情愿接受,真正使其心动的在于对方是"骑马的首长"。

如果物质的吸引一时不能奏效,便会由组织出面"协调"。小说的这段描写是颇有趣味性的。在"组织"的谈话中,参谋长和政委全然不顾杨芬的个人意愿,谈话的中心无不围绕着促成支队长的婚事,其中不乏利诱和导引:"找一个老干部结婚,是顶吃得开的。"杨芬和支队长同样是革命队伍中的同志,为何"组织"谈话的立足点却是仅限于支队长?参谋长的职权范围原本在于军事工作,政治部主任则负责主持政治思想工作,而此时,对于支队长的婚事是如此的兴师动众,原本当是未婚男女之间你情我愿的事情,在这里变成了一项政治任务。与其说体现了"组织"对支队长婚事的重视,倒不如说是借助"组织"对个体的威慑力、强制力促成婚事。而且,从拿茶壶的小勤务员向支队长使的眼色,到政治部主任悄悄离开为支队长提供方便,再到剧团小鬼中途插话对周琳的挑衅、敲打以及最终参谋长公开的谈判,"组织"从杨芬一出现就开始悄悄地发挥着作用,织成了一张全面覆盖杨芬工作、生活、人际关系的网络,处处对其构成钳制。

根据1939年4月陕甘宁边区政府颁布的《陕甘宁边区婚姻条例》,遵循"民权主义之根本精神与陕甘宁边区之实际情况",男女婚姻须"照本人之自由意志为原则"。但是,我们看到现实的婚姻程序中,该条例形同虚设。米利特在《性政治》中指出,由来已久,两性之间呈现出一种支配与从属的权力关系,它以一种"内部殖民"的方式在两性体制中得以实现,"而且它往往比任何形式的种族隔离更为坚固,比阶级的壁垒更为严酷,更为普遍,当然也更为持久",从而成为人类文化中"最普遍的思想意识、最根本的权力概念"。①米利特更多地将视野置于文化和思想意识的范畴,而这种支配与从属的关系在1940年代的延安却曾在革命的名义下具体地落实到现实的组织工作当中。在这里,男性对女性的控制不再仅仅是文化或是意识当中具有弹性的软权力,而成为了与物质生活,社会地位特别是革命姿态、政治要求紧密关联的、具有强制执行能力的政治任务。在文化领域的"性政治"中,女性的"违规"所面临的主要是道德评判与舆论压力,而在组织参与的"性政治"中,个体对婚姻这种性支配的拒绝,意味着她将与组织为敌。当一个女性面对这般具有强制执行能力的局面时,除了表示驯服,便只有像小说中杨芬那样选择肉体的逃离,代价是成为一个背叛组织的敌对者。

根据丁玲的回忆,《解放日报》因发表《间隔》而受到了来自杨家岭的批评,报社因此做了检讨,在文艺整风中《间隔》更是在报社内部成了一个重要的靶子。②而且,李洁非、杨劼在《主题的变换与变迁》③一文中认为马加的《间隔》更接近黄克功案④的原型。该案件至少证明了这一类人物和故事在延安并非只见于小说。

由此可见,马加在这篇小说中对延安婚姻问题的反映是切近现实、言之有据的,而且,作者对这一问题的文学反思,显示了当时延安一批作家对女性处境和社会公正的关注。

---

① 参见[美]凯特·米利特:《性政治》,宋文伟译,南京:江苏人民出版社,2000年。
② 相关史料参见丁玲:《延安文艺座谈会的前前后后》,艾克恩编:《延安文艺回忆录》,北京:中国社会科学出版社,1992年。
③ 李洁非、杨劼:《主题的变换与变迁》,《长城》2006年第1期。
④ 1937年8月,红军干部黄克功任抗日军政大学十五队队长(后为六大队队长)。同月,16岁的中学生刘茜奔赴延安,不久即进入抗日军政大学十五队(9月初转入陕北公学)。二人不久便确立了恋爱关系。但由于他们之间在生活、情调、年龄等方面差异太大,不久刘茜即不想继续。黄克功备感失望,写信责备刘茜,同时要求与之结婚。刘茜因黄克功过于纠缠未予答复。对此黄克功十分恼怒,1937年10月5日晚,黄克功找刘茜到延河边散步,再次逼婚遭到拒绝,连开两枪致刘茜身亡。

二、组织改变家庭

1941年7月2日至4日,《解放日报》连载了庄启东的小说《夫妇》。作品以第三者旁白的方式讲述了延安家庭关系有所改观的一例,并以夫妇二人各自转变这两条并行的线索徐徐展开。

线索之一是丈夫的变化过程。丈夫原是山西新军里的一个营副,农民出身,脾气暴躁,对妻子稍不如意就拳脚相加。之前在军队里,曾当着众人的面伸出腿来让妻子打绑腿,因嫌妻子做得不好,伸手就是一个耳光,打得她"鼻血满嘴流"。后来他负了伤,到延安治疗,伤好之后不愿回去,留在延安进了某大学一队。虽说当了大学生,但他的旧习没有丝毫的改变,不但不愿意识字,且对妻子依然是动不动就又打又骂。后来,他给妻子写信提出离婚却遭到拒绝。就在这时,他病了,妻子来看他,却不知为何又要打人。妻子的朋友们终于忍无可忍,要开丈夫的斗争会。有了朋友的保护,妻子似乎不怕他了,这让他更加愤怒。于是,丈夫计划报复,想把她从学校里带走,最后没能如愿。他又给组织写信,要求归队重新上前线。但是,这样的请求也没得到批准,组织只是劝他接老婆回来住。没想到,过了些日子,两人的窑洞里居然传出了笑声,他还开始为妻子和孩子洗起了衣服。

妻子逐渐学会反抗,并最终在家庭中获得了与丈夫平等的地位,是小说的第二条线索。妻子原是童养媳,一贯逆来顺受,即便被丈夫无端殴打也只是流着眼泪跑到别的房间。随丈夫到了延安以后,虽然进了大学的特别班,但是一切都没有改变:周六不敢不到丈夫那里满足他的需求,还要洗衣买菜,"吃肉的时候,她也不敢先吃,等丈夫吃得差不多了,才敢下筷"。更可悲的是,她甚至将周围人的不平看作对她的捉弄。但是,在指导员与同学的帮助下,她终于找到了某种可依靠的力量,开始拒绝丈夫,流着汗写下"我不愿意离婚"几个大字,敢于在丈夫攥着拳头要揍她的时候抬头走掉。最终,她的斗争赢得了丈夫的尊重。

乍看上去，作者仿佛以公正的姿态来书写家庭关系的变化，充满了对丈夫的批判以及对妻子的同情。但是，一些地方却不免令人产生疑问。

小说中，叙述者与周围人群的情感立场并非完全倾向于妻子一方。小说的第一句就是"你看，这个男的多高，女的多矮！"固然，人们对他者第一印象的表述常常来自于外观特征，但作为精心构思的一篇小说，作者一上来就是这样的描述是不是就包含着什么用意呢？之后，一高一矮的形象又反复在文中出现，而且构成了丈夫拒绝跟妻子谈平等的一个理由。一个不是问题的问题，一旦被提出，也就成了问题。小说对这种差距的强调流露出矮小的妻子配不上高大丈夫的预设，诱导人们产生同样的心理倾向。同时，小说中的旁观者（大多是妻子的同学）面对备受压迫和虐待的妻子，全然没有同为女性的扶持帮衬或者同情，有的只是冷漠的嘲讽。她们常常对着那个可怜的女人流露出鄙夷的神色，在背后窃窃私议："就是特别班那一个，就是！"庄启东当然是想在这里构造此后情节转变的前提，但在这一过程中，不免露出了冷眼旁观的味道，叙述里缺乏必要而隐秘的同情，倒是把作者内心深处的某些倾向暴露了出来。

妻子的转变背后，起决定作用的力量也值得深究。通常说一个人的觉醒或者是一个女性的觉醒，更多指的是其自身主体意识的确立，是一种由内向外的推动力量。小说中妻子的转变过程却不是如此。她原本是一个逆来顺受、不敢反抗也不想反抗的女性，小说有这样的描写：

> 她像过惯了这种生活，她觉得生活就应该这样过法的。有人说，当你去解除奴隶的锁镣的时候，奴隶是会反抗你的。当她听到比较接近的同学劝告她跟丈夫去讲理，不要这样虐待她的时候，她就愤愤不平地把这些话全都告诉她的丈夫去了，她抖擞地说着：

"她们说……应该——平等。"

她的丈夫就骂起来:"谁说的?你看你有多高?"

她像得到什么冤曲(屈)似的,窘急地辩解她的原意:"原是的。原是的。这是,这是——她们说的……"①

妻子后来的转变是在指导员和同学们的帮助下实现的。这使她想起小的时候生病在家,母亲给她喂药,许多小朋友们站在床边看着,好像她吃完这一碗就会马上好起来似的。这让她感觉"有一股温和的暖流从她的心窝上流过"。而后她们要开她丈夫的斗争会,"要他承认错误",还陪她到桃林里与丈夫谈判,逼迫他说出打她的理由。这一切都让曾经是童养媳、经常遭受丈夫虐待的妻子受宠若惊。是这些人站在她身后,让她觉得可以依靠,让她有了"我不怕他"而抬头走开的勇气。但是,这种勇气并不是来自于内心的,这只不过是一种有人为其撑腰之后的反应,它经由外来的力量而产生,当某些外部条件消失时,情况马上就会发生根本性的变化。所以,被解放了的"奴隶"依然是"奴隶",获得了保护与支持的妻子在深层的自我认知上并无变化,就像她费尽心力写出"我不愿意离婚",表面上看是一种反抗,其实是依然想做他的妻子,宁可要原来的生活。作者显然没能区分解救一个妇女与唤醒一个女性的自觉之间的差异。在作者看来,有组织保护,有同志们帮助,有一个改过自新的丈夫爱护,女性的解放就完成了。事实上,小说所忽视的,正是阻碍女性走向独立与自由至关重要的内心枷锁。

丈夫的转变看上去也有些莫名其妙。他由本来的蛮横到后来的犹豫不决,是突然发生的。小说对于丈夫转变的过程并没有进行任何的交代,而是直接写他如何心惊胆战,到妻子学校去也要绕个大圈子,脚步是那样的缓慢,唯恐遇上那些女学生。一个习惯了动辄对妻子又打

---

① 庄启东:《夫妇》,《解放日报》1941年7月2至4日。

又骂的丈夫,一个农民出身、脾气暴躁的军人,是否真的会像小说里那样因为几个女学生的声讨而失了威风?显然值得怀疑。那么,丈夫转变的原因何在?主要是组织的压力:组织不许他上前线,要他接老婆回家住。所以,是组织的力量、组织的决定,让他不得不改变了旧习。他是被组织、被舆论驯服的,更多表现着无奈的服从,而不是主观上对两性平等的认同或者是对女性的尊重。

因此,小说并非立足于新家庭观的形成,而是聚焦于"组织"在改善妇女状况、改变家庭关系中的作用,是一个实用性指向非常明确的文本。1930年代末,边区妇女工作已经形成了较大的规模。妇女工作者深入乡村,以群众化作风赢得民众信任;实行普训,提高妇女政治文化水平,除办识字班和利用各种会议宣传和专门讲座外,还采取妇救会中心小组的训练方式,把妇救会中的积极分子组成中心组,先对其进行培训,再通过中心小组教育普通组;注重妇女的切身利益,对家庭暴力等问题进行了直接干预。一系列工作的开展使女性在家庭中的处境有了显著改善。小说末尾所描写的夫妻二人的温馨和睦,正是为了突出新政权的有所作为及其强大的影响力,表现旧的家庭关系在新环境、新政策下的改观,以及"组织"的有力干预和协调,非常明确地将革命意识形态渗入到家庭叙事之中。

革命理想与婚姻琐事

虽然对延安婚姻"上层路线"的批判以及一系列歌颂新政权在改变旧婚姻制度中的积极作为构成了延安文艺作品反映婚恋问题的主体部分,但是这些创作往往给人以主题先行、不食人间烟火的意味,缺少了生活中朴实、细腻甚至是琐碎的真实感。而葛陵的《结婚后》[①]则弥

---

① 葛陵:《结婚后》,《解放日报》1942年3月3、4日。

补了这方面的不足。它由婚后夫妇二人心理状态的变化以及生活琐事对其理想、追求的消解，展现了延安婚恋的另一侧面。

小说在一个固定的场景中展开：妻子马莉抱着正满月的孩子坐在床上跟前来祝贺的朋友们欢快地聊着天，丈夫杜廉守着砂锅在给大家准备午餐。从表面上看是一派欢快而祥和的景象，但是，在这对夫妇心中，却各自隐藏着一些与之并不怎么和谐的情绪。

马莉一年前曾是一个对恋爱、结婚极端戒备和厌恶的人，如今虽然抱着孩子在朋友们面前显出幸福而满足的样子，但在交谈中却又流露出懊恼与矛盾：

> "所以，我劝你们不要着急。人总归要恋爱结婚的，匆忙决不会得到什么好结果。看看我们周围结过婚的人吧。比如苏和马；郭和王……有几个不是匆忙与不慎重害了的。"她叹了一口气，好像她也是被匆忙和不慎重的结婚所害了一样。

从小说中描述马莉曾在大学里读书并善于弹奏钢琴可以断定，她是一个怀着激扬的革命理想离开大城市来到延安的女学生。但是，即使是一心革命，在延安也未必是最受欢迎的，正如丁玲在《三八节有感》中所说："不结婚更有罪恶，她将更多的被作为制造谣言的对象，永远被污蔑。"所以，她也不得不面对那使之厌恶的婚姻。经过两个月的恋爱，她有幸嫁给了从事文艺工作的杜廉而不是被组织安排嫁给一个粗鲁的老干部。可是，这依然无法解除她对于婚姻的抵触情绪。婚姻琐事、生育，让她疲惫不堪，牵制了她的行动，一点点地消磨着她的革命理想与斗志，使她一再地向朋友们强调婚姻需要慎重，匆忙只能害了自己。马莉的历程无疑是当时投奔延安的相当一批女学生命运的缩影，她们在婚姻与革命的夹缝中被揉搓、挤压，承受着身为女性所独有的痛苦与折磨。同时，马莉的心中还藏匿着另一份酸楚——吃饭的时候她突然推说头疼就放下碗筷,是因为她难以忘记"曾经疯狂地爱着她,而实在并不太坏的男人"。虽然我们无从清楚地知道,是否是因为她离开城市到了延安抑或是其他什么原因,使两人最终不能走到一起,但可以确定的是,它确确实实地成为马莉婚姻之中一个解不开的疙瘩或者是一条难以愈合的隐秘的伤口。

而对杜廉来说,原本并不可怕的婚姻也给他带来了出乎意料的烦恼。首先,他不得不去面对那些令人感到厌恶的马莉的朋友。听着她们在房间里高声地说话,杜廉对她们的夸夸其谈和懒惰不禁心生鄙夷;她们还不时地向炖着猪肉和白菜的砂锅投来贪婪的目光;在谈论孩子的时候,又不时地打击着他脆弱的自尊。这一切都使其产生了一种想把她们大骂一通然后赶出屋子的冲动。然而,这也只不过是内心的冲动罢了。虽然他与这些人原本并不相识,但如今成了他无法拒绝的客人。其次,婚姻牵绊着他的理想。杜廉擅长于文学,原本可以写出不错的诗和散文,并梦想有朝一日可以到战斗的最前线去写下振奋人心的文字。但是,"结婚后的生活是如何轻易而舒适呀","他几乎忘记了战争,忘记了一切,变成一个麻痹的好吃懒做的动物",就连一篇"敌后方底军队与民众"的报告也是动手三个多月也未能完成;而"那对于青年夫妇不过是第六个脚趾的孩子"如同"阴雨天气底野菌一样轻易地生出来了",他不得不放弃到前线去的强烈的渴望,"洗衣服,端着小锅到伙房做菜"。用他自己的话说:"有什么办法呢。一个人有了孩子,嗳!"与马莉恰恰相反,原本并不惧怕婚姻的杜廉在婚后反而多了一份恐惧和怨恨,当他的职业理想与革命追求被婚姻所阻隔,虽然他心里想不能因为孩子的将来就牺牲掉自己,但在现实中却依然难以做出决绝的选择。

小说结尾,杜廉对别人说:"看吧,明年春夏都说不定。总之明年我是一定要出去的。"然而他几乎不可能到前线去了,因为他已经深陷在了婚姻的琐屑之中不能自拔。小说在婚姻问题上为我们提供了另外一个视角,它不同于延安文学创作中常见的着眼于婚姻给革命女性带来的困扰，而是以杜廉为样本，对男性给予了特别的观照，揭示了男性在婚姻、家庭、后代与革命冲撞时所面临的同样无可奈何的困顿之境。

而且，有别于延安文学创作中常见的光明的结尾，葛陵对于婚姻与革命的冲突是悲观的。小说中，杜廉外出时遇到了相识不到一个月就忙着去结婚的吴联和齐锦。作者在此意欲向人们说明，这不但又将是一场匆忙的、使人苦恼的婚姻，而且这样的婚姻还将不断地出现，杜廉和马莉的苦恼难免在其中反复上演。

《婚后》虽然没有像马加的《间隔》那样引起强烈的反响，但同样透露出作者对作为人类社会常态的婚姻在特殊历史条件下产生的变异及其陷入尴尬处境的关注。小说虽然没能对革命婚姻的种种问题拿出某种切实可行的解决方案，但是，对于一个作家来说，在历史现场中发现问题、提出问题的意义似乎更是其职责所在。

当大多数人还沉浸在革命圣地的光辉与革命婚姻的浪漫中时，一批延安文学写作者已经凭借其敏锐的观察和思考，开始对其中存在的种种问题进行了反思。这些小说对婚恋中不平等、不自主现象的批判，对因婚姻带来的革命理想与生活琐屑冲突纠缠的展示，显露出作家们对现实问题的强烈关注和对生活的全面理解。而且，这些作家能够置身其间又有所超越，从历史现场敏锐地发现问题、及时反思，并通过创作促使人们警醒。特别是在革命热情无限高涨的氛围中，这份"当局者"的清醒和冷静尤为可贵。

从苦难书写到被动翻身
——1942年后延安文学的性别话语

妇女解放是延安文学中长盛不衰的主题。但是，相比延安文艺座谈会之前对女性现实问题的普遍观照和对陈旧性别观念、性别秩序的批判，整风之后有关女性问题的文学创作出现了一些新的现象。在此期间一系列围绕妇女解放的书写当中，之前那种饱满的批评情绪有所减退，作家创作的目光也由对延安性别秩序和妇女现实生存状况的关注和追问转向妇女在家庭和革命工作中角色变化的方式与过程。那么这种变化是如何发生的？新的性别与文学话语又是如何建构的？

一、苦难书写中的政治逻辑

1942年之后，在延安有关妇女"翻身"的创作中，最具代表性的作品莫过于孔厥的《一个女人翻身的故事》[①]。小说的主人公折聚英是一个受尽磨难的乡村女子。荒年中，被送给人家做童养媳，换回了让一家人糊口的两斗粗谷子。她在婆家受到公婆的虐待，被二流子丈夫打得死去活来。正当折聚英感到绝望的时候，村里来了红军的女宣传。

---

① 孔厥：《一个女人翻身的故事》，《解放日报》1943年3月30、31日。

女宣传教妇女们唱歌,召集她们开会,鼓励她们剪发、放脚。当女宣传离开的时候,折聚英不见了——她已追随女宣传走向革命队伍。小说的结尾,曾经受苦受难的折聚英有了翻天覆地的变化,她是"劳动的英雄",是"抗日的战士",是"妇女的先锋",是"边区的参议员",昂着头,走进边区参议会的会场……她真的"翻身"进入了"新世界"。

所谓走入"新世界",也就意味着与之前充满苦难与压迫的"旧世界"决裂。作者在小说中用了大量的笔墨来描写折聚英经受的苦难。折聚英"三岁上殁了大",本是个苦命的孩子。又碰上年景不好,奶奶一狠心:"借粮不如减口",就把折聚英送了出去。自从做了童养媳,折聚英的厄运才真正来临:公公脾气不好,"连小媳妇眉眼不对他劲儿,也算不孝顺的,他就要吹胡子,瞪眼睛,责打嘶骂起来";丈夫是个"流氓烟杆子","耍赌博,嫖女人",出去当兵又逃回来,回来之后更是不务正业,找个茬儿就把媳妇压在窑里打得"眉黑青,眼黑烂";婆婆本是一个"三棒打不出响屁的人",在折聚英面前也使尽了威风,没有一个好脸色。这些描写与后来折聚英光明、幸福的生活形成了强烈的对比。在小说的情感引导中,之前的苦难越深,后来的生活才更加光明与幸福。

康濯的《灾难的明天》[①]也遵循了同样的思路。小说中春妮子的婆婆本身就是个受难的女人。她二十岁嫁给了一个十三岁的小丈夫,除了不停地干活到深夜,还要遭公婆打骂,"下雨屋子漏也是她的过,湿柴火烧不着也是她的过,缴不起租挨了地主的骂,也拿她出气"。而且,在不通世事的丈夫那里,得不到任何的安慰。她曾半夜投井自杀,却被一个男人救下来。从此,她"就把夜半付托在那人身上,发泄自己受罪的青春",忍受着一切痛苦,"勇敢地干自己极不名誉极隐秘的勾当了"。然而,这个受过折磨的婆婆在给自己的儿子寻下童养媳之后,接

---

① 康濯:《灾难的明天》,《解放日报》1946 年 1 月 18—22 日。

受了自己婆婆那一套,把虐待儿媳当作了自己的本分,常常挑唆儿子:"买来的马,娶来的妻;愿打就打,愿骑就骑。"虽说春妮子的丈夫本也胆小憨厚,知道媳妇动辄挨打挨骂有些可怜,但他却怕他的娘,眼看媳妇挨打也不敢阻挡。因为母亲的霸道,"背着一世的怨气,又正是青春旺盛的年岁",儿子所有的不快又都在夜里撒到媳妇身上。可是,当时的春妮子只有十三岁,"儿子没本领也没胆量找姘头,儿子只是把自己的野性对着小女孩施放"。春妮子"正是走向发育的年龄,如果有慈母般的体贴和抚摸,她会在说不出的甜蜜里发育得健壮丰满的;可是,这个春妮子碰到的,不是体贴和抚摸,倒是横蛮和粗暴",到最后也是发育不完全的。如此的折磨让还是小女孩的春妮子有苦没处说,"只是从小就痛恨丈夫"。

"翻身"之前的苦难书写在小说情节的发展中起着至关重要的作用,它成为"翻身"的起点与合法性所在,甚至构成了一种特定的苦难叙事模式。在此需要注意的是,小说中的"苦难"如何具体地落实在家庭关系中。在家庭这样一种常常冠以温暖、庇护和依靠等字眼的社会细胞中,"苦难"从何而来?小说为我们做出的解答是:"旧社会的人们,私心那样重,虽然公婆媳妇,婆姨汉,也到底是骑子驴子,两张皮,不亲的呵!"显然,这些小说在努力建构着这样一种逻辑——旧社会里,私心导致了公婆、丈夫因"两张皮"而对媳妇施暴。这不免让人生出疑问:首先,旧社会与私心是否能够互为充要条件?其次,所谓公婆媳妇、婆姨汉"两张皮"是否又能与动辄打骂虐待构成必然的联系?仅仅通过常识便可以想到,所谓"私心"是一种源于动物性而深入人性构成的元素。所谓旧社会并不是私心产生并存在的根本原因,私心本身也不会因为社会的新旧变化而消失。因此,小说中对旧社会与私心之间关系的指认显然难以成立。至于"两张皮"与动辄打骂虐待之间的关系更是可疑。必须承认,夫妻、婆媳之间固然存在着种种不易处理的矛盾,即便像小说中描述的那样,"两张皮"不会像"一张皮"那样亲密关爱,但从发自内心的亲密与关爱到虐待之间,还存在着一个宽大的中间地带。无论在现实生活中,还是在相关的文学叙述里,我们都能找到大量介于亲密与虐待之间的包容、和睦的例证。因此,"两张皮"的血缘关系与虐待的"苦难"显然同样不能互为充要条件。

中国几千年来形成的对女性肉身摧残和精神控制的男性中心化的性别秩序与宗族伦理一样根深蒂固。边区处于偏远地带,思想守旧,伦理关系等级森严,即使是崭新的政权也不可能迅速完成与旧观念、旧意识的完全决裂。正因为这样,才有了1940年代初延安文艺界对新政权内部性别秩序的质疑之声。例如批判革命队伍中婚恋问题的《间隔》;谈延安残酷的保育条件对母亲心灵与肉体双重折磨的《孩子》;白霜反映延安女性在革命工作与家庭生活中艰难抉择的《回家庭?回社会?》;女作家草明在《创造自己的命运》中号召女性提高自我意识,成为掌控自己命运的主体;曾克针对延安普遍存在的保育问题以《救救母亲》发出的呐喊;还有丁玲的《三八节有感》和《我在霞村的时候》等系列创作。与这些直接关注女性问题的创作相比,《一个女人翻身的故事》等作品对女性"苦难"的描述明显不同,对女性受难的解析并没有真正围绕那些起决定性作用的因素,对女性苦难的描述表现出了一种非目的性的关切,女性的苦难也不是作为一种现实的性别状态被叙述。在这样一种"苦难书写"中,作者更钟情于从政治上诉说女性的受难,把坏脾气的公婆和二流子丈夫当成旧社会的必然产物,将其塑造成政治上敌对势力的替身与符号。这些作品努力描绘之前妇女的苦难生活,甚至不顾现实生活的逻辑与常识,在家庭伦理与性别秩序中人为建立起一种不可调和的矛盾。这种矛盾成为女性必须"翻身"的有力证据,给予读者"翻身"的情感期待,赋予了女性"翻身"过程中某些值得商榷方式以不容置疑的合法性,但其最终的指向却是"旧世界"必需打翻,新政权必将带来光明的政治逻辑。

较之"五四"新文学直至延安文艺座谈会之前,文学创作中以个性解放和人道主义为核心的女性观以及那些对女性本身的急切关注，延安文艺座谈会之后女性"翻身"的创作中的带有条件性的苦难书写，更多地代表着一种政治立场或是政权话语。它对于女性的受难缺乏足够的同情和认知，只是把它当作与新政权相对立的政治势力所造成的恶果，并以此为据在对比中建构起政治上新旧两重天的"翻身"逻辑。

二、如何"翻身"？

在《一个女人翻身的故事》等作品中，女性的"翻身"常常表现为被动的形态，女性命运的转变只有在一个被称为"公家人"的政治权威的强力干预下才能得以实现。在折聚英的生命中，首先出现的是刘云生，"那是一个白胖胖的小脚女人，个性可强的，婆姨汉不和，她就不害怕，那时候，她还结结实实跟汉斗了一次争，准备脱离家庭"，她曾来拉折聚英投奔红军。刘云生走后，又来了红军的女宣传。女宣传对折聚英有着特别的关照。会开完，折聚英就跟女宣传走了。后来出现在陈家洼苏维埃区政府的是剪过短发、放了脚的、改过名字的折聚英。折聚英在苏区受教育，拼了命地识字、学算术，别人休息，她不休息，别人游戏，她还在自修，终于进了女大，成了"学习战线上的英雄"。在延安，折聚英恋爱了，对方是一个受过伤的红军老干部。在折聚英眼里，老干部身上作战留下的伤疤，是"革命的花，她爱呵"。

在《灾难的明天》中，原来任由婆婆打骂的春妮子命运的转变发生在边区成立之后：

> 媳妇觉得身子骨添上了一股甚么说不出的劲头，好象自己是该解放了：就跟着妇救会，学好学赖，光会啼哭的两片嘴唇，忽然觉得一天比一天硬，时不时嘴一噘，身子狠狠一扭，前转过身去，强嘴。婆婆呢？婆婆当然不怕媳妇强，只是也

变了一些,变得有些心虚,也象有些怕媳妇;婆婆受过干部们的批评,也见过村里那虐待儿媳的婆婆在大会上挨全村人的批评、受全村人的制,婆婆也不知道从甚么时候起,只敢嚷一嚷,骂一骂,动手打儿媳是不敢了。

的确,当时边区政府动员妇女参加"翻心诉苦训练班",使妇女生存状况发生了显著变化。许多妇女当了干部,随即又联络更多的妇女参与进来。经过"翻心教育",对公婆、丈夫的斗争会一时风起云涌。[①]从海伦·福斯特对陕北妇女运动领导人高孟珍、李坚真的采访中看,当时苏区政府和边区各生产部门大约有30%是女性,13万妇女参加了群众组织和妇女团体,其中有8万人可以参加边区各级会议,这也就意味着占当时边区妇女总数15%的人加入到革命工作中。那时的妇女分到了土地,在经济上相对独立,摆脱了长期受制于家庭和男性的境况。她们在管理家庭和社会方面有了自由发言权,可以参加各种会议、听讲座、看戏、随意地出现在公共场所,在此之前,她们是不准抛头露面的。妇女的教育程度也有了普遍的提高,农村妇女按户分组建立识字班和读报小组,很多人都能够读书写信。体育也得到了推广,大部分女性每天都参加户外运动,身体越来越健康。在婚姻问题上,更是改变了过去很多年轻女子被卖做童养媳的状况,结婚必须到地方政府登记,由双方自愿,他人不得干涉。与革命队伍中男方提出离婚比女方多的情况相反,边区妇女要求离婚多于男性,因为之前的婚姻经常是包办或是买卖促成,这些女性要求摆脱不幸福的状态,恢复自由。[②]

早期边区妇女运动获得了显著的成效,这一过程本是值得作家去充分表现、详细描述的。但是,孔厥等人的小说对"翻身"过程的叙

[①] 相关资料参见中共固安县委党史研究室:《固安县民主革命时期大事记》,1992年。
[②] 相关史料参见[美]尼姆·威尔斯(海伦·福斯特):《续西行漫记》,陶宜、徐复译,北京:解放军文艺出版社,2002年。

述让人感觉突兀，缺乏可靠的情感与逻辑支撑。"翻身"作为小说的主题，其本身的经过在小说中并没有得到充分的展开。《一个女人翻身的故事》中，一个会议就让软弱的折聚英发生了彻底的改变。听到一句"革命就是解放"的鼓动，她便脱离了家庭，去受训，分配工作，就连动不动吹胡子瞪眼的公公也觉悟了，甚至帮着媳妇跟无赖儿子做斗争。《灾难的明天》对于"翻身"过程的表述更是模糊："好象自己是该解放了"，跟着妇救会，原本逆来顺受的春妮子竟然就能把过去"心眼底下的痛恨，慢慢露出来"，"时刻想着要痛痛快快大闹一场，出出气"，还想着"拿离婚威胁她丈夫"。这类小说中的"翻身"好似在瞬间发生，突如其来的转变带来了时间的断裂感。那些女宣传、妇救会从天而降，有如神助一般，在人群中发号施令，一呼百应，凭借政治话语的绝对权威，打破和改造旧思想、旧秩序，便将几千年来坚不可摧的性别秩序与伦理一扫而光。

那么，这样一个原本光辉而赋有戏剧性的过程为何在小说中被如此简单、草率地处理？

1943年2月26日，延安颁布了中央妇女委员会起草、毛泽东亲自修改的《中国共产党中央委员会关于各抗日根据地目前妇女工作方针的决定》（以下简称《决定》）。《决定》肯定了五年来边区妇女工作的成就，又对其中的不足提出了批评："由于我们在妇女工作中缺少实事求是的精神，缺乏充分的群众观点，缺乏深入下层、埋头苦干、与群众打成一片的工作作风，没有深刻认识经济建设对于坚持抗战、建设根据地的重要意义，没有把经济工作看做妇女最适宜的工作，没有把握动员妇女参加生产是保护妇女切身利益最中心的环节，没有切实调查研究妇女的具体情况，不深知她们的情绪，不顾及她们家务的牵累、生理的限制与生活的困难，不考虑当时当地的妇女能做什么，必需做什么，就根据主观的意图去提出妇女运动的口号，规定计划，成立团体，要妇女经常出来开会，对她们作不必要的动员，浪费她们一些人力物力，致使工作一般化，组织形式化，缺乏真实的群众基础。这种脱离妇女群众的主观主义与形式主义的倾向，是使妇女工作停滞不能更进一步发展的基本原因。"①

紧接着，《解放日报》发表了蔡畅的《迎接妇女工作的新方向》②，相比之前的《决定》进行了更具体的、实际的表述："特别是妇女工作领导机关的知识分子出身的女干部，有不少是只知道到处背诵'婚姻自由'、'经济独立'、'反对四重压迫'……等口号，从不想到根据地实际情形从何着手……当着为解决妇女家庭纠纷时，则偏袒妻子，重责丈夫，偏袒媳妇，重责公婆，致妇女工作不能得到社会舆论的同情，陷于孤立……甚至闲着无事时，却以片面的'妇女主义'的观点，以妇女工作的系统而向党闹独立性。"文章透露出延安妇女工作整改的原因有至关重要的两点，一是改变之前妇女工作过于重视并维护在家庭与社会结构中处于弱势地位的妇女权益而有损家庭、边区秩序稳定，二是杜绝所谓"妇女主义"与党的政策方针相抵触。

在孔厥等作家看来，妇女由"苦难"走向"翻身"无疑是展现新政权优越性的一个绝好题材，其中"婚姻自由""经济独立""反对四重压迫"无疑是长期以来女性"翻身"的核心内容。但是，1943年后延安妇女运动的新政策几乎否定了之前号召妇女走出家庭的工作思路，那些曾经发挥巨大作用的妇女工作方式面临着根本的改变。这就使得小说创作中有关妇女"翻身"方式的书写陷入了尴尬的局面：对之前妇女运动工作的描写变得不合时宜，而新政策引导妇女稳固现有家庭秩序的方法却不能带来妇女生活状况的突变，当然也就无法展现新政权"翻天覆地"的力量。因此，作家在创作中普遍地引入一个符号化、

---

① 《中国共产党中央委员会关于各抗日根据地目前妇女工作方针的决定》，《中共中央文件选集》（第十二册），北京：中共中央党校出版社，1986年，第185页。
② 蔡畅：《迎接妇女工作的新方向》，《解放日报》1943年3月8日。

概念化的"公家人"引导妇女走向新生,而后参加革命工作或"生产自救"等社会活动,以一个简单而模糊的"翻身"过程,直接过渡到女性"翻身"之后的故事,致使有关"翻身"本体的书写缺乏逻辑与感情的支撑,显得简单而又尴尬。

三、"翻身"之后

那么,经由"公家人"引导的"翻身"是否真的带来了女性的解放和生活的幸福呢?小说中,离开了家的折聚英跟着女宣传进了区政府,也成了"公家人"。她带领队伍接受检阅的时候,被延安县保卫大队长张吉厚注意到,最后嫁给了这个参加过长征、比她大十岁、因为受伤流血过多面色苍白,一条腿还被敌人打瘸了的老干部。她又进了区党校,进了女大,努力地学习以致旧病复发。后来回到延安县做妇联会主任,"特别在后来整风的时期,她那样积极,曾经被刘县长在一次延安县党的扩大干部会议上,把她当作全县最积极整风的模范"。"她本来是一个文盲,可是她现在能精通二十二个文件,还密密麻麻作了好大十几万字的笔记,她的反省也是最彻底的"。在这样的结局中,当一个女人仅仅作为革命者被肯定时,性别生存的真实体验又在何处?

"翻身"虽然没有真切地为女性的变革欲求做出一个有效的答复,却实实在在地包含着话语权力与政治利益的更替。它通过对既有阶级矛盾、社会秩序的颠覆与重构,使一种新的权威意识获得了对社会话语的绝对掌握。我们从中看不到女性主体意识的存在。她们在"翻身"话语中只能充当一个被动的服从者,一个不显示性别特质与诉求的道具。这些从旧时代翻身过来的女性经历了脱胎换骨,但她们永远只是"党的女儿"而不是"女人"或"女性","因为政治父权的身份是凭借女儿的身份来界定、来确认的"[①]。小说描写折聚英参加边区学校的文

---

① 黄子平:《革命·性·长篇小说——以茅盾的创作为例》,《文艺理论研究》1996年第3期。

化考试时，有这样一个细节：

> 她怩怩怩怩的写了："中国妇女折聚英"。考的人点了点头，叫她再在妇女上面加个新字。折聚英更怩怩了，她提起笔来，又加了一个新字；可是她却把它加在中国上面，就变成"新中国妇女折聚英"了。

当"中国新妇女"被写成"新中国妇女"时，一字的位置之差，表面上显示着作为革命队伍一分子的主人公的思想觉悟，实际上却生动而尖锐地暴露了小说对革命政治的认同以及对女性主体性的忽略。

与折聚英离开家庭投身革命不同，《灾难的明天》里春妮子的"翻身"则是投入了生产自救的大潮中。在此之前，参加了妇救会的春妮子并没有建立起女性的自觉，她所获得的只是依靠组织对抗婆婆的话语资源，婆媳之间的冲突也并没因此而改变。春妮子受到了区妇救会的批评，说她跟婆婆、丈夫闹不和气，嚷着离婚，动摇了人们对于新政权和抗战的信心。边区政府号召妇女纺线，开展生产自救时，婆媳矛盾逐渐化解。看着一心学习纺线的媳妇，婆婆开始心平气和地跟她说话了："女人嘛，就得成天呆在家里，纺线啦，纳底子啦！甚么成天开会呀，闹这闹那的，疯婆子一样，那可成甚么话呀？"后来，婆婆也加入了纺线的队伍。在婆婆丰富的经验和精湛的技艺面前，依靠妇救会想"出出气"的春妮子变得恭顺起来，开始主动帮着推碾，做饭，向婆婆讨教。看着婆婆的干劲和在农会干部带领下外出跑运输日趋出息的丈夫，春妮子既欢喜又厌恶，因为她"实在感到自己的地位了"，可是，"自己甚么离婚呀，斗争呀那些想法，都破灭了；她只有忍着闷气，真个好好干活，过个新光景了"。但她又着实不讨厌这个"新光景"。她和婆婆的关系越来越融洽，还消除了对"从小积下仇"的丈夫的恨，"好象他们的感情从来就是很好"一样。小说最后全然一片祥和的景象——

恩爱的夫妻，盘算着应该抱孙子的慈祥婆婆，一个男女有别、长幼有序的传统家庭呈现在读者面前。

实际上，《灾难的明天》更像是作者在《决定》出台之后对边区妇女运动新方针的积极回应。《决定》对妇女工作提出了七点具体要求：一、各地妇联会妇救会要以研究组织农村妇女个体与集体的生产为首要工作，明确农村妇女生产工作的好坏，是测量妇女工作的尺度；二、农村妇女的生产计划要和她们家庭的生产计划结合起来；三、以生产合作及各种生产方式（如纺织小组等）组织妇女；四、减少对农村妇女不必要的动员、开会，使她们有更多的时间从事生产。五、对妨碍身体健康以致影响生产的行为要尽力纠正；六、妇女政治、文化教育活动要在生产中进行；七、妇女干部要消除轻视经济、生产工作的错误观点。这七点措施几乎处处围绕组织妇女生产展开，妇女生产的好坏成了衡量妇女工作的主要标准。根据妇女工作的新要求，康濯在写作中将"生产自救"当作春妮子"翻身"的重要途径和最终目的，但是，这样的"翻身"与"翻身"之后的生活是值得怀疑的。

在一系列的"翻身"叙事中，作者们确实意识到了"家庭"这一稳固的血缘、伦理关系对女性生命的禁锢，并以此塑造了婆婆、丈夫的虐待及其转变以展示妇女解放的伟大胜利。但是，作者简单化地将生产自救与妇女解放混淆起来，把和睦的家庭关系作为女性解放的目标，给读者造成了女性在家庭中的独自抗争必然失败，如若投身公共事业就能很自然地获得解放的印象。实际上，马克思主义的女性观固然正确地指出女性的不公处境根源于她们经济上的依赖性，妇女解放的首要条件是使她们重新回到公共劳动之中并参与分配，但这并不意味着参与公共劳动就可以安顿东方特有的家庭伦理秩序中女性之间等级悬殊所形成的复杂关系。由于旧式家庭结构决定了不平等关系不仅仅存在男性与女性之间，还普遍地发生在处于不同家庭地位的婆媳、母女之间，而边区妇女又是不分老幼均进入到了生产环节之中，所以，经由经济地位的提高实现妇女的解放在中国特定家庭、家族结构中实现起来并非预想得那么简单。正如进行华北革命研究的瑞典学者达格芬·嘉图所说:"老中农妇女却在生产运动中占据着领导地位。这是由于后者有熟练的纺织技术,纺织是她们主要的生产活动,她们是'劳动群众中仅有的有足够资金购买纺车、织机和其他设备以及原材料的人'。地主和富农出身的妇女也成为妇女协会的成员。"① 在提高妇女经济收益的生产中,处于旧家庭关系高层,作为父权制家庭、家族权力结构和乡村伦理维护者的老、中年妇女成为最大的受益人,处于家庭结构最底层的年轻女性,虽然经济收益有所提高,但在家庭、家族权力结构中的地位和受压迫的现实并没有发生根本的改变。② 正如小说里共同参加生产的婆婆纺出的线总是比春妮子纺的又好又多,让春妮子抬不起头来,动员妇女参与生产无疑是必要而具有重要意义的,但它尚不能彻底改善中国农村妇女在家庭中的不平等处境,更谈不上在整个社会权力关系范畴内女性的"翻身"了。因此,妇女工作变得只倾向于"从事生产","最早阶段的妇女运动所争取的一切社会解放,现在大部分被忽视了"③。

所以,《灾难的明天》对边区农村妇女"翻身"的书写与阐释以及其中流于表面的对女性解放道路的构想,其主要思想来源是边区政府妇女工作方式的转变,是基于传统性别形象和家庭伦理秩序对革命成果的赞颂以及对其意识形态的迎合或服从。小说无法显示出作者对女性现实处境与最终出路的辨析与思考;作品对男性中心的性别话语霸

---

① [瑞典] 达格芬·嘉图:《走向革命——华北的战争、社会变革和中国共产党 1937—1945》,杨建立等译,北京:中共党史资料出版社,1987 年,第 281 页。
② 另参见贺桂梅:《"延安道路"中的性别问题——对阶级与性别议题的历史思考》,《南开学报(社会科学版)》2006 年第 6 期。
③ [瑞典] 达格芬·嘉图:《走向革命——华北的战争、社会变革和中国共产党 1937—1945》,第 281 页。

权和传统家庭伦理秩序也没有给予充分的反思和批判,没能深入探寻中国父权思想与宗族、家庭以及压迫者与被压迫者角色转换之间错综复杂的关系;对中国农村特殊的婆媳、夫妻关系更是缺乏文化、心理层面的必要观照。相反,作者在小说中依然遵循着女性传统的性别角色预设和陈腐的性别观念,仅仅以边区政府大力倡导的生产自救作为女性解放的途径,以一项轰轰烈烈的、具有重要政治意义的群众运动掩盖了身处男权秩序和宗族伦理之中的女性的切身利益与真实诉求。

无论是折聚英的从事妇女工作还是春妮子的参加生产自救,这一类公共事业都涵盖于"革命"之中。正如《一个女人翻身的故事》中所说:"革命就是解放","女人要解放,先要和男人一起闹革命"。在叙述女性"翻身"的话语体系中,"革命"一词是与阶级性紧密相连的。这些身处农村最底层的受难的女性首先被作为一个受压迫的群体看待,她们的解放之路必须服从于整个阶级政治、经济上的基本要求。所以,谋求基本的温饱、政治权利和经济独立,成了中国下层女性走向解放的必经之路。在这一层面上,边区妇女解放运动可谓是卓有成效。但是,阶级的"翻身"不可能涵盖并满足性别的全部诉求,经济上的独立、政治上的有力支持固然为两性平等提供了基本的前提,却不能将之视为女性解放的全部标志。更重要的是,这样的"翻身",这些被"解放"的妇女将走向何方?在小说中我们看到折聚英成了妇女参加革命工作的一个标杆,春妮子在"生产自救"中奋力地纺线,她们像一个个齿轮被装入革命与抗战的庞大机器中随着主轴不停地运转,依然左右不了自己的命运。

在不合理的性别秩序中,女性的"苦难"是其走向解放重要的情感和逻辑基础,"翻身"是女性解放的一个重要前提。但是,在1942年后的延安文学创作中,这些原本应该来自于女性自觉的诉求,产生于对女性悲惨处境关切与同情的话语,在表现新政权优越性与全民抗战的文学叙事里,被分解到特定的政治逻辑内并加以利用。女性的苦难生活被符号化、意识形态化，女性的翻身被外来强力干扰而变为被动形态，成为驯服于革命与抗战话语所获取的福利。这类创作以其特定的政治逻辑几乎消解了之前延安对女性生存状况与性别秩序的关注和批判，而成为特定意识形态的文学再现，无法被纳入女性解放的文学表达。

母性的让渡与异化
——1942年后延安文学现象之一

长期以来,母性总是被描述成女性与生俱来的天性,其中包涵着赋予生命的人类大爱。与此同时,母性这一人类的大爱在父权社会中被不断改写,以至有了"母以子贵"的逻辑。当它进入某些文化范畴之后,有关母性的阐述也就有了两面性:一方面它是对阐述对象即母性的描述;另一方面也构成了对母性本身的规范。在此基础上,一些女性主义者提出母性并非是女性"自我"的特质,而是男性赋予女性的,目的在于实现繁衍和控制。与之相呼应的,是法国历史学家阿希于20世纪60年代进行的关于"童年"的研究。在研究中,阿希发现大革命之前的法国社会没有"童年"概念,"母性"也非天成,而是有历史过程的人为创造。阿希的研究引发了学术界的广泛讨论。在这场讨论中,研究者们逐渐将目光转向如何理解不同时代、不同社会、不同阶层中母性的多元样态上。2002年,美国的生物人类学家贺迪出版了《母性的自然史》,她带领人们回归动物界并由此拓宽了理解母性的视野。贺迪在著作中指出,母亲对待自己的婴儿并不存在固定的行为模式,无论是哺育、爱护乃至牺牲自己还是恶意遗弃或是杀婴,都遵循着"物竞天择"的逻辑,在对众多因素的综合考虑下,母亲会选择最佳的"生殖策略":照顾手中的婴儿,或是抛弃,或是重新怀孕。而且,母亲还会根据不同的标准照顾自己的子女，如出生顺序、性别或者处境，并不一视同仁，这样的"偏心"在生物界属于常态。至于母性"天性论"的传统论争，贺迪认为它完全忽视了生物行为中演化力量的作用。

但是，有关母性的文学书写却远没有生物人类学家的研究那样"理性而客观"。人们更愿意相信母性是女性先天的、美好的品质，对于缺乏母爱的女性，人们往往在不自觉中产生某种抵触或反感的情绪。作为自然造物的结果，女性更多地承担起人类自身繁衍的责任。她们在与孩子的血肉联系中，孕育与哺养孩子的同时也养育着自己的母性。从这一点出发，母性的需求当可视为女性不可侵犯的权利。如同其他基本权利一样，女性作为理性的存在，她可以自主地放弃这项权利，比如说在战争环境下不进行孕育、生育等。当女性自觉自愿地行使这项权利时，阻止其母性的需求则应被视为天然的非法。在一些所谓女性解放的思想中，并不将母性视为女性的特有属性，以至"只有人性，没有母性"成为某些女性解放者的行为准则。她们自觉地追求并捍卫与男性共享的社会权利，却在刻意地压抑着自己的母性需求，亦在刻意地抹杀生理构造带来的先天性别分工。事实上，这非但不能解放和丰富女性的人性，反而有损其丰富性的存在。特别是在某些社会性的政治功利之下，女性和男性被完全等同看待，无视其各自的性别特质与需求，将不生孩子或者不亲自抚养孩子作为一种革命倾向普遍推广，无疑是对母性的扼杀和对自然造物法则的反动。

笔者曾在本书《割裂之痛：1940年代延安的保育困境》一文中讨论雷加和尤淇的小说对母性的特别观照。雷加的《孩子》描写了延安保育困境之下女性所经历的骨肉隔离的痛苦。作者在创作中并不是要在孩子的生母与养母之间做出一个是非判断，而是在两个母亲对孩子的争夺与留恋中，表达特殊历史环境下被忽视的母性需求。尤淇的《泪》反映了保育过程中母性遭受的摧残。小说的主人公虽然并不是孩子的母亲而是年轻的保育员，但是，面对处于苦难中的孩子们，保育员所经受的母性创伤与孩子的生母并无二致。

然而,1942年经历了整改的《解放日报》接连发表了几篇与之前截然不同的小说,它一反之前为母亲代言的立场,推出了一套全新的"母性"叙事模式。

一、意识形态化的母子关系

华莱士曾说:"我们无法理解错综复杂、千头万绪的社会历史,除非是把它讲成一个有头有尾的、向着一个未来发展的、情节统一的大故事……在我们的日常社会生活中,新闻报道、奇闻轶事、小道消息、人物特写等等都在叙事,而我们就通过这些叙事来把握和理解我们的现实及其历史。因此,'叙事'首先不是一种主要包括长篇和短篇小说的文类概念,而是一种人类在时间中认识世界、社会和个人的基本方式。"[1] 我们相信历史有一个原初的存在,历史本身可能不是文本,亦不是叙事,但是历史的原初样态常常以一些无目的、无关联、无逻辑的事件与动作的形式存在,它只能以文本的方式为我们所感知,我们所接受的历史首先是它的文本化和叙事化,我们所看到的、读到的历史也只能是被叙述的历史。然而,作为文本的历史并不等同于历史的原初存在,它只是话语的历史,是话语对事件的"叙述、记述或记述的记述"[2]。因此,把握历史的特定叙述方式,理解叙述在组织历史中的意义则成为解读历史必须面对的一个过程。而且,叙述本身是一项与权力相关的话语活动,任何话语都在特定的历史文化环境中产生,都具有与之对应的权力基础。当我们把叙事理解为"话语"时,它便不仅仅是一种文本表达的方式,而成为一种意识形态。

---

[1] [美] 华莱士:《当代叙事学》,马丁、唐小兵译,北京:北京大学出版社,1990年,第59页。
[2] 参见孟悦:《叙事与历史》,《文艺争鸣》1990年第5期。

同样，有关现实的文学书写作为对历史的再叙述，其中的叙述视角、叙述方式也反映出叙述者或者某个叙述话语体系特有的目的与逻辑。文本中的叙述亦是意识形态的产物，它常常建立在一个共同的主题之上并为之服务。这个共同主题表现出一种抽象的、超验的整体性，其目的在于"把一个社群中的每个具体的个人故事组织起来，让每个具体的人和存在都具有这个社群的意义，在这个'社群'中，任何单个的事件都'事出有因'，都是这个抽象的、理性的'社群'的'感性体现'"。因此，所有特定组合的真实事件都被不同的方式加以编排并被当作不同种类的历史或是故事加以讲述。由于历史的原初存在或是与故事相对应的真实事件"并不是'悲剧的'、'喜剧的'或'笑剧的'，而只能通过给事件强加特定故事种类的结构才能被建构成这些形式，因此，赋予它们以意义的恰恰是故事类型的选择，以及把这些类型强加给事件的动作"。① 从这个意义上说，文本的生成与叙述行为直接相关，它是被再现、重述甚至扭曲、改写的真相。叙述往往难以逃脱意识形态的左右，不仅受到即时相应意识形态的牵制，甚至成为构建意识形态话语的重要元素。那么，当一系列产生于一个激流动荡，政治与主义竞相碰撞、交锋时代下的文本呈现于眼前时，我们有必要追问这些错综复杂的历史是如何被叙述甚至是再叙述的。

1944年12月6日，《解放日报》发表了高朗亭的《雷老婆》。小说以第一人称"我"的口吻，记叙了农妇雷老婆保护红军战士逃脱敌人搜捕的故事。"我"在战斗中负了伤，组织建议转移休养，于是到了雷家砭的一户农民家里。从怕他喝了冷的绿豆汤坏肚子到焦急而痛心地查看伤员的伤口，雷老婆像"关心自己的儿子似的"对"我"悉心照顾。

---

① 相关理论参见李杨：《抗争宿命之路——"社会主义现实主义"（1942—1976）研究》，长春：时代文艺出版社，1993年，第98页；[美]海登·怀特：《后现代历史叙事学》，陈永国、张万娟译，北京：中国社会科学出版社，2003年，第127页。

由于不坚定分子的出卖,在十几天后,三十多个白军包围了雷老婆的院子。雷老婆赶忙把"我"藏进一个地窖,连自家男人雷老汉也没有告诉。白军绑了雷老汉,把他吊起来打,但是雷老婆丝毫不透露伤员就藏在屋里的消息,还装聋作哑骗过了敌人。与之相似,发表于1945年3月21日《解放日报》的崔璇的《周大娘》也讲述了一个老妇人救助伤兵的故事。周大娘在麦地里找到一个受伤掉队、奄奄一息的伤兵,叫王来子。周大娘发现王来子的时候,一个日本骑兵正好骑马过来,周大娘机智地掩护王来子转移,逃过了一劫。离开麦地之后,为了防止别人看见,周大娘先把王来子藏在村外的瓜棚,天黑了之后才把他偷偷扶进家。可是,王来子受伤留下的血迹把敌人引到了藏身的小沟村。周大娘先是在匆忙之中把伤兵藏在席卷里躲过了鬼子的第一次搜查,没想到他们半夜又返回来,不但拷打村民,还开始放火烧起房子来。为了掩护王来子,周大娘点燃自己的屋子,装出被敌人打坏的样子躺在栅栏门口大声地哼哼。鬼子最终没再搜查燃起大火的院子,伤兵得救了,周大娘的家却在大火中化为灰烬。在1945年2月7日发表的伍延秀的《红色的布包》中,虽然没有了伤兵,但是"我"变成了一个无家可归的孩子。流浪的"我"在偏僻的山城旁边发现了一间破烂屋子,以为这是"断了香火的人家"就大胆地推门进去想在这里暂住一下。进去之后才发现,破败的屋里坐着一个僮族老妇人。老妇人虽然生活穷困,但依然收留了又累又饿的"我"。不知不觉中,"我"躺在老妇人的怀里睡着了。醒来的时候,发现老妇人吹燃松香,借着光亮看一个小红布包。经过百般央求,老妇人才让"我"看了这个布包,还要我把布包里纸条上的字读给她听。这是红军在此驻扎时用了老妇人二十斤柴草之后留下的一元钞票和一张字条。在狂风嘶叫的夜里,老妇人听着"我"讲起红军,想起自己被抓走当了白军的儿子,眼睛里充满了泪水。

经由这三篇小说,我们已经能够发现其中固定的叙事模式:农村老妇人如同母亲一样救助伤兵或是流浪的孩子。在人类文化的发展过程中，母性已经脱离了生物本能进入意识形态的领域。爱伦·凯曾在《妇女运动》中阐述了母性从生物本能发展为社会意识形态的基本过程：

> 母亲的本能之发展为母性，是文化进步中的最大的成就之一。由于这一个发展，母亲的功能继续不断地变为更为复杂及有区别的。……甚至哺乳及身体上的照料这种初步的母亲的功能，也使母亲的精神生活因温柔、观察力、辨别力及自制力的增加而得到一种教化；一个妇人的品性，在她忙于照料小孩子的一月间，比在职业工作的数年间还要发展得多。母爱及她所唤起的小孩子的互相的爱不单对个人情感的生活有最深的影响，这种爱而正是互助律的第一个方式——它是利他主义的根苗，是现在已发枝的"社会的本能"之建树的嫩芽。①

基于母性的意识形态化，弗杰尼亚·赫尔德甚至提出了"行使母爱者"的概念，更是突破了母性主体之于女性的局限。延安文艺座谈会之后出现的一系列围绕农村老妇人展开的文本叙事，正是在转变的意识形态指引下，努力建构一种新的母子关系的文学实践。

二、血缘关系的缺席

在《雷老婆》等小说中，作者们努力使这些老妇人对红军或八路表现出母亲对待儿子的温情，但是，无论作为"子"的人物具体是什么身份，老妇人的亲生儿女大多缺席于故事现场。《雷老婆》中，作者根本没有提到雷老夫妇的孩子；《周大娘》中，周大娘唯一一个二十五岁

---

① [瑞典]爱伦·凯：《妇女运动》，林苑文译述，上海：商务印书馆，1936年，第162页。

的儿子跟着八路军走了,并没有进入叙事视野;《红色的布包》里,老妇人的儿子在十八岁的时候被县上抓去堵截红军,"永远的埋葬了她的希望"。在全新的母性叙事中,亲生儿子的缺席为小说非血缘的母子关系扫清了障碍,由此也就产生了在新母子关联中增加某些不同于血缘、伦理的情感以实现文学叙事特定目的的可能。

其实,在延安文艺座谈会召开不久,《解放日报》就于6月12日、13日发表了草明的《疯子同志》,其中李慕梅"孩子与革命"的"疯话"成为了此后新母性叙事的序曲。文本的叙述者"我"与李慕梅被关在同一个看守所,几乎在所有人眼里,这时的李慕梅已经是一个不折不扣的疯子。李慕梅在刚刚堕胎不久便和丈夫还有他们三岁的孩子被关到这里。不到两个月的时间,她的小女儿就得了天花。在她小女儿病得厉害急需救治的时候,特务每天都叫她去谈三次话,作为交换条件:"都承认了吧,只要你把实话说出来,我就释放你,送你的小孩进医院"。李慕梅到底也没松口,她的女儿因为救治不力很快死掉。女儿死掉之后,李慕梅完全疯了,总是用低沉的声音对前来巡视的所长反复说着"枪毙了我吧,这样我才对得起革命,对得起我的女孩子"。某次,她的胃口不好,"我"拿了一块榨菜给她下饭,可她伸手接过"我"的榨菜,看都不看"我":"女人,干革命就不能生孩子,要生孩子就只好不干革命,我说,吃了榨菜就吞不下饭,吃了饭怎能吃榨菜?"李慕梅在押期间,正值霍乱爆发,看守所给犯人打预防针,于是她盯着医生问:"种痘不出天花,革命不出母亲,是吗?"又有一回夜里,她摇醒熟睡的"我",用惨淡的声音问:"革命里有母亲的份么?……我算不算母亲?"在李慕梅"神经错乱的脑筋里,永远记得革命、女人、小孩三件事"。当时的"我"还很年轻,"没有做母亲的经验,不明白她为什么死了一个小孩子就会发疯",常常想"是不是她曾经为了努力把这三件事联在一起因而得了疯病"?其实,"革命与母亲""饭与榨菜"的困扰何尝不时刻敲打着"我"的思想?虽然在小说最后,随着"我"年龄的增长、阅历的丰富,"对于'干革命、做女人、和抚育孩子'有了不同的理解",但是,"孩子"在"革命"面前依然不能理直气壮。如果说《疯子同志》还有对于母亲的同情,那么后来作为母亲的"我"的转变却不能不让我们重新去体味这"不同的理解"。1945年,草明决定前往东北战场。临行时,毛泽东问她要不要把孩子一起带走。草明回答说前方工作紧张,不带了。毛泽东回答说:"那好,把孩子交给党。"草明曾在1977年撰写的《毛主席的亲切教导》中回忆此事:

> 我当时的想法,只是感谢毛主席和党的关怀;但时间往后越长,经历的斗争多了些,读了一些马列的书和毛主席的著作,我对主席这句话又有深一层的了解,孩子是我们的后代,不是私人的财产,是属于国家的,属于人民的,特别在我重温《共产党宣言》,读到和两个传统观念决裂时,我又一次想到毛主席这句话的深刻意义。①

作为母亲的草明终于将"母性"的本能进行了"理性"的改造——孩子不再是母亲的骨血;而一个母亲,只有在"教育好自己的儿女,献给我们祖国"②才能获得某种权威价值的认同。

政治需求下母性对亲生子女的让度和对非血缘关系子女的特别观照终于在延安走到了极致。鹿特丹的《儿子》讲述了一个母亲"大义灭亲"的故事。张大妈的儿子祥子是个二十六岁的小伙子,从小不务正业,瘦瘦的脸上长着一双眯缝着的"鸡眼睛"。祥子已经年纪不小,还没有成家。张大妈从来不敢找人提亲,因为乡亲们总说:"祥娃呀!咱们可高攀不上,他是'太君'面前的红人哩!将来还不娶个东洋仔

---

① 草明:《毛主席的亲切教导》,《草明文集》,北京:光明日报出版社,1992年,第2311页。
② 草明:《英雄的母亲》,《草明文集》,第2072页。

什么的。哼！"腊月二十九，祥生嘱咐母亲在家包饺子，自己照"太君"的盼咐去"红区"抢些年货。夜里，枪声在屋外响起，推门闯进一个八路，央求张大妈把他藏起来。那个八路刚刚被锁进柜子，平时跟祥子一起的两个伪军赵大和胡三就到了。张大妈替这个八路打着掩护，两个伪军却回身抬来了被这个八路打死的祥子。看着儿子的尸体，张大妈如五雷轰顶，两个伪军离开之后才又想起被锁在柜子里的那个杀死儿子的人：

>"就是他，他就是那个八路，那个打死了祥娃的……"她一下站起来，追到门上去，想叫赵大他们来，说八路就在柜子里，叫他们抓去，给她底儿子报仇，但她用手去攀着门框，伸出头去，另一个念头，象初夏的雷鸣那样震着她："你底儿子是汉奸！该死的汉奸！"
>
>"不听好话，活该！"她的心里又这样说。①

张大妈最终也没有走出去，她掌着灯打开了柜子上的锁。刚才的事情被那个八路在柜子里听得清清楚楚，出来就跪倒在张大妈面前："娘！你记着吧！打死的是汉奸，不是你底儿子。只有我，我是八路军武工队员，名叫王健，才是你真正的儿子。还有，我们所有的子弟兵，都算是你的儿子，你不要伤心。"

张大妈想为儿子报仇的冲动是母性的本能，它包含着强烈的情感成分。作为一种先天的制约因素，虽然它往往呈现出无意识的样态，却不依赖于某个个体的经验，合乎规律地决定着人的行为。但是，在民族、国家的意识形态下，这种本能被打破了，汉奸该死成为了一种不需

---

① 鹿特丹：《儿子》，《延安文艺丛书·小说卷（下）》，长沙：湖南人民出版社，1984 年，第 477 页。

要求证的逻辑，而且，"打死的是汉奸，不是你底儿子"更是以民族、国家的权威话语改变了母子间的血缘关联。故事情节本身不是问题，我们甚至能够在现实中找到与之相应的事实根据。但是，作为一个经由叙述者再创造的文本，为何偏偏选取了这样一种叙事方式？儿子、母亲、八路三方，本可以存在多种情节组合方式，比如要体现母亲对八路的救助，儿子可以作为一个配角协助母亲；或者儿子也是一个八路，像小说《周大娘》里那样，跟着八路走了，母亲救助八路就像救助自己远方的儿子。但是，小说选择了让儿子与八路之间形成某种势不两立的关系以引发读者情感的震动，进而让这种有违母性本能的痛苦抉择演变成为一种审美上的需求。其间存在的意识形态内涵，是值得反省的。

从《疯子同志》里"干革命就不能生孩子，要生孩子就只好不干革命"的对峙，到《周大娘》《红色的布包》等小说儿子的缺席，再到《儿子》中张大妈的舍子取义，延安文艺座谈会之后的文学创作中新母性主题蕴涵起独特的排他性。比较之前的《孩子》《泪》就会发现，无论孩子是如何的孱弱多病，无论与之相对的是生母、养母，还是保育员，孩子都是被需要的；而在此后的小说里，有血缘之亲的孩子却常常被屏蔽、被抛弃。母性原本具有天然的排他性，当两种"母子关系"共同存在时，人为构建的一方在血缘关系面前很容易相形见绌。为了在文学叙事中突出政治功利使血缘的母子关系绝对服从于革命政治，构建特定主题的表达，经过作家们种种有意识的安排和处理，血缘关系下的子女缺席为政治上的亲密关联腾出了足够的空间。

三、母性的重新认定与权利的缺失

除却对血缘关系的遮蔽，这一时期延安文学创作中，母性主体地位的认证过程也发生了变化。在《孩子》《泪》等小说里，母性的情感是先天存在的，它的存在不需要经由其他方面的认定。《孩子》中生母与养母对孩子的争夺以及由此产生的二人之间的仇恨,其立足点就在于母性的需求,这种需求是否应该得到满足以及应该如何实现,体现着作者的叙事目的。在《泪》中,保育员对良好保育环境的渴望同样是母性诉求急需满足的表现。然而,1942年之后的这些小说中,母性价值及其主体地位却要经历一个后天的论证过程,母亲的高尚需要在第三方的确认之下方能实现:雷老婆的高尚,是因为她宁愿看着雷老汉挨打也不供出伤兵的藏身之处;周大娘的高尚,是因为她忍痛放火烧掉自己的屋子而引开鬼子的搜查;张大妈的高尚,是因为她强压住为生子报仇的本能而救下杀死自己儿子的八路军武工队员……在有关母性的道德评判及其价值认定中,民族、国家利益是叙事观照的主体。在民族、国家对母性主体冠冕堂皇的剥夺中,母性的价值需要经过由民族、国家对其中非自然成分进行检验的二次认定之后才能得以呈现。

在对权利与义务的一般认识中,权利可以理解为资格,即行动的、占有的或享受的资格。同时,权利又包涵着正当性、合法性和可强制执行性的主张,而义务则是被主张的对象和内容,是义务主体适应权利主体要求而发的作为或不作为。另外,权利可以被理解为获得某种承认与保障的利益,是主体被赋予的一种用以享有或维护特定利益的力量,而义务则是为保障权利主体的利益而对一定行为结果所应承受的影响,或一个人通过一定行为或不行为而改变特定关系的能力,常常包含着负担或不利的含义。最后,权利是在特定的人际关系中,承认一个人(权利主体)的选择或意志优越于他人(义务主体)的选择或意志,而义务则处于选择或意识被动实施的位置。无论作家们是否考虑过权利与义务的问题,1942年之前呈现出的母性叙事大都在自然地遵循着权利与义务的制衡。这一时期的创作,不管是为民族、为国家,还是出于生物的繁衍本能,母亲都承担了生育、哺养孩子的义务,但是,恶劣的生存条件、卫生医疗水平阻碍着母亲哺育孩子过程中合法权利的达成。为此,作家愿意代母亲立言,呼吁给予这些母亲基本的物质保障，满足她们合理的情感需求，保障她们作为母亲的合法权利。在这一过程中，权利与义务之间达成了应有的平衡关系。然而，1942年之后延安出现的有关母子的书写中，母亲的权利与义务开始失衡，母性叙事走向了权利缺失的方向。在《雷老婆》《周大娘》《红色的布包》《儿子》等一系列母性叙事文本中，老妇人成了单纯的母爱付出者。她们救助伤兵，掩护被追捕的战士，却要面对自己、亲人被殴打，房屋被烧毁，儿子被枪杀的厄运。她们为民族、为国家无私地奉献着，文本叙述者也同样歌颂着这种奉献精神，但是，作为母亲，她们的真实感受和权利诉求却在叙事过程中被消解得无影无踪。

第二辑

在这种被赋予了政治权威的话语结构中,作家们并非肆意地蔑视逻辑与常识,而是想方设法使某些不合逻辑、有违常识的东西变得合乎逻辑、合乎常识,努力使作品情节的发展变化能够自圆其说。但是,这种生硬的人为构建终究难逃互相牵制、干扰,最终漏洞百出的宿命。在这一过程中,越是那些诚实、严肃的作家,越是身陷尴尬,力不从心。

——《〈创业史〉:细节中的逻辑与常识问题》

"文""史"断裂的起点
——《小二黑结婚》的叙事策略

1946年8月26日,《解放日报》发表了周扬的文章《论赵树理的创作》。文章以《小二黑结婚》《李有才板话》和《李家庄的变迁》三篇小说为例,高度评价了赵树理在小说创作上的成就。时任中共晋察冀中央局宣传部部长的周扬在既有体制中无疑体现着中国共产党高层在把握文艺发展方向上的意图。事实证明,赵树理迅速成为延安文艺整风之后推行文艺新规范的标杆。"赵树理方向"的提出带来了中国文学叙事模式的转折,除了它大众化、通俗化的艺术形式之外,更重要的是一些创作思想、叙事策略等方面的经验,在之后几十年的文学创作中影响深远。

赵树理的《小二黑结婚》于1943年9月由华北新华书店出版。小说出版后,一度受到批判。当时的《新华日报·华北版》曾发表文章批评它不宣传抗日,一心去描写男女之情、婚姻琐事,思想简单、庸俗,登不得大雅之堂;更有人将之称为鸳鸯蝴蝶的"海派货色"。然而,1943年底,毛泽东向延安文艺界推荐了赵树理,说"太行山出了一个了不起的青年作家"。于是,延安文艺界风向陡转,纷纷盛赞赵树理的创作。周扬在《论赵树理的创作》中称赞小说并非是在"讴歌自由恋爱的胜利",而是"在讴歌新社会的胜利(只有在这种社会里,农民才能享受自由恋爱的正当权利），讴歌农民的胜利（他们开始掌握自己的命运，懂得为更好的命运斗争），讴歌农民中开明、进步的因素对愚昧、落后、迷信等等因素的胜利，最后也最关重要，讴歌农民对封建恶霸势力的胜利"。那么，这篇小说何以引起争议，其命运又何以如此转折，我们不妨回到小说本身，来讨论其中某些特定的叙事策略。

《小二黑结婚》描写了刘家峧一对农村青年波折的恋爱经历。男主人公小二黑是村里一个年轻漂亮的后生，曾在反扫荡中获得特等射手的奖励。他与三仙姑的女儿小芹"相好"已经两三年，但小二黑的父亲"二诸葛"和小芹的母亲"三仙姑"都极力反对这门亲事。"二诸葛"是个半吊子"神仙"，无论做什么都要卜上一卦。他反对小二黑跟小芹结婚，是因为二人八字相克，小二黑是金命，小芹是火命；而且出生的月份也不对，所谓"犯月"，不宜婚配。"二诸葛"给小二黑收了一个童养媳，掐算了半天说是"千里姻缘一线牵"。小芹的母亲"三仙姑"则打着自己的算盘，私下里把小芹许给了退伍旅长吴先生。除此之外，村里的恶霸金旺对小芹垂涎三尺，借着自己和兄弟兴旺在村委的权势，从中作梗，不但处处刁难小二黑，开他的斗争会，还趁着小二黑与小芹约会之际将二人捆了起来，说是"捉奸要双"。就在二人困难重重之际，区政府出面成全了他们的婚事，不但派交通员把"二诸葛"和"三仙姑"传到区公所进行批评教育，讲明了婚姻自主的法令，责令"二诸葛"和"三仙姑"取消"不合法的订婚"，退还相关的彩礼，还派民兵到刘家峧把金旺兄弟押起来，判了十五年徒刑。至此，小二黑和小芹得以顺利成亲，过上了安稳日子。

小说以小二黑和小芹冲破旧婚姻制度的枷锁而获得父辈们不曾想象的新生活的经历，展现了新政权下边区农村婚姻制度改革的成就。赵树理把自己的小说称为"问题小说"。他说："为什么叫这个名字，就是因为我写的小说，都是我下乡工作时在工作中所碰到的问题，感到那个问题不解决会妨碍我们工作的进展,应该把它提出来。"①那么,《小二黑结婚》对边区依然存在的旧婚姻礼俗的抨击、对一部分农民觉悟不高的揭示、对农村基层干部鱼龙混杂状况的鞭笞,都印证了赵树理上述话语。由此可见,其创作出发点的确是要揭示问题的。

同时需要注意的是,赵树理这一创作的意图与延安文艺座谈会之后的文艺政策的契合。1949年,他在回顾自己的创作时说:"在十五年以前我就发下洪誓大愿,要为百分之九十的群众写点东西……直到1942年延安文艺座谈会上毛主席发表了文艺工作新方针之后,在党的培养和帮助之下,我的这一志愿才得以畅顺的发展。"②当赵树理看到公开发表的《在延安文艺座谈会上的讲话》时发现,自己多年来在文艺道路上的理想竟然与一个强有力的人物乃至一个政党的文艺思想有着惊人的相似,他像得到了土地的农民一样欣喜若狂:"我那时虽然还没有见过毛主席,可是我觉得毛主席是那么了解我,说出了我心里想要说的话。十几年来,我和爱好文艺的熟人们争论的、但始终没有得到人们同意的问题,在《讲话》中成了提倡的、合法的东西了。"③

延安整风运动之后,文艺界原有作家在创作上的迟钝与迷惘令延安文坛一片萧条之时,"农民作家"赵树理创作的《小二黑结婚》反映边区生活、歌颂婚姻制度改革成就,无疑适应了需要。这就无怪乎周扬要对赵树理特别重视了:

> 这个农村中的伟大的变革过程,要求在艺术作品上取得反映。赵树理同志的作品就在一定的程度上满足了这个要求。

---

① 赵树理:《当前创作中的几个问题》,《火花》1959年6月。
② 同上。
③ 参见戴光中:《赵树理传》,北京:北京十月文艺出版社,1993年。

> 我只说了他的好处,而缺点几乎一点也没有讲,是的。我与其说是在批评甚么,不如说是在拥护甚么。"文艺座谈会"以后,艺术各部门都达到了重要的收获,开创了新的局面,赵树理同志的作品是文学创作上的一个重要收获,是毛泽东文艺思想在创作上实践的一个胜利。我欢迎这个胜利,拥护这个胜利!①

周扬的文章将赵树理的创作提高至无产阶级文艺胜利果实的高度,却淡化了《小二黑结婚》是为了配合当时边区政府颁布的《婚姻暂行条例》和《妨碍婚姻治罪法》的现实意图。面对小二黑和小芹备受阻挠的婚姻,赵树理给了读者一个皆大欢喜的结局。然而,山西省左权县政府刑庭于民国三十二年6月5日签发的一纸刑事判决书在小说发表数十年后再次浮出水面,让我们不得不对这篇小说重新认识。这纸判决书中遇害身亡的岳冬至就是赵树理笔下小二黑的原型。当时赵树理正在位于左权县的中共北方局党校调研,亲自听取了案件的审讯,并在村里进行了二十余日的调查,最终以此案为素材,写出了《小二黑结婚》。与史实相对照,不难看到这篇小说对原形的重要改写以及改写中透露的叙事策略。

关于文学与历史之间的关系,梁启超、邓之诚、陈寅恪都有过相关著述,并形成了"文史互证"的方法。简言之,"文史互证"包括"以诗证史"和"以史证诗"两个层面。前者以诗文为基础,考察其中人物、事件、地域等史料成分,参照史籍记述,力图全面地把握历史真相;后者基于相关史料考证、解读诗文,尤其重视诗文中所包含的与当下相映照的历史事实。与此相通,形式主义对"故事"存在两种理解,一是"实际上发生了的事",二是"通过作家叙述形成的事"。

---

① 周扬:《论赵树理的创作》,《解放日报》1946年8月26日。

不同于那些纯粹虚构而成的"故事",《小二黑结婚》的特殊之处就在于它同时具有"实际发生"的"史"和"叙述而成"的"诗"这两个层面。

先来看"实际发生"的"史"。

1943年阴历三月十七日清晨,山西省左权县横岭村农民岳三喜起床前往牛棚,打算赶牛下地干活。在牛棚前,却看到了惊人的一幕:一个人脖子上套着麻绳背冲门口吊在牛棚门的横梁,两腿弯曲,跪在离横梁不足五尺的牛粪堆上。那人已经僵硬冰凉,扳过脸来一看,竟是自己的弟弟岳冬至。

岳冬至时年18岁,刚刚当选村上的民兵队长。在村民们眼中,这个相貌堂堂的小伙子向来活泼开朗,怎么会突然在自家牛棚上吊自杀呢?牛棚门十分低矮,以岳冬至的身高站起来腿都伸不直,所以自缢身亡的可能性很小。据当时左权县公安局侦查员赵晋鏖提供的尸检结果来看,"嘴唇微开,牙关紧咬,颈部索沟无充血现象",这显然不是自缢应有的迹象。而出现在死者脊背、臀部和两腰肾囊上的黑紫色淤青更使侦查员对岳冬至自杀的表象无法相信。经过多方面的调查,该案的犯罪嫌疑人锁定在案发当夜前往高峪开会的村长石献瑛、青年部长史虎山、救联会主席石羊锁和救联会副主席王天保。最后,山西省左权县政府刑庭认定:"查该史虎山与岳冬至因争风嫖娼结下仇恨,此次踢死岳冬至本应偿命。惟以踢死岳冬至之原因是初而殴打,继而不防一脚踢死。并非立意要致岳冬至于死。且该犯年未满18周岁,尚未成年,依法应减轻,故从宽处理免于判处死刑,以冀自新。王天保伤害他人身体应以伤害论罪,石献瑛、石羊锁滥用职权命令史虎山、王天保捆打岳冬至应以渎职论罪。"

判决书中的岳冬至就是小二黑的原型;所谓"争风嫖娼结下仇恨",实际上指三个村干部因追求一名叫智英贤的女子与岳冬至结下的矛盾。智英贤,即《小二黑结婚》中小芹的原型,是横岭村妇女主任。据村民回忆，她面容姣好，为众多男青年追求，其中就包括岳冬至、史虎山、石献瑛和王天保。

编写《太行根据地文化》的作家一丁曾就此案采访了当事人石献瑛，后者讲述了整个事件的经过：阴历三月十六日下午，上级通知村干部到高峪开会，岳冬至缺席。参加会议的石献瑛、史虎山等四人怀疑岳冬至趁他们不在偷偷与智英贤约会，于是便在返村的路上计划开岳冬至的斗争会。"原想斗争他一顿，捆他一绳就算了，可他在会上始终不承认，我们捆他时，他不让捆，就厮打起来。"王天保用木杠重击岳冬至的脊背，"史虎山在他裤裆踢了两脚，大概踢到蛋上，他就躺下了"。后来一摸，已经没了呼吸。于是，石献瑛等人连夜把岳冬至的尸体吊到岳家的牛棚里，制造了他上吊自杀的假象。[①]

至此，我们再来看《小二黑结婚》对历史事实的重述。

所有的故事都是一个具有主题意义的结构。值得注意的是，作家创作故事的目的总要表达特定的主题，而且要有效地实现作者意图。因此，小说的叙述也势必朝着作者期望的结局发展，无论话语层次以何顺序或以何方式来展开这一事件。所以，文学文本的形成，不是一种偶然结果，"叙事不仅仅是故事，而且也是行动，某人在某个场合出于某种目的对某人讲一个故事"，故事事件及其讲述方式都是为特定主题服务的。[②]

那么，在山西省左权县的历史事件与赵树理的作品之间，"实际发生"的"故事"是如何被叙述从而成为从作品中得到的，且按其自然顺序排列出来的被叙述的事件？

[①] 相关史料参见一丁：《太行根据地文化》，北京：中国文史出版社，2005年，第45页；杜兴："小二黑"之死，《先锋国家历史》2009年第1期。

[②] 相关理论参见[美]詹姆斯·费伦：《作为修辞的叙事：技巧、读者、伦理、意识形态》，北京：北京大学出版社，2002年，第14页。

在格雷马斯的"行动素模型"中，叙事作品中的人物被分为六种"行动素"并构成三组对立关系，即主体/客体、发送者/接受者、帮助者/反动者，三组对立关系与出现在绝大多数叙事作品中的三种基本模型相对应：欲望、寻找或目标；交流；辅助性的帮助或阻碍。不同的叙述者，基于不同的时代、文化背景、主观意图，即使在叙述同样的故事时，也常会"改编故事的阶级和时代"，"故事的构想，甚至风格"。因此，在同样的故事情节框架之下，通过考察不同的文本突出了什么、遮蔽了什么、改写了什么、删除了什么，或许可以窥见作者特定的创作目的，乃至时代风向标的走向。在此，我们不妨将历史叙事与文学叙事同时置于"行动素模型"之中进行比照，这将有助于贴近《小二黑结婚》的叙事意图及作品主题。

三组对立关系中，主体、客体在历史叙事与文学叙事中保持了一致。历史叙事中的主体岳冬至当时18岁，刚刚当选为村上的民兵队长。他中等个头，相貌堂堂，是个活泼开朗的小伙子。"文学文本"中的小二黑"打死过两个敌人，曾得到特等射手的奖励"，"他的漂亮，那不只在刘家峧有名，每年正月扮故事，不论去到那一村，妇女们的眼睛都跟着他转"。在两种叙事过程中，主体都被当作正面的、积极的元素。按照一般的审美期待，这一元素也就催生着一个圆满结局的心理暗示。历史叙事中作为客体的智英贤与"文学文本"中作为客体的小芹相吻合，年轻漂亮，为男青年们所追求。但是，当这两组"行动素"被置于不同的叙事过程中时，"历史文本"打破了主体、客体所预示的美好结局，岳冬至的死，智英贤的远嫁，与"文学文本"中的二人终成眷属相去甚远。

两种叙事的不同，更多地体现在反对者和帮助者的对应关系上。

在历史叙事中，反对者一方，包括21岁的村长石献瑛，不满18岁的青年部长史虎山，25岁的救联会主席石羊锁和20岁的救联会副主席王天保。对应的文学叙事中，反对者是三仙姑、二诸葛这两个代表着旧家庭、旧婚姻秩序的长辈,二人装神弄鬼,在特定的语境中被置于了读者审美期待的对立面。同时,赵树理还增添了金旺兄弟,"刘家峧没有人不恨他",他们早先为非作歹,成了村干部也是投机所得,后来作恶也就不足为奇了。两组叙事中虽然都存在着反对者,但是身份发生了改变,这种改变本身就含有鲜明的意识形态性:历史叙事中的村长、青年部长、救联会主席副主席等权力机构的代表被替换为旧势力和恶势力的代表,权力行使者的暴力行为也就相应地被更改为旧思想余孽的干涉和横行乡里的恶棍行为了。文学叙事隐藏和更改的,是历史叙事中的权力关系与暴力手段。此外,两组"行动素"的不同还在于文学叙事中存在指向反对者的否定性预设,而在历史叙事中,反对者实施了反对行为但并不具有提前的是非好坏判定。

帮助者在历史叙事中是缺席的。正是"帮助者"的缺席,显露了整个事件的血腥、暴力与残酷。岳冬至的爱情以付出生命为代价,虽然致他死命的人最终因为伤害罪、渎职罪受过,但在岳冬至被殴打致死的过程中,没有任何正义元素出现。至于结案之后,致岳冬至非命的人虽然服刑但仍然觉得自己所为乃是正确之举,依然是个含混而有待商议的问题。相对于历史叙事中帮助者的缺席,文学叙事里增添了区长、区政府这一强有力的帮助者,从根本上决定了整个叙事过程的走向,也改变了作品的基调。相对于历史叙事的阴沉、暴力、残酷,文学叙事中区长、区政府的出现无疑是一道正义的曙光,一个预示喜剧性结局的前奏,一个确保创作目的和主题实现的重要因素。

明确了叙事中"行动素"的对立关系之后,再来看"情节"。它的特定表达方式或叙述手法构成了特定话语对故事事件的特殊关照。根据"实际发生"的"故事",赵树理在《小二黑结婚》的叙事过程中对"情节"的创造实则是特定话语的表达。

在无产阶级文艺中,"斗争"几乎成了永恒的主题。既然有斗争,那么至少要存在两个阵营的对立。就作为"历史文本"的岳冬至案来说，如果从思想宣传的角度确立生发点，悲剧的酿成可以被看作陈旧的婚姻观念对青年男女的迫害，从中可以提取的是新旧两种观念、意识的对立。然而，一旦落实到现实的人物、事件，则无法回避村干部假公济私，失手打人致死，形而上的意识形态矛盾在此也便成了基层党员干部之间的冲突。这对于一个刚刚建立不久，不论在政治功业还是在文艺创作中都在努力树立自己光辉形象的新政权来说，如此"实事求是"的叙述显然是不合时宜的。另外，石献瑛、史虎山等四人虽均已服刑，但对于死者岳冬至，他们一致认为"斗争有理"：岳冬至17岁的时候，父母就给他买了一个不足12岁的童养媳，尽管岳冬至对这个童养媳颇不满意，但在众村民眼中，父母之命已然使其成了"有妇之夫"；与之相好的智英贤则在年幼时被父亲以200块大洋的身价许给了一个祖籍河北武安县的四五十岁的富商。因此，据当事人的言论，斗争岳冬至并非出于私心，而是为了维护革命队伍纯洁和乡村道德的正当举动："有家的人，你们还混在一起，作风不好，斗！"于是，在这场挟带私恨的斗争中，惨剧发生了。在这则"实际发生"的故事中，有着民众、村干部对旧婚姻秩序的认同，暴露出的是新政权下旧思想、旧观念的残余，以及实际存在的权力关系：对于道德上的僭越者，有理由对其使用暴力，以便维护道德权威和革命队伍的秩序。所以石献瑛等人虽然服刑，仍然坚信自己在道义上占据制高点。这一实际情况与赵树理文学叙事中皆大欢喜的结局形成了巨大的反差。在延安文坛经历了文艺整风的暴风骤雨后，赵树理不可能再像那些一心想做"谏臣"的延安文艺青年，对新政权指手画脚。他所选择的是将阻碍婚姻自由的责任绑定在虚构的"二诸葛""三仙姑"所代表的落后人物、落后观念上。这种文学重述背后的意图已是不言自明。

在赵树理对岳冬至案的文学重述中，小二黑与小芹的自由结合只是叙事者对边区婚姻法令浮于表面的迎合。在这样一个功利目的明确的文本中,小二黑与小芹只不过是向某种势力挑战的符号,其中只有所谓两种势力的斗争,却全然没有对小二黑与小芹之间情感或关系的可靠表述。他们更多地被用作一个参照,以显示新政权给社会生活带来的改变,而历史事实中的暴力、残酷与血腥,全部被作者屏蔽。所以,如果没有外围的史料参照,当我们将独立的历史事实与其文学重述摆在一起时,很难想象两种叙述出自一个"故事",甚至难以找到其间的关联,致使"史"与"诗"的沟通困难重重。

1941年8月13日,晋冀鲁豫边区政府召开临时参议会,开始讨论关于发布婚姻暂行条例的事项,并于1942年1月5日正式颁布了《晋冀鲁豫边区婚姻暂行条例》,该条例共有7章25条,以法律的形式确定了男女婚姻平等、自愿和一夫一妻制的原则,规定订婚、结婚都必须"男女双方自愿,任何人不得强迫","禁止重婚、早婚、纳妾、蓄婢、童养媳、买卖婚姻、租妻及伙同娶妻"。1943年1月5日,在《晋冀鲁豫边区婚姻暂行条例》颁布一周年之际,为进一步贯彻执行边区婚姻暂行条例,经晋冀鲁豫边区临时参议会通过,由边区政府颁布了《晋冀鲁豫边区妨害婚姻治罪暂行条例》,对妨害婚姻的行为给予严惩,其中明文规定"买卖婚姻者、勒索财物妨害婚姻者、强迫不到结婚或订婚年龄之男女结婚或订婚者、不经本人同意,而强迫其结婚或订婚者,处以一年以下徒刑或三百元以下之罚金"。边区政府和边区妇联同时组织开展暂行条例的宣传,并将其作为民政事务与妇女运动的重要工作方针,赵树理的《小二黑结婚》与之关系密切。从主张婚姻自由的角度看,该小说的出现实属必要,甚至从某种意义上说,《小二黑结婚》亦从另一个层面对边区婚姻变革的"史"做出了回应。虽然我们不能要求作家的创作都要严格地还原历史,成为历史事件的文学复刻,而且《小二黑结婚》作为一个小说文本自然也谈不上故意的隐瞒与欺骗,但是,小说以对带有政治权威的政策性史实的文学重述取代另一种鲜活而又发人深省的历史真相之再现,其中文学独立品格的遗失是不容置疑的。在接下来的几十年中,文学叙事陷入了政策史实与生活史实的博弈,对政策史实的文学叙述可谓一路高歌,生活史实悄然隐退,从《登记》到《创业史》《艳阳天》,从婚姻法的颁布到互助合作的推行,文学与政策的呼应成为文学创作的主线。

《创业史》：细节中的逻辑与常识问题

在《创业史》发表后的几十年中，这部小说始终为文学研究界所关注。从主题研究到人物分析，从叙事模式的讨论到时代意义的解读，从文学史的经典化阐释到反思性的文本重读，可以说是延绵不绝。然而，在合作化的尝试宣告失败三十余年之后，我们应该怎样看待这部当代文学史上无法跨越的反映中国合作化的文本？许多研究者已经就此进行了回答，对小说中"左"的路线叙事、绝对化的阶级斗争观念等诸多问题进行了讨论。在此，笔者不想过多涉及小说中农业合作化的历史局限，而仅就小说的某些细节来看《创业史》那被广为称赞的情节设置与人物形象塑造是否真的像人们说得那样无懈可击？或许我们也可以进而思考另外一个问题，在这样一部饱含意识形态指向的文学作品中，其艺术性是否可以游离于主题之外而获得某种独立的存在？

从宏观看，小说围绕着两条路线之间的较量，情节的展开是合乎逻辑的，当然也与作者意识形态的指向保持了一致。但是，当我们把目光置于文本细节之上，就会发现某些有违逻辑甚至是有违常识之处。

一、"活跃借贷"的糊涂账

小说中，梁生宝的互助组刚刚起步，蛤蟆滩就遇上了困难。春荒时节，村里的贫雇农没有粮食，不说口粮不够，连种子都没有。于是，村领导们再次准备发动"活跃借贷"。按照代表主任郭振山的说法,"贫雇农虽然分了田地,但生产的底子很差","要是村干部不组织余粮户给他们借贷,他们势必要受各村余粮户的剥削"。①然而,村里的余粮户都以各种理由推托。

借贷动员会后的一个细节值得我们注意。富裕中农郭世富对欢喜说:"你四爹前年吃了我七斗'活跃借贷',秋后还了二斗;去年吃了五斗,一颗也没还。"对此,欢喜的回答是"你要在春荒时节讨陈账,你比地主还可恶喀"。②在对话中,小说开始了对富农和富裕中农在春荒的紧张时节讨要旧账的"为富不仁"的形象塑造。紧接着,作者进一步构造、巩固这一类人物的"丑恶嘴脸"。高增福向郭振山汇报富农姚士杰悄悄向黄堡村运粮,郭世富假借上寨村他姐家放高利贷时的那一句"富农还有好心眼吗"为整个事件及人物形象的塑造定下了基调。之后,为了证实姚士杰的行为,高增福打着借用姚家碾房的旗号,溜到姚家院子里,通过没糊纸的窗格,看到前楼下放着几条装满粮食的口袋。由此,他明白了其中的秘密:"富农把粮食往外村转移,假亲戚的名,剥削穷庄稼人;本村的困难户又转弯抹角,投面子向外村掏大利借粮哩。"为了表现高增福对富农转移粮食的警惕,他一整天都蹲在土场上机警地留意着姚士杰家的动静。小说解释这种行为"既不是责任感,也不是好奇心,而是一种强烈的阶级感情",他对邻居的仇视是"刻骨的,不可调和的"。③

而后,小说设置了姚士杰在半夜里运粮出村,高增福向郭振山汇报和冯有万带枪追赶,姚士杰虚晃一招绕道出村的紧张一幕。这一情节的设置可谓是一箭五雕:一、黑夜偷偷摸摸运粮出村,烘托了姚士

---

① 柳青:《创业史》,北京:中国青年出版社,2009年,第47页。
② 同上书,第52页。
③ 同上书,第66页。

杰运粮这一事件的不光彩,使人们在情感上已将其列入"不合法"的范畴;二、高增福向郭振山汇报,证明了此事决非私仇家恨,而是正经八百的公事公办,是阶级对阶级的斗争;三、郭振山在得知此事后的种种反问,又为小说中郭振山走上个人"发家致富"的道路埋下了伏笔;四、冯有万带枪追捕,强化了此事在"活跃借贷"中的严重性;五、姚士杰绕道出村,则显示了富农是何等狡猾,何等不好对付,暗示着蛤蟆滩的斗争依然是"艰苦卓绝"的。

这一系列的情节设置和人物性格的塑造在小说中起了至关重要的作用,为之后故事情节的发展即互助合作面临的种种困难以及富农和富裕中农的暗中破坏打下了基础。但是,如果我们稍加留意就会发现,之后的一些细节与之前的情节铺垫并不存在逻辑上的承接,甚至是完全解构了作者颇费心机的情节设置。

少年欢喜最终没能把秘密藏在肚里,更无法压制住自己的愤怒,将郭世富背后逼还粮食的事告诉了任老四。面对任老四的不满,欢喜进一步解释说:"我猜想:他也不是真朝你要粮。他是拿这话堵干部的嘴哩。你再不指望低利吃大户的借粮,就对了。"① 那么,除了"活跃借贷"之外,当时是否还有其他可以解决农民粮食短缺的方法呢?小说这样描写那些等待粮食接济的贫雇农:"他们坐在教室里不走,理直气壮地想依靠共产党和人民政府";看着聚在一起的村干部猜想,"也许商量用农业贷款接济春荒吧"。② 由小说的叙述和相关历史材料得知,对于春荒时节的粮食短缺,国家提供了农业贷款。③ 那么,依照小说中的逻辑,这些贫雇农为何不保留"阶级的自尊心"和"依靠共产党和人民政府"的自信心向国家借贷呢?其原因在于:国家借贷不是不要利

---

① 柳青:《创业史》,第62页。
② 同上书,第115、116页。
③ 《做好农业贷款工作,支持春耕生产》,《山西政报》1953年第8期。

息的,根据资料显示,1953年国家发放农业贷款,"贷款利率,一般生产贷款,农副业贷款,关内一律为月息一分,东北九厘不变"。[①] 所以,在欢喜对任老四说的那段话里,"低利"就成了问题的关键所在。任老四第一年向郭世富借粮七斗秋后还两斗,第二年借五斗未还,而从一开始郭世富与欢喜的对话中我们又可以得知,任老四应还的粮食是多少呢?"统共欠我一石。"如此看来,根本就是无利借粮。算过这样一笔账之后,逼还借粮中存在的问题暴露无遗:一方面,这与"低利"一说存在明显的矛盾,而"活跃借贷"中贫雇农节省大笔利息而"有利可图"的事实也使作为小说核心概念的所谓阶级觉悟变得不堪一击;另一方面,郭世富等余粮户接连两年无利借给贫雇农粮食救急,那么小说经过一系列的情节推演而着力打造的富裕中农的"剥削本性"也就无法成立了。

根据小说里高增福连夜向郭振山汇报姚士杰运粮出村时得到答复来看,"活跃借贷"只是政府的指示而不是法令,"咱不能强迫人家嘛"。所以,活跃借贷本不应该存在依靠行政力量强制执行的可能,而是村里的余粮户在自愿的情况下,拿出粮食以解无粮贫雇农的燃眉之急。但是,"带枪追捕"的情节构成了作者无意间对生活真实的泄露,从中倒可看出所谓"不可强迫"的真相。而且,小说写道:"俗话说得对:'吃人的嘴软,欠人的理短。'"所以欠了粮的任老四"目光躲避着郭世富的目光,不声不响,跷出草棚院的街门,走了"。[②] 这样的描写是合乎人情也是合乎逻辑的。但是没过多久,在蛤蟆滩另一次试图解决"活跃借贷"的群众会前,高增福"去拍姚士杰的黑漆街门扇,把手都拍疼了",在会上又暗自痛恨不能当面质问姚士杰:"你为啥不帮困难户度春荒?你没余粮?你的余粮哪里去了?是不是暗地里在黄堡村放高利

---

① 《人民银行调整利率》,《中国金融》1953年第3期。
② 柳青:《创业史》,第92页。

贷？说！依实说！土改的风头刚过去，你就回到剥削的老路上了……"①一前一后，形成了强烈的反差。这样的描写固然表现出高增福敏锐的"政治觉悟"和"危机意识"，但是，这个在小说中被当成正面形象来描写的人物，作者给予他的所作所为是不是又与前面"活跃借贷"的性质和"吃人嘴软"的常识相矛盾呢？

面对郭世富的讨债，少年欢喜可谓言辞激烈："没粮！官司打到北京城，也没粮！放开你的马跑！"②借助这样的语言，作者试图写出欢喜的简单、不成熟，但更多的是在表现小伙子对待富裕中农的斗争精神和阶级立场。拒绝还粮在小说里俨然成了一件象征着阶级觉悟和斗争精神的事情。然而，随着场景的变换，这种行为的性质却发生了变化。当兵痞白占魁要求加入互助组时，高增福坚决反对，理由就是前两年他领了活跃借贷粮之后扬言"土改吃地主，活跃借贷吃富农和中农"，"他领借贷粮的时候，根本没准备还嘛"。③在这里，前后同样的事情，为何态度转变如此明显？任老四同样欠了"活跃借贷"，照样加入了互助组。如果说任老四为人老实勤恳，借粮之后无论怎么努力都无法还粮，而白占魁口出狂言，态度恶劣，需要区别对待，那么高增福带着仇恨去拍姚士杰的门，在心中咒骂姚士杰，又该怎样解释？

小说在对富裕中农上集卖余粮的描写中透露了一个细节：

> 玉米和青稞，都在前两年（一九五〇和一九五一年），被蛤蟆滩的贫雇农"活跃借贷"去吃了。嘴说还，实际大多数没什么可还的，还了，就得当下另借。④

---

① 柳青：《创业史》，第117页。
② 同上书，第52页。
③ 同上书，第122页。
④ 同上书，第350页。

由此看来，借粮不还的状况普遍存在，谁该享受"活跃借贷"的关键还是在于阶级身份的不同。在这样的斗争思维里，兵痞白占魁不该得到"活跃借贷"，而同样欠粮的任老四、高增福等人则可理直气壮地向富农索粮。针对同一事件的两套不同执行标准以及两种不同结果，只有按照阶级斗争的思维才能对其做出解释，如果离开了这一前提，又是一笔逻辑混乱的糊涂账。

二、丰产增收

随着故事情节的发展，梁生宝为蛤蟆滩买回了新的高产稻种"百日黄"。那么，是什么促使他这样做，又是什么让他对互助合作充满信心？小说写得清清楚楚："庄稼人尽管有前进和落后、聪明和鲁笨、诚实和奸猾之分，但愿意多打粮食、愿意增加收入，是他们的共同点。"[①]代表着党的声音的杨书记同样也持这样的观点："大部分庄稼人要看事实哩"，"这个和土改不同，你说得天花乱坠，他要看是不是多打粮食，是不是增加收入"。与此对应，那些积极参与互助合作的贫雇农又是怀抱着怎样的理想呢？"他们不能仅仅满足于几亩土地，满足于半饥半饱，满足于十年穿一件棉袄，满足于肩膀被扁担压肿！"[②]由以上两个方面可以看出，这些贫雇农之所以加入互助组，主要是因为一种目标性的契合。但是，梁生宝反驳继父个人发家致富的论断又让我们不得不对这种"契合"产生怀疑：

> 怪得很哩！庄稼人，地一多，钱一多，手就不爱握木头儿把哩。扁担和背绳碰到肩膀上，也不舒服哩。那时候，你就

---

① 柳青：《创业史》，第95页。
② 同上书，第117页。

想叫旁人替自个儿做活。爹,你说:人一不爱劳动,还有好思想吗?成天光想着对旁人不利,对自个有利的事情!①

由此看来,互助合作的目的显然不是单纯的"多打粮食,增加收入",而有着更深层的诉求,它更多地指向所谓消灭剥削。关于如何消灭剥削,小说中"消灭私有制"的说法显得过于形而上,而具体的细节却透露给我们更多的信息。面对土改法的失效,贫雇农开始发愁:"眼看着失掉了对富农和富裕中农的控制,要是没什么新的国法治他们","几年工夫,贫雇农翻身户十有九家要倒回到土改以前的穷光景去"②,而等互助合作的根"扎稳",富农和富裕中农就"张狂不起来了"。所以,互助合作的成功关键不在于粮食的丰产,收入的增加,而在于对富农和富裕中农的控制。

对富农和富裕中农的控制以一种具体的方式实现:新的稻种和耕作技术不能向富农和富裕中农推广。新来的技术员在讲解增产的"扁蒲秧"培育方法时,欢喜在旁边提醒"那说话的是富农,听话的是富裕中农",两个人是"互助组的敌人",意在保护这种高产的耕作方法不能让富农与富裕中农学去;郭世富到县里买来"百日黄"的高产稻种,更被视为是"企图降低互助组影响"的阴谋诡计。到这里,问题出现了。首先,姚士杰、郭世富等人是不是小说之前所说的"庄稼人"?在小说的前前后后,有不少关于姚、郭二人的描述。姚士杰本身是个好劳力,他"眨眼工夫,在后园里整出了种茄子和种辣椒的地,用小锄给韭菜松了土,给两架大葡萄浇了水"③;他又是那么地"起早贪黑,经营牲口",小心翼翼积攒家业,就算院里有一根柴枝,也要捡起来送到伙

---

① 柳青:《创业史》,第99页。
② 同上书,第150页。
③ 同上书,第139页。

房,"为家业和庄稼,熬成什么样子"。①郭世富本是一个普通的佃户,因为务实肯干被不会经营田产的韩师长选中独家承租了一片稻地。几年过去,他发了家,但这背后是"破命地干活,连剃头的工夫也没","毛茸茸的头发里夹杂着柴枝,两手虎口裂缝里渗出血来"的结果。②这些人生活在农村,以作务庄稼为生,又具有"多打粮食,增加收入"的愿望,而且吃苦耐劳,可以说是蛤蟆滩最出色的"庄稼人"。但是,在新技术推广、高产稻种的使用中,新来的技术员韩培生直言"互助组要用集体的力量压倒富裕中农",又有来自组织上"要克服单纯推广农业新技术的偏向,要帮助做点巩固和提高互助组的工作"的指示③,彻底把这些"庄稼人"以"富农和富裕中农"的身份排除在外。其次,小说在不同的场景描写了姚士杰、郭世富是怎样的劳作能手,又是如何地精打细算,学习新技术,引入高产稻种可以说完全符合两人的身份、习惯和生活目标的设定,相比小说里那些贫雇农来说,他们更像是地地道道的"庄稼人",他们更注重自己的现实收益,更在乎"多打粮食,增加收入"。那么,何来"企图降低互助组影响"?这样的矛盾只有放在人为制造的阶级斗争思维里才能勉强解释得通。最后,梁生宝有句话可以说掷地有声:"互相帮助,甭互相妨碍。"④然而在梁生宝所领导的互助组对待姚士杰等人的态度上,我们很难发现"甭互相妨碍"的存在。比如小说写高增荣缺少牲口,姚士杰缺少劳力,两个商量一起耕作。对于这样的"互助",高增福忍无可忍,咬着牙说:"你们看这是不是往我脸上撒尿?"⑤

所以,小说在对互助合作发展生产、增加收入的情节化叙述中,可

---

① 柳青:《创业史》,第278页。
② 同上书,第54页。
③ 同上书,第364页。
④ 同上书,第485页。
⑤ 同上书,第171页。

谓逻辑混乱，里面存在着大量斗争思维下另起炉灶式的逻辑关系，存在着太多庄稼人、贫雇农、富农和富裕中农在概念和范畴上的偷梁换柱。

三、"纯真"与"贱货"

《创业史》不只是男人之间的故事，女性在小说中同样推动着情节的发展。

女主人公徐改霞是作者用心塑造的一个人物，着力描写她思想上逐渐成熟的过程。小说把徐改霞最初对互助合作的怀疑与感情上的犹豫归结为她的纯真："她是这样纯真，只有正心眼，没有拐心眼。"而且，作者又对此做了进一步的阐释，说她"习惯了以最好的假设估计她所敬佩的人，以最坏的假设估计她所厌恶的人"。这就不能不让人对她的纯真有所保留，因为根据常识，纯真的女孩子大多是把事情想得过于美好，并不太乐意去相信生活中那些丑陋与肮脏。徐改霞随后而来的心理活动更是让人无论如何也不能相信她的纯真："当她知道富农和富裕中农，竟明目张胆地抵制活跃借贷工作的时候，她真是恨得直想用她自己的手，去扭掐姚士杰和郭世富，用她自己的口，往他们的厚脸上唾！"① 这样的形象恐怕很难符合小说预先设计的女孩的"纯真"。在作者笔下，我们只能看到出自斗争思维的刻骨仇恨以及一个个体自我意识的丧失。而且，根据那个年代的实际情况，与地主、富农之间的斗争是阶级斗争，与富裕中农的斗争并没有进入到阶级斗争的范畴，但在小说表现徐改霞的"纯真"时，这一切都被混为一谈。另外，对于同梁生宝的感情，徐改霞的理解让人既感可笑又觉可悲："家庭是一个共产党员和青年团员的陷坑。你稍不警觉，就会失足。"② 在作者对徐改霞的

---

① 柳青：《创业史》，第159页。
② 同上书，第161页。

描写中,从她的"纯真"到她对待富农和富裕中农的态度,再到她有关感情和家庭的理解,我们很难找到一个合理的逻辑推衍过程,而更多地充斥着对常识的蔑视。

小说中另外一个女性拴拴的妻子素芳要去姚士杰的四合院帮忙,在互助组引起了轩然大波。欢喜得知消息后,"像被蝎子蜇了一样",怒气冲冲地跑到瞎眼舅爷的草棚,要阻止"这个不要脸的计划"。于是展现在读者面前的是一段有趣的对话:

> "算了吧!"欢喜怒目盯着不体面的白胡子皱脸,鄙弃地说。
> "为啥哩?你婶子在屋里闲着。"
> "十二块钱够一辈子使唤吗?"
> "啊呀!"瞎眼舅爷大吃一惊,"你小子打发出这号话?你娘母子的票子,车载船装哩?"
> "俺穷,穷个有骨气!"
> "噢?给人家做活,就是没骨气?那么你四叔头一个没骨气!"
> "俺素芳婶子是女人!"
> "她给她姑熬汤,又不是外姓旁人?"
> "姚士杰是富农!"
> "富农的钱量不成米?买不成盐?富农的饭吃了药死人?是不是?"①

二人你来我往,从收入到骨气,再到性别身份,直到最后才进入核心问题:素芳要到富农家里去干活。这组对话看上去有着激烈的交锋,但实际上欢喜的每一次回应都不能成为对王二直杠朴素言语的反驳,

---

① 柳青:《创业史》,第243页。

其间的往来有着非常严重的逻辑断裂,它只是跳出生活常识,立足于阶级斗争思维的另起炉灶。在这种思维逻辑里,衡量一个女人的行为是否得体,生活状况是否应该得到改善,唯一的条件就是她应该坚守自己的阶级贞操,与富农划清界限。

最后,少年欢喜没能阻止素芳去四合院。当素芳打扮得干净俊俏,挎着包袱走向官渠岸时,欢喜看在眼里,恨在心里,"他的脸一下子红到脖颈,蒙受互助组和贫雇农所遭到的耻辱","要是有人给他说素芳婶子这样的贱货,他宁愿打光棍一辈子"。如果说欢喜少不经事,那么梁生宝或许可以理性面对?然而,他的反映亦是激烈得很:

"啊呀呀!王瞎子!你就是这么没心肝吗?我对你儿和你儿媳妇,一片好心!我对你家的穷日子苦心扶持!瞎眼鬼,你就这么给咱胡来吗?你对不起毛主席!你对不起共产党!你对不起我梁生宝!你对不起拴拴和素芳。对不起!你连谁也对不起!你这个瞎眼鬼!"①

在阶级斗争的话语氛围里,正常的思维被扭曲了。素芳与姚士杰夫妇之间的亲戚关系被完全屏蔽,只保留了贫雇农与富农之间的对立,而一个突破这层界限的女人,更是被毫无逻辑地冠以"贱货"的名声。甚至在王二直杠出殡的时候,素芳的哭泣都被有万骂成"贱骨头";被梁生宝说成是"没出息的女人""糊涂虫"。因为在他们看来,那时的素芳"已经不是一个邻居媳妇,而是灯塔社的一个女社员了","经过建社期间两条道路的教育,她还是这个样子"②,她不应该因为一个落后农民的死流下眼泪,除了阶级情义,任何家庭内的亲情,一个女人

---

① 柳青:《创业史》,第328页。
② 同上书,第480页。

心理的波动，都是非法的。

虽然作者后来在小说中设置了姚士杰对素芳的身体侵犯，以此证明富农的"丑恶本性"和互助组成员们阻止素芳去姚家帮忙的正确预见。但是，细读文本，我们找不到梁生宝等人在素芳进入姚家之前任何有关这方面的考虑，而是把目光统统置于这种行为对"贫雇农立场的叛变"上。这种所谓的叛变显然不能构成素芳遭遇的充分条件。因此，作者努力建构的前后关联其实是不能成立的。一码归一码，这不仅是逻辑分析中最基本的常识，更是文学创作使人信服、产生共鸣的基本要素。

四、小结

除此之外，小说里有违逻辑与常识的地方还有不少。例如写到冯有义"这个四十多岁的厚敦敦的庄稼人"，本可以"自己耕作的普通中农"而去参加互助合作，"只是喜爱生宝这个人"，把加入互助组当成是一种"对新鲜事物的有意义的试验"，"生宝的每一次自我牺牲精神，都使有义在互助组更加坚定，对互助组更加热心"。① 那么冯有义对互助合作的参与到底是情义的赞助还是对路线的拥护？小说在叙述中对此全无考虑，生硬地将其置于某一路线的正确及其获得的伟大胜利。再如在各家的牲口入社后，孩子们端着饭碗跑到牲口棚去看牲口。小说里讲"大人和小娃们都对刚刚成了集体的牲口那么有感情"，"群众的热情真正叫人感动"。② 这究竟是人们对公社的感情还是对自家牲口的留恋、关心，其实是显而易见的。还有小说一再强调富农和富裕中农如何拉帮结伙，处心积虑地破坏互助合作，但是，在小说里又有郭

---

① 柳青：《创业史》，第316页。
② 同上书，第568页。

世富望着姚士杰的背影吓得浑身哆嗦:"这家伙真个不服政策。恶人远离!恶人远离!"①同样形成了对之前情节设置的解构。

当然,面对小说中存在的逻辑与常识问题,我们并不主张以刻意造假来简单解读作者的创作心理与创作动机。毕竟柳青依然在很大程度上描画出了互助合作运动的基本样貌,同时在对梁三老汉、王二直杠,包括姚士杰、郭世富等反面人物的塑造中保持了实事求是的精神。梁三老汉基于经验与常识对互助合作"潜伏着某种可怕的危险……一旦爆发出来危险,会到不可收拾的地步"的预感;王二直杠对"乱世之道"的判断和"产业要自己受苦挣下的,才靠实,才知道爱惜,外财不扶人"的朴素认识;姚士杰、郭世富如何勤俭持家,精打细算,依靠自己的能力发家致富,乃至后者"红牛黑牛,能拽犁的,都是好牛"这般被历史证实了的"歪理邪说",都体现了《创业史》丰富的内涵与文学价值。所以,对于《创业史》中的逻辑与常识漏洞,笔者更愿意把它看成是一个时代斗争思维的产物。在这种被赋予了政治权威的话语结构中,作家们并非肆意地蔑视逻辑与常识,而是想方设法使某些不合逻辑、有违常识的东西变得合乎逻辑、合乎常识,努力使作品情节的发展变化能够自圆其说。但是,这种生硬的人为构建终究难逃互相牵制、干扰,最终漏洞百出的宿命。在这一过程中,越是那些诚实、严肃的作家,越是身陷尴尬,力不从心。

---

① 柳青:《创业史》,第449页。

《金光大道》的阶级斗争叙事

《金光大道》在1960年代曾经被热烈追捧,成为小说的样板;"文革"结束之后,又伴随着政治的变化而受到猛烈批判。由于种种原因,对《金光大道》的评价至今仍存在尖锐的对立。在上世纪90年代,因为小说的再版和作家在一篇访谈中的言论,曾经引起激烈的争论,而争论的结果依然是难有共识。这种状况说明,对于类似的作品,研究者首先需要做的也许不是对作品的评判,而是对其内容的进一步认定。这就像面对一个案件,基本事实的确认无论如何都是不可缺少的第一步。而对《金光大道》的讨论存在一个问题:大家都急于宣判,却忽视了必要的调查取证。

浩然曾有此概括:"《金光大道》写的就是'三大改造'之一的农业改造。具体描绘冀东一个名叫芳草地的普通村庄里,众多不同层次、不同身世、不同命运、不同理想和追求的农民们,在这个'改造'的运动中,传统观念、价值取向、生活习性、感情心态等等方面,或自愿,或压迫,或热切,或痛苦的演变过程。"①值得注意的是,作家说这话时已是1990年代,因为时尚早已转换,当年为作品大增光彩的因素在这里显然被作家模糊和淡化了,比如阶级斗争和路线斗争。小说写于阶级斗争必须"年年讲,月月讲,天天讲"的"文革"时期,文学创作首

---

① 浩然:《有关〈金光大道〉的几句话》,《文艺报》1994年8月27日。

先要表现阶级斗争,在这样一个背景下,浩然表现的所谓"农业改造"和农民的"演变过程",都是通过阶级斗争和路线斗争实现的。《金光大道》第一、二部初版时的"内容说明"开头都有这样的说明:"本书是多卷集的长篇小说。作者通过解放后华北一个农村的革命演变,描绘了我国在农业社会主义改造过程中两个阶级、两条道路、两条路线的斗争。"因此,对作品内容的研究不能不首先考察它的阶级斗争叙事。

一、公开的阶级敌人

在《金光大道》描写的芳草地,公开的阶级敌人只有一个——地主分子歪嘴子。小说充分描写了这个地主分子在解放前为富不仁、贪婪吝啬的剥削阶级特征。但值得注意的是,他被称为"恶霸地主",作家却没有写他太多的罪恶。当时作品中的地主形象有两种:一种穷凶极恶,行为往往是霸占农民的土地、强抢良家妇女、把人弄得倾家荡产等,像《白毛女》中的黄世仁、《红旗谱》中的冯兰池等,都是典型的恶霸地主。另一种则主要表现为贪婪,为剥削而无所不用其极,这种地主以《高玉宝》中的"周扒皮"为代表。《金光大道》中的歪嘴子被称作恶霸地主,但小说只是写了他这样一些表现:想尽办法让雇工们多干活而少拿工钱;雇短工通过试工而让人为他白干活儿;放高利贷强调"出门三声炮",马上还回来也得交利息……他最大的罪恶是"逼死乐二叔"。乐二叔病了,不能干活,歪嘴子说:"我这儿不是药房、养老院,不能给我干活儿,就得两方便。"① 后来芳草地一次次控诉歪嘴子这桩罪行,甚至排成戏演出,但实事求是地说,歪嘴子虽然缺乏应有的人道,却并未直接逼死乐二叔。所以,土改时把歪嘴子抓了起来,却没有杀掉。对此,小说中有这样一段话:"芳草地一解放,县政府就根据群

---

① 浩然:《金光大道》(第一部),北京:人民文学出版社,1972年,第39页。

众的要求,把这个恶霸地主歪嘴子抓起来了;可是土改运动的后期,据说,他没有'人命',已经认罪,当年在谷新民县长被日本鬼子抓住的时候,他受谷家的长辈委托出面保过谷新民,立点功,所以没有判刑,把他解回村,开了斗争会,戴了帽子。"[1] 值得注意的是这里的"据说",它透露出高大泉等人对于这种说法是不承认的,所谓没有"人命",不过是上面干部的认定,而上面的干部之所以如此认定,又似乎与县长谷新民这个"走资派"有关。根据当时的逻辑,"走资派"是必然要保护阶级敌人并被阶级敌人拥护和利用的。然而,根据一般常识,在劳动者普遍缺少保障的时代,雇工因病而被解雇,失业后无钱治病,大概并不罕见。因此,政府认定歪嘴子没有"人命",应该是有道理的。小说对此持怀疑的态度,并且把这种怀疑引向上级领导的阶级立场,显示的自然是"文革"时期阶级斗争扩大化的思维方式。

土改后的芳草地发生了巨大变化,新政权建立,穷人翻身,高大泉等成了村里的干部,手握印把子当家做主。与此同时,歪嘴子失去了昔日的威风,必需低头认罪,接受改造,只能老老实实,不敢乱说乱动。无论何时何地,任何人都可以逮着他"整一顿"。歪嘴子出场总共只有几次。在第一卷中,一次是高大泉无意中看到他在门前探头探脑,于是开始盘问。在高大泉面前,他不敢抬头,不敢说话,最后离开时,"他想回头再看看高大泉,可是没敢这样做"[2]。一次是夜深人静时去找张金发。当张金发打开门的时候,他进门就"咕咚"一声跪在了地上。如此举动,让人感觉他好像有什么人事请求张金发开恩,而事实上不过是要来问一问是否允许他卖掉自己家里的旧砖。小说虽然一直在写张金发阶级立场不稳,但具体的描写透露,张金发对歪嘴子并无温情,二人相对时除了训斥还是训斥,歪嘴子在张金发的家里也一直是跪着

---

[1] 浩然:《金光大道》(第一部),第69页。
[2] 同上书,第71页。

的。第三次是拆墙的时候,受到范克明的教训。范克明是暗藏的阶级敌人,但因为暗藏,就要做出革命群众的样子,因而见到这个地主分子就要教训一顿。由此可见,作为被打倒的地主阶级,歪嘴子无论是否心甘,都必须老老实实接受改造。他的存在像一个符号,提醒人们曾经有过的历史,而在现实中,他在任何人面前都只有胆战心惊、唯唯诺诺,甚至不敢抬眼看人,很少说出完整的话。

如果芳草地的阶级斗争就是与这样一个敌人进行,无论怎样"天天讲",都无法证明阶级斗争形势的严峻,也无法证明"千万不要忘记"的必要性。

那么,如何表现"以阶级斗争为纲"和"天天讲"的必要性和正确性,正是摆在浩然面前的任务之一。按照当时的政治要求,必须写出阶级斗争形势的严峻,而要写出这种严峻,一般的思路就是阶级敌人"人还在,心不死""时刻梦想变天"。于是,小说对歪嘴子的描写抓住了这样一个特点:表面老实,心怀仇恨,随时准备搞破坏。"如今,那些本来是孟家的祖传遗产,改了姓,土地上生长出来的金黄的棒子,红殷殷的高粱,一车又一车,也改变了几千年固定不移的道路和辙眼,不弯不拐,一直运到穷人家的场上去了。他不敢拦,连看一眼也没有胆量。这是什么世道呢?他想骂几句,他想哭几声。最后,他的一股怒气顶了脑门子,一咬牙,一跺脚,心想,新社会,翻身,互助组,胜利果实,高兴,满地的庄稼,我,我一把火都点着它。"① 可是,如果仅仅是"怀恨在心",仍然不能构成阶级斗争形势的严峻。小说最后出现了歪嘴子火烧饲养场的情节。这个情节的确可以证明阶级斗争的激烈,却不能不令人生疑:一是歪嘴子一直胆战心惊,一心保全自己,却突然孤注一掷,这不符合他的性格。是什么使他不顾生命安危而作此猖狂一跳呢?作者没有做出合理的解释。二是歪嘴子火烧饲养场是村长、

---

① 浩然:《金光大道》(第二部),北京:人民文学出版社,1974年,第405、406页。

共产党员张金发指使的,这种构思的确可以让人看到"党内走资本主义道路的当权派"与地主分子之间的"相互勾结",可以配合把"走资派"打翻在地的政治需要,但是,地主分子在党的干部的指使之下破坏社会主义,这种想象不仅与被称为"走资派"的那些干部的政治品质不符,而且对地主分子也是一种随意的歪曲。

二、暗藏的阶级敌人

如果只是着眼于歪嘴子这样的阶级敌人,即使小说写了他的"梦想变天"和最后的"企图破坏",人们仍然可以得出这样的结论:农业合作化时期的农村已经不存在激烈的阶级斗争。如果导致这样的结论,小说就不符合时代的政治要求。阶级斗争既然"千万不要忘记",既然需要"天天讲",就必然是严峻的。如果阶级敌人已经老老实实地接受改造,或者敌人的力量微不足道,就会使领袖的论断失掉现实的根据,就会走向"阶级斗争熄灭论"。而宣扬"阶级斗争熄灭论"正是"走资派"的特征。浩然是不可能站到"走资派"一边的。于是,除了强调阶级敌人"怀恨在心"和"梦想变天"之外,他采用了一种强化阶级斗争氛围的有效办法:设置非公开的阶级敌人。在《金光大道》中,这种非公开的阶级敌人又分为两种:一种是暗藏的阶级敌人;一种是漏网的阶级敌人。应该说,这种设置,贯彻着"千万不要忘记"和"年年讲、月月讲、天天讲"的思想。正是因为这些躲在暗处的眼睛,人们才能时时感觉到斗争的火药味,感觉到一种紧张氛围。这种氛围主要来自具有高度政治觉悟的积极分子与非公开的阶级敌人之间的斗争。小说配合政治的有力之处首先就在于对暗藏阶级敌人的设置和创造。

作为暗藏的阶级敌人,《金光大道》成功地塑造了范克明的形象。小说第二部的责任编辑韦君宜曾回忆当时的情况:

我才从干校回来,那些先回来的被结合的"革命派"就告诉我,今后一切必须依靠党——先依靠党委选定主题和题材,再依靠党委选定作者,然后当编辑的去和作者们研究提纲;作者写出来,再和他们反复研究修改,最后由党委拍板。

第一条需要编进去的内容就是"以阶级斗争为纲"。这一条使得作者和我都动尽脑筋。有一本在当时销了好几十万的书,叫《千重浪》,故事原是写的"走资派"不准搞机械化,农民积极分子弄了些拖拉机零件来,自己制作了一台拖拉机。生活内容很少,也不大有现实性,但好歹也还算一件说得过去的事。但是,不行,要阶级斗争,那就得把意见不同的双方写成两个阶级,敌对阶级还要具体破坏,这就更难了。作者想出一个隐藏在地窖里多年的人,这是从报纸上抄录的。但是,还不行,如何破坏拖拉机?作者从没有见过。我这编辑的主要任务就是帮助作者把"作品"编圆。于是我带着作者跑到一个有拖拉机的农场里去,请拖拉机队长给我们讲破坏拖拉机的窍门儿……

浩然的《金光大道》,是当时的范本,因为他能编得比较像个故事。其中当然必须有阶级斗争,又必须有故事,他就编了一个"范克明",地主化装远出当炊事员,搞阶级破坏。自从他这一招问世,于是纷纷模仿,有男地主化装为女人的,有用烟头破坏自己的脸化装为麻子的,所谓"十八棵青松"都是如此栽成……[①]

客观地说,范克明的故事编得的确比较圆。在天下大势已定之时,

---

① 韦君宜:《思痛录》,北京:人民文学出版社,2013年,第153、154页。

一个地主冒长工之名到外地隐藏下来,这在生活中是可能的。但是,这个故事也有不圆的地方。对于暗藏的敌人,需要注意其隐藏下来的目的。它可以有多种:如果只是为了活下来,他就会老老实实,以全力求生存,因而不会进行破坏活动;如果是为了复仇,他就会全力以赴,直奔复仇的目标;如果是身负重任,他就会忍辱负重以待关键时刻发挥作用。那么,范克明的目的是什么呢?似乎他自己并不明确。小说写了他的一系列举动:支持张金发买歪嘴子的旧砖,促成高二林与钱彩凤的婚事,向张金发透露区里的情况,挑拨他与高大泉的关系……最后是悄悄锯坏了互助组的大车,使合作化的带头人高大泉差点儿在龙虎梁送了命。在小说中,范克明的目的就是破坏农业合作化。对于作家来说,写合作化过程中的阶级斗争,自然要让阶级敌人拼命破坏合作化。可是,如果设身处地想一想,像范克明那样,好不容易隐藏下来,而且手上有人命,会为了破坏合作化而不顾自己的性命让自己暴露吗?

小说试图告诉人们,阶级斗争并不只是发生在革命干部群众与公开的敌人之间,还有种种暗藏的阶级敌人。因此,就要进一步提高斗争觉悟,保持高度的警惕性,千万不要忘记阶级斗争。这种设置暗藏阶级敌人的手法,对于强化阶级斗争观念十分有效。因为敌人是暗藏的,所以是无限的,可以永远存在,永远无法肃清,因而必须永远绷紧阶级斗争的弦。同时,因为敌人是暗藏的,所以任何人都值得被怀疑,"文革"时期的许多冤案也因此而出。

三、漏网的阶级敌人

除暗藏的阶级敌人之外,小说还写了一个漏网的阶级敌人——冯少怀。他本来就是阶级敌人,早该在土改中划为富农,却因为一些干部的阶级立场不坚定而让他漏网,划成中农,因而逃脱了无产阶级专政的铁拳。直到最后,才又重新给他戴上了富农分子的帽子,管制了起来。

作家赋予他的形象首先是"很会算计,也敢冒险"。"二十五年前,当他从山东逃荒到这儿,光杆一个,拳头里攥着两把指甲。他有胆子,敢大包大揽地一气租下地主的一百多亩地。他会耍手腕,专有一套剥削短工、克扣亲戚的办法。这样,不几年他就成了一个有根有底的庄稼院的主人。"① 他是高大泉的亲戚,可是当高大泉一家逃荒到芳草地来投奔他的时候,他却成了一个残酷的剥削者,让一家人成了他的廉价劳动力。

在作家笔下,冯少怀总是梦想发家致富,试图东山再起,继续剥削人,因而一心要走资本主义道路。他不敢公开反对社会主义,也不敢明目张胆搞破坏,而是寄希望于党的干部和政策变化。所以,当他发现张金发跟他一样热衷于致富时,真从心眼里高兴,觉得张金发能代表他的利益,因而坚决支持张金发,处处与高大泉作对。在张金发鼓励开展"发家致富"的运动时,大家都在观望,连秦富那样热衷于发家致富的人也不敢动,他却第一个买了骡子,并且牵着在大街上"示威"。小说是这样写的:"解放以后,他担着惊慌度过第一个年头,忍着怨恨度过了第二个年头,一宣布土改结束,一号召发家致富,又从区委书记王友清那儿摸了底儿,他提前跨入了第三个阶段,那就是报复。他跳出来买大骡子示威,是全套打算的第一步,是'火力侦察',试试这个新政策的真假虚实,看看那些积极分子和翻身户,能不能容许他东山再起。能成功,就迈第二步,别人趁水和泥,他要趁水行船,大干一场,把失掉的和没有得到过的东西捞到手;不成功的话,就把另一条腿缩回来,再接着忍耐,看时机再打算盘。不论等到什么时候,或是用什么手段,他都要干一场,让他这样规规矩矩地呆到死,他不干。自从早年

---

① 浩然:《金光大道》(第一部),第80页。

间他在芳草地一下子租种了一百亩地的那时候起,同时有一种精神要素注入到他的血液里:那就是必须在金钱财富上压过一切人……"① 因此,他处处与高大泉等较量,鼓励秦富买刘祥的宅基地,用"美人计"拉走了高二林,千方百计破坏合作化事业。小说最后写了他的惨败:合作社蓬勃发展,他被戴上了富农分子帽子,管制改造。

冯少怀的命运涉及当代中国农村经济政策的一系列问题。他并无其他罪恶,全部问题在于一心"发家致富",不愿走合作化道路,并且总想找机会雇工和放债。他的成分本来是中农,却在后来被重新划为富农,这很像《芙蓉镇》中的胡玉音。在《芙蓉镇》中,胡玉音勤勤恳恳致力于发家致富,卖米豆腐赚了钱,被认定为剥削,所以被重新划为富农。古华完全站在胡玉音的立场上,讲述了一个勤劳致富的女子的悲惨故事,控诉了极"左"路线对人们生活的危害。而在《金光大道》中,浩然却把"发家致富"看作走"资本主义道路",把雇工和放债看作罪恶。这反映了改革开放的年代与浩然写作《金光大道》的年代对同一事物的不同认识。那么,这两种认识哪种更合理已是不言而喻,因为如何看待农民发家致富的愿望和努力,我们的时代已经重新做出了回答。相对于这种回答,浩然对冯少怀的态度显然体现着那个年代的许多谬误。

写到这里,正好看到一份材料。天津小站公社有个张凤琴,在解放前讨过饭、当过童工,土改后当了干部,出席过全国妇代会,曾是全国二八红旗手。应该说,这是一个根正苗红的干部,但在1964年3月26日,陈伯达来到张凤琴家,看到她家刚盖的新房,墙基有七行砖,屋顶有一层瓦,窗上装了双层玻璃,而且家中有满缸满瓮的粮食,于是认定她已经不是贫农,"贫农不贫,劳模不劳",最后,"张凤琴黑帮集团"涉及88名成员,11人被定为地主、富农等五类分子,株连家属138

---

① 浩然:《金光大道》(第一部),第91页。

人。① 由此不难看到,在当时"发家致富"是多么危险,重划成分又是如何荒诞。

四、群众的斗争觉悟

在《金光大道》的阶级斗争中,群众的斗争觉悟和高度警惕性也非常重要。

上面号召"发家致富",马上引起了邓三奶奶、周忠等人的警惕。冯少怀买了骡子,人们议论纷纷。邓三奶奶听到消息,马上行动起来,找周忠交换意见,找高大泉反映情况,提醒干部们一定要提高警惕。他们密切关注"动向",反复分析"敌情",不仅认为冯少怀买骡子是向穷人示威,是借着"发家致富"的风而大显威风,而且看到了更大的危险:"冯少怀买骡子游街,不是光为了气气翻身户,是探脚步,想趁火打劫","土改那会儿,把他降成中农,就像放虎归山;老虎在洞里把伤舔好了,这回又借着发家致富的风,扑下山来,要吃人啦!"② 因为村长要买地主的砖,四五个老人连续三个晚上自动地集合到邓三奶奶家里紧张地开会,联系"发家致富"的号召,联系冯少怀买骡子,对一系列问题进行分析和讨论,终于得出了一致的结论:"他们搞的这一套,就是想把我们拉回去","是想把我们拉回旧社会","想再让我们妻离子散,家破人亡,再给地主当长工,再给资本家当老妈子,再当他们的牛马,再让他们随着性子剥削、压迫!"③ 他们时刻观察着芳草地的风吹草动,保持着常人没有的阶级斗争觉悟,时刻准备斗争。

在他们的看法中,突出显示了这样几点:一、对阶级敌人应该一网

---

① 王辉:《陈伯达炮制天津"小站经验"》,《世纪》2003 年第 3 期。
② 浩然:《金光大道》(第一部),第 112 页。
③ 同上书,第 207 页。

打尽,土改中没把冯少怀划为富农,是"放虎归山";二、把农民发家致富的愿望看作阶级斗争新动向,劳作是要"下山吃人";三、把党内一些领导干部鼓励农民发家致富的做法看作要"拉回旧社会去"。显然,他们确实有很高的警惕性,很自觉,很主动,但是,他们的所谓"觉悟",正是极"左"思潮的表现;那种草木皆兵的敌情观念,正是阶级斗争扩大化的反映;把发家致富的号召看作搞资本主义复辟,也是"文革"时期对"走资派"的认识。将这种阶级斗争和路线斗争的觉悟加在老一代农民身上,其真实性是值得怀疑的。

除此之外,作家对这些人的反复赞美也显示了时代的文化畸变,透露了作家审美价值观念中的一系列问题。那些勤勤恳恳种庄稼的人没有光彩,那些努力发家致富的人成了敌人,只有时刻紧绷阶级斗争这根弦的人才是可以信任和依靠的。可是,这些人只是一门心思斗争,很少考虑怎样发展生产,怎样创造财富。一个社会如果总是依靠这样的人,打击创造财富的人,就难免社会动荡不安、经济濒于崩溃了。

《金光大道》以种种手段对阶级斗争进行了表现,通过内心世界的揭示表现了地主分子破坏和变天的企图,通过设置暗藏的敌人而表现了斗争形势的严峻,通过积极分子形象的塑造树立了斗争的楷模,非常有效地强化了阶级斗争的激烈性和复杂性,适应了当时政治的需要,并且为当时的政治路线提供了形象化的合理性论证。正因为这样,它在当时受到高度重视,并成为小说创作的范本。然而,它对阶级斗争严峻性的夸大,无疑掩盖了人与人之间的真实关系,使已被扭曲的生活再次被扭曲,而作家对生活的判断也透露了价值观念系统的病态。

《金光大道》的路线斗争问题

所谓路线斗争,指的是党内不同路线之间的矛盾和分歧。组织内部出现不同的行动路线是正常的,为此而出现斗争也是正常的。不过,一般而言,路线斗争是内部的事情,因而应该只有"左"与"右"、"激进"与"保守"、"正确"与"错误"之类的差别,而不应具备敌对的性质。但是到了"文革"时期,路线斗争却成了"无产阶级革命路线"和"资产阶级反动路线"之间的尖锐冲突,具有了某种你死我活的性质,而且有了"十次路线斗争"的说法。直到1980年中共中央起草《关于建国以来党的若干历史问题的决议》,才根据邓小平的意见,有了"党内斗争是什么性质就说是什么性质,犯了什么错误就说是什么错误,讲它的内容,原则上不要再用路线斗争的提法"。① 《金光大道》产生于"文革"时期,围绕农业合作化运动,作者着力表现了所谓两条路线之间的斗争,涉及所谓两条路线的一系列问题。考察这些问题,是理解和把握这部作品所必需的。

---

① 《邓小平文选》第二卷,北京:人民出版社,1994年,第308页。

一

小说首先讲述的是一个翻身农民中的先进分子自觉抵制错误路线的故事。

小说中的矛盾冲突从基层写起,是围绕"发家致富"运动展开的。在芳草地,村长张金发响应上级的号召,积极鼓励农民"发家致富",不仅开大会进行动员,写标语进行宣传,而且创造性地提出了"谁致富,谁光荣"的口号,还以身作则,带头致富,买了旧砖准备盖新房,买了大牲口准备大干一场。在他看来,过去是农民想发家致富而不能,但现在不同了,"政府想尽办法让你们发家致富,过好日子,要是再不干,那可就太对不住共产党了。有的人有顾虑,怕露富,怕再闹第二次土改,怕政策变。这全是多余的。"① 他不仅鼓励发家致富,而且许诺不搞第二次土改,不吃大锅饭。

面对这场"发家致富"运动,高大泉等翻身户表现出极大的反感,并且由怀疑走向了自觉的抵制。作为后来芳草地合作化运动的带头人,高大泉在土改运动中就接受了共产主义理想,一直盼望着彻底埋葬私有制。因此,他对张金发鼓吹的致富运动简直不敢相信,为此跑到区委去问书记王友清,王友清的回答更是让他倍感困惑。他总是感到"突然展现在眼前的这个样式,跟他心里边渐渐形成的那张非常美好的蓝图,格调显得那么不同,无论怎样努力,也不能合到一块儿"。② 他开始怀疑上级的这个号召:"为什么没有给翻身农民那欢乐的心怀上象往炉子里加煤加火一样,让他们亮起来,热起来,反而给他们带来了顾虑和忧虑呢?"③ 他认为,政府应该依靠的是贫雇农,应该多为贫雇农着想,而不应该让冯少怀那样的富裕中农发家致富。他试图说服村长,

---

① 浩然:《金光大道》(第一部),北京:人民文学出版社,1972年,第99页。
② 同上书,第104页。
③ 同上书,第127页。

但村长认为眼下已经不是土改时期,应当少喊口号,多往生产上使劲。两人为此发生了冲突,谁也说服不了谁。

小说通过标语事件比较具体地表现了高大泉与张金发的分歧。张金发根据区委指示让人在墙上写这样的标语:"努力增产,发家致富","要发家,种棉花"。这些标语都是鼓励生产致富的,的确没有多少政治内容。面对这些标语,高大泉感到"刺眼""别扭"和"不对味儿",认为应该写的是"支援工业建设""巩固工农联盟""支援抗美援朝"等。张金发坚决不改,并且提醒他,作为党员干部,不应该在背后跟上级唱反调。但高大泉认为,"我们最高的上级应当是党中央","党章上明文规定,要为共产主义奋斗到底",一个在党旗下宣过誓的人就不应该鼓励发家致富,更不应该讲"巩固新民主主义"。通过一系列这样的描写,小说托起了高大泉高度的路线斗争觉悟,他凭着坚定的理想和翻身户之间的感情,认定发家致富的号召是错误的,是违背党的宗旨的,是与革命目标不一致的。当刘祥在春耕时因为老婆生病而遇到困难的时候,当有能力帮他的人只顾自己发家致富而无人伸手的时候,当村长拒绝为此向政府请求援助并说政府管不着的时候,高大泉等人更强烈地感到:"照这样下去,将来能发家致富的,就是小算盘这一号人;这一号人要是发了家,我的老天爷,那成了什么社会,还有咱们穷人的活路吗?……有人发家就得有人败家,像眼下这么自由竞赛,败家的十有八九是咱们这些翻身户。"① 因此,高大泉与朱铁汉决定联名给县委写信,向上级反映问题:"跟领导上说句老实话,我们没有尝到'发家致富'这个政策的甜头;有些人是非常赞成它的,比如富裕中农冯少怀,村长张金发。他们,一个不要爱国主义思想,一个不宣传爱国主义思想,鼓动邪劲。他们,不顾别人的死活,专门奔个人的日子。所以我们倒吃到了他们一点苦头。照着这样干下去,少数户乐,多数户愁,翻

---

① 浩然:《金光大道》(第一部),第383页。

身户最危险。我们很担心分到的土地保不住;农业支持不了工业,支持不了志愿军,啥年啥月到社会主义呢?"①

至此,我们看到了小说讲述的第一个故事:农业合作化带头人自觉抵制上级的错误路线。在这个故事中,有一些问题值得注意。首先是高大泉具有很强的反潮流精神。这种精神在小说问世的1970年代初期非常盛行,但它事实上并不属于小说描写的1950年代。在1950年代,好干部和积极分子的形象是服从领导、听从上级指示的,还没有形成怀疑上级领导执行错误路线的风气。只有到了"文革"时期,尤其是1970年代初,反潮流才成为政治时尚。由此可见,小说对两条路线的呈现,并非源自生活,而是更多地来自"文革"时期的政治理念。其次,作为一个在土改中翻身的农民,却拒绝发家致富,而且要坚决抵制上级让农民"发家致富"的路线,这一切都需要回答。小说给出的回答是:发家致富代表的是"资产阶级"的利益,走的是一条"资本主义道路",所以,要建设社会主义,就不能不抵制鼓励农民发家致富的路线。这样的回答,显然留下了更多的问题,其中的理论谬误是显而易见的。

二

围绕着土改之后中国农村的发展道路,小说描写了两个不同的阵营,展示了两条不同的路线:一是由"梁海山——田雨——高大泉"构成的阵营,代表着所谓正确路线;一是由"谷新民——王友清——张金发"构成的阵营,代表着所谓错误路线。两条路线从上到下在各级都有其代表人物。高大泉与张金发的斗争只是两条路线的斗争在最下层的表现,越到上面,路线的分歧则越清晰。

在区里,两条路线分别由区长田雨和区委书记王友清代表。区长

---

① 浩然:《金光大道》(第一部),第482页。

田雨与高大泉一样，怀疑和抵制发家致富运动，努力要把农民组织起来走互助合作的道路。他认为，在土改之后走什么样的道路是摆在人们面前的一个大问题。发家致富，买房置地，雇工种田，私人办厂，这是一条回到旧社会的路，革命者决不能走那条路；只有组织起来走合作化的道路，才是一条金光大道。他支持高大泉办互助组，因为互助组才是这条道上的第一步。区委书记王友清则对互助合作缺少热情，他在全区的党员会上不谈阶级斗争，不谈走社会主义道路，而大讲发家致富。他认为农民应该放下包袱，大胆发家致富，认为一些干部反对农民发家致富是错误的，过早地搞社会主义是一种幼稚的幻想，"是二流子懒汉的思想作怪，是制造混乱"，"搞社会主义是以后的事情，眼下巩固新民主主义"。① 他的这些言行在小说中受到了作者的批判和否定。

小说第一部第五十八节标题是"唱着两个调子"，写的是王友清与田雨之间的差异。张金发到天门镇上，让雨给截住了，于是有机会与区领导分别对话。王友清认为，究竟用什么样的办法才能使新中国尽快繁荣富强起来，大家都在出主意，想办法，真如同八仙过海，各显其能。当前人们的主张不一致，不必着急，也不必争论，"干着看，秋后算"，到时候，"谁的办法对党和人民的事业最有好处，对使中国繁荣富强起来更有实效，咱们就由着谁"，"不管黑猫白猫，捉着老鼠就是好猫"。② 田雨则告诉张金发："我可以明确告诉你，咱们党的最终目标是共产主义，发动农民组织起来，就是朝着这个目标前进。每个党员都必须自觉地参加到这个斗争行列里边来，不能旁观，更不能做相反的事情。"③

在县里，两条路线的斗争表现在县委书记梁海山与县长谷新民之

---

① 浩然：《金光大道》（第一部），第 270 页。
② 同上书，第 623 页。
③ 同上书，第 627 页。

间。"正确路线"的代表人物是梁海山。在农业合作化运动中,梁海山带领农民学习毛泽东的著作,旗帜鲜明地引导农民走合作化的道路。面对高大泉和朱铁汉反映问题的信,他的态度是:"我认为这两个党员所说的代表着广大革命群众的看法、担心和要求,很值得重视。这个反映,对我们县委制定全县工作的方针大计,很有参考价值。"①对于土改之后农村的发展道路,他认为:"凡是土改以后,照着这六个村子的样子,已经马不停蹄地抓起了搞社会主义的事情,全是对的。不论成绩大小,都是可喜的。再接再厉,向前冲吧。凡是土改以后,就把群众运动停下来了,认为大功告成,万事大吉,大撒巴掌让农民自由发展,或是顺着他们旧心思的小河沟,引着他们在个体经济的沙滩上泛滥,都是不对的。……社会上有一股子反对搞社会主义革命的思潮,有些同志深受影响。他们看不到农民走社会主义道路的积极性,两只眼睛死盯着富裕中农,迎合富裕中农的心思和习惯想问题和办事情;而且像赌钱的人那样,想跟党较量一下输赢。要是由着这些同志的话,中国就会走上邪路,人民夺到手的政权就会失掉!我们就要犯错误。"②

县长谷新民则代表着另一条路线。他认为社会主义需要坚实的物质基础,所以眼下的主要任务不是建设社会主义,而是鼓励农民"劳动发家""生产致富""巩固新民主主义"。面对高大泉和朱铁汉写给县委的信,他认为那是一股不健康的思潮,"他们不知道搞社会主义必须有物质财富作基础。换句话说,搞社会主义必须先大大发展生产力,让农民富足起来,有条件买机器和使用机器;只有先机械化,而后才有集体化。""春耕前,在我们县流行着'越穷越光荣',吓得一些农民怕致富,怕露富;贯彻了'发家致富'之后,'穷光荣'吃不开了,又变个样子,又散布反对什么剥削,要立刻搞社会主义。这些都是单纯农业

---

① 浩然:《金光大道》(第一部),第486页。
② 同上书,第503页。

社会主义的均产思想,是吃'大锅粥'的变种。"①

那么,所谓两条路线的斗争,矛盾冲突的焦点何在?按照《金光大道》问世年代的习惯做法,总是冠之以"无产阶级与资产阶级""社会主义与资本主义"这样的大帽子,但考察实际情况,却像"文革"中的"走资派"与"资产阶级司令部"一样,盛名之下其实难副。不过,两条路线的差异是的确存在的。根据小说的描写,这种差异主要表现在以下几个方面:

首先,土改之后,是马上把农民组织起来,走农业合作化道路,还是鼓励农民发家致富,为未来的发展打下物质基础。一方主张马上把农民组织起来,通过互助合作走上社会主义道路。另一方却认为社会主义需要物质基础,因而反对冒进,主张巩固新民主主义社会秩序,所以要鼓励农民发展生产,劳动致富。

其次,面对当时的经济困难,是坚定不移地依靠贫雇农,把他们组织起来自力更生,还是放弃阶级斗争,借助资本家的力量解决问题。在小说中,互助组成立后的第一次麦收之后,"天门区的麦田少,产量低,许多小门小户连麦秸都没有见到。庄稼人扳着手指头计算,从眼下到接上大秋,还有三个月的时间得熬过去"②。梁海山经过调查研究,决定开发磷矿,让农民运矿石;谷新民经过一番努力,找到的办法是让妇女为资本家的鞋庄加工鞋底,每双手工费二斤半小米,以此解决农民等米下锅的问题。实际操作中,这两种方法是可以并行不悖的,但从路线斗争的角度看问题,小说对两种方法有不同的评判。梁海山的办法是依靠贫下中农;而谷新民的办法是依靠资本家;运矿石不是单干可以做的,需要联合起来拴马车,因而过程本身可以促进合作化;纳鞋底是女人们坐在自家炕头上就可以干的,是纯粹个体劳动,只能巩固

---

① 浩然:《金光大道》(第一部),第485页。
② 浩然:《金光大道》(第二部),北京:人民文学出版社,1974年,第1页。

私有制度。因此,两种方法涉及依靠什么人的问题,也涉及走什么道路的问题。

再次,在农业合作化过程中,是相信人的主观能动性,从而大胆推进,还是强调客观条件,从而怀疑、拖延合作化进程。互助组成立之后,高大泉又产生了在合作化道路上更进一步的想法。梁海山马上给予支持,而且从理论上找到了根据:"你们芳草地去年闹了矛盾,啥矛盾呢?翻身农民想要过上不受天灾人祸威胁的日子,跟个体经济不能抗拒天灾人祸打击的矛盾。你们用互助组的方法解决了矛盾,芳草地就前进了。如今呢,又有新矛盾,这是集体劳动,跟土地私有的矛盾:生产发展了,生产关系束缚了生产力。解决这个矛盾的最正确的方法,就是办土地集体经营的农业生产合作社,这才符合客观发展的规律,才能再前进。"① 对于这种发展,谷新民仍然是持怀疑态度:"在农村里,像目前这样的思想的、经济的基础,就开展合作化运动,特别是办农业社,条件到底成熟不成熟呢?""关系到每个人命运的大事,光凭美好的愿望是不行的。"② 面对阻碍合作化运动的私有观念和小农意识,梁海山说:"农民把土地、牲口合伙集体了,小农经济的思想、习惯要不要改变?"③ 他的回答是肯定的,在铲除私有制度的同时必须铲除人们的私有观念。谷新民的看法却大不相同,总是迁就农民的私有观念,担心合作化损害农民利益,农民接受不了,因而致力于反冒进。随着形势的发展,这种矛盾日益尖锐。

---

① 浩然:《金光大道》(第二部),第634页。
② 同上书,第693、694页。
③ 浩然:《金光大道》(第三部),北京:华龄出版社,1995年,第20页。

三

在小说的路线斗争中,"正确路线"的一方梁海山总是引导人们学习毛主席著作,被明确指认为执行"无产阶级革命路线"。"错误路线"的一方只写到县长谷新民,没有继续向上延伸。但在小说问世的年代,任何读者都能根据谷新民——王友清——张金发等人的言论,清楚地知道他们所执行的正是反复批判的那条所谓"资产阶级反动路线"。

考察农业合作化的历史,人们不难发现党内高层从刘少奇到薄一波、邓子恢等人都曾有过不同见解。那些见解在当时没有得到认可,而是作为"右倾错误"受到了批评和否定,到了《金光大道》问世的年代,则成了他们"走资本主义道路"的罪证,而且人人皆知。浩然在那个年代写他的小说,要表现两条路线的斗争,一方面根据当时流行的所谓正确路线的概念塑造了梁海山、田雨、高大泉等,一方面把刘少奇、邓小平、薄一波、邓子恢等人的观点加到了谷新民、王友清、张金发等人的身上。总的来说,小说对两条路线的描写比较谨慎,双方代表人物的思想大多有所依据,很少杜撰,直接挪用了一些家喻户晓的材料。比如,谷新民等人鼓励农民"发家致富",强调"巩固新民主主义",反对"空想的农业社会主义",认为"社会主义需要物质基础",先有机械化,才能集体化,主张"秋后算账","不管黑猫白猫,捉着老鼠就是好猫"……都是当时一些领导人的主张和观点,而且大多因为"文革"中的批判而为人们所知。

小说要表现围绕农业合作化运动发生的矛盾,描写不同的路线,使用这些材料本无可厚非。但必须注意的是,作家的这种做法使他的作品不再是纯粹的虚构,而是面对历史事件中的矛盾进行的选择。根据流行的政治观念,小说把谷新民、王友清、张金发等写成了错误的或反动的,进行了批判和否定;而把梁海山、田雨、高大泉等写成了正确的,给予了肯定和赞美。这种选择事实上使浩然把自己与历史事件中的矛盾冲突紧紧地拴在了一起。这样做的结果当然给作家带来了好处。在小说问世的时候,正是那条所谓正确路线鼎盛之时,所以浩然也红极一时。但后来的历史证明,那条所谓正确的路线并没有给人们带来幸福,而是把人们带入了贫穷和苦难。因此,在"文革"结束之后,中国农村不得不改弦易辙,告别了"互助组——合作社——人民公社"那条"金光大道",走上了改革开放的新途。改革开放前后的事实不仅证明了那条"金光大道"的错误,而且显示了当年那条所谓错误路线的光辉。也就是说,在经历了二十多年的试验之后,历史已经证明,正确的路线并不是梁海山、田雨、高大泉的路线,而是谷新民、王友清、张金发的路线。

在作家所描写的生活中,一些是非也是不难判断的。比如,面对"努力增产,发家致富""要发家,种棉花"这样的标语,高大泉等人感到"刺眼""别扭"和"不对味儿",坚持要写上"支持工业建设""巩固工农联盟"这样的句子,并且认定发家致富与社会主义不相容。在朱铁汉与张金发的争论中,张金发说:"社会主义就是让庄稼人过富日子;非用这个词不可的话,我说呀,发家致富就是社会主义,发家致富就是跟将来那个社会主义通着的。"朱铁汉马上打断了他的话,"使劲摇摆着大手,扇着,挡着:'别瞎说啦。……你这样富下去,也是社会主义吗?屁!'"① 作者显然是站在高大泉、朱铁汉一边的,对张金发则充满着批判和嘲讽的态度。可是,双方到底谁更正确?社会主义到底应该不应该排斥发家致富?这应该不难回答。

再比如,在粮荒之际,谷新民想的是如何解决三十万农民等米下锅的问题,而梁海山想的仍然是如何推进合作化。谷新民认为县委的当务之急是帮助农民填饱肚子,因而不赞成开会介绍合作化的经验。梁海山批评说:"你把本末倒置了。县委的工作重点,应当是千方百计

---

① 浩然:《金光大道》(第一部),第318页。

引导农民走集体化的道路;当前救灾,是修桥、补路,往那个目标奔;离开这个中心,我们的一切工作都失去意义了!"[①] 不难看出,在梁海山的心目中,帮助饥荒中的农民填饱肚子是不重要的,只有让农民组织起来走集体化道路才是重要的,离开了集体化这个目标,救灾就失掉了意义。面对这样的逻辑,应该不难发现其中的问题,但浩然却理直气壮地肯定和赞美了它,而没有感觉到它的荒谬。

因此,我们不能不指出一个事实:浩然对两条路线特征的描述或许是可靠的,但对它的评判存在严重的是非颠倒。他肯定和赞美了极"左"的路线,而对另一条务实的路线给予了批判和否定。这种选择使我们看到,浩然虽然声称了解农村、关心农民,但对农村发展的路线显然缺少判断,对农民的利益也缺乏必要的关心。他按照当时流行的政治观念图解了路线斗争,显示出的审美价值观念系统也是严重扭曲的。

当然,这不是浩然个人的问题,而是属于一个时代。处于当时的环境中,没有几个作家能够逃脱,也没有几个作家能够保持正常的思维和判断。但是,这不能成为辩护的理由,因为身为作家,不能超越流行的思潮,只会一心迎合权力的要求而创作,这本身就是不足称道的。至于颠倒是非、美丑与善恶,为给人民带来灾难的东西大唱赞歌,更无法以"大家都如此"为由而逃避历史的追究。

[①] 浩然:《金光大道》(第一部),第43页。

1977—1983：文学空间再认识

论及80年代文学，人们总要大谈"文学解放"，讲文学与政治意识形态的一致性和同步性。不错，80年代的确是一个文学解放的年代，也确是一个文学空间随时代变革不断拓展的年代，但需要正视的，是80年代文学进程并不像一些文学史描述的那样顺畅，文学的空间也不及描述的那般宽松。所以，谈论80年代文学，首先要面对的就是历史所提供的文学空间。1977年到1983年，是文学释放的第一波，也是旧规范松动和新规范初建的阶段，直接关系到80年代文学的运行机制和面貌呈现。在"拨乱反正""思想解放""改革开放"等有着积极色彩的政策性描述下，文学面对的是属于这一时期新的文学规约和文学诉求的不断撞击、较量与妥协，是在社会转型、经济变革等多重力量角逐的夹缝中生发出的新命题。那么，在这些相互制约的关系中，1977年到1983年文学的推进，是像对80年代文学的整体性描述那样一路高歌顺风顺水，还是路途坎坷阻力重重？所谓"开放"与"突破"，空间有多大，边界在哪里？只有对它进行具体考察，才能有效进入80年代文学。

一、从李剑的遭遇说起

"文革"结束之后,伴随着1978年5月开始的思想解放运动和12月中共十一届三中全会的召开,文化禁锢开始松动,文学界积压已久的力量找到了一个释放的机会,大有一发而不可收之势。作为一种文学新潮流,最先引人注目的是暴露"文革"灾难的作品,也就是所谓"伤痕文学"。面对这种新潮流,一些人拍手称快,极力推动,力图由此为文学开出新路,一些人忧心忡忡,担心此风冲击了几十年形成的文学传统,更有人对这股潮流视若洪水猛兽,并且开始怀疑三中全会之后的方针政策,要在思想文化领域抵制"修正"和"复辟"。尤其是1979年3月"四项基本原则"提出之后,有人做出了政策要"收"的解读,于是对"伤痕文学"的批判开始形成波澜。

就在这时,《河北文艺》发表了《"歌德"与"缺德"》,引发了一场风波,文章的作者李剑也成了引人注目的人物。

文章由为"歌德派"鸣不平开始,继而对暴露阴暗面的人们进行了抨击,认为"坚持四个原则,在创作上首先表现为站在工农兵的立场上为无产阶级树碑立传,为'四化'英雄们撰写新篇",而有人"用阴暗的心理看待人民的伟大事业,对别人满腔热情歌颂'四化'的创作行为大吹冷风",不"歌颂毛主席的丰功伟绩",不歌颂"美好的社会主义","大叫大嚷我们不如修正主义、资本主义的人,虽没有'歌德'之嫌,但却有'缺德'之行……"① 应该承认,李剑很有过去年代培养起来的政治觉悟,也有很强的政治敏感,所以,他感受到文学面貌的变化对过去文学道路的冲击,发现了文学新潮的某些"离经叛道"的性质。应该注意,李剑在当时并不孤立,他代表了许多人的思想倾向和文学观念,有一个相当大的群体作为后盾。而且,在四项基本原则

---

① 李剑:《"歌德"与"缺德"》,《河北文学》1979年第6期。

提出的时机,文章发表后响应者不乏其人,他们宣称文艺界的思想解放已经引起了"思想混乱",走上了"否定毛主席文艺路线"的道路,搞不好"会出现五七年反右派前夕的那种状况",甚至把矛头对准文艺界领导层,指责他们大都是"在俄罗斯和欧洲18世纪文学的染缸里染过的"。

然而,李剑不太走运,或者说文坛的保守派错误地估计了形势。《人民日报》《光明日报》《文艺报》等主流报刊率先做出反应,发表文章对其批驳。7月16日,《人民日报》发表阎纲的文章指出,一些人"以为中央重申四项基本原则就是文艺界反右的信号,因而又操起棍子准备打人了"。7月20日,《光明日报》发表王若望的文章,认为《"歌德"与"缺德"》的发表"犹如春天里刮来的一股冷风",文学必须为工农兵树碑立传和写四化英雄,比"大写十三年"的口号还要"左"。7月31日,《人民日报》又以整版篇幅就《"歌德"与"缺德"》展开讨论,不仅摘要转载了王若望的文章、报道了《河北日报》7月22日发表的崔承运对《"歌德"与"缺德"》的批评,而且配发了周岳题为《阻挡不住春天的脚步》的文艺短评。短评认为李剑的文章是打着"歌颂社会主义""为四化服务"的旗号反对解放思想,反对"双百"方针,抵制中共十一届三中全会精神的贯彻执行。随后是上海、北京及全国各地纷纷召开座谈会,反击这股"春天里的冷风",与之相伴的是各地报刊纷纷发表批判《"歌德"与"缺德"》的文章。

之前名不见经传的文学青年发表于地方报刊的一篇文章,竟在全国引发一场轩然大波,想来是它触动了文艺界尚未愈合的伤口,的确在文坛引发了众怒,再加上它暴露了思想领域的问题,干扰了仍在努力推进的思想解放运动。历史的伤痕未愈,冤屈未申,肇事者的罪行远未被清算,作家们刚刚尝试把历史情景铸成文字,不想遇到这样的迎头断喝,自然是怒气满腔。如果这断喝来自不可抗拒的权威力量,早已习惯于逆来顺受的中国作家也许未必有多少勇气反抗和还击,但这断喝却并不来自最高权力。尤其让文艺界很多人无法接受的是，李剑的文章不仅把现实粉饰成阳光明媚的太平盛世，而且习惯性地用着"文革"式的大批判语言，杀伐之势让一些人不寒而栗。许多人心中清楚，历史刚刚进入一个转折时期，新旧两种力量的较量刚刚开始，自然要投入进来迎住这场"冷风"。

在高层，这场风波之所以会受到重视，是因它的确干扰着思想解放运动，听之任之就有可能向全国传递错误信号，增加拨乱反正的阻力。9月4日至7日，在胡耀邦的倡导下，中宣部主持召开了座谈会，参加者是文章的作者李剑、河北省委宣传部和文艺界的负责人、全国文联的负责人和在京的部分评论家。胡耀邦在座谈会结束时到会讲话，指出《"歌德"与"缺德"》的问题在于同"百花齐放、百家争鸣"相违背，同中央粉碎"四人帮"以后反复强调的方针不合拍。同时又补充说，文章的作者是个青年，要允许青年犯错误，要采取教育的方法，诱导的方法。李剑没有为此而受到处分。

然而，让文艺界没有想到的是，一年之后，李剑一反"歌德"姿态，在1980年第6期《湛江文艺》发表小说《醉入花丛》，又一次惊动文坛。接着又陆续发表了《暗想玉容》《竞折腰》等等。这个"歌德"的健将突然变脸，连续创作了曾被自己痛斥的"缺德"文学，而且比其他"伤痕"作品更加暴露，伤痕也更加深重。

《醉入花丛》写女红卫兵叶丽在串联的路上掉队，住进一户农民家。半夜，农民跪在她面前："俄想亲亲你们城里姑娘"，"俄今年35岁了，俄不知道媳妇是甚么，俄是雇农……"面对单身汉的非分之想，她想起了毛主席的教导："没有贫农便没有革命，若是否认他们，便是否认革命，若是打击他们，便是打击革命。"小说写道："她激动地把农民拉了起来……'贫下中农的痛苦，就是我们的痛苦，贫下中农的困难，便是我们的困难，我要狠斗私字一闪念，急贫下中农之所急'。"在灵魂深处爆发革命之后，叶丽成了农民的妻子，成了"两个决裂"的模范人物。

不久，她却被地委书记奸污。因为她的"不贞"，加上只会生女孩，经常遭受丈夫任意的凌辱。小说结尾，叶丽一无所有，醉卧在油菜花丛，茫然不知所归。在这一组小说里，不管《醉入花丛》中的女红卫兵被奸污，还是《竞折腰》中的几百名知青葬身海底，关键之处都是"毛主席的教导"，其用意不言自明。

李剑再次受到批判。一些地方举行了大型讨论会，《人民日报》《文汇报》等发表了批判文章，批判者上纲上线，指责他恶毒攻击伟大领袖。如果说上一次批判还有一些同一阵营的人助阵的话，这次的李剑非常孤立，在文艺界的一片挞伐声中，陷入了四面楚歌的境地。

仔细想来，这种情况不难理解，之前与李剑站在一起的人们带着讨伐叛徒的义愤，批判起来是绝不手软；而支持"伤痕文学"的开明派人士，也不愿对这位昔日的论敌伸出援手。正当一片声讨之际，《中国青年》署名华铭的文章《评〈醉卧花丛〉》由小说本身说开去，肯定了它的思想价值，对那些上纲上线的批评做了回应。这一次，仍然是胡耀邦为李剑解了围。当他读到华铭的文章后，给文艺界领导人林默涵、贺敬之、张光年和冯牧写了一封信，称赞华铭文章是讲道理的，没有打棍子，希望文艺批评界形成一种"恰如其分的、有充分说服力的文艺批评风气"。胡耀邦的用意很明显，他希望批评能以理服人，而不是棍棒飞舞。

李剑所遭遇的，正是80年代文学一直存在的一个大问题："新时期"文学的主流何在？边界何在？80年代的文坛并不只是二元对立，而是左中右或前中后的三分天下，主流在中间，"新时期"意识形态所要求的文艺，既不是"文革"或"十七年"的文艺，也不是一些作家艺术家所追求的自由文艺。在这种情况下，偏于两极都不受欢迎，因为前者意味着思想僵化，有碍思想解放和改革开放的推进；后者背离某些原则，意味着更大的危险。与"文革"和"十七年"不同，80年代政治和主流意识形态对文艺的规约不再是强硬的、粗暴的，高层领导人一再宣称不打棍子、不扣帽子、不再把任何一个作家打成反革命。然而，规约虽然温和而且柔软，但毕竟还是规约，一些界限依然不容跨越。如若越界，作者虽然不会有生命和安全方面的危险，但艺术的影响却已无从谈起，这也就构成了80年代文学规约新的实现方式。

二、两条"战线"之间

1982年，中宣部主持的"文艺评论工作座谈会"在河北召开，会议结束时贺敬之进行总结，强调文艺批评要在"左""右"两条战线作战。实际上，从1977年起，这两条战线就一直此隐彼现，贯穿整个80年代，基本划定了文学的空间。然而，由于文艺界高层领导人之间认识并不一致，战线的前沿就不好确定，边界也比较模糊。正因为这样，文艺界的问题显得更加复杂。

1977至1978年，总的来讲是文坛"同仇敌忾"的两年，虽然《班主任》《伤痕》等作品的纷纷发表已经引发争议，但整个文艺界的重心还在对"四人帮""阴谋文艺"的清算上。当1966到1976年的文艺生产方式被当作反动文艺路线抛弃，新的文艺方向或文学范式急需建立，却并非易事。因为拨乱反正，"正"在哪里，人们的认识并不一致。那么，回到"十七年"，回到"双百方针"，回到文艺为工农兵服务，就成了一种安全的选择。无论是批"阴谋文艺"，还是讨论30年代文艺，是从《在延安文艺座谈会上的讲话》强调工农兵方向，还是由"两结合"的创作方法出发号召创造无产阶级英雄人物，其实都是在对"十七年"文学进行着小心翼翼的评价，是文艺界在寻求一个恰当的立足之处。此时的文坛虽已潜流暗动，但其间分歧，都还在文艺界寻找一个可靠而安全的文学评判尺度中被暂时搁置起来。

1979年，邓小平《在中国文学艺术工作者第四次代表大会上的祝辞》谈到："党对文艺工作的领导，不是发号施令，不是要求文学艺从属于临时的、具体的、直接的政治任务","写什么和怎样写,只能由文艺家在艺术实践中去探索和逐步求得解决。在这方面,不要横加干涉。"①周扬也在四次文代会的讲话中强调"创作、演出和学术研究的充分自由"。但是,不要就此以为1979年中国文坛便扫清障碍进入了一个全新的年月。实际上,1979年恰恰是文艺界分歧激烈化、公开化的开始。也正是这些分裂与对抗,才有了所谓"开明派"和"保守派"。"伤痕文学"最终成为文坛分裂的导火索。1979年2月3日,《人民日报》发表晓风致陈荒煤的信,为新出现的新人新作而兴奋,提出"这十年是非写不可的,不写不能加速时代的步伐,不能促进全民族的提高";陈荒煤在致编辑部的信中则赞扬青年知识分子是"思考的一代""战斗的一代",主张为他们开辟园地,鼓励他们解放思想,突破"禁区",开拓文学新局面。②但是,也有人对这种揭伤疤的做法持否定态度,比如林默涵就以感伤主义来概括"伤痕文学",说这是一种"腐蚀剂","由于受'四人帮'的折腾,我们的不少青年'看破红尘',受伤感主义的毒害已经很深了"。在对《大墙下的红玉兰》《铺花的歧路》的批评中,有人直接讲"人民给你们纸张,是希望你们提供好的作品,而不是要这些思想和艺术都很低劣的东西……其实质是向人民散播对社会主义制度的不满情绪,搞乱人们的思想"。之后《广州日报》的《向前看呵!文艺》和《河北文艺》的《"歌德"与"缺德"》也同时把矛头指向描写"文革"的"伤痕文学",认为这是一种"向后看"的文艺,不赞颂社会主义制度,不为人民"歌德",不称颂工农兵,很是"缺德"。

1979年文艺界的分歧,开明派与保守派的公开对抗,在很大程度上构成了70年代末中国政治格局的一个缩影。在这里,对"文革"的

---

① 《在中国文学艺术工作者第四次代表大会上的祝辞》,《邓小平文选》第二卷,北京:人民出版社,1994年,第213页。
② 《晓风致陈荒煤的信》,《人民日报》1979年2月3日。

评价还是一个大问题,像崔坪在《文艺报》讨论会上的发言:"对毛主席发动和领导的'文化大革命'是全盘否定,还是三七开,或者是倒三七开?我反对把造反派头头都写成坏人。亿万人民起来参加'文化大革命',难道他们都是群盲吗?轰轰烈烈怎么解释?应写'文化大革命'中的英雄,'四五'英雄也可以写。辽宁的武斗和枪毙人,在文学作品中怎么反映?文学作品反对'文化大革命'可不可以?动手术要是触伤了心脏怎么办?"①多少隐藏着对"文革"的认同和对全面否定"文革"的不满。而以周扬、陈荒煤、冯牧、张光年等为代表的开明派,不但全力推动"伤痕文学"的发表、出版,而且尽力为之辩护。应该注意到,政策上的"新时期"已经开始,但"左"的倾向及批判思维和话语系统经过十年"文革"的"训练",其攻击性和破坏力有增无减,这时的开明派确实显示着他们的开明。

正因如此,在主流文学史的叙述里,对这一时段批判指向的"伤痕文学"倾向十分明显。新的文学潮流被看作"具有历史阶段性的意义,也是文学自身发展的突破"②,或是更加强调对立与斗争的效用,比如是伴随着"权威的崩坏"和"冲决思想禁区的冲动"③,"从长期的窒息禁锢中解放出来"④。虽然1977年到1979年文坛保守势力依然强大,文学批评言辞激烈,多带有打棍子、扣帽子的遗风,但从文学史来看,保守派的文学批判是失效的——文学史的叙述更愿意把它看成文学生长的阻力,并以之突显一种新文学现象和一个新文学时代的到来,而借此确立了开明、开放的姿态。

1980年,情况开始变化,缘由是1979年下半年一批不仅"向后

---

① 刘锡诚:《在文坛边缘上——编辑手记》,郑州:河南大学出版社,2004年,第264页。
② 张钟、洪子诚、佘树森等:《当代中国文学概观》,北京大学出版社,1986年,第479页。
③ 洪子诚:《中国当代文学史》,北京大学出版社,1999年,第226页。
④ 朱寨主编:《中国当代文学思潮史》,北京:人民文学出版社,1987年,第522页。

看"而是看"当下"的作品接连出现。它们不是"伤感"地回忆"文革"带来的伤痛,而把矛头对准了腐败、特权、官僚主义等问题,比如刘宾雁的《人妖之间》、沙叶新的《假如我是真的》、王靖的《在社会的档案里》、白桦的《苦恋》、叶文福的《将军,你不能这样做》等等。这些作品引起争议,双方分歧在四次文代会上没有解决,便留给了1980年之后的剧本创作问题座谈会和一次次讨论。

"四项基本原则"在1980年后的文学批评中成了一个重要的关键词。以对《苦恋》的批判为例,邓小平在谈及它时就说,"对电影文学剧本《苦恋》要批判,这是有关坚持四项基本原则的问题"。[①]《解放军报》4月17日发表了《坚持和维护四项基本原则》的社论:"有的作品公然违背四项基本原则,把我们的党和国家描写得一团漆黑,歪曲和糟蹋爱国主义,向社会主义制度和人民民主专政发泄不满,恶意嘲弄和全盘否定毛泽东同志和毛泽东思想,像这种在政治倾向上有严重错误的作品,难道不应该批评吗?"次日《解放军报》发表的读者来信《一部违反四项基本原则的作品》同样"深深感到这个剧本和党中央一再提出的四项基本原则的精神背道而驰……我们希望报刊展开批评,使人们具体生动地看到:什么样叫违反四项基本原则,怎么样才能更好地坚持和维护四项基本原则"。4月20日《解放军报》的特约评论员文章《四项基本原则不容违反——评电影文学剧本〈苦恋〉》认为剧本是"借批评党曾经犯过的错误以否定党领导下的社会主义国家,否定四项基本原则","它的锋芒是指向党,指向四项基本原则的"。《时代的报告》《文学报》《红旗》杂志、《北京日报》《长江日报》《湖北日报》等报刊也都发表了对《苦恋》的批评文章,批判者指责的,也是该作有违"四项基本原则"。

[①] 邓小平:《关于反对错误思想倾向问题》,《邓小平文选》第2卷,北京:人民出版社,1994年,第382页。

伴随对"四项基本原则"的强调,被批判的主要是"资产阶级自由化""人道主义"和"精神污染"等。1981年7月,邓小平就讲到"资产阶级自由化的核心就是反对党的领导"[①],把它视为思想战线上的重要问题。十几天后,胡耀邦在思想战线问题座谈会上的讲话中又强调:"对于《苦恋》的批评,《解放军报》和其他一些报刊四月间就已经进行了。《解放军报》的批评,小平同志已经做了正确的评价。但是全国文联、作协、影协这些直接有关的组织至今还没有开始。这就是思想战线的领导涣散软弱的一个重要标志,是当前思想界的一个有代表性的现实问题……《苦恋》不是一个孤立的问题,类似《苦恋》或者超过《苦恋》的脱离社会主义的轨道、脱离党的领导、搞自由化的错误言论和作品,还有一些。"[②] 1983年4月到5月中宣部召开部务扩大会议,持续批判了《苦恋》《在社会的档案里》《离离原上草》《妙青》《人啊,人!》《晚霞消失的时候》《早晨三十分钟》等一系列作品,关键在指出这些作品"资产阶级自由化相当严重";1983年下半年对诗歌界"三崛起"的批判,像郑伯农、程代熙等人的文章,也将问题归结于"资产阶级自由化思想"。与此同时,以周扬在纪念马克思逝世一百周年学术报告会上的讲话为导火索,引发了持续时间不长,却对文艺界有重大影响的"清除精神污染"运动。

1980年后文学批判使用的某些概念,产生于新的语境,"新时期文学"的"新",同时也滋生着新的阻力——它相比那些带着历史惯性的批评更具权威性,更能代表着当时的国家意志。值得注意的是,在这些批判风波中,保守派与开明派虽然矛盾尖锐,冲突不断,但在很多方面是一致的,所以能够达成共识,对试图跨越主流意识形态的文学

---

① 《关于思想战线上的问题的谈话》,《邓小平文选》第二卷,第391页。
② 胡耀邦:《在思想战线问题座谈会上的讲话》,《三中全会以来重要文献选编》(下),北京:人民出版社,1982年,第896—897页。

诉求进行压制。随着改革派在高层地位的确立，保守派虽然能够掀起风波，但无力控制最后的走向；几次大的批判风波都很快完结，最终是以相对温和的方式对待文艺问题。然而，尽管反复强调不打棍子、不扣帽子，不再把文学艺术家打成"反革命分子"或"右派分子"，"不能再走老路，不能再搞什么政治运动"①，但温和的态度与方式绝不是放弃对文艺的控制，对于那些被认定为超越边界的作品，常常是不禁而禁，剧本不能继续上演，电影不能公映，小说和诗歌不再传播。1982年"文艺评论工作座谈会"对形势的判断依然是"不够敏感和清醒，甚至暴露出某些思想上的混乱"，"一方面对'左'的流毒的斗争，缺乏力量；另一方面，对新形势下滋长起来的资产阶级自由化倾向，没有引起应有的警觉，对其危害性估计不足"，"整个来说，文艺评论还是文艺战线的一个比较薄弱的环节"，因而"要加强对文艺评论的政治思想领导和文艺评论队伍的思想建设，以确保文艺评论同党中央在政治上的一致"。②虽然开明派有一些人对批判对象抱有同情，有些批评文章也是一拖再拖，但这并不意味着文学创作就能够突破界限。

大部分文学史对1980年到1983年的讲述，相比当时文坛风起云涌的波澜要简单得多。这并非那些被略过的现象不值一提，恰恰相反，意识形态的变化、高层在文艺问题上的摇摆、开明派身份的转换、文学创作多方面的尝试、突破和突破未果，实际为文学史提供了充分的叙述空间和展开可能。但是，绝大多数文学史所呈现出来的却是"伤痕文学""反思文学""改革文学"等一条流畅的文学脉络，而在1980年到1983年受到批判的诸多作品都被阻隔在文学史之外，很少被提起。当我们把1977到1979，1980到1983放在一起，绝大部分文学史的书

---

① 《关于思想战线上的问题的谈话》，《邓小平文选》第二卷，第391页。
② 《关于加强文艺评论工作的意见》讨论稿，刘锡诚：《1982：文艺评论关键词——文艺评论工作座谈会的前前后后》，《南方文坛》2013年第1期。

写规则便浮现出来:这是一个开明派的文学史,在向"左"和向"右"两条战线同时开战的过程中,作为其对立面的保守派和自由派,都无法进入文学史的视野。这也造成了文学史有关80年代的一个假象:文学与政治的"蜜月期"。但这仅仅是政治改革派与文坛开明派的蜜月,是主流意识形态与界内文学创作的蜜月,而对界外的保守派和自由派,是需要与之进行"两条战线作战"的。

三、文学史面貌与当前研究

1977 到 1983 年,一个历史的惯性尚未消退、政治上力图拨乱反正、新的文艺规约初建的时期,其间的波动、冲突和反复可想而知。这一时期的文学批判,成为文艺界乃至高层政治动向的晴雨表。它与文学的关系是复杂而尴尬的:一方面,它对当时以及之后的文学走向影响极大,直接决定着一种文学样式、一种文学思潮的高涨、低落或是终止;另一方面,它对作品的批评主要围绕政治立场、政治觉悟的表达,是来自文学之外的政治规约而非文学的自身生产,它的起伏和波动,不全是文艺界对文学创作持续的认识和判断,而更多体现着对上层意志的权衡。

于是,我们看到了这一时期文学创作的内在要求与外部制约力量的冲突。如果抱有"历史的同情",倒可以考虑这样的问题:十年"文革"过去,无论是从中成长起来的年轻作家,还是在"十七年"就被打成右派的"归来者",在文艺上的约束有所松动之时,他们最需要表达、记录、抒发以及反思的会是什么?与此同时,那些同样作为经历了动乱与苦难的读者,他们想看到的会是什么?在这种情况下,文学去记录历史的伤痛,反思伤痛的根源,为了避免悲剧的重演战战兢兢地对社会问题做出警示,这大概是一个自然而合理的要求与实践过程。正如在对《苦恋》进行批判的时候,一位导演不禁责问:"我国出了这场大灾难，难道连划一个问号都不可以吗？"但是，紧随"十七年""文革"文学规约松动之后，是属于"新时期"的文学规则的建立。虽然政治上拨乱反正，虽然第四次文代会允许创作自由反对横加干涉，但在实际操作过程中无情展现出来的却是历史惯性的冲击和文学生长的新的阻力——其中既有"歌颂与暴露""干预生活""文艺为什么人"的老命题，又有"资产阶级自由化""精神污染"的新说法，文学生长的最大难题在某种程度上成了文学的自身要求与文学之外的政治规约之间难以调和的矛盾。

不可否认，那些因"犯规"而受到批判的作品同样包含着某种意识形态。对此，无论是以意识形态的冲突将文学创作与文学批判之间的矛盾刻意放大，还是将其置于相同的逻辑框架中解构其突破的力量，解构其面对的阻碍和压力，都是不负责任的。离开文学载体进行粗暴的评判甚至上升并简化为阶级、立场、阵营的对抗，固然无助于深入认识80年代文学及其意识形态的处境，但是，把逻辑等同于内容，以抽象的理解消解意识形态的差异，把文学上包含意识形态的突破与文学之外同样包含意识形态的规约视为同质，却往往是有意顾左右而言他，离问题越来越远。

时过境迁，当年那些引起风波的作品，那些剑拔弩张的批判，在之后的主流文学史中被一带而过，出现的是一个更为流畅的文学史。它是推陈出新，是去政治化，是纯文学的生长，是新方法和新形式的胜利……于是，一种说法应运而生，那就是80年代文学在某种程度上与十一届三中全会之后的官方意识形态形成了一种共谋，并以此强调80年代文学在运行逻辑上与之前的文学样式别无二致。这似乎也讲得通，甚至我们也不得不承认主流文学史对80年代文学的叙述确实在某种程度上制造了这种关联——它与80年代"改革派"的政治诉求保持一致，与文艺界"开明派"的文学主张保持一致，并为其支持和推动。但是，有一些问题值得深究。首先，在文学史的建构过程中，因为那些与政治权威有着紧密联系的批判声音,使很多作品至今处在一个尴尬的位置,未能得到正面描述。其次,1977年到1983年文学批判的存在,与"开明派"文学史试图塑造的多元、开放、一路狂飙突进的文学面貌相左,本身即从主流与非主流、官方与民间、强势与弱势对其叙述提出了质疑。再次,也是重要的一点,文学史本身就是一种意识形态的生产,无法脱离意识形态的规约,而80年代文学的特殊之处就在于它发生在政治体制、经济形式、意识形态的转折阶段,其中的矛盾冲突、各种势力的较量、显性的或是隐性的规则将在文学史中被怎样叙述或可不可以被叙述,是一个文学史或者说出版行业话语空间的问题。那么,前面提到的所谓"共谋",就显示出了它的片面,因为它是建立在一个消解和掩盖矛盾并紧贴官方意识形态的"开明派"文学基础上的逻辑推衍,既忽略了作为"文革文学"和"十七年文学"余脉的存在,又遮蔽了文学针对现实而发的更急切的突破诉求。80年代文学的确存在与当时主流意识形态的"共谋",但那只是文坛整体中的一部分,而不是80年代文学的全部。只要理清主流意识形态下文学的边界与空间,看到文坛不同势力的较量,就不得不承认,寻求突破的那股文学力量与主流意识形态的矛盾和冲突,最终未能调和,更谈不到什么"共谋"。

上世纪90年代以来,80年代文学诸多主张面临着官方意识形态新的表达方式、历史观和方法论等多方面的解构。我们暂且不管这种解构的初衷是什么,但它呈现出的是80年代所强调的"人"的价值、启蒙和"人道主义"传统、现代化的种种尝试和努力、知识分子的坚守与挑战,都变成陈旧的、不值一提甚至是需要被讥讽的东西。我们因此看了对80年代文学新的描述,比如精英的、不切实际的、理想主义的、自娱自乐的等等,其中一些在80年代具有积极意义的词语在之后的叙述中变得轻浮不堪。于是,当80年代文学与当下发生关联的时候,就会出现两种状态,一是不断重申80年代文学理想与文学价值,其中包含着对启蒙、现代性、知识分子的责任与担当等一系列命题的强调,常常会显得艰难而孤立无援；另一种则是对 80 年代及其文学的消解，强调它的精英意识，嘲笑它的理想与激情，批判它的现代性追求，强调它的"去政治化"本身即是政治化过程等等，而这些说法往往大有市场，颇受欢迎。当然，这只是一个表面现象，背后是 80 年代文学范式的终结。80 年代文学并不是处于一个趋于成熟和完善阶段的文学体系，而是在社会转折和思想文化调整期进行的种种探索和寻找，无论是有关"人性""人道主义"，还是启蒙、重返"五四"等一系列问题的讨论，都在探求可以对 80 年代发生作用的理论和价值依靠，但它最终是失败的。90 年代，新写实、后现代、新左派、新国学等成为提前进入 21 世纪的急先锋，成全了文学与文化在意识形态或政治干预下的妥协和随波逐流。由此再看 1977 年到 1983 年的文学批判就会很有意思，形成于 80 年代初期的政治规约和意识形态批判却在 90 年代之后的时间里与文学创作有着惊人的默契。从这个意义上说，如果讲文学与意识形态共谋的话，应该是 90 年代文学范式与 80 年代贯穿至 90 年代的主流意识形态的密切配合。

在后学理论过于繁盛的今天，持怎样的历史态度来看待 80 年代文学、进行 80 年代文学研究，将直接影响着对 80 年代文学的判断及其文学史叙述。因此，对 80 年代文学的讲述从某种程度上演变为一个历史观的问题。一些学者认为，80 年代文学的生长、突破、犯规以及 80 年代的文学批判，只是一种叙述，并不存在一个实体的 80 年代文学。这种解读方式确实为我们提供了另外一种视野，当然也是一种在 90 年代以来官方意识形态下更为讨好的讲法。但是，如果因此而溶解了 80 年代文学的血肉，把其中个体的苦难、文学尝试的波折、思想转折的要求与阻力，统统化为一种被冷漠叙述着的文本并试图以此建立起貌似公允、中立的态度，无论对于还原 80 年代文学样貌还是进行 80 年代文学史的研究，都没什么益处。比如，有的学者就对以"打捞历史"的方式进行的 80 年代文学研究十分不屑，认为它不过呈现了

80年代文坛的某种表演,而在这场表演中包含着五六十年代的话语习惯,是一种二元对立的、陈旧的思维方式。从表面上看,这好像是一种"中立""先进"的说法,似乎也很符合90年代以来人们对于"二元对立"恐惧异常的心理。但是,这样的讨论面临着一个问题:如果我们讨论的对象本身就生发于一个二元对立的语境,本身就是思想观念或文学观念二元对立的产物,毕竟80年代的文学批判大多是以这种方式进行的,那么,强行以所谓多元进行消化,其中因错位而产生的偏差和空隙,将用什么来填补?有关80年代文学的研究出现了一些现象。在他们对文学批判的描述中,把不同层面、不同阵营、不同程度的博弈置于90年代的后学框架中,以"叙述""不存在"等方式将80年代力量悬殊的规约和突破拆解为零散的、看似可以平等对话的小冲突。这种化整为零的办法的确展现了80年代文坛的一些细节和关系结构,但是,这堆错位而生的碎片,也为90年代以来意识形态的渗透提供了众多空间。所以,很多有关80年代文学的研究,让我们看到的其实是一个被90年代以来意识形态包装出来的文学范式。在这一过程中,80年代的矛盾被消解,80年代的精神立场被庸俗化,80年代与前后的断裂被搁置起来,在历史相对主义的魔术中,80年代只能作为一种方法、一种媒介,成为勾连起90年代甚至是当下与五六十年代的工具。这让我们不能不警觉,它是以90年代以来的意识形态对中国当代文学进行的一次颇具野心也颇具政治意图的重述。

第三辑

很多小说在对问题的讲述中缺乏作家的介入感，完全将自我抽离，其间过分的冷静或者说冷酷，让人对原本存在的关切产生怀疑。不得不承认，在这个时代，绝大多数人不再相信作家可以扮演拯救者的角色，也不再期许作家能够为失语者指出一条明路。然而，茫茫然如一些作家所说，人们好像也已经习惯没有忏悔的生活——既然如此，那么就让秘密继续吧。生活如此，是否应该让秘密继续？或者说，一个作家是否还肩有让秘密不再继续的责任？

——《参照以及距离的长度》

"中国故事":到底应该怎么讲?

有时候,事情常常变得莫名其妙,比如说,我们生在中国,长在中国,每天看到或者听到很多中国故事,扮演着中国故事里的角色,但是突然有一天,"中国故事"成了一个需要界定的名词,甚至有人出来专门为此写文章,告诉你"中国故事"应该怎样讲。这时候,就让人难免生疑:"中国故事"到底应该怎么讲?或者,必须这么讲?我们意外也并不意外地发现,被当作"中国故事"范本的是《三里湾》《创业史》《艳阳天》等"十七年"的创作。意外,在于这些作品何以能够成为"中国故事"的范本;不意外,在于面对这些被反复讲述的东西,往往会有一种"怎么又是你"的熟识感。

一

"中国故事"被认为应该能够"在经验与情感上触及当代中国的真实与中国人的内心真实"[1],但在李云雷的《如何讲述中国的故事——对近期三部长篇小说的批评》里,事情又似乎并不那么简单,因为对于"中国的真实"与"中国人内心的真实"的"写实"或者"想象",都有可能被认为是片面的。李云雷在文章中将《生死疲劳》《受活》和《第

---

[1] 李云雷:《何谓"中国故事"》,《人民日报》2014年1月24日。

九个寡妇》,与《三里湾》《创业史》《艳阳天》进行了比较,在对《生死疲劳》《受活》等做出了否定评价的同时,把《三里湾》《创业史》和《艳阳天》树立成讲述"中国故事"的样本:"《创业史》等作品是与中国历史、现实紧密联系在一起的,它们产生于现实并能在现实中发挥作用",而讲述同段历史的《第九个寡妇》《受活》等"只是对历史的一种'想象',或者以故事的形式对历史加以'编织'"。[①]一番比较之后,二者高下立现,仿佛还是《创业史》等更配充当"中国故事"的典范。问题是,"中国故事"当真这么讲?

《创业史》《三里湾》都集中于描写农业合作化运动的开展,前者讲述了蛤蟆滩农业合作化运动的"盛况",其中贫下中农对合作化的热情与支持以及富农、地主对合作化的破坏构成了故事的主体,后者则描绘了三里湾两种思想、两条路线、两类家庭在入社时的拉锯战。故事当然要涉及是否要互助合作,是否要入社的冲突,并形成"积极分子"和"落后分子"两个阵营。无一例外,小说都以"积极分子"的胜利告终,都昭示了合作化运动最终的畅行无阻。然而,无论是《创业史》还是《三里湾》,合作化推广所遇到的波折似乎都很小儿科,"落后分子"的转变也都来得突然。特别是在合作化运动这样的大事件面前,任何试图定性式的言论都会显得武断,以偏概全,那些强调主流、强调总体方向的说法也常常缺乏可靠的支撑。一种相对可靠的方法就是我们可以从不同的关联文本中,发现事情的另一面,从而去考虑被作为范本的"中国故事"的"想象"与"现实"问题。

柳青的《灯塔,照耀着我们吧!》对合作化有着另外一种讲述,其中对合作化运动产生抵触情绪的,不仅是已被打倒的地主阶级,还有普通农民,甚至是贫农和党员干部。柳青下乡整顿互助组时,感觉整

---

① 李云雷:《如何讲述中国的故事?——对近期三部长篇小说的批评》,《上海文学》2006年第11期。

顿工作困难重重,"我们的要求和事实的距离很远",七个行政村多半没完成任务。干部们压力很大,积极性也不高。有的干部因为"思想负担很重,常常夜里睡不着觉;他对他在一年以后要领导一个四十户左右的社很熬煎,而大家对三年里全村达到百分之八十合作化,信心也不怎么强";"重点组长刘远峰远远地看见我就躲",甚至痛苦地发誓"这辈子再也不闹这事了";"帮助十字村郭远文重点互助组开会解决纠纷,他们说找不到副组长郭远彤",后来满村打听,找到家里,才发现门上挂着锁,"用手电棒往里照,他在炕上用被蒙着头睡了",最后"在多半夜长的会上,除了重复坚决退组的话,再没吭过一声";"许多人斗地主,捉特务的时候,敢说敢干,有办法;他们就对领导互助组发愁";"皇甫村有些党员和积极分子对我似乎疏远了,见了我很冷淡,找不到话说了。有人还故意躲着我走"。①虽然《灯塔,照耀着我们吧!》依然在感慨合作化运动的迅速开展,却为我们提供了《创业史》中看不到的细节和过程。相比而言,《创业史》中合作化的困难更是无关紧要的小波折,并且简单化地以是否支持合作化作为小说人物是"正面"或是"反面"的标准。同时,我们也能看到一些有关入组入社的文献。为了加快合作化,很多地方存在着强迫,而且使用了各种办法:有的村子禁止向单干农民出借农具,不许单干户参加丰产评比;有些地方干部"拿棍子站在路口强夺单干农民生产工具不准下田"②;有的地方提出对单干户不贷款、不贷粮、不贷农具,供销合作社不卖给单干户任何东西③;各地农业贷款都对互助组有政策性倾斜,"如果互助组不够

---

① 柳青:《灯塔,照耀着我们吧!》,《柳青文集》第4卷,北京:人民文学出版社,2005年,第114—116页。
② 叶扬兵:《中国农业合作化运动研究》,北京:知识产权出版社,2006年,第262页。
③ 《东北日报》,1950年5月19日,罗平汉:《农业合作化运动史》,福州:福建人民出版社,2004年,第41页。

用就轮不到单干户"①。农业合作化的胜利及其优越性是《创业史》着力表达的内容,但合作化到底怎样走向"胜利",却存在着两种完全不同的文本,有着两种大相径庭的叙述。《创业史》只为我们提供了其中之一。它遮蔽了现实的困难和过程中的粗暴,模糊了个体被"合作"的不情愿乃至抵抗。

同样,赵树理和他的创作也很能说明问题。赵树理对农村问题、农民境况确实保有着发自内心的关切。1950 年,他受毛泽东点名邀请参加中国第一次互助合作会议,他在会上直言农民只有单干的意愿,没有走集体化的要求;1956 年,他给山西长治地委写信反映农业社的严重问题,缺粮、缺煤、缺草、缺钱,人无力干活;1959 年,他给邵荃麟写信,汇报人民公社出现的虚报数字、社员缺乏劳动积极性等情况;1962 年,在大连召开的"农村题材短篇小说创作座谈会"上,赵树理从 1953 年就开始的浮夸风说到统购统销之后农民生活的艰难状况。②但是,这一切在《三里湾》等小说里从未出现。我相信,赵树理不会用"想象"在座谈会上发言,不会用"想象"去反映问题。然而,他在小说中从不对此进行讲述,只是以满目的欢天喜地掩盖了生活中的艰难、困苦和迷惑。那么,还是刚才的问题,到底什么是关于中国的"现实",什么是关于中国的"想象"?

《三里湾》中的范登高在土改后分得大量好地,一跃成为三里湾的新富农。农业合作化开始后,作为党员干部的他不但不入社,而且不支持合作化运动,后来在家庭与组织的双重压力下,他才打通思想同意入社。范登高的原型就是山西省平顺县川底村村长郭过成。一贫如洗的他在土改时成了斗争地主的急先锋,到了分果实,他得了三个头

---

① 叶扬兵:《中国农业合作化运动研究》,第 262—263 页。
② 相关资料参见赵树理《给邵荃麟的信》《给长治地委 ×× 的信》《在大连"农村题材短篇小说创作座谈会上"的发言》等文章,《赵树理文集》第 4 卷,北京:工人出版社,1980 年。

等：一头驴、三间楼房、六亩滩地，组织上还发展他入党，委以村长重任。可他翻身登高，一心只想个人发财，受到党组织的批评，便借口去湖南探亲，把组织关系开走，再回来时谎称丢失，自动退党了。[①] 1954年冬，山西省平顺县县委对六个已基本实现合作化的村子调查发现，很多老社员"入社并非自愿，而是随社会走，看风使船，怕丢人而入社"，"今天道路是合作化，迟早不算话，躲下四时，躲不下五时，我儿子在外面当干部哩，不参加农业社真是头上穿靴子脸上下不来了吧"；[②] 新社员入社是"怕说落后，怕借不到农具，怕多卖余粮"，"解放三四年我没参加互助组，再不参加合作社，又该说我走旧路"。不管新社员老社员，在怕"戴帽子"、怕"落后"、怕"斗争"的压力下逐渐入社，自愿背后是说不出的滋味："火烧乌龟肚里痛，吃闷心之亏。"[③]

赵树理、柳青等作家，置身于那样一个时代，通过《三里湾》《创业史》等作品完成了对合作化运动的重述和改写，将一则对抗合作化的故事变成了拥护合作化和合作化运动最终胜利的故事。这是现实还是想象？这是否表现了中国的真实？如果说《受活》等作品"只是对历史的一种'想象'，或者以故事的形式对历史加以'编织'"的话，《三里湾》《创业史》《艳阳天》更是对历史的一种想象，而且是出于政治需要对历史进行的改写和编织。在农业合作化那条"金光大道"及其最终成果"人民公社"已被前进的历史抛弃几十年之后，在中国农民已在小岗村的带领下重新做出选择之后，难道还要中国作家按照那个年代的意识形态像赵树理、柳青、浩然一样去讲述那种"假大空"的"中国故事"？

[①] 相关资料参见林霆：《被规训的叙事——十七年农业合作化题材小说研究》，太原：北岳文艺出版社，2014年，第180—183页。
[②] 叶扬兵：《中国农业合作化运动研究》，第479页。
[③] 史敬棠等编：《中国农业合作化运动史料》（下），上海：三联书店，1959年，第685页。

二

不论城里的,还是乡下的,只要是反对社会主义的人,全都是死心烂肺瞎眼睛;明明是白的东西,他偏听偏信说成是黑的,明明是好的,他偏看成坏的,明明是此路不通的泥沟,他偏当成是溜光的大道。党一整风,那些牛鬼蛇神全都还阳了,想钻空子放毒水;这也不好了,那也搞糟了,什么好呢?资本主义好。①

《艳阳天》里王来泉的这段话可谓"振聋发聩",一下揭开了斗争的"根本问题"。有意思的是,我们可以任意地把这段话放到《创业史》《三里湾》等一系列作品中而不会感到突兀、感到不融洽。那么在《艳阳天》里,这段话从何而来?这是王来泉北京送谷时参加了某大学辩论会后的体会。其中的一个细节非常重要,"坏教授在学校里散布说农业社搞糟了,农民要饿死了",跟去的车把式直接抓住支持教授的学生:"你是地主马小辫的儿子!我们一家人给你家当了三辈子牛马,我穷、我苦,是你爸爸剥削的!闹了半天,骂农业社、骂社会主义的是你们这号人呀!"②农业社搞没搞坏,粮食够不够吃,在辩论中变成了"骂"以及"谁骂"的问题,相比粮食来说,阶级、路线更受关注,更是战无不胜的有力武器。东山坞农业社在土地分红、粮食分配上发生了分歧,有人叫喊家里缺粮,要求土地分红、少卖统销粮,却背地里把粮食卖给粮贩子,有人真正没粮,却还勒紧腰带完成统销任务。但是,矛盾的产生是不是真的集中在粮食问题上?马大炮、弯弯绕等人要土地分红、多分粮食,背后是混入党内并与地主、富农、国民党有千丝万缕联系的

---

① 浩然:《艳阳天》第2卷,北京:人民文学出版社,2005年,第216页。
② 同上书,第218页。

党内异己分子马之悦;落后农民要求多留口粮,背后也必定有敌对势力的鼓动者;甚至整个分粮事件都与城市正在进行的"大鸣大放大字报大辩论"相关联。

事实上,整部小说都在使用着这种替换矛盾冲突的讲述方法。"这会儿闹粮食全是假的,安心要跟政府作对,要往干部眼里揉沙子,要给农业社身上擦黑蹭屎。"①当我们的目光随着浩然的引领集中在激烈的路线斗争与阶级斗争上时,另外一个问题是不能被忽视的——到底缺不缺粮?萧长春说:"合作化才几年,去年我们又是大灾年,几乎没有收成,有的人家肯定真缺少粮食吃。"②那么有多少人缺粮?萧长春等人决定摸查缺粮户。小说用了很大一部分来证明缺粮户不缺粮——焦二菊质问焦庆媳妇:"你还有贫农味儿吗?贫农还能到处喊叫缺粮呀?"③马老四即便早已断粮端着野菜,也还是郑重地说:"长春,你答应我一句话,一定答应,不答应,我要记恨你一辈子……你不能把我报成是缺粮户,我不能吃政府的救济;我们是农业社,专门生产粮食的,不支援国家,反倒伸手跟国家要粮食,我愧的慌。你对别人就说,马老四不缺吃的,不管吃什么,都是香香的,甜甜的,浑身是劲地给咱们社会主义效力哪!"④马翠清去调查缺粮户,保管员家的骂了她一顿:"谁讲我缺粮谁烂舌头!"孙桂英则是"冲着萧支书,我再也不喊没吃了"⑤。缺粮与否在浩然的讲述中不再是生计问题,而成了立场问题、阶级问题、路线问题。根据这样的叙事思路与叙事逻辑,小说从讲述方法上消解了农民因统购统销粮食紧缺而产生的不满情绪,有效地化解了农业合作化运动与农民现实生计之间的矛盾,从而以高亢的、不容置疑的声

---

① 浩然:《艳阳天》第1卷,北京:人民文学出版社,2005年,第415页。
② 同上书,第399页。
③ 同上书,第450页。
④ 同上书,第470页。
⑤ 浩然:《艳阳天》第2卷,第542页。

音宣告了农业合作化不可动摇的权威地位和无与伦比的优越性,这种讲述方式不但使小说冲开现实生活中无法回避的问题最终走向欢天喜地的庆丰收、交公粮,解决了互助合作运动并没有给农民带来更好的物质利益的尴尬,而且使面临现实生计问题的农民,面对粮食短缺、面对饥饿,反而在一种看不见摸不着的意识形态对立中产生了"正义""崇高""大义凛然"的政治幻想。

在《创业史》的丰产增收问题上,故事的讲述同样让两种矛盾进行着替换。

梁生宝为蛤蟆滩买回了新的高产稻种"百日黄"。小说写得清清楚楚:"庄稼人尽管有前进和落后、聪明和鲁笨、诚实和奸猾之分,但愿意多打粮食、愿意增加收入,是他们的共同点。"[①] 代表党的声音的杨书记同样也持这样的观点:"大部分庄稼人要看事实哩","这个和土改不同,你说得天花乱坠,他要看是不是多打粮食,是不是增加收入。"与此对应,那些积极参与互助合作的贫雇农又是怀抱着怎样的理想呢:"他们不能仅仅满足于几亩土地,满足于半饥半饱,满足于十年穿一件棉袄,满足于肩膀被扁担压肿!"[②] 贫雇农之所以加入互助组,主要是因为一种目标性的契合,这一行为向我们展示出的矛盾是互助合作能否满足贫雇农生计需求的问题。

但是,梁生宝反驳继父个人发家致富的论断又让我们不得不对这种"契合"产生怀疑:

> 怪得很哩!庄稼人,地一多,钱一多,手就不爱握木头儿把哩。扁担和背绳碰到肩膀上,也不舒服哩。那时候,你就想叫旁人替自个儿做活。爹,你说:人一不爱劳动,还有好思

[①] 柳青:《创业史》,北京:中国青年出版社,2009年,第95页。
[②] 同上书,第117页。

想吗？成天光想着对旁人不利，对自个有利的事情！①

由此看来，互助合作的目的并不是单纯地"多打粮食，增加收入"，而有着更深层的诉求，它更多地指向所谓消灭剥削。关于如何消灭剥削，小说中"消灭私有制"的说法显得过于形而上，而具体的细节却透露给我们更多的信息。面对土改法的失效，贫雇农开始发愁："眼看着失掉了对富农和富裕中农的控制，要是没什么新的国法治他们"，"几年工夫，贫雇农翻身户十有九家要倒回到土改以前的穷光景去"②，而等互助合作的根"扎稳"，富农和富裕中农就"张狂不起来了"。所以，购买优良稻种和丰产增收并不是简单地为了解决贫雇农生计问题，在《创业史》的讲述中，它更多地指向对富农和富裕中农的压制，正如郭世富去郭县买回"百日黄"稻种，被坚决地看成"和互助组比赛，企图降低互助组的影响"的"阴毒"的行为。

为了进一步实现对富农和富裕中农的控制，新的耕作技术不能向富农和富裕中农推广。新来的技术员在讲解增产的"扁蒲秧"培育方法时，欢喜提醒道，"那说话的是富农，听话的是富裕中农"，俩人是"互助组的敌人"。但是，姚士杰、郭世富等人是不是小说之前所说的"庄稼人"？小说有不少关于二人的描述。姚士杰本身是个好劳力，"眨眼工夫，在后园里整出了种茄子和种辣椒的地，用小锄给韭菜松了土，给两架大葡萄浇了水"③，他"起早贪黑，经营牲口"，小心翼翼积攒家业，就算院里有一根柴枝，也要捡起来送到伙房，"为家业和庄稼，熬成什么样子"④。郭世富本是一个普通的佃户，"破命地干活，连剃头的工夫也没"，"毛茸茸的头发里夹杂着柴枝，两手虎口裂缝里渗出血

---

① 柳青：《创业史》，第 99 页。
② 同上书，第 150 页。
③ 同上书，第 139 页。
④ 同上书，第 278 页。

来"①,几年过去才发了家。相比小说里那些贫雇农,姚士杰、郭世富更像是地地道道的"庄稼人",小说在不同的场景描写了他们是怎样的劳作能手,又是如何地精打细算,怎样地吃苦耐劳,甚至可以说是蛤蟆滩最出色的"庄稼人"。那么,学习新技术,引入高产稻种可以说完全符合两人身份和生活目标的设定,他们更注重自己的现实收益,更在乎而且更能够"多打粮食,增加收入",甚至以此为天性。但是,在新技术推广中技术员韩培生直言"互助组要用集体的力量压倒富裕中农",又有组织上"要克服单纯推广农业新技术的偏向,要帮助做点巩固和提高互助组的工作"的指示②,彻底把这些"庄稼人"以"富农和富裕中农"的身份排除在外。他们的日常生活变成了"企图降低互助组影响",这样的矛盾只有被替换到人为制造的阶级斗争思维里才勉强解释得通。最后,梁生宝有句话掷地有声:"互相帮助,甭互相妨碍"。然而在梁生宝所领导的互助组对待姚士杰等人的态度上,我们很难发现"甭互相妨碍"的存在。比如小说写高增荣缺少牲口,姚士杰缺少劳力,两个商量一起耕作。对于这样的"互助",高增福忍无可忍,咬着牙说:"你们看这是不是往我脸上撒尿?"③高增福并不是以"庄稼人"的标准来衡量姚士杰等人的"互助",而是从阶级斗争的高度来看待富农和富裕中农的合作。所以,小说在对互助合作发展生产、增加收入的讲述中频繁地替换矛盾、激化矛盾,里面存在着大量斗争思维下另起炉灶式的逻辑关系,存在着庄稼人、贫雇农、富农、富裕中农在概念和范畴上的偷梁换柱,存在着生计、路线、阶级的刻意搅混。

《创业史》《艳阳天》乃至《三里湾》,这些小说试图讲述中国的大历史,但是,大历史终究也要经由日常生活的细节才能得以表达。于

---

① 柳青:《创业史》,第54页。
② 同上书,第364页。
③ 同上书,第171页。

是，我们在这些"中国故事"的讲述中，看到了意识形态层面的矛盾对日常生活层面矛盾的替换。一方面，这种替换背靠五六十年代的国家权威话语，进行得既隐蔽又明目张胆，另一方面，它是生硬的、不合常识不合逻辑的，它的存在实际上在消解着故事讲述的可靠性和可信度。

三

"如何在'全球化'的背景下保持文化的自主性"，"如何让价值的、伦理的、日常生活世界的连续性按照自身的逻辑展开，而不是又一次被强行纳入一种'世界文明主流'的话语和价值体系中去"成了怎样讲述"中国故事"首先需要考虑的问题。从这个角度看，"中国故事"似乎是要在世界文学版图中建立起自己的话语体系以及文学表达的独特方式。

上世纪90年代初，有一些学者就开始了对"80年代"文学及文学批评的"反省"。李杨认为，80年代"'启蒙'与'救亡'的对立隐含的是'现代'与'传统'的对立，通过这种二元对立的方式，二十世纪五十至七十年代的中国历史被视为'封建'时代或'前现代'历史而剔除出'现代'之外，而'文革'后的'新时期'则被理解为对五四的回归和'启蒙'的复活。这种'启蒙'与'救亡'及其隐含其中的'现代'与'传统'的二元对立，不仅是'文革'后不同知识——历史学、文学、政治学、社会学、思想史等得以建立的基本前提，而且也是八十年代'知识分子'界定自身的基本方式——通过将'文革'的封建化来确立劫后余生的知识分子作为启蒙者的'现代'身份……遗憾的是，二十世纪八十年代的中国知识分子在讨论中国现代的启蒙运动时，常常只是从个人主义或者个人本位意识的角度理解启蒙，而对于启蒙运动的另一个重要范畴——民族国家意识以及作为其变体存在的'民族主义'或'爱国主义'却往往视而不见"。① 旷新年在《当代文学的"建构"与"崩溃"》中说得更加直接:"我将共和国文学分为'当代文学'和'新时期文学'两部分……这里使用的·'当代文学'具有特殊的质的规定性,即'当代文学'是社会主义性质的文学,是'工农兵文学'或者'人民文学'","新时期文学"将"当代文学"的实践看作一场失败,在强调"现代文学"和"人的文学"的合法性的同时,压抑了"当代文学"和"人民文学"的合法性和合理性。正是在这个意义上,"十七年文学""文革文学"成为了对抗"80年代"的武器。它们被看成对"现代文学""人的文学"以及"新时期文学"的超越,被描述为已经"创造了一种新的文学、新的人性、新的伦理、新的文化",以至"不论在今天看来当年对于电影《武训传》和胡适资产阶级思想的批判是多么粗暴和失败,但是,我们不得不承认其建立社会主义文化霸权和试图取代资本主义文化霸权的艰巨努力"。② "中国故事"对于《创业史》《三里湾》以及《艳阳天》的推崇正是这种历史观和文学史观及批评观的延续。正如当年旷新年盛赞赵树理和柳青,认为他们的创作体现了中国当代政治、经济、社会和文化的深刻变化,是一种新的政治、经济、社会、文化,是从根本上的新的人的重建——赵树理笔下的农民不但突破了闰土的沉默和阿Q的不自觉,而且获得了主体性和主动性,重建了人民在文学中的地位;柳青则通过《创业史》创造了社会主义新农民和中国的新英雄形象——以此作为消解启蒙、消解"80年代意识形态"的方式。

这种讲法在一些人那里颇为讨喜也很对其味口,但是,仔细分析"中国故事"的讲法,除了对抗"80年代意识形态",回归"50年代意

---

① 李杨:《没有"十七年文学"与"文革文学",何来"新时期文学"?》,《文学评论》2001年第2期。
② 旷新年:《"当代文学"的建构和崩溃》,《读书》2006年第5期。

识形态"的文学表达，似乎没能提出什么新的思路，那些"中国经验与美感""民族自我认识和自我表述的能力"更多地像一些幌子竖在那里。在"中国故事"的讲法中我们也能够发现，它并不包含多少美学追求，而是更集中地关注于意识形态之争。从表面上看，"中国故事"的提出很像是面向世界，面向世界文学，但实际上，它依然是针对中国大陆，它的讲法几乎不包含任何开放性的元素，更多地趋向一种政治规约和意识形态的选择，是在中国问题上试图进行某些反复的尝试，它在"50年代意识形态"与"80年代意识形态"之间所进行的选择，无非是如何评价邓小平时代，如何评价改革开放的问题，是否承认经济体制改革、承认家庭联产承包责任制、承认市场经济、承认政治体制改革的问题。

"中国故事"的讲法，不但要重新树立起"十七年文学""文革文学"讲述方法的权威，而且要从政治观念上、历史作用上，以文学讲述的方式为反右、大跃进、人民公社、"文革"等寻求合理性与合法性。李云雷在《如何讲述中国的故事——对近期三部长篇小说的批评》中说："'土地承包'并非是对'合作化'的简单否定，而是对合作化的继承与改造。土地承包与"单干"所坚持的土地私有化不同，是建立在土地的集体所有制基础上的，而土地的集体所有正是'合作化'的重要成果，它打破了小农一家一户的小生产模式，同时土地的定期调整，也为避免贫富分化、保持社会安定提供了保障"；"90年代中期以来，'土地承包'政策也遇到了很多新的问题，比如，在市场经济条件下一家一户的农民如何去与全球化的市场交易的问题；在大量农民工进城的情况下，农村土地撂荒的问题等等"，"解决这些问题，'合作化'的历史经验值得汲取，目前在河南、山东、湖北、东北都有新型的农村'合作组织'，重新探讨合作的可能性"。这些观念经由文学讲述变成"中国故事"，自然而然就以《创业史》《三里湾》为典范和参照，而对于有违此标准的创作，如《受活》等，被批评为"与1980年代以来的主流思潮相一致……既缺乏对历史的理解与同情,也缺乏与中国普通民众的血肉联系",也就不会令人感到意外。

"80年代"固然有"80年代"的问题,但对"80年代"文学及其意识形态的反思,如果成为回归"五六十年代",回归"十七年文学""文革文学"的途径,就颇有借尸还魂的嫌疑——借《创业史》《艳阳天》等小说之尸,还50年代、60年代阶级斗争、路线斗争、长官意志、指令经济之魂。那么,我们就不仅要考虑《创业史》《艳阳天》《金光大道》等给中国文学带来了什么,而且要问这种"中国故事"所张扬并推崇的合作化、人民公社、阶级斗争到底给中国人带来了什么?当下文学批评的这种引导,又会带来什么?

"70后"的"文革"想象与叙述
——以《花街往事》和《认罪书》为例

自"文革"进入中国文学版图,"50后""60后"作家继续成为讲述"文革"的绝对主力,他们先天占据着"亲历者"的优势,讲起"文革"底气十足。对很多"50后""60后"作家来说,"文革"甚至成了他们的心结,对其反复书写,一方面是对历史的再现、重述和问责,另一方面也是对自己青春岁月的一个交代。但对"70后""80后"作家来说,"文革"似乎离他们十分遥远,他们更关心身边事和儿女情,更关心个人或一个小群体在当下的尴尬、荒谬处境。"如何回忆和叙述文革的过程和细节,如何梳理和解释文革的来源和影响,这是一个中国大陆作家很少能够忽视和回避的题目"①,但在很长一段时间,这个题目似乎把青年作家排除在外,或是青年作家们不约而同地拒斥着这一命题。近几年,"文革"开始进入"70后"作家的创作视野,他们对"文革"的想象与叙述呈现出不同以往的一面。

---

① 许子东:《叙述"文革"》,《读书》1999年第9期。

一、《花街往事》：戏说"文革"

路内的《花街往事》开始于"文革"。"花街"就是"蔷薇街"，顾小出出生的地方。当年日本鬼子进城，护城河里死了两百多人，却没有波及此地，1949年部队从城北开来，一枪未开就把戴城给解放了。所以照"他们"的说法，街上一直太平，虽然脏乱差，"却是块福地"。但到了1967年，保派在解放路上架起了街垒，没过多久，蔷薇街"烟尘四起，空气中全是硫酸和石灰的味道，三百个人一起哭喊的声音传得很远"。没有"文革"就没有顾小出，不像之后的故事还能拿顾小出打个掩护，"文革"中的事就只能赤裸裸地由路内说了算。

蔷薇街的"文革"来得突然也来得暴烈，小说以极快的速度从方屠户自不量力地看上了李红霞转入了革命的喧嚣。就像《少年巴比伦》里国营大厂走向衰败，工人们的工作就是"给自行车做马杀鸡"和想方设法接近泵房里的"阿姨"，"文革"在路内的笔下变成了两个普通又扎眼的词："热闹"和"开心"。先是有一帮人架火点起了街上老字号的各类牌匾，"木料很好，极为耐烧"，破四旧这一"革命行为"在路内的讲述中像是一伙食客围着架子焦急而又欢喜地等待一只烤羊嗞嗞作响地冒出油然后成熟，接着有人驾着三轮运来了教堂里的风琴，人们变得更开心，"浇了点煤油，忽的一声就把风琴点着了"，听着它"呜哩呜啦自行弹奏起来"，也算是佐餐的音乐。从这里开始，路内笔下的"文革"就再也严肃不起来，它成了一场彻头彻尾的闹剧。虽然读来很有一些《革命时期的爱情》里王二跟老鲁斗智斗勇耍贫嘴的气氛，但在《花街往事》中，我们找不到王二那种混蛋十足的传奇般的挑战者，它更像是一群糊里糊涂被搅进"革命"的革命外行人做的外行事，天然地与阴差阳错、手忙脚乱、歪打正着这些非革命状态结下了牢固的革命友谊。虽然这些外行人也会开战，打得头破血流，但没人会因此而心生感伤。路内在这里只想让你发笑，让你感到语言的活力，即便这是历史之一面,真实可靠地让人无从置疑,路内也会想方设法消化其中的沉重、壮烈和悲伤,只留下"热闹"和"开心"。从《花街往事》使用的词语上看,我们也难以发现以往"文革"叙事那种努力还原现场的尝试,它甚至刻意回避了当时活跃在人们口中的那些革命词语,取而代之是"戆卵"。它模糊了语言的时代特征,却加强了它的地方特色,这种更加口语化、生活化的叙述让小说偏向显示人情和风土,而不是时代或什么政治倾向。当然,路内在他的"文革"叙述中也使用了一些极其标准的革命语法,但它们的出现往往意味着故意的调侃和俏皮,例如方屠户为了接近李红霞给李家送猪心,却发现这个便宜让顾大宏占了去,便觉得这是一种"非常资产阶级的自私",顾大宏的脸在方屠户眼中也长得"资产阶级"起来。

在光明照相馆上班的顾大宏似乎是这场欢乐筵宴中最不和谐的一分子,他总是用忧郁的眼神观望着一切,"眼角还沾着一丝泪光"。可是,革命群众全然不顾他的忧郁,就在他担心照相馆也会被一把火烧个干净的时候,革命时代的表演欲让照相馆生意好得一塌糊涂,来来往往的顾客里就有被方屠户介绍来的李苏华和李红霞。于是,顾大宏、李苏华、李红霞和方屠户就在小说里被毫无征兆地绑在了一起,成了连接起整个戴城"文革"史的纽带。其实,路内笔下的"文革"史又是两对青年的爱情史,是一种被喜剧化了的"革命加恋爱"。戴城的斗争很快从辩论升级到武斗,顾大宏的父亲顾长根和姐姐顾艾兰都是保派的骨干,刚打起来就撤到城外去了。顾大宏显然是个没有政治立场的情种,本来还可以穿过封锁线去上班,但自从"徐德的儿子出去买烧饼被个试枪的笨蛋走火打中了后背",干脆就此躲在家里,日子反而逍遥,"请李苏华吃了二十多顿小馄饨,拍了三次照片,看了五场电影",两人的感情也就渐上正轨。方屠户追求李红霞的道路就没那么惬意了。他加入了一个叫"尖刀营"的组织,当然跟李红霞一样属于战派。冲向街垒的方屠户被保派的火力吓得屁滚尿流,颜面尽失,却也混得整天跟在李红霞屁股后面。战斗中,方屠户莽莽撞撞从水塔上救下了李红霞的父亲,博得了姑娘的倾心——对他来说这才是最重要的事情,至于两派的革命斗争,方屠户也想得明白:"完全就是打烂仗嘛,他娘的一群戆卵,居然不明白探照灯转向以后就能直接打爆,还觉得是什么重要任务,重要个屁。"在两对青年男女的感情路上,革命被不断消解。那些自上而下的政治动员,那些势不两立的政治派系,那些来自北京的标语口号,到了戴城,到了蔷薇街,就成了方屠户送给李红霞的猪心,成了顾大宏请李苏华吃的小馄饨;上层要求正确的路线、正确的阶级立场,在方屠户和顾大宏那里则变成心爱的姑娘在哪儿路线就在哪儿。这种政策、观念、口号在自上而下传达中的消耗和形变,对于那些以为舞动着指挥棒就能调动千万民众指哪打哪的人来说,是灾难,是失控,是巨大的讽刺,但对另外一部分人来说,则是理所当然的益事,因为他们更习惯在日常生活而不是观念中寻求行动的依据。相比上世纪二三十年代左翼文艺里"革命加恋爱"生硬的说教,路内这种喜剧化的"革命加恋爱",或者说以"恋爱"消解"革命"的叙述,更能让人感到"人"之所在并由此深入地反思革命的意义。

　　与方屠户、顾大宏一门心思追着食与色奔跑不同,红卫兵小将李红霞很有革命热情。武斗开始后,这个漂亮姑娘就变了样子,身着军装,扎着武装带,脸上时常沾着油污,更重要的是背着步枪,手总是抄在口袋里,"里面全是子弹,不停地拉动着发出叮当的声音,仿佛是阔佬在炫耀着银元"。这个形象看上去是有些邪恶,但把她放在路内的"文革"叙述里,却尽显天真烂漫和英姿勃发。战派占领蔷薇街之后,安排了一次乱哄哄的阅兵。李红霞全副武装,雄赳赳地招呼顾大宏:"走,打过护城河去。"比起闹革命,顾大宏更关心自己的姑娘,"我早饭还没吃呢",转而问李苏华,"你吃早饭了吗?"不等李苏华回答,方才昂首挺胸的李红霞就溜出了队伍:"哎,有早饭?我饿了。"无论是小说、戏剧还是影视,常见的红卫兵形象无不忠诚、狂热、杀气腾腾甚至暴虐成性，却很少有人把一个红卫兵小将写得如此顽皮可爱。这反而映衬出到底是什么左右着此前的"文革"叙述，左右着作家们对"文革"的虚构和想象。当一个时代过去，政治上拨乱反正，伤痕文学、反思文学到知青文学，则是文学创作上的拨乱反正，是被压抑的文学力量的释放。这种释放集中而带有方向性，即便不谈政治立场，仅在情感上也会不由自主地走向"文革"的反面。但路内不一样，路内的时代已经谈不到政治正确，谈不到反与正，他调转头去关注一个比自己还年长十岁的事件，一定不只是为了寻找跟前人一样的东西。他要对这段历史进行路内式的探索，要在"文革"当中找到路小路。李红霞背着步枪辗转于几个阵地，直到某天李苏华发现她身边那个矮胖黑毛的屠户不见了，小姑娘愣了半晌，忽然大哭起来："戆卵被抓走了！"此间顽劣与此间单纯，不正是化工技校和糖精厂里的路小路吗？

　　路内在《花街往事》里戏说"文革"，与之前常见的各类"文革"叙述都不尽相同，他既不是要为"文革"翻案，亦不是要以"文革"的方式否定"文革"。《花街往事》提供了一个"70后"的视野，以虚构的方式揭开了一种事实。路内的"文革记忆"截取了"文革"中最为惨烈的武斗阶段，却没让故事变得鲜血淋淋。小说保留了武斗中的基本要素：武装带、枪托、砍刀、巷战、俘虏，当然还有戴城特有的硫酸瓶子，但是，李红霞踹向顾大宏的一脚是为了让他逃开红卫兵头头举起的皮带；方屠户把大耳朵从阵地上拖下来，是因为红霞说"我可不想让我妈做寡妇"；保派的伏击让战派伤亡惨重，却一举敲定了顾人宏和李苏华的婚事，也让胖姑第一次尝到了炼乳的味道；顾艾兰背信弃义扣押了方屠户，只是为了用他交换做了战派俘虏的丈夫——这便是花街的武斗，路内的"文革"故事，在每一种"文革"逻辑里天经地义的暴行背后，都有一个温暖的、私密的、不那么革命的理由。

二、《认罪书》：片断与师承

乔叶的《认罪书》从《光明文化报》上一篇声讨收藏家盛春风的文章进入"文革"。这种进入的方式既隐蔽，又明目张胆，正如金金笔记中的"碎片"：

> 能把虚构和非虚构进行自由拼接并恰当组合，这是一个有趣的才能。我似乎就有这种才能。——起意写自己的故事后，我读了一些写作方面的书，知道所有的写作手法只可分为两大类：虚构和非虚构。虚构作假，如小说。非虚构写实，如散文。……
>
> 有点儿像包子。虽然很多时候，虚构的皮儿里是虚构的馅儿，非虚构的皮儿里是非虚构的馅儿，但更多时候，虚构的皮儿里是非虚构的馅儿，非虚构的皮儿里是虚构的馅儿。而最多时候，那些馅儿都不是什么纯馅儿，一个包子里总有各种莫名其妙的馅儿掺杂在一起。这才有意思。①

乔叶在小说里虚构了一系列的叙述者，并以此来完成她的"非虚构"，她不断地隐藏自己叙述者的角色，用一连串被制造出来的人物反复地、集中地去讲述某个"文革"片段，只是为了让它显得更加可靠，以一种虚构掩盖另一种虚构的痕迹。在这里，我们不妨一个一个地列举小说中被虚构出的"文革"叙述者。首先是那个号称盛春风老同学的人。他在《光明文化报》发表文章表明自己亲历者的身份：不但是"文革"的亲历者，而且是盛春风造反活动的同行者，是当事人，是目击者，今天又跳出来做污点证人。这个身份看起来比较可靠，似乎他

---

① 乔叶：《认罪书》，北京：北京十月文艺出版社，2013年，第189、190页。

的证词也很能说明问题。按照小说进入"文革"后叙述者出场的次序，接下来是"编者"。"编者"从小说一开始就出现，作为帮助金金完成书稿的人，作为一个在文本中以"编者注"出现的存在，它早早亮明身份，但在小说进入"文革"后才真正发挥作用，代表着一种客观的声音，虽然不介入小说的故事情节，却介入小说对"文革"的叙述。再接下来就是申明。他是黄河学院历史系的副教授，1966年出生，从严格意义上来说不能算是"文革"的亲历者，一直在学院做有关"文革"的课题，他对"文革"进行的是学术的探讨，不像小说里其他亲历者那样被困在"文革"叙述与个人利害关系的纠缠中，所以乔叶希望他发出一种公正的声音，小说有关"文革"、有关历史的态度也都由其传达，正如他的名字："申明"。他在《黄河文化报》开设专栏，一些无法进入小说故事情节的"文革"片断便以报纸专栏这种文本中的文本的形式透露出来；之后在拾梦山考察时对自己父亲被批斗经历的讲述又成了他缺乏"文革"体验的有力补充。然后是梅的老姑，这个乡村老妇虽然出场次数不多，但在小说的情节演进中起着至关重要的作用，她作为一个亲历者，不但是梁家秘密被揭开的推动力量，而且是小说唯一不带有明显"污点证人"痕迹的角色，所以她对梅好、梁文道在"文革"中所受迫害的讲述便具有了相当的客观性和较高的道德评判尺度。之后是秦红。秦红在小说里并没有起到什么决定性的作用，但她与梁知的关系，使之有关梅梅的叙述变得十分可疑，与此同时，她并非"文革"的亲历者，她道听途说的梁文道和梅好的故事，成了小说"文革"叙述中被故意放出的一颗烟幕弹，是小说真正的叙述者让叙述复杂化而设置的人物。旅游局钟局长和拾梦庄老村长在景点考察时的一唱一和以及王局长、李教授、申明对拾梦庄的联合考察构成了一组叙述。从拾梦庄的"红字"到《无产阶级文化大革命就是好》的歌词，再到重新排演作为旅游开发配套节目的忠字舞和考察者对景点开发的种种设想，全面而戏剧化地再现了"文革"的整体氛围。这个桥段不得不说是一场荒唐的闹剧,其中利用出身、武斗、红袖章、样板戏、红宝书等"文革"元素大搞旅游的点子,从细节上补全了整部小说对"文革"的叙述,更大程度上展示"文革"的全貌而不是仅仅局限于梁文道、梅好的"文革"遭遇这一小家庭故事。钟潮的出场让小说所有的秘密都逐渐明朗起来。虽然在叙述中他刻意地隐瞒梅好受辱时他就在现场的事实,却把梅好疯掉的直接原因和详细过程和盘托出,是解开小说"文革"叙述谜题的题眼。丙在小说里连名字都没有,是梅好受辱的当事人之一,她的出现一方面扯下了钟潮最后一块遮羞布,另一方面也反映着一大批"文革"亲历者的态度:"人家都胡闹的时候,你不跟着胡闹还真不行……咱要是对了是集体的功劳,咱要是错了是集体的责任嘛。"最后登场的广场写字老人,其实与小说的主线没有什么关系,和金金的相遇也纯属偶然。除去他年轻时批斗自己老师的经历,老人的出现更为彰显一种面对历史、面对"文革"的态度,这种态度与此前的丙截然相反,是对时代大潮中个人行为的自省,是小说从"知罪"到"认罪"的主题投射于"文革"叙述的缩影。

乔叶在《认罪书》里设置了如此庞大的"文革"叙述者群体,相互关联、相互牵制、各司其职。这些虚构的叙述者透出乔叶隐藏的担忧,这份担忧同时从金金面对申明的困惑中表现出来:"'文革'的时候,其实您还很小,甚至可以说,您都不算经历过,您觉得您有资格去谈论和评说吗?"虽然乔叶让申明"申明"了一个人阐述历史、追问历史的权利和可能,但这精心设计的叙述框架依然暴露出乔叶并非一个亲历者的底气不足。她之所以让那些虚构的叙述者一个接一个地登场,有的人专司外围,负责描绘"文革"的大环境,有的人专司故事核心,以当事人的身份讲述梁、梅的故事,甚至让不同的叙述者集中火力,反复地讲述同一个故事,是因为乔叶需要以某种虚构的方式来确认其中一些非虚构情节的可靠性和可信度。从这个角度看,乔叶在小说中的身份是颇为尴尬的,一方面她是文本形成中说一不二的王者,左右着《认罪书》"文革"叙述的一支一脉和走向，但另一方面，她又不能像一些"文革"亲历者那样讲起那段历史就自信满满，她需要一些帮她说话的人，需要一些看上去有些来头的旁证，更需要一些面对一个自己并不亲近的领域发出声音的叙述安全感。所以，不同叙述者之间"文革"故事的差异和出入构成了秘密形成与揭开的过程，同时这也是乔叶作为一个非亲历者逐渐建立自己讲述"文革"的话语自信的过程。

在《认罪书》中，我们看到了乔叶对既有"文革"史料的重新组织。《黄河文化报》专栏的"文革"故事；盛春风你为什么不忏悔的质问；王爱国在梅好裸体上写"忠"字的情节；通过老姑讲述出来的陵川县武斗；玷污红宝书、因为乱用报纸而损害领袖形象的桥段……这大概是一些最常见的"文革"片断和"文革"问题，它们在很多文学创作中频繁地出现，改头换面成为新的故事，而乔叶在《认罪书》中所做的就是以多重叙述的方式把它们重新组织起来。我们当然不能要求一个书写"文革"的作家成为一手"文革"史料的发掘者，但乔叶的"文革"叙述首先呈现出来的是一种拼接、组装的状态，而不是打碎了重新消化之后的再创造。这让她的"文革"故事显得零碎、生硬，与作为小说主线的金金和梁家的"知罪、认罪"也或多或少生出些隔膜。而且，对于一些熟悉"文革"的读者来说，常常会情不自禁地把其中某些段落剔除出去，从情感上并不将之视为乔叶的虚构和创造，这对于一部小说来说无疑是巨大的损失。

乔叶把小说里的"文革"叙述者划成外围与核心两个群体，外围群体负责口述"文革"片段，从而反思"文革"之罪，核心群体负责串起梁、梅的"文革"遭遇，再加上最后广场写字老人的经历，以此反思个人之罪。但是，我们会轻易地发现其中一个"70后"写作者与小说流露出的历史观、"文革"史观的错位。从小说里读出的是师承，是"50后""60后"学人有关"文革"的态度，甚至可以具体地与乔叶在小说后记中提到的余开伟、徐友渔、邵健、丁帆、陈徒手、朱学勤等几位先生的思考对号入座。虽然乔叶在《认罪书》里显得更加严肃,不像路内在《花街往事》里从王小波等作家那偷学了手艺便天马行空地耍开,但是后者有意无意间显示出了一种"70后"的历史视野,而乔叶在《认罪书》中因为过于严肃、过于小心翼翼,因为在"文革"书写上的底气不足,反而隐没了她专属的态度与思考。毕竟师承这回事,只要消化了就会有变异,有突破,有背叛,而百分之百的复制,往往是囫囵吞枣,离问题还远得很。

三、"代沟":"文革"与当下

"70后"作家常常被视为"尴尬的一代""没有历史的一代",他们在写作中更愿意谈论存在即合理的现实和眼下的生活,而如今"70后"作家对历史的关注,则表现了他们自我突破的努力。尽管路内和乔叶对"文革"的叙述各有不同,但从代际的角度来看,又有着相似、相通之处,这也使他们与作为"文革"叙述主力军的"50后""60后"区别开来。

"50后"作家似乎对"文革"有着一种书写的责任感,就像贾平凹在《关于一个村子的故事和人物》里表达的那样:"我觉得我一定要写出来,似乎有一种使命感,即便写出来不出版,也要写出来。"他们以亲历者的身份不断强化着自己在"文革"书写中的权威与责任,同时觉得"'文革'离得越来越远了,再过几年,经历的人更少了,对于人类的这个大事件,应该有人正面来写的吧"[①]。毫无疑问,"正面来写"也就意味着"文革"撑起了小说的框架。在这个框架之中,日常生活、传奇故事,一切被虚构的人、事、关系被添加进来,往往严格按照历史

---

① 贾平凹、李星:《关于一个村子的故事和人物——长篇小说〈古炉〉的问答》,《陕西日报》2010年11月28日。

的脉络来完成对"文革"的想象。他们为了写"文革"而写"文革",背后是对一个国家一个时代历史问题、政治问题的追问。所以,在有关"文革"叙述中,对历史规律的探寻,对事情来龙去脉的连贯性、因果性的追求成了"50后"作家们虚构"文革"、记录"文革"、还原"文革"的出发点。

"60后"作家更愿意在其"文革"叙述中关注人们生活的常态与非常态,与其说他们愿意在有关"文革"的叙述里找寻时代的秘密,不如说他们更倾向于在其中发现个人与生活的秘密。"文革"常常作为"60后"作家创作的一个大前提,在这一前提下,人们因何而变,生活因何而变是他们关注的焦点,因此我们很难在"60后"的创作里找到对于"文革"史诗性、全景式的叙述。甚至从某种意义上说,他们刻意与作为历史的"文革"保持着一定的距离,他们不与"文革"进行直接的对话,常常需要借助某种传递来实现,其中一个重要的传递者便是时代以及生活的变量,它的膨胀和萎缩左右着"60后"作家对"文革"与人这对变化关系的考量。

从《花街往事》和《认罪书》来看,"70后"作家与"文革"的距离还颇为遥远,他们在对人物、情节的虚构中就将"文革"设置成了一个遥远的点,一个本不该与他们发生关系却阴差阳错纠缠在一起的时间片段。《花街往事》着力去写80年代,之所以涉及"文革",是因为一个家族的关系、一条街的感情结构全是在"文革"当中建立起来的。"文革"结束的时候,顾小出的红霞小姨跑去缅甸继续革命,在被姐姐和父亲追回的路上出了车祸,谁也没能活下来。于是顾小出印象里的家,"阴风恻恻,墙上挂了一排黑框照片,很像革命历史博物馆"。蔷薇街也在不可挽回地发生着变化,在路内的叙述中,它总是与"文革"不断地牵连。"这条街上的人都很啰嗦,惯于展开话题,然后进行大规模的辩论和抬杠,头天没讲够的,第二天接着聊,据说都是文化大革命惯出来的毛病",而在此之前,蔷薇街更流行"猪猡"和"戆卵"。在国营照相馆上班的顾大宏下了海，做了个体户，"个体户是当时最先进的阶级，它超过了工农兵，也越过了知识分子，仅次于海外关系户"。即使这不是对出身论的讽刺，那么在《花街往事》里也成了一种不可辩驳的现实。更可怕的是，顾小出的姐姐顾小妍越来越像李红霞，"戆卵"这句骂人的话就是她从小姨那学来的，"她觉得帅极了，就爱这么骂"。某个黄昏，顾小妍背着一杆枪走进家门，后面跟着一大群小孩，当时顾大宏和方屠户在家门口说话，都愣住了，方屠户"更是毛发耸立，眼睛里流露出异样的神色，他一句话没说，返身回家"。摄影师觉得她像极了十几年前的小姨。顾大宏的辉煌呈现在戴城的舞场，他换上了新的西装，一条宝蓝色的领带还有白色的皮鞋。他像蔷薇街从来没出现过的上流人士一样跳舞跳出了尊严："舞场就是人生，你可以和垃圾活在同一个世界，但不要和他们一起跳舞。"这不禁让人看到了另外一重投影，当年照相馆的张师傅是戴城的名流，直到1955年他还穿着西装皮鞋进出舞厅，会跳伦巴，会玩斯诺克——后来的顾大宏像极了他的老师张师傅，就像顾小妍像极了她的红霞小姨。于是，在《花街往事》里，"文革"之于蔷薇街不再是伤痕，不再是苦难，而成了一种怀旧，成了饱含温暖饱含情绪饱含时间流转并投射于当下的岁月片断。

乔叶对《认罪书》的最初构想主要汇集于一个伦理故事，她所要探讨的是平凡人的知罪与认罪，忏悔与救赎。金金利用青春痘的感情换取工作，不但一生拒绝与生父哑巴相认，而且险些害其性命，怀了梁知孩子的金金奔赴源城，与梁新结婚，只是为了报复；梁知与梅梅相恋，为了自己的仕途不惜把她送入虎口，在梅梅绝望之际又将其逼上绝路；张小英因为早年没有得到梁文道一直耿耿于怀，人到中年，看着精神失常的梅好走向群英河而无动于衷；梁文道、梁新、钟潮、赵小军、秦红、盛春风……几乎每个人都背负罪孽，或为凶手，或为帮凶。小说所进行的是个体情感和灵魂的深层追问，这是乔叶此前创作的一个延伸与突破。小说之所以能够介入"文革"，是因为金金与梅梅偶然的相像，由梅梅引出梅好，由梅好引出梁文道、张文英，引出钟潮、王爱国和甲乙丙丁。他们的出场，不是为了面对"文革"进行声泪俱下的控诉，而是为了知罪、认罪、赎罪。所以，《认罪书》里的"文革"书写主要作为一种叙述的配重存在，以"文革"的罪与罚、忏悔与救赎来增添小说的分量，毕竟《认罪书》不是"文革"故事，而是金金与梁知的男女之事。小说之所以能够把男女之情与"文革"有效地捏合起来，是因为乔叶从中抽取了一条凌驾于男女、凌驾于时代的悲悯与自省之心。

由此看来，"70后"作家对"文革"的想象与叙述或是天马行空的戏说，或是片断化、资料化的编排，其中没有历史的推进，没有全景式的扫描，没有书写的必然和严密的因果逻辑，而是直接让"文革"与当下发生关系，这种关系的发生又常常伴随着偶然，处于整个文本的主体框架之外，充当着添砖加瓦的角色。说到"70后"的"文革"与当下，《日夜书》是一个不错的参照。小说跨越三十年，从知青"公用哥"姚大甲一直写到知青中的思想大侠马涛的女儿笑月。韩少功以不断穿插的方式在小说中勾连起同一伙人的知青岁月和当下生活。韩少功说："30年也许是一个足够长的距离，便于我们把他们看得更清楚，既有近景又有远景，既有正面也有侧面，可以多角度地展示，包括展示他们隐秘的伤痛、深藏的梦想、难以解脱的宿命或者意想不到的变身。"[①] 所以，对"50后"作家们来说，当下是从"文革"走出的当下，而对"70后"们来讲，当下与"文革"的相遇纯属偶然。虽然"70后"作家开始关注历史、书写"文革"，展示出不同于以往"文革"叙述的崭新样貌，但从现有的情况看，也许我们还应该有所期待。

---

① 唐不遇、韩少功：《打给知青文学的问号》，《南都周刊》2013年第12期。

参照以及距离的长度
——重读《安娜·卡列尼娜》兼论当下小说

中国作家似乎从不缺乏时代感甚至是时尚感，从上世纪80年代热衷于谈及加缪、普鲁斯特、马尔克斯，到后来言必称库切、帕慕克，很是学了一些收藏家、鉴赏家的本事。但是，潘家园淘得小把件，却淘不来石窟的大佛和飞天。中国作家学得多学得勤奋，这是好事，就怕摊子多了，眼花缭乱得了零碎而失了真宝器。当一些作家一门心思地望着库切的方向，或是跟着帕慕克一路小跑，是否还记得有个叫托尔斯泰的俄国人；当作家们趋同式地为当下种种寻找使之坦然的借口，是否还记得钢轨上那个矛盾并痛苦着的灵魂？

一

翻开《安娜·卡列尼娜》，便能看到"伸冤在我，我必报应"。在这里，大概很难说清是先有了小说还是先有了这个来自《新约》的题头。但从托尔斯泰最初的构想以及对小说的反复修改来看，"我必报应"的出现可能晚于小说的完成。在早期的草稿中，托尔斯泰曾尝试使用《两桩婚事》或《两对伉俪》这样的题目，试图让安娜离开卡列宁之后嫁给伏伦斯基，并在两种关系的对比中去考虑婚姻问题。我们应该庆幸这一思路没有保留下来，因为之后的《安娜·卡列尼娜》显示出了更丰富、更平衡甚至趋于完美的一面。托尔斯泰饱含怜悯地审视安娜,并以此来拷问将其推入绝境的社会。虽然托尔斯泰在晚年发表了对《战争与和平》和《安娜·卡列尼娜》的自我批评,并把它们称作"不良艺术"的代表,但是我们依然能够在小说里看到托尔斯泰对安娜的偏爱。在他所有的小说中,几乎没有哪个人物能够像安娜这样获得如此的自由,能够在庞大而回转的故事中走得那么遥远,她几乎突到了托尔斯泰所能控制和预知的边缘,最后才在作者的矛盾中以悲剧收场。在此,我们不能忽略的一点是,从安娜最早在莫斯科车站的动情到她向卡列宁坦白自己与伏伦斯基的关系,再到难产时请求卡列宁的宽恕以及跟随伏伦斯基出国时"我什么都无所谓了"的心灰意冷,最后绝望地在火车站结束自己的生命——对安娜来说,在这场情感驱使的婚外情背后有着非常理性的选择,是一个渴望理想生活的女人与自己所厌倦的处境、无情的丈夫以及制造这一切的社会深思熟虑的对抗;对托尔斯泰来说,女主人公的纠结与矛盾,亦是作家理性的一种体现,他让安娜的行为与感情世界时刻处于失控与崩溃的边缘,却从来都没有真正走向失控和崩溃,安娜的自杀反而成为作者理性的最终胜利。于是,我们不得不承认,小说因此充满了以理动人的诱惑力和震撼力。

那么,如果我们将安娜与伏伦斯基的关系放在中国当代文学里,又会发现什么?从邓友梅《在悬崖上》的猛醒,《爱,是不能忘记的》那种寄托于天国的精神的不离不弃,航鹰《东方女性》对迷途者的感化,到刘恒《伏羲伏羲》《白涡》里肉体的诱惑,再到《废都》里性欲的放纵和知识分子精神危机向性欲危机的转嫁,柏拉图式的精神冒险逐渐走向肉体的狂欢。之后,池莉《来来往往》中大团圆结局的背后是个性的磨损和反抗激情的消退,是人屈从于现实和生存境遇的悲凉,亦是婚外情在道德与伦理上被日常化的开始;戴来的《亮了一下》是出轨的洛杨意外发现妻子外遇的蛛丝马迹,却因此心安理得地继续以往的日子;鲁敏的《白围脖》里崔波利用婚外情来调整自己的心态以求得婚姻关系的平衡……于是我们看到,托尔斯泰的矛盾与安娜的痛苦是如何在中国作家的书写里从单纯情欲的破禁演化为日常生活中"微不足道"的必备品。

接下来呢?我想到了光盘2014年的中篇《他的名字叫白》。这篇小说既可看成乡镇版本的《等待戈多》,亦是"小三"的胜利。在这个富有哲学意义的框架中,《他的名字叫白》将中国乡镇、将沱巴融入其中,从某种程度上暗示着乡村中国在新的历史时期重新寻求价值标准、寻求身份认同的命题。或者简单说,是乡村人如何能过得更好的渴望。在这里之所以想起它,只是因为里面的张净。张净是"我"也就是小泥婆的情人,相处快8年了,虽然小泥婆的太太在他们之间设立了很多障碍,但从来没能阻断他们的感情。小泥婆相信,张净是个好女人,否则"怎么会连年带她回沱巴过年呢"?在沱巴,张净只是人们眼中的野女人,每年小泥婆的母亲都会说,以后你不能再来沱巴。张净只是回答,沱巴是我家。除了一句"你真是个赖皮货啊",小泥婆的母亲也没有办法。在沱巴寻找白的骚乱中,张净倒是在闻讯人潮涌动时关了大门,杀了鸡,做了饭,让家里井然有序。然而小泥婆父亲的消失让一家人慌乱起来。张净急得大哭,觉得如果不一直陪他喝酒就不会如此。小说里写,"我知道,此刻她和我一样心尖在滴血"。在不得不离开沱巴的时候,张净跪在大门口,磕下三个头。相比《安娜·卡列尼娜》的以理动人,贯穿张净故事的是非常纯粹的情感。这个情感并不是指张净与小泥婆的婚外情,而是作者在推动故事时所依靠的力量。张净在小说中形象的逐渐完整,在沱巴身份的慢慢变化,以及小泥婆母亲对她态度的缓缓改观,整个过程没有道理可讲,这是一个非常中国化的故事,那就是怎样把冰冷的石头捂热。在光盘以情动人的过程中,他让我们逐渐相信张净真的是个好女人。小说实现了婚外情的胜利,不仅小泥婆的父母接受了这个"野女人",就连他在上海读大学的儿子,也突然在某天归来,出其不意地问,张净阿姨呢?当这一线索处于寻找白这个荒诞而无望的氛围中时，一个非常西方化的追问便与一个非常中国化的故事发生了碰撞，这种碰撞几乎摧毁了小说原本要表达的东西。张净在小说中所向披靡，于是，有关婚外情的道德评判乃至小说有关身份与价值的哲思都在这"野女人"磕下的三个头面前变得不堪一击。

如果单独来看，光盘在《他的名字叫白》里用一个好女人化解了婚外情的尴尬，甚至由此塑造出了男性世界中的完美情人，这个形象可以让绝大多数的男人心生向往，并可以让绝大多数的女人深恶痛绝。但是，胜利的张净以及张净的故事摆在安娜面前，为什么突然变得廉价起来？安娜的感情历程，大概让所有人都能找到一个情绪的对接之处，无论是安娜的执著与单纯，还是过程中的矛盾纠缠，哪怕最终的"我必报应"，似乎每一个读者都有一个去处。在这个过程中，可能你始终都在接受审判，也可能，无动于衷。如果放眼中国当代文学对婚外情的书写，《安娜·卡列尼娜》为我们提供了一个既不玄妙也不离奇的故事，甚至看上去有些"微不足道"。而问题是，事情是不是真的"微不足道"？又是怎样变得"微不足道"起来？安娜为什么执意离婚，又请求宽恕？为什么在托尔斯泰那里安娜必须要死？与之相对，出轨的洛杨、崔波们是怎样心安理得又获得了生活上的平衡？张净用8年的时间征服沱巴，其中是否有那么丁点儿的悔意？正如很多人已然找不到《复活》里聂赫留朵夫痛不欲生的理由，《安娜·卡列尼娜》中的矛盾与痛苦似乎在当代中国人那里也引不起警觉和震惊。事实上，《安娜·卡列尼娜》和《他的名字叫白》没有多少放在一起的道理，但是当它们真的被并置一处，才让人发现它们不该放在一起的理由，而这个现实又是残酷的。前者以理动人，树起的是小说人物以及作品精神上的自尊，其间张扬着高度的道德感，使人对其心生惭愧反复自检，而后者以情动人，到达的永远是心底那些不可告人的骚动。在我看来，这便是伟大的灵魂与安逸的生活之间的距离。

二

托马斯·曼认为,《安娜·卡列尼娜》的创作冲动是道德方面的,社会为了自身的目的,夺取了给上帝保留的复仇能力,而托尔斯泰针对这样的社会提出了控诉,但是,托尔斯泰自己的道德立场显得模糊不清,他对通奸的谴责与当时的社会评判相当接近。托马斯·曼确实发现了问题之所在,但问题似乎不在于托尔斯泰的谴责是否与当时的社会评判相近,而在于作者在小说中毫不掩饰地表露这种矛盾所带来的种种效用。无论是在人物自身还是小说情节、结构,《安娜·卡列尼娜》自始至终都保持着一种矛盾的张力,它在张而不破的情况下,不但使小说人物的完整成为可能,而且使托尔斯泰急于表达的思想在文本中得以消化、安置。更重要的是,这种张力让小说富有了极强的自省能力,这不但表现在安娜、伏伦斯基等小说人物身上,而且整体性地通过小说情节、结构表现出来。这种张力或者说自省能力的存在,让小说以及小说试图表达的东西从根本上杜绝了失控的可能。

从小说人物的角度看,当安娜意识到问题的存在,尽管里面多多少少有些纵容的味道,但这场心理上的拉锯战就已经开始。安娜第一次与伏伦斯基相遇之后决定逃离莫斯科。离开之前,她与嫂子有一次对话,觉得前夜的舞会让吉娣痛苦,完全是因为自己的缘故。她用尖细的声音转而强调,"我并没有错,或者只有一点儿错",但马上意识到自己说的并非真话,"她不仅怀疑自己,而且一想到伏伦斯基就心慌意乱",之所以要提前走,就是为了避免再同他见面。在此之后,安娜反复地劝慰自己,伏伦斯基只不过是随处可见的普通青年,而一见到他,就会被一种快乐的骄傲情绪所控制,这种情绪的存在使她与丈夫之间的虚情假意被清楚地意识到而变得痛苦异常。安娜羞愧和幸福最尖锐的交锋出现在她和伏伦斯基有了肌肤之亲以后。她感受到新生活的来临,却又无法表达那种"又羞愧又快乐又恐惧的心情":一方面她深感罪孽深重地请求饶恕,却发现除了伏伦斯基之外,没有可以请求的对象,但另一方面,她又为此深感幸福和满足,"是的,这些亲吻是用这种莫大的羞愧换来的","这只手将永远属于我了,这是我的同谋者的手"。

自此之后,托尔斯泰完全放纵安娜使其进入一种突破的状态,虽然中间也有内心的波动,但总体上安娜是坚决而狂热的。她向卡列宁坦白自己与伏伦斯基的关系,不计后果地要求离婚,在离婚未果后断然放弃离婚的要求,撇下卡列宁父子,同伏伦斯基前往意大利。正如托马斯·曼所说,安娜故事的创作出发于道德的冲动,那么,托尔斯泰之所以能够如此慷慨让安娜完成这些"越轨"的动作,并满怀诗意地以安娜这样一个"有罪的妻子"去讨论爱情的正义,除去安娜的自杀,则最终得益于列文的存在。列文的思索以及列文与吉娣的故事在很大程度上减轻了安娜本身所要承担的道德压力,在这种双重情节的并行作用下,安娜被纵容的存在能够更大程度上完成托尔斯泰对于扭曲的婚姻关系、社会关系的谴责。托尔斯泰在他的创作中从来没有放弃道德和宗教的教化力量,但这本身与所谓完美的文学形态存在着冲突的可能。晚年托尔斯泰也有过很多严厉的言辞,比如谴责纯文学、对美的东西持怀疑态度、认为大多数艺术缺乏道德严肃性等。但就《安娜·卡列尼娜》来看,它以悲剧、人性、道德感与宗教感之间的矛盾、博弈,反而建立起一种平衡而紧张的关系,从而让通过安娜的悲剧命运所传达的基于人性的、非宗教化的乃至有违道德的生命冲动、价值和感染力与托尔斯泰一贯遵守并试图进行戏剧化处理的宗教意识和道德准则得以恰当地共处。

而对于中国当下的一些小说创作来说,不是要不要在创作中表露宗教感或道德感的问题,而是首先让小说不失控,让小说的表达不呈现出偏执的样子。这既需要文本自身的平衡、牵制,又需要写作者创作意图上的自省。

阎连科的《炸裂志》有着非常清晰的写作目的，试图以极度夸张的寓言的方式展示中国之变。但是，在作者对所谓"神实"的追求中，越来越被"神实"牵着鼻子走。如果说前半部还有迹可循，那么从"后工业时代"开始，小说变得飞扬而不着边际。孔明耀的练兵史、吹奏中竖起的立交桥以及以万条假肢为保证的机场和高速路，几乎让小说进入了失控的状态，这些看似有所指的意象在失控中反被大大地消解。

乔叶的《黄金时间》是一部让人读起来不舒服的作品。从叙述的角度看，小说本身并没有什么问题，乔叶对语言的控制和对情节发展的引导力可以说相当出色。但是，它注定只适合一部分人的口味，而这种适合与小说的书写形式关系不大，更多是为着它极度张扬以致走向扭曲的性别姿态。贯穿小说始终的是女人焦躁而又冷漠的等待。为了丈夫能够彻底死去，女人需要等待丈夫倒在卫生间之后的三个小时。因为她清楚错过抢救心肌梗塞的黄金时间是四分钟而脑溢血是三小时，索性按最长的算。同时，为了这一天的到来，女人从40岁开始，等了整整十一年。谁也不会料到一个年过半百的妇人在这个"不但已经青春相伴，还大有指望白头到老"的完美三口之家，竟然用十余年的时间酝酿出一场以生命为代价的阴谋，起因只是丈夫的冷淡和他靠在沙发流着口水打呼噜的样子。小说有两个细节值得注意，一个是女人在等待丈夫彻底死亡的过程中慢吞吞地洗澡，抚摸着自己衰老的身体想，"就要这么文艺，这么幼稚，这么矫情"，"谁能把她怎么样"？另一个是当她熬过了三个小时，突然"咯咯咯"地笑出了声，想着再过几个小时，丈夫就会躺进太平间，而之后在"纯属于她的有限的黄金时间里，她确信自己会更有趣"。乔叶显然是想以这样一个极端的故事表现婚姻中女性的困境。女人确实在一步步有条不紊地完成她的计划，但小说却在一系列类似的细节、情绪表达中走向失控。这里存在两种可能，一种是在将某种情绪、某个情节不断推向极致的情况下，作者被小说反控；另一种就是作者本身就抱着一个失控的态度。从《安娜·卡列尼娜》里可以看到，人物的狂热，放纵，对道德准则的突破，以及最后由绝望到自杀，都处于托尔斯泰的掌控之中，同时，我们从小说里又能读出他对这种掌握的犹豫和反省——小说因此而变得丰富、厚重，这才是全面的人性，才是真正意义上的道德和救赎。而对于《黄金时间》来说，这一切都是匮乏的。我们看到的是一个完全封闭的场域，里面是个人的狂欢，情节的狂欢，是不节制的、失控的表达。当然，这不仅仅是乔叶的问题，它同时也表现为一种思潮的排他与偏执。梁实秋在《文学的纪律》中曾经说过，"文学的纪律是内在的节制，而不是外在的权威"。自女性百余年前的觉醒到1949年后"男女平等"的政治推手，再加上近三十年西方女权主义的理论强化，让有关女权的合理讨论也有了顶雷的风险，使之逐渐成为一种新的话语霸权。当女性体验在小说中被赋予绝对的权力，甚至不惜以消耗两个生命为代价，一个原本扭曲而荒唐的故事就在乔叶的讲述中变得理所当然了。本来，生发于两性平等初衷的女权是如何走向了它的反动已成为一个急需反省的问题，但是，乔叶即便展示了它存在的危机，却没能走到反省的地步。

三

《安娜·卡列尼娜》讲述的范围极其宏大，同时其中的每个细节都有着很强的精妙性与复杂性，这些元素直接调动甚至控制着读者的情感。然而面对这样的作品，有个问题常常伴随我们，到底是什么让我们感受着心灵的震颤，甚至需要由此面对自己的羞愧乃至忏悔？阅读俄罗斯小说，往往会有这样的感受，我们很难像对待一些法国或美国作家的作品那样细读，很难发现某些具体的要素或者具体场景、隐喻能够让我们从中发现托尔斯泰或者陀思妥耶夫斯基。正因如此，那些擅长细读的作家、批评家们，也不太愿意谈论俄罗斯小说，比如生在俄国的纳博科夫就拒绝再谈论"神秘的俄罗斯灵魂"，而更热衷于从它们当中寻找个人化的天才。但是，如果缺乏对"神秘的俄罗斯灵魂"的整体领悟和把握，我们从这类小说中所收获的东西将非常有限，毕竟在这些小说里，存在着宏大的世界观、道德观，存在着异常复杂的人性，同时还存在着伟大的艺术能够在哲学和宗教两个层面触及人、触及人性的理想。所以，如果抛开清晰而热烈的作家态度和高度的道德严肃性，我们便很难发现俄罗斯文学成之为俄罗斯文学或托尔斯泰成之为托尔斯泰的理由。

在《刺猬与狐狸》中，以赛亚·伯林这样评价托尔斯泰：

> 托尔斯泰之天才，原在于能重现难以重视之物，而精确入妙；巧摄个体完整、难以移写之个性，灵现如神，引使读者切悟客体直即目前之本相，而非仅见一平白应付之描述；为造此境，他运用能凝定某一经验特质的象喻，而力避一般语词，俾免其因为偏利于事物通性而漏失个别差异——"感觉的振动"——以至于特殊经验与类似事例浑连不分。但是，这位作家，尤其在他最后的宗教阶段里，竟然极力辩陈，简直可说色厉辞激，宣扬与此恰恰相反之事。①

由此我们可以发现托尔斯泰的尴尬甚至是带有悲剧性的地方，"天性是狐狸，却自信是刺猬"。在小说里，托尔斯泰具有对世界各个部分的独特的感知力，这种感知力支持起他的创作并对人们产生足够的吸引，但是，他又有着试图对上帝的行为进行最终理解的强烈愿望。这愿望与他对世界的感知发生着强烈的对抗，甚至使他将自己的文学天才视为堕落，视为背叛的动因。他因此怀疑艺术本身的有效性，而且当这种感知进行得越深入，越具体，越能转化为文学的表达，其中的怀

---

① 以赛亚·伯林：《俄国思想家》，彭淮栋译，南京：译林出版社，2001年，第62页。

疑与对抗就越发的强烈。正如高尔基所看到的，别人所无法理解的上帝观，常常以隐秘的方式噬咬着托尔斯泰的心灵。这种矛盾或者说撕裂式的对抗无疑是痛苦的，它在小说里化为强烈的表达和对表达的同样强烈的怀疑。因此，换个角度看，托尔斯泰不能不说是一个写作的"失败者"，但是，正因为这种悲壮的"失败"，让托尔斯泰以及他的写作闪耀着光辉，让人心存敬意。

其实这种"失败感"在张炜那里也同样存在着。从《秋天的思索》到《古船》，再到《柏慧》和《家族》，以至《你在高原》，总是游荡着一个无法融入小说的身影——在《秋天的思索》里他是老得，在《古船》里他是隋抱朴，在《柏慧》里他是"我"，在《家族》里他是父亲……"我不代表谁，不代表那个英俊高大神采飞扬的男人，但我可以崇拜一匹红马。它的嘴巴和鼻孔从来没有发出过世俗之声，含蓄完美到只剩下一个精神。这难以消逝的激扬鼓励只有一次我就会牢牢地记住。那个不同凡响的人，就让它飞起的蹄子把一个精致的窝踏碎了，扬长而去。"那个跨在红马背上脸庞模糊的身影几乎飞奔着穿过了张炜绝大多数的创作，它成了张炜小说一个热烈的、高昂的、不驯服的精神象征，是张炜小说家族的族徽和图腾，而高原上烈烈舞动的马鬃也就如同一面叫战的旗帜。这个形象非常切合地与别尔嘉耶夫对俄罗斯人的理解呼应起来："朝圣是一种很特殊的俄罗斯现象，其程度是西方没见过的。朝圣者在广阔无垠的俄罗斯大地上走，始终不定居，也不对任何东西承担责任。朝圣者追求真理，追求天国，向着远方。"张炜小说中那个充满悲壮、抵抗和理想主义的身影，在很大程度上成为对中国历史以及中国现实一种俄罗斯式的批判和追问。知识分子的角色和精神在当下中国已然成为一个越来越不讨人喜欢的话题，但是张炜始终以知识分子的命运来完成他对当代历史的评判。在小说中，他们被迫害受打击，被侮辱被损害，这不仅是中国当代知识分子过去的命运，而且张炜所呈现出来的〇三所又包含着一个残酷的现实："这是在流血，而且这血直到今天还在流，流个不停……"

张炜的追问与托尔斯泰所进行的有关上帝的追问并不一样，他把目光置于历史与当下的现实问题，更关注于公平、正义以及人格，同时还隐藏着一种道义上的复仇感。当然，这种不同并不影响我们所要谈论的问题，那就是一个写作者将以怎样的方式表达他的态度——"我一开始，一直到现在，我的一生都会专注于一个最基本的问题：我的立场。在越来越多的人羞于谈立场的时候，我却要在自己的内心深处死死咬住它不放，一直到把它咬出血来。"我们不能否认张炜的小说存在着大量没有经过恰当处理的说教，但是，他小说中有关美与丑、善与恶、理想与现实、纯洁与肮脏、驯服与抵抗、禁锢与自由，等等，都是在这种生硬的、不含糊的对立中表达出来。很长一段时间里，我们对于文学创作的要求越来越倾向于文学形式的重要性，似乎在诗性与知性之间刻意地树起了一面难以逾越的柏林墙，仿佛包含意义传达的文学必定是失败的、可怕的、缺乏艺术性的、值得怀疑和批判的。于是在这种环境下，很多小说家开始把冷漠当成全部的态度，或是不带有目的地复印生活，或是以漫无目的的反讽、不加节制的夸张、求奇求偏的采样，怀着袖手旁观之心对人和世界进行着嘲讽和挖苦。问题是，诗性与知性之间是否是水火不容的关系？像《安娜·卡列尼娜》这样的作品如果缺少了托尔斯泰那种带着撕裂感的说教，是否还依然震撼人心？莫里亚克曾谈到现代小说的危机，他认为小说家丧失了对善与恶的关注，不但让语言本身面临着贬值，而且造成了小说基本观念的崩溃。而张炜，至少保持了一个小说家应有的明确而高扬的态度。

与此同时，我们反观当下一批青年作家的创作，他们大多存在着隐藏态度或根本缺乏态度的问题。很多小说在对问题的讲述中缺乏作家的介入感，完全将自我抽离，其间过分的冷静或者说冷酷，让人对原本存在的关切产生怀疑。不得不承认，在这个时代，绝大多数人不再相信作家可以扮演拯救者的角色，也不再期许作家能够为失语者指出一条明路。然而,茫茫然如一些作家所说,人们好像也已经习惯没有忏悔的生活——既然如此,那么就让秘密继续吧。生活如此,是否应该让秘密继续?或者说,一个作家是否还肩有让秘密不再继续的责任?《安娜·卡列尼娜》和托尔斯泰为我们提供了一种解决的可能。

艰难的"时代性":青年作家的突围与沦陷

不知从几时起,我们常常要面对这样的疑问:为什么这个时代产生不了伟大的作家?与此同时,又有另一种说法:这个时代是最有可能产生伟大作家的时代。这一问一答并置一处,倒让人有些无所适从。一个伟大的时代与一个伟大的作家之间,是不是一定存在着某种刚性的关联,还是说从时代到作家的伟大,更依赖某些有力的催化?对当今中国青年作家们来说,他们可能面临更加复杂的局面:前几代作家合力形成了一种异常牢固的文学格局和讲述时代的方式,青年作家将如何从中突围,开创属于自己的时代和讲述方法?但不管怎么说,一个听上去很残酷的事实是,相当一部分前辈作家已经抵达到他们创作领地的边缘,真正去实现超越和蜕变,难上加难,这也就注定了在当今时代,如果真有伟大作家的出现,必自青年一代。2014年,接连两期,《收获》以青年作家小说专辑的形式让近些年活跃起来的年轻作家做了一个集体亮相。这让人不由地想到《收获》在1988年、1989年两次以青年文学专号的形式推出了马原、余华、苏童、格非等先锋作家,开辟了中国文学一条新的道路;2010年同样以青年作家小说专辑推出的葛亮、路内、徐则臣、笛安、周嘉宁等已成为当今青年作家阵营的中坚。这并不是说《收获》的青年作家专号一定是未来文坛势力的大赌局,但它确实显示着一种创作的潮流和力量。那么,这些青年作家们,是否能够在这个丰富多变甚至超越作家想象力的时代,生产出"伟大"的迹象和可能?

一

城市与乡村之间的尴尬始终都是这个时代难以消化的命题。城市的扩张，城乡之间的人员流动，特别是经由学校完成的面向城市的年轻人的转移，使城乡之间产生了新的书写可能。对于一批进入城市的年轻人来说，能否融入其中，能否找到自己在城市存在的理由和证据，如同一声声尖锐的、伴着刺痛的提问，是一个时代的话题，更是一个群体的日常生活。

甫跃辉的《秋天的声音》和他之前的《走失在秋天的夜晚》放在一起，故事才变得完整起来。两篇小说像齿轮一样镶嵌在一起，互相带动着，把李绳的秋天和甫跃辉的青年们绞得粉碎。

初中毕业的李绳决定离开家乡，"大学都不包分配了，还不如趁早找份活干"。李绳的远走让曹英心里空得很，"不读书了？不读了"。两个做出同样选择的年轻人，却被城市和乡村生生地拉开。两篇小说分别呈现了走进城市的李绳和留在家乡的曹英各自的生活。打工仔李绳谎称自己是名校大学生，获取了一个城市女孩的心。但好景不长，李绳的谎言很快就被揭穿，面对自己试图由此融入城市的努力的惨败，他陷入了一种歇斯底里的疯狂和贯穿脊骨的凄凉。他一面给那个城市女孩发着诅咒的短信，一面发现自己在这座城市里没有一个可以一起喝酒，说一说失恋痛苦的人。不读书了的曹英很快在家门口开起一家杂货店，守着杂货店的她每天面对的就是一包盐、一瓶醋，直到屠元犀出现在她面前。开始的时候，曹英还在心里不停地张望，张望着李绳所在的大城市，但没过多久，她便投入了屠元犀的怀抱。然而，曹英很快就发现屠元犀还跟其他的女人搅在一起："骗子！都是骗子！"当两个人同时陷入生活崩坏的时候，他们如何再次发现存在的证据？甫跃辉用一架红色的电话机又将两个被强行分离的人连在了一起，一边是长时间的沉默，一边是由谩骂到好奇到依赖到毫无保留的诉说。小说最后的凶案其实并不重要，它只是一个悲剧的象征，而将两篇小说紧紧扣在一起并互相证明的关键在于长时间不平衡的对话。虽然我们不能说它是一个刻意的隐喻，但这不平衡却在无意中形成了两种场域对话的艰难。

甫跃辉的写作常常游走于城市和乡村之间，《走失在秋天的夜晚》《巨象》《晚宴》《动物园》《秋天的声音》等都在讲述青年在城市面前的惨败。它有时是生于城市的某个女孩，有时是藏在城市某个角落的一间房屋的所有权，有时是"毕业时你能有二十万吗"的质问，归根结底是无法在城市找到归属感和存在感的灵魂挫伤。在小说将人们引向同情和忧虑的时候，房产、二十万、意味着城市的种种，这到底是谁在提问？城市不会提问，它只是一个冰冷的存在。或者，是哪个姑娘？其实一切都来自于李绳、李生、顾零洲们的自问自答。他们是城市的闯入者，是乡村的背叛者，同时又是一群看上去最无辜的受害者。在他们身上，我们找不到安分守己，又找不到抵抗与侵犯的力量，他们既贪婪又可怜，与其说城乡之间的距离制造了他们的悲剧，不如说他们的失败让城乡之间的对立愈显激烈。人们经常泛泛地谈论时代令人扭曲、时代出了问题，却忘了是谁制造了这个时代；一边忧虑着、同情着甚至诅咒着，却又很快露出谄媚的笑容，拒绝问责。于是我们看到了比李绳、顾零洲的窘相更大的悲剧：这是一个悉心培养起来的陷阱，人们排着队跌入其中，却在里面奋力地把它越挖越深，越挖越大。在这里不禁想起网络上流传的某个段子：当别人炫耀他百万豪车的时候，你能不能翘起脚，瞧，这双鞋才20块。这是一个并不简单的选择题，它事关如何抵抗诱惑，如何面对欲望，如何在一个时代建立起属于个体的尊严。

在这里，时代与作家的矛盾变得越来越尖锐起来，时代、作家、小说三者之间建立起一种异常纠结的三角关系。一个作家应该如何面对时代，是置身其中还是超越其外；是身陷其中呈现并默默接受一切规则,还是努力突围,留下一个挑战者悲壮的身影?而在作家和小说之间,是同情还是批判,是仅仅止于人物的贪婪与可悲,止于一摊双手的无可奈何,还是向前一步,在一个扮演着吞噬者的时代里,剖出可怜人被蛀空的心。这一切都将是青年写作者们需要面对的问题。甫跃辉的城乡系列不但精准地抓住了一个时代的难题,抓住了一批年轻人生存和心理的困境,而且塑造出顾零洲等一系列在当下具有典型意义的人物形象,在当今青年作家中实属难能可贵。他以同代人的声音讲述着同代人的日常生活和精神世界,而问题在于如何从这种对时代的敏锐和对生活的忠诚下,在趋于"伟大"的道路上,推进一公里,再推进一公里。

二

在前辈作家那里,时代更倾向于被阐释为国家、民族、政治、历史,大视野与大叙述几乎成为一种专属的方式和习惯。而在青年作家们眼中,时代更具体,更平易近人,它更多地被看成日常生活,或者说,被削减为日常生活。然而,日常生活相较于国家、民族的讲述并不逊色,何况任何一种脱离了常识、脱离了生活细节的宏大叙事非但是虚无的,还极易成为某些特别企图的寄居处。当然,问题的关键还在于日常生活将被怎样讲述。

这些年轻的作家抓住了一个让他们,让我们,让这个时代都颇感棘手的问题:为什么生活中满是空洞,而又怎样才能将其填补?它是《无人之境》里柴柴对一个父亲的需要,是楚源看着生命在逐渐耗尽的挣扎;是《素人》中需要古琴和茶道来伪装和充填的干枯日子,是《秘密》中被偷偷接近或拍摄的陌生人;是《刘琳》中早已死去的刘琳;是《让他停止打呼噜》里一个女人以为自己可以成为的那个另外的人。

楚源觉得柴柴出现在自己的意料之外,而柴柴又坚定地相信"你不会舍得我走"。两人之间的吸引来得突然又带着些奇怪的偏差。好像什么事都不能提起柴柴的兴趣，她的童话只写给成年人，用她的话说是让他们因童话的黑暗而发觉现实的美好。楚源就真的什么都无所谓了，得奖、会议、饭局，让他获得的只是疲惫，他偷着捏捏自己的赘肉，"变形的身材让他觉得羞耻"。但两个人就那么撞在了一起。参加真人调解节目的柴柴只是希望父亲能在什么地方看到她跟妈妈过得不好，而楚源，恰好是个孤独的父亲。霍艳很好地把握了二人之间空洞而又有依赖的需要。柴柴的存在或者说他们的肌肤之亲让楚源发现了能够对抗衰老的力量，他想"掌握主动"，他会因此而"忘形"，但当他发觉柴柴才是老虎而自己只是一只发了疯的猫的时候，碎掉的眼镜、文珊、妻子交代的物业费、杂乱而无趣的生活都毫不留情地向他挤压过来，他又被打回自己所想象的那个样子：苍老、猥琐、颓废、充满恐惧……无论柴柴和楚源想怎样把自己填满，结果终究是徒劳。小说最后那个恍惚而富有寓意的梦，道出了一个可悲的事实：柴柴就像不曾来过，他的世界依然并且终将如无人之境。楚源的"无人之境"落到陈幻的《人生规划》里则变成了蒋子东与孔莎莎的故事。蒋子东始终生活在自己的优越感中，这种优越感来自事业上的成功，来自家里被闲置起来的漂亮太太，来自情妇和他的私生女，来自他永无休止找来的女人们。可是，这种优越感突然被儿子的同性男友所打破。他买回了送给孔莎莎的奢侈品，蹲在路边一件一件地烧掉，让过路的人以为这是什么人的祭日。小说完成了一个奇妙的转换，那就是蒋子东用那些所谓的优越感弥补起来的生活再次出现裂纹的时候，他要以毁掉这些优越感来获得另一种弥补，正如他烧掉那些昂贵的皮包和衣服，却获得了少有的好心情。可是，这些好心情又将被什么打破，又等着什么来弥补？似乎陷入了一个死循环。

霍艳和陈幻的小说不约而同地盯住了那些在这个时代被称作成功人士的中年男人，但令她们感兴趣的却是他们光亮外壳之中的那些恐惧、虚无、不可阻挡的衰老和无法抗拒的无聊。这构成了一个具有时代性的发问，那就是他们从哪里获得了一个时代和一个社会的认同，这认同又怎样在某个小小的契机中变得不堪一击？他们从饱满的生活中觉察到自己体内空洞的存在而因此做困兽般的挣扎，为何又露出一副别样的面孔？在这两部小说中，霍艳和陈幻难免是悲观的，因为在她们看来，一切为时已晚。

朱个和张忌似乎对这种事情更有信心，他们企图让笔下的人物找到某种充实起来的办法。"左辉一直认为，收藏一个秘密，就像揣着胀鼓鼓的性欲，是很压抑又有快感的事情。"这个男人在《秘密》里无聊又有趣，没有人知道他是谁，是个浪荡子，或者根本就是个骗子，甚至，左辉这个名字也不一定是真的。他揣着红包出入婚宴，甩下一句"我知道一个秘密"便开始享受人们克制的好奇。朱个构思了一则充满巧合的故事，左辉与黑衣姑娘，新郎张广生与黑衣姑娘，新娘崔莺与黑衣姑娘，他们纷纷以最无聊的方式化解着无聊，其中不断迸发出惊奇，倒也把日子搞得有趣且生机盎然。《素人》中古琴和茶道之于赵一新犹如救命的稻草。作为公务员的赵一新每天都要面对繁杂枯燥的文件，她在白日里把自己当成一台机器，下了班却要去学古琴学茶道，不但是为了消化工作上的烦躁，而且以此来对抗母亲催婚的压力。教授古琴和茶道的苏老师、何老师被张忌描摹成不食人间烟火的世外高人的样子，他们的存在仿佛给赵一新指了一条明路。小说反复地强调着"悦己"——古琴可悦己，茶道可悦己，那些"无用的东西"可悦己——它试图在悦己与悦人的选择之间找到一种可以为人信服的活法。

当然，也有人选择了逃离，比如郑小驴的《可悲的第一人称》。小娄从南方来到北京，他对这座城市，可能比对家乡还要熟悉。他在这里被一些无形的东西紧紧控制，"一天到晚，我必须都开着机，证明着自己的存在和存在的价值"，要是没有几个短信或是电话，"我就会心慌，感觉自己遭到了全世界的抛弃"。他留起长发，把脚塞进高筒马丁靴,就像靴子里的安全感一样,对外有着深深的怀疑和警惕。直到有一天,小娄逃离北京,住进了拉丁的原始丛林。他在丛林中劈柴伐木,钓鱼或者打野鸡,并以此战胜了长期以来充满阴霾、追杀、犯罪的噩梦。《我们的塔希提》同样有关追求、出走或逃离。春丽辞去家乡留州的公职来到深圳,不管她是追求文学梦还是什么,春丽的出现让麦思和高羽的生活发生了变化。他们以为自己学乖了,以为长时间的理智、经验以及对和平的渴求能够抵御春丽带来的"不安定"的气息。可是,高羽还是决定离开,而这时候的麦思才开始真正面对自己空洞的生活和灵魂。

  我们可以看到作家们意欲解决问题的努力,但无论是那些填补空洞的企图还是肉身或心灵上的逃避,都是乏力的。小娄最终无法切断自己与北京的关联,他开始怀念城市的喧嚣,怀念那些忙碌而曾让他痛苦不堪的日子;开始种植药材,所期望的是大赚一笔,这是属于北京而不是拉丁的生活法则;而且,他不得不回到北京,因为小乌怀孕了,一定要给他生下这个娃。小娄的出走到底化为一个属于北京的片段,一切都是徒劳。《素人》逃向古琴和茶道大概成了相当尴尬的选择。琴与茶这两样东西太具典型性,好像任何人都可以把它们拿来说事儿,以显示自己的"悦己"和超脱。于是,小说就有了两种读法。一种是赵一新用琴与茶获得了某种自我满足和安慰,小说写破庙后枯死的老腊梅上结出几朵极小的花,而赵一新鼻子里满是花草的鲜香。但如果我们较较真儿,故事大概会变成另外一个样子:无论你赵一新怎样附庸风雅,你耳边的惊雷,你眼前那段禅黄色的破墙,你家里那把仿唐的独幽,你杯里那不倒的"瓜子绿",都无法掩盖你内心的空洞和生命的干枯。《素人》的模棱两可,是张忌在这里想法有余而笔力不足。茶也好,琴也好,不过是打发时间的借口,没让人读出悦己的境界,当他点破"悦己"二字的时候,这盘棋就死了。

三

　　当事人始终是尴尬的,因为他们所有的自我辩护都将受到怀疑。这如同作家与时代的关系,被搅入小说,搅入故事,搅入时代,勉强地进行着自我辩护,却也难以掩饰他们满脸的窘态。读这些青年作家的作品,这种感受尤为明显。与一些年长的作家不同,年轻气盛的他们似乎难以或者很不情愿把自己隐藏起来,他们想当好汉,却常常把自己暴露在光天化日之下,而盯着他们的眼睛,都在暗处。他们习惯于紧紧盯着自己的生活,抚摸着生活的细枝末节,想为自己以及故事的存在寻找一个恰当的理由。可是他们与这个时代的关系呢?时代可以被讲述的事情太多,可跟这些人又有何干?所谓大时代爆炸式地存在于他们的微博中、微信里,而现世的生活却平安无事。于是,他们发现了纷乱之中万事大吉的趣味、无聊和空洞,而这在很大程度上构成了属于一批作家的"时代性"。

　　有意思的是,无论是常小琥的寄情梨园还是甫跃辉在城乡之间的无所适从,抑或霍艳、陈幻、郑小驴在空洞之中的打趣、消遣、逃离,这种群体性的生活样貌和精神状态让人不禁想起1920年代末的茅盾,想到章静或是孙舞阳。"我讨厌上海,讨厌那些外国人,讨厌大商店里油嘴的伙计,讨厌黄包车夫,讨厌电车上的卖票,讨厌二房东,讨厌专站在马路旁水门汀上看女人的那班瘪三……真的,不知为什么,全上海成了我的仇人,想着就生气!"而这讨厌和气愤又毫无力量,"你不得不舍弃一切的理想,停止一切的幻想,让步到不承认有你自己的存在"。章静说不清为什么无聊,哪些事无聊,只觉得所在的生活只是"敷衍应付装幌子",远没有想象中的热烈。她面对生活的烦躁、无力、疲惫和由此而生的冲动、尝试、挫败,不正是柴柴或楚源、左辉和黑衣女子所必须面对的么?慧女士、孙舞阳、章秋柳在男人丛中的游戏,那些带着消遣之心的满足和宣泄,到了陈幻那里便成了蒋子东不断追逐女人，获取优越感也获取存在感，填补生活也打发时间的习惯性冲动；章静选择躲进医院，正如小娄躲进拉丁的丛林；强猛对战斗中单纯刺激的需求就像赵一新要在古琴和茶道那里找一点"悦己"的理由——似乎一切都暗示着时代的轮回。

　　1927到1928年，茅盾自认为"经验了动乱中国的最复杂的人生的一幕，终于感得了幻灭的悲哀，人生的矛盾"，在这种消沉孤寂的境况之下，"想要以我的生命力的余烬从别方面在这迷乱灰色的人生内发一星微光"，便有了《幻灭》和《动摇》。尽管他在《从牯岭到东京》中反复强调自己与这几篇小说的疏离，"不把个人的主观混进去"，要使其中的人物对时代的感应"合于当时的客观情形"，但我们还是会发现，小说始终翻滚缠绕着茅盾受困牯岭流亡东京仓皇无措又前路渺茫的噩梦。一年来所呼号追寻的"出路"成了"绝路"，成了他一时间无法逃脱的"时代性"。其中的问题在于时代提供了什么，而作家又选择了什么？章静、孙舞阳的故事只是茅盾所捡拾的一个时代碎片，是他迷茫境遇的一个变相投影。章静们其实无法像文学史叙述的那样代表"一代青年知识分子"，她们只不过是一个时代片断中尴尬的存在，是上世纪20年代的李绳、顾零洲或者曹英、楚楚。虽然茅盾很快就在《读〈倪焕之〉》中显示了相当的自信，似乎"出路"重现，一方面批评这一时期的作品没有表现出"思想界的混乱，社会基层的动摇，新旧势力之错综肉搏而无显著的进退"的"社会性"，一方面大力鼓吹"时代给予人们以怎样的影响"，"人们的集团的活力又怎样地将时代推进了新方向"的"时代性"。但是，他对"当时客观情形"的判断和截取，他的经验和他的视野，都牢牢地限制着他的"时代"。

　　对当今青年作家来说，的确面临着更加艰难的处境。茅盾从牯岭到东京的流亡是以1921年从上海的共产党早期组织到广州国民党中央宣传部再到武汉中央军事政治学校武汉分校和《民国日报》为前提的，他的挫败与迷茫不能不说是一个时代弄潮儿被挑落马下的"壮士悲歌"。而当下的时代却与青年作家们有着切实的疏离,虽然它热闹非凡,却很难提供给作家真实的参与感。我们看到、读到的是作家和人物面对时代无从插手也无力插手的窘境,是被疯狂旋转的时代电机甩出或不得不蛰伏于边缘的漠然。时局变幻,茅盾能迅速找回自己的角色,依然呼风唤雨或是兴风作浪,可这些青年作家又能怎样?这是个热闹非凡的时代,亦是个戒备森严风平浪静的时代,他们不得不日复一日地重复着昨天的生活,书写着昨天的生活,所以无聊,所以空洞,所以茫然,所以寻找生活里的零碎玩意儿解闷。与此同时,茅盾的局限亦是他们的局限。当茅盾讨论"社会性""时代性"的时候,就把自己禁锢其中,这也就无怪乎瞿秋白在《多余的话》里只谈《动摇》而绝口不提自己参与创作的《子夜》。文艺腔,小怀旧,打发无聊的性与爱、孤独、逃离,在青年作家的"时代"之外,是否还有值得坚守哪怕是可以多看一眼的东西?在时代的迷魂汤里乐不思蜀是一回事,抵抗、超越又是另一回事,这关乎视野,关乎选择,关乎一种决裂的胆识和魄力。雪上加霜,他们也只能在这时代里艰难跋涉。

当身体不再成为"武器"
——"80后"部分女作家身体书写初探

女性主义的身体论认为,身体的意义和价值不仅在于其物质存在,更重要的是,它与女性主体性的建构有密切关系。而日常现实是,身体被普遍的权力关系所制约,成为权力关系中无法解脱的一环。在这一前提下,女性主义者力图通过揭示各种强加于女性身体的使之不能自由的权力关系和运作,以积极的反抗姿态和行动来争取身体和文化意义上的自由。于是,在一些带有女性主义倾向的文学写作中,身体不同程度上成了反抗男性中心话语的"武器"。这些作家和作品通过强调和运用女性身体的主体性,来实现对男性中心话语的质疑与颠覆,从而实现身体内在的意义和价值。

如果说在20世纪90年代曾产生较大影响的女性写作中,相当一部分作品正是借助身体反映出作者旗帜鲜明的性别姿态,从而在特定意义上赋予了身体某种"武器"意味的话,那么,部分年轻的"80后"女作家在有关身体的书写中,则显示出有所不同的面貌。

一、难以承受的"身体"之重

有人曾将"80后"的写作称之为"身体写作的毒生子"。这种说法很尖锐,也容易引人注意。然而,细读"80后"的作品便会发现,这样的评论并不可靠。1990年代产生的所谓"身体写作"大都有着相当浓郁的性别意识,其中一部分包含了作家对女性命运、女性身体的思考,而"80后"女作家的创作情况可能并非如此。

春树的《北京娃娃》[①]展示的是一批年轻人在理想、情感、欲望和成人世界之间奔突呼号甚至绝望的历程。虽然它有令人震撼之处,但是我们却难以从中找到一个丰满清晰的男人或是女人。小说里的"我"只是一个"小女孩",而作者也在有意无意地强调着这一点。因为"我只是一个小女孩",所以喜欢一个人又说不出口,打了一天没有人接的电话,只能不停地哭泣;因为"我只是一个小女孩",所以只能以一个新生婴儿而不是一个成熟女人的姿态出现在与男人的性交往中;因为"我只是一个小女孩",所以被人觉得可爱和好玩便能兴奋得满脸通红,喜欢一些人便一心一意做出喜欢他们的样子。这里的"我"不是一个成熟的女子,也便不会有她们那样的心事。"我"在约会前拼命地试衣服,总是到华联的CK香水柜台试喷香水并暗暗发誓以后也用这个牌子;尽管极端讨厌学校,但是清华附中还是让"我"留恋,因为它"符合我所有关于理想中学校的一切想象"。这一切都说明尽管主人公向往长大,拼命装成大人的样子,但她还没有真正长大。另外,作者在小说中留下的对天真、纯洁等极端厌恶的话语(例如:"我讨厌那个天真的自己。我讨厌那个不懂世事的自己。我讨厌那些纯洁的年代。纯洁是狗屎!")也恰恰暴露了天真纯洁的未成年心态。

小说中,在与赵平的感情出现问题之后,林嘉芙曾经有这样的感

[①] 春树:《北京娃娃》,呼和浩特:远方出版社,2002年。

慨:"作为一个人,作为一个女人,我的悲剧色彩已经很明确了……"这样的话如果出现在一些比较年长的女作家笔下,读者大概不致产生异样的感觉,然而它镶嵌在《北京娃娃》里,却不免令人感到可笑,因为在整部小说所提供的比较混沌的性别生存状态中,冷不丁地冒出一个"女人",而且是一个带有"悲剧色彩"的女人。事实上,如此带有标榜意味的性别叹息,反而更为清晰地映衬出作者性别意识的模糊和幼稚。这一点在小说的其他一些地方也有体现。例如小说中人物对待性的态度:"其实我认为理想中的性爱关系应该像美国一些俱乐部,比如'沙石'一样,大家本着共有的精神,每个人都是自由的,包括基本层次的真实、身体上的裸露及开放的关系,只要不攻击他人,不把自己的意志强加给他人。毫不保留,毫不遮掩。"这种想法所要表明的不过是一种态度,一种在作者看起来标新立异的个性。但是对于真正的性,特别是成熟女人的性,小说中的"我"尚缺乏真切的了解,所以尽管她说得振振有词,仿佛多老到,"其实连自己都心虚"。

事实上,无论是作者还是小说里的主人公,都还只是处在青春期的女性,她们还没有充足的人生阅历足以支撑起相对成熟的性别观念,甚至还不懂得十分关心女性的身体。既不知道如何享受它,也不曾自觉地把它当作"武器",更不清楚男女之间所可能存在的种种复杂关系。她们失落、愤怒、玩世不恭,与周围的人纠缠不清,奋力表现出抵抗的姿态。然而,无论怎样在性与感情的问题上出言轻狂甚至付诸行动,她们所寻求的也首先还是那种能够适应潮流的特立独行,而与真正的性和性别却未见得有太大的关系。当然,也许正是这样的过程有可能帮助她们逐渐建立起自觉的性别观念和意识,但就当时的文本表现来看,这种意识还是比较模糊的。

张悦然的《水仙已乘鲤鱼去》[①]也显露了同样的问题。小说讲述一

---

① 张悦然:《水仙已乘鲤鱼去》,北京:作家出版社,2005年。

个女作家坎坷的成长历程。女主人公璟生在一个不幸的家庭,疼爱她的奶奶很早过世,生父也因为心脏病突然死去。之后,母亲带她嫁入了桃李街3号。因为父爱的缺失,她将爱情简单地理解为寻求保护和关照,从而导致了女性的成长包括对于身体和性的感受能力滞留于少女时期。璟在桃李街3号度过的第一个晚上就因透过锁孔看到了继父与母亲做爱的场面而大受刺激:"白晃晃的胴体在暗淡的柠黄色灯光下熠熠生辉……她努力让自己丢开那个锁孔里面的世界,它是一道闪电,把生命里尚被遮蔽的阴暗角落劈开了。白亮的光刺痛了她的眼睛。她一直相信,这伤疤已经融化在她的眼神里。"随后,璟感到前所未有的饥饿,吃掉了冰箱里所有的东西,从此患上了暴食症。在璟对爱的理解中,身体感受与精神感受是分开的。如果说女性精神成年的重要方面在于懂得追寻灵肉合一的性爱,懂得追求和驾驭身体感受的话,那么,璟一直无法确立一个清楚的性别身份。陆逸寒与母亲做爱刺激了璟,使她患上暴食症;当青梅竹马的小卓与璟收留的小颜做爱又被她看到时,"便是另一道闪电,在她如今的天空上划过"。这两个在璟心中非常重要的男性与其他女性的性爱,使璟对性持有一种恐惧和拒斥的态度,而每一次精神刺激都使她的暴食症更加严重。后来她所能接受的只是亲吻、拥抱和抚爱,正如一个慈爱的父亲对幼年的女儿所做的那样,而难以进入性的领域。在与沉和同居的很长时间里,"她不与他做爱",一旦沉和来到床边她就陷入恐慌,往日经历造成的伤口"像是沟壑一样无法填平"。

在这些小说中,身体非但没有成为"武器",没有成为表达女性声音与意志的载体,反而成了女性全方位成年的障碍。与此同时,女性那种需要自我声音、需要表达和认同、需要理解和关爱的特质,在小说中则基本停留和依赖于单一性别系统的申诉。这不仅导致除却女主人公之外其他人物的平面化(毕竟他们不拥有人性的复杂、微妙,而只是简单地被刻写为女主人公人生历程和精神探索中对应的符号),而且也带来了过于单调肤浅的女性声音在遮蔽了他人声音的同时,淹没了真正的女性欲求。这种状况阻碍了女性思索的深入,使那些原本可以更为丰富的内容,原本有可能构成尖锐质疑和批判的力量,一定程度上弱化为顾影自怜的自伤、自恋和自赏。

二、告别"武器"的身体意象

　　武器与工具或许只有一步之遥,区别仅在于其功能指向。对于"80后"的年轻女作家来说,她们还远没有深入体验两性之间的相互依赖与复杂纷争,对男性中心文化的历史与现实也还未能进行更为深入的思考。在这样的背景下,她们即使对男性中心的社会文化现实不无怨怼,似乎也并没有将其视为需要借"武器"展开"搏杀"的对立面。在很多"80后"女作家的叙述中,身体意象的运用大致属于表意"工具"的范畴。

　　《水仙已乘鲤鱼去》中,璟的身体变化就颇可注意。璟原先是一个肥胖而丑陋的女孩子,皮肤很黑,鼻子上长着螨虫。但是,经过漫长而痛苦的努力,她成了一个"美得炫目的姑娘"。究其原因,这种变化的动力一方面来自继父陆逸寒,另一方面则是针对她的母亲。璟在进入走读学校后,一直拒绝直面陆逸寒。每当陆逸寒到来的时候,她总是在楼上看着他,满含热泪,而后又站在窗户前面默默地看着他离开。璟决心"让自己好起来",再光艳夺目地出现在他面前。这里值得探询的是,璟在身体上的改观并非源自某种性别观上的变化。对璟来说,陆逸寒娶了自己漂亮的母亲是一个不可改变的事实,而在潜意识里她有替代母亲的意愿,所以,璟在身体上的改观首先是出于对身为继父的男人陆逸寒的一种迎合,而不是追求女性自身的价值。对母亲曼来说,璟变化的意义更是复杂。璟和曼之间是用仇恨连接的,曼"常常看着璟就心生怨气……她觉得璟丑陋,觉得璟累赘";而在璟的成长中,

"也生出一份相当的恨"来回馈曼。璟长大之后,深深地爱上了继父陆逸寒,而陆逸寒直到离开人世都是爱着曼的。于是,当那个曾经被厌弃和鄙夷的女儿让母亲的脸上露出"因妒忌而诱发的苦楚"时,身体便成了母女之间相互复仇的工具……在张悦然的笔下,身体不断地被纠缠于母女二人对同一个男人的争夺之中,以致原本有可能包含性别主体意义的少女的成长在这场争夺中遭到无情的消解。

而在蒋离子的小说《俯仰之间》[①]里,负载作者表意意味的身体最终走向了悲剧。小说在叙事者的不断变换中,刻画了高干之女柳斋和出身贫贱的少男郑小卒之间的情感折磨。身体于此非但不再是抗争的"武器",而且负载着女性精神的下滑。

柳斋出生在干部家庭,有着显赫的背景。她在家里与母亲作对,在学校恣意妄为,但她却爱上了生在平民家庭的郑小卒。郑小卒的父亲是个修自行车的残疾人,母亲擦皮鞋兼职修鞋子,还有哥嫂和三姐。整个家庭用郑小卒自己的话说就是"婊子和混混,倒也和谐"。郑小卒为了拒绝柳斋,把她带到自己生活的民生巷,本以为会吓退柳斋,结果却适得其反。柳斋以为自己的出身妨碍了他们的交往,于是拼命地作践自己,试图以付出身体的方式来打破她跟小卒之间那段难以跨越的距离,结果却毫无成效。六年里,小卒不断和女人发生关系,柳斋不断和男人发生关系,但两人却没有一点关系。他们不是朋友,不是恋人,相距很近却又无法拥彼此入怀。柳斋押上了全副身家,输到一无所有,最后只有选择自杀。

小说以一种残酷的方式描写了一个少女为了爱情所进行的苦苦挣扎。为了配合小卒的玩世不恭,柳斋也拼命把自己扮作太妹;为了保护小卒,柳斋一次次地忍受人妖的骚扰。一方面柳斋为了自己的爱情不惜任何代价,试图在身世上与小卒获得某种平等;但另一方面,由于

[①] 蒋离子:《俯仰之间》,北京:朝华出版社,2005年。

那些根深蒂固的观念,小卒对柳斋却是既爱护又疏离。柳斋把身体上的牺牲当作换取小卒爱情的筹码,到头来成为畸形的性别关系的牺牲品。当女性主义文学写作在文本中以"身体"为"武器"争取女性权益时,柳斋却通过身体表达了她对丑陋、畸形的性别关系的屈从。在一篇专访中,蒋离子说:"我是个伪女权主义者。就是说,我崇尚女权,而我则没有女权。要女权,很难。不如做个温柔的女子,内心保持着清醒,好好在这个以男人为主的社会里残存下来。"在她的眼中,女性的"负隅顽抗"只会给她们带来更多的伤害。基于对女性命运的悲观,蒋离子对女性身体的书写也是带有悲剧性的。

不少"80后"女作家在自己的小说创作中虽然触及了对性和身体的书写,却并没有清晰地意识到真正意义上的身体书写所具有的性别文化范畴的深刻含义;或者,她们压根儿不曾产生过这样的追求。于是,身体意象在一些年轻女作家的作品中,被简单地型构为一种情感或诱惑的出发点,被当成了一种丛林式竞争的有力工具,而女性身体所承载的性别文化内涵在很大程度上被忽略和屏蔽了。

三、"走过青春期"的身体实验

相对于中学教育的呆板、教条,大学的环境比较宽松。于是,走出高考炼狱、初入大学校园的学生们很自然地渴望着轻松和宣泄。他们有的急着恋爱,有的投身参加各种社团活动,也有的抽烟酗酒……这一切常常进入"80后"的小说创作,于是产生了《草样年华》《理工大风流往事》《谁的荷尔蒙在飞》等一系列作品。有人将这类作品的主题称之为"走过青春期"。在女作家的创作中,周嘉宁的《往南方岁月去》堪称代表。

小说中的"我"是生在东部城市的女孩,向往着与众不同的生活,追求着自己也说不清的理想。一切都是从"我"与好朋友忡忡一起考到南方山坡上面的一个学校开始的。她们从有关青春期的种种禁忌中挣脱出来，拼命地体验生命。染头发，交男朋友，逃课，似乎是要把中学时代错过的事情全都重新经历。

整个小说以"我"看似没有目标的游荡为线索，在有意无意中显示出一批年轻女性甚至是一代人面对生活的态度。无论是"我"、忡忡还是小夕等人，对于性和身体，都采取了与父辈们迥然不同的态度。作品中的异性或同性之间，更多的是在轻松地进行某种基于尝试目的的体验。高中时代"我"决定跟忡忡接吻，在没有人的教室里，常常是嘴唇靠近的时候就开始发笑，一直闹到日落时分。这在"我"看来，是在禁锢的青春期中，如同女孩亲吻镜子里的影像，只是"迫不及待地想知道另一个嘴唇的滋味"。

在"我"、忡忡、马肯还有安迪的郊游中，原来本不相识的忡忡与安迪在夜里接吻、互相抚摸，只是因为"接吻令我平静"，而"抚摸总是令我高兴，也不感到陌生，好像回到在河堤上的日子，那是过去最值得记忆的时间"。"我"的第一次也给了马肯，虽然疼痛难忍，但还是不想有更多被推迟、被错过的第一次。"我"哭了，但是"内心充满了骄傲"，好像"那个由母亲陪着去内衣店里买胸罩的小女孩，充满期待地看着那些花边，那些蕾丝，在试衣间里羞涩而又雀跃地脱去衣服，再穿上那紧绷绷的小衣裳"。其实不论是面对马肯还是其他人，"我只是想尽早地变成女人"。

在这样的青春游戏般的体验中，身体与情感是两相分离的，甚至与欲望都很少关联。以往，不少作家曾创作了大量有关"灵"与"肉"的作品，试图在"灵"与"肉"之间分出个你高我低，至少也希望找到二者的平衡点。但是，从《往南方岁月去》这类小说中可以看到，一些"80后"女作家面对身体进行书写时，少有形而上的思辨或对生命本体明晰的探询意识，更多的还是如实地再现同龄人基于崇尚新奇而为的"走过青春期"的实践。

第四辑

  从这时起,纽约才变得遥远起来,它不再是一个可以抓住的职位,一个能够留住的女人,或是一份胜利者的快感,它开始成为需要被不断确认的东西,如同艾国柱在水泥地上从一个返回瑞昌开始安逸生活的噩梦中惊醒,需要反复确认自己身在北京才能安静下来。它化作一种身处绝境无路可退的心理需要,"就像有什么东西掉下深渊,一个地方永远回不去了",而保持逃离与游走是别无选择的选择。这个时候,艾国柱的纽约已经从一个个目的地变成了纯粹的行动,心属霄汉、穿州过府,只为在那条无头路上无尽奔忙。

——《离开,或者死》

《古典之殇》：守护乡土中国的斯文

2000年读《激动的舌头》，2001年读《黑夜中的锐角》，2002年读《跟随勇敢的心》，2004年读《精神自治》，印象里的王开岭敏感、锋利，带着一股精锐之气左突右杀。他在《激动的舌头》中攀登"精神之塔"，在《跟随勇敢的心》中与巨人对话，他关注良知、权利、理性、正义和一个社会的道德底线。但是此后几年，王开岭似乎停止了那种喷涌式的输出，这匹散文群落中的"黑马"也就难免受到冷落，或者这个时候，已经不能再用"黑马"相称了。直到前不久，才看到王开岭的《古典之殇——纪念原配的世界》，却发现已是四年前的旧作。缓缓读来，书里早已没有马蹄乱舞尘土飞扬的征伐之气，倒是流露出安宁、平静、颇带古意的坚守。《古典之殇》更像是王开岭深夜的喃喃自语，不见得要以此打动谁，说服谁，却是一个人到中年的斗士舔舐伤口、自我洗练的过程。于是，禁不住想为《古典之殇》写点什么。

一、"故乡"

"一个焕然一新的故乡，令我的写作就像一种谎言。"王开岭同感于于坚的叹息，并发觉"这不仅是诗人的尴尬，而且是时代所有人的遭遇"。不由地想起鲁迅，想起他"永别了熟识的老屋，而且远离了熟识的故乡，搬家到我在谋食的异地去"的悲凉。不过，鲁迅的故乡写得太

决绝,让人感叹的是人世,而王开岭的故乡则要温柔暧昧得多,让人看到的是时间:

> "故乡",不仅仅是个地址和空间,它是有容颜和记忆能量、有年轮和光阴故事的,它需要视觉凭证,需要岁月依据,需要细节支撑,哪怕蛛丝马迹,哪怕一井一石一树……否则,一个游子何以与眼前的景象相认?何以肯定此即魂牵梦萦的旧影?此即替自己收藏童年、见证青春的地方?[①]

其实,《古典之殇》里很多篇章都在写"故乡"。王开岭在目录里就开始发问:"谁还记得从前的世界?谁还记得生活本来的样子?"这个"从前的世界"和"生活本来的样子"从何而来?在很大程度上,它们来自一个人童年、青春对某时某地的直观感受和记忆,于是,这些记忆就构成了"故乡"。在《再见,萤火虫》里,故乡是"20 余年"没见的萤火虫;是每每捉了它却"不敢久留",先"请进"小玻璃瓶里,凝神观望然后"轻轻吹口气"送走它的小心翼翼;是一个孩子沉迷夏夜的缘由;是"怕天上少了一颗星"的单纯而又神圣的敬礼。在《谁偷走了夜里的"黑"》里,故乡是"深沉的、浓烈的、黑魆魆的夜",变成儿时小学作文里"伸手不见五指"的黑。故乡是《耳根的清静》中孩子夜半醒来,厅堂木壳挂钟不知疲惫的叮当叮当;是想起老师说"一寸光阴一寸金"时认定这叮当就是光阴就是黄金的顿悟;也是成年之后对"晨曲、溪流、雀啾、疾风、松涛","秋草虫鸣、夏夜蛙唱、南归雁声、风歇雨骤、曙光里的雀欢、树叶行走的沙沙"永无休止的依赖。故乡成了《蟋蟀入我床下》儿时喂过辣椒、葱头、苹果的蟋蟀和蝈蝈;是"鸡、

---

① 王开岭:《每个故乡都在消逝》,《古典之殇——纪念原配的世界》,太原:书海出版社,2010 年,第 69 页。

虎、虫、棒"的斗牌和谁吃谁谁打谁的自然法则。到了《女织》里,故乡又被母亲亲手织成毛衣。它是放学路上无拘无束的欢乐,是一个贪玩的孩子遭受的"回家吃饭"的通缉,它更是桥应该有水,人应该走路,四季应该分明的牢固记忆和今天看起来不合逻辑的可靠逻辑。

然而,故乡只是时间、记忆、细节、那些旧影和一草一木吗?不是。它是一个人此后面对世界展开想象的基础,是一个人与什么为伍与什么为敌的证据,也是一个人到底是谁,从哪里来又到哪里去的可能。"像今天的北京、上海、广州,一个人再把它唤作'故乡',恐怕已有启齿之羞……它不再承载光阴的纪念性,不再对你的成长记忆负责,不再有记录你身世的功能","所有人皆为过客,皆为陌生人","面对无限放大和变奏、一刻不消停的城市,谁还敢自称其主?"也许告别了"四点零八分的北京"的郭路生从红旗渠归来,依然相信这是他的北京;当年戴着军帽聚集于莫斯科餐厅的高洋高晋于北蓓米兰们,身藏利器在什刹海溜冰呼啸、拍婆子看灰皮书的钟跃民们,也相信这是他们的北京;甚至一个从"四中"走出校门的"90后""00后",还是相信这是他的北京——问题是,这是不是你、我、王开岭的北京、上海、广州?与帕慕克和他的《伊斯坦布尔》不同,那是帕慕克献给一座城市的忧伤的挽歌,是一个古老帝国的心脏从蓬勃走向衰败走向暮年无法拯救的失落。帕慕克和伊斯坦布尔人面对的是"无人能够或愿意逃离的同一种悲伤,最终拯救我们灵魂并赋予深度的某种疼痛",是"我们没资格也没把握继承的最后一丝伟大文化,伟大文明在我们急于计伊斯坦布尔画虎类犬地模仿西方城市时突然毁灭"而产生的"内疚、失落、妒忌"。帕慕克始终根植于伊斯坦布尔,那是一座属于他的城,他的回忆和呼愁只需走向时间深处,而身处北京的王开岭却怀着一颗游子之心,不时眺望远方,从《古典之殇》里至少可以读出:北京,不是我的城。

当城市无限制地扩张、各类资源的分配在城乡之间失衡,人们头也不回一股脑地涌进那些被水泥包裹的地方,被大片大片的玻璃耀伤眼的时候,很多人忘了自己是谁,迷了路。他们感受到了漂浮、无助和孤独,只是因为亲手切断了自己与故乡的关联,他们妄想成为北京人、上海人、广州人,日夜沉浸于追逐、亢奋、失望和消沉,偶尔也会瞥见自己"某地制造"的标签,却又迅速地扭转脸庞。但是,总有那么一群人,无法从情感上接受这样一种生活方式,或者说,他们无法从记忆中完成对自己的想象,因为一切都变得自相矛盾、疾苦不堪。这不是嘴硬的时候,国家或城市的规划改变了某个地点的面貌却改变不了一个人的时间和记忆,甚至有时,我们不得不承认城市与乡村就像科学与宗教,难以在一些具体问题上形成真正的对话。这是两种截然不同的文化体系和思维方式,就像王开岭相信桥下应该有水,夏天应该出汗,冬天应该受冷,人们应该看着节气种庄稼而不是走进超市挑出冬天的西瓜。城市也好,乡村也罢,两套系统本无优劣,它本似硬币的两面,犹如王开岭在《荒野的消逝》中所说,"乡野有个重要的美学功能,即它可成为城市文明的镜像——就像一个异性伙伴,作为距人类成就最近的自然成就,它能给人带来异体的温暖、野性的愉悦、艺术激励乃至哲学影响"。可是,当一个来自乡村的孩子走进大学,羞于表露自己身份的时候,问题变得严重起来。城市化已经成了一种不可抗拒的力量,虽然我至今无法全面而详细地说出它的利害,但当它无端地让一个人因自己的身份而感到耻辱,那么这里一定有什么地方出了问题。是谁赋予了城市及它的党羽以绝对的权力?城市的价值何以无条件地侵吞甚至覆盖其他地方?城市为什么让一批又一批的参与者丢失了灵魂而此前他们一直好好的?是敌人太强大还是"我"太弱小?其实王开岭在对乡野的叙述中已经不自觉地站在了城市一边,乡野、乡村不过是一种"镜像",它成了一个权威的"异性伙伴",一个强大主体之外的"他者"。真是一个险些失去了故乡的人。不过,他在寻找,在黑夜、乡野、萤火虫、蟋蟀、放学路上寻找,寻找他的故乡,寻找丢失的时间,寻找那些被刻在骨头上却常常被忽略的记忆,寻找自己到底是谁,更是寻找一个可靠的立足点,及以此与自己并不习惯、异质的生活对话甚至对抗的可能。

二、"老理儿"

70年代,随父母住在沂蒙山区一个公社,逢开春,山谷里就荡起"赊小鸡哎赊小鸡"的吆喝声,悠长、飘曳,像歌。所谓赊小鸡,即用先欠后还的方式买新孵的鸡崽,卖家是游贩,挑着担子翻山越岭,你赊多少鸡崽,他记在小本子上,来年开春他再来时,你用鸡蛋顶账。当时,我脑袋瓜还琢磨,你说,要是欠债人搬家了或死了,或那小本子丢了,咋办?岂不冤大头?

多年后我突然明白了,这就是乡下人。

来春见。来春见。

没有弯曲的逻辑,用最简单的约定,做最天真的生意。能省的心思全省了。①

我忍不住把大段的文字抄录于此,它来自《乡下人哪儿去了》。《古典之殇》里有很多动人的片段,也有很多沉甸甸的东西,却没有哪个像赊小鸡的故事这般打动我心。请原谅我把它称作"故事",因为在很多人眼中,它已经成为被叙述的生活之不可能的一种。然而我是相信的,一种不经过理性思辨、完全来自于情感认同和身份认同的确信,甚至觉得这样一则"故事"便可以表达《古典之殇》乃至王开岭其他作品里很大一部分说出或没说出的话。我不想使用"诚信""信任""信用"之

---

① 王开岭:《乡下人哪儿去了》,《古典之殇——纪念原配的世界》,第186页。

类的字眼去谈论它,因为这些词本身就存在着一个可悲的前提,那就是"不诚信""不信任""不讲信用",带着这样的前提去谈论"赊小鸡",会让我觉得自己像个无耻之徒。我选择"老理儿",一个经过时间和经验千锤百炼、带有某种品质保证、不那么面目狰狞的词。这个词可能更适合王开岭所说的"草木味儿",更适合他"原配的世界"。

《乡下人哪儿去了》要说的不是乡下人,而是最后残存于乡下人甚至在今天的乡下人身上也找寻不见的那些"老理儿"。在王开岭眼里,这些老理儿会化作草木味儿,依附在"乡下人"身上:那个时候,"虽早早有了城墙,有了集市,但城里人还是乡下人,骨子里仍住着草木味儿";那个时候,商铺会在大清早挂出两面幌子,"一曰'童叟无欺',一曰'言不二价'",第二幅幌子"有点牛,但以货真价实自居","严厉得让人信任,傲慢得给人以安全感"。那今天呢,这草木味儿是否还在?北京"月盛斋"的酱羊肉火了近两百年,羊须是内蒙古草原的上等羊,且每天只炖两锅;杨村的一家糕点铺子,没收到好大米就干脆歇业,普通米不成。一切只为两个字:规矩。这祖上的规矩,"这死心眼的犟",遵循即获益。

这似乎是生意经了,在生意当中讲老理儿,或许也不失为一种精明。但是,讲老理儿的人总是与"愚"和"犟"脱不了干系,有时"愚"得让人心疼,"犟"得让人肃然起敬。

《向一个人的死因致敬》放在《古典之殇》里好像有点突兀——卢武铉,不是萤火虫,不是消逝的乡野,不是变化的生活节奏,他不是那么富有情调,不具古屋老井前缓缓回头的哀伤,他离得太近,存在得太实、太具体。可就是这个人的死,被王开岭"看作合情合理,看作古意十足,看作儒生的高贵"。不得不承认王开岭是对的。卢武铉与那些视身败名裂精神毁容轻如稻草的现代政客不同,他"酷似中国史书上的那些前辈,很儒家,很士林",他让王开玲想到的是孟子那句"富贵不能淫,贫贱不能移,威武不能屈"。他选择了一种富有诗意也富有古意的死法,登上悬崖,然后坠落,一个清高者的去处,一次拒绝自我饶恕、悲壮而带着尊严的纵身一跃。现代政治预设了当权者的自私,预设了政府是人性的耻辱,预设了国家的建立是两害相权取其轻,预设了权力导致腐败,绝对的权力导致绝对的腐败。那么,在这套预防猛虎出笼的秩序里,卢武铉的失足成了意料之中,而他的自赎则成了额外的收获。王开岭的敬意,不是给予一个现代政客,亦不是给予现代政治的约束力,他是在向一面"政客的镜子"致敬,向一位"视道德为全部家当的失足者"致敬,向"任何有耻的人""爱惜羽毛和颜面的人"致敬,向"未泯的崇高意识"致敬。

老理儿并不总是那么沉重,它同样存在于生活的细节。《让我们如大自然般过一天吧》从2500年前一对新婚小夫妻的秘密里发现了与大自然同步的生活。王开岭借《诗经·女曰鸡鸣》布道:"迎曦而出,沐夕而归;伴虫入眠,闻鸡起寝;循天时而动,不负光阴华灿。"又用《论语·公冶长》自省,遵天时,敬天道,白天睡大觉,无疑"朽木不可雕也,粪土之墙不可圬也"。王开岭未必不是过分揣测了老夫子的意思,却也不无道理,就像他在《让事物恢复它的本来面目》中对身体和自然如情人之约的描述,"它耐心守候寒暑轮回、时序更替,若对方迟迟未临——如同约好了人,苦苦翘首却不见其影,那悲愤可想而知","它即紊乱即自暴自弃,以生病惩罚人的毁约,报复世界的失信"。

"好东西都是原配的,好东西应是免费的",这就是王开岭所信奉的老埋儿。他觉得"天本是蓝的,山本是绿的,河本是涌的,水本是清的,庙本是有佛的,菩萨本是热心肠的,人本是知羞的,猪本是自然长大的,房子本是连地皮的,娃本是想生就生的,燕雀本是登堂入室的,承诺本是值千金的,商铺本是童叟无欺的……",世上那些自然元素、风物资源,那些生活原理、道德逻辑,都是"上天早早给人设计好、配置好了的——作为祖业和古训,作为安身立命之本",而我们今天犯下的错误,就是在那些老理儿面前变得傲慢,变得自负,"用50年推翻了

5000年"。

王开岭所做的就是重申并倔强地相信那些曾经贯穿于日常生活而如今我们却视而不见或主动选择遗忘的或大或小的规矩、法则以及常识。想必有人会问,在这个诈骗短信满天飞,"自我保护意识"前所未有地高涨的地方,在这个自然和人体都陷入生理和精神双重紊乱的时代,那些重申和坚信有用吗?奥威尔借温斯顿之口曾说过这样的话:"如果你感到保持人性是值得的,即使这不能有任何结果,你也已经打败了他们。"在《跟随勇敢的心》里,王开岭对它的转述更朴素也更实在:"如果你感到做人应该像做人,即使这样想不会有什么结果,但你已经把他们给打败了。"

三、敬畏

在《激动的舌头》和《精神自治》中,王开岭就有不少关于宗教、信仰的思考,像《我们距上帝究竟有多远》《一个非教徒的信仰絮语》《上帝:从厉父到慈母》。那时候,王开岭的注意力还集中在某个具体的宗教以及宗教所带来的现实效用,比如他认为我们向来缺乏宗教资源,同时又没有健康而整齐的现代理性系统,如此一来,人的物质嗜性就失去牵制,人的欲望便没了底线,为所欲为;而一个没有信仰心理,没有宗教意绪的人,在道德上和信用上变得更加可疑,于是"信任一个有宗教情怀的人,比信任一个虚无主义者,或唯物论者要可靠和安全得多"。几年过去,到了《古典之殇》,王开岭在这一问题上的眼光、思路和认识变得更加开放和宽阔,不再将自己局限于宗教及其现世功能,而是进一步去考虑人之敬畏。这种敬畏常常是自省式的,它本身不见得会告诉你该做什么或怎么做,却会让一个人在某些时候明白什么不该做,或者,仅仅让他感到犹豫、羞愧、尴尬、为难。

王开岭在《古典之殇》里更愿意去谈论人在世界中的角色、身份和位置。在一些反思性的文字中,我们常常见到的是从某种潮流如何回归经典,而《古典之殇》却是从当下回归古典、回归乡土,去面对那些即将消失或是已经消失的精神价值。中国确实没有形成王开岭之前所看重的成体系且在人们精神生活中起决定作用的宗教,没有形成严格意义上的教徒群体,但我们却很难说几十年前的中国人缺乏敬畏之心。乡土中国相信生死轮回,相信现世报应,所以在很多时候便心存畏惧。他们怕不得好死,怕来生投胎猪狗牛马,怕进了阴曹地府被小鬼儿锯成两半或上磨子推。那时中国人的敬畏多带功利,像现在的人面对顶头上司,一方面小心翼翼,另一方面又有着恭维甚至贿赂之心。他们相信每个地方都有一个专司其职的神灵,路有路神,河有河神,井有井神……敬路神为出入平安,敬河神为行船方便有水灌溉,敬井神有时只为小孩子不会掉进井里。这里自有中国人的那些小聪明,但结果是让很多事情有了底线,大多数人不敢为所欲为,顶风作案,这就成了大智慧。

在《那些美丽的禁忌》里,王开岭把敬畏、禁忌以及那些小聪明写得颇有诗情:中国的青山绿水在哪?在有禁忌的地方,在信仰之乡。因为南国奉树为仙,敬林若祖,怕违逆神灵,冒犯风水,不但不敢轻易折木砍枝,且足以对抗行政命令和阶级斗争。文章举例上世纪60年代广东鹤山雅瑶镇昆东村有一片风水林,某造船厂预以两台拖拉机交换以伐作木材,被村民一口拒绝。"宁受政治打击,不遭神灵报应,此即信奉和服从、天命和政令的区别"。后又举西南边陲,傣族、哈尼族、爱尼族等将大片好地势近水源的森林奉为"神林",林中生命亦被视作精灵,伐木、狩猎自是不许,污秽、猥亵之语更要远离,就连枯枝落果也捡拾不得,结果是给西双版纳保留下近十万公顷的原始森林和数百种珍稀植物。这便是有所敬畏的馈赠。

《"我是印第安人,我不懂"》想起了一群"奉大地为父,视万物为兄","通晓草木、溪流、虫豸的灵性,俯下身去与之交谈"的"清晨的人"——印第安人。1851年一位叫西雅图的酋长警示来到这里的白人，"河川是我们的兄弟，也是你们的"，须以手足之情相待，"发生在野兽身上的，必将回到人类身上……若继续弄脏你的床铺，你必会在自己的污秽中窒息"。然而，酋长的警示没能改变人的命运，当金矿被发现，白人带上炸药、地图和酒瓶出发，"野牛的血泊变成了人的血泊"。这个基于欧洲自由精神和辽阔荒野而生的美利坚因此付出了代价，"再也无法复制古希腊的童话，只能以现代名义去铸造一个以理性、逻辑和法律见长——而非以美丽著称的国家"。这便是无所畏惧的代价。

从《河殇》《追着井说声谢谢》《荒野的消逝》到《那些美丽的禁忌》和《"我是印第安人，我不懂"》，这些文字大多与山川草木、飞禽走兽有关，在很多人那里王开岭怕是要被贴上环保主义的标签了。但是，对于相当一部分环保主义者来说，他们还是乐意站在人类中心的立场去考虑问题，他们相信自然、生态应为我所用，再远一点至多走到人与自然的和谐，又不外乎是一种长久的、可持续的利用。相比而言，王开岭所多出的，是对于自然的敬畏，是对天然秩序的敬畏，是对造物主的敬畏。他更愿意在其中质问人的身份："人曾是大自然的一分子，一个谦卑而纯朴的成员，现在造反成功，就像猴子蹦出石头，自诩齐天大圣，老子天下第一"，而对于自然，他则表示出足够的谦恭，因为在他的逻辑里，自然是不可以被质问的——"无法无天，乃世间最悲哀之事"。这样一个饱含"草木味儿"的写作者，一个心怀敬畏视自己为草木的人，在今天是难得的。当然，这还不是全部。自然之外还有人心，星空之下还有道德律，人向外于世间找到自己的位置，还要伴随着向内的深省与拷问。但是，这个说起来很复杂，尤其是在这样一本以美文为主的集子里会显得分外沉重，想必王开岭也因此顺水推舟地点到为止，毕竟在此前《激动的舌头》《跟随勇敢的心》等集子里我们已经找到了足够的证据。

小说世界中的野心家
——阿乙论

一个基层警察杀入文坛本身就是个意外,而他获得的赞誉更让人感到惊奇。"就我阅读范围所及,阿乙是近年来最优秀的汉语小说家之一。他对写作有着对生命同样的忠实与热情,就这一点而言,大多数成名作家应该感到脸红。"北岛是这样评价阿乙的。我们始终欢迎这种意外与惊奇,因为意外让文学变得有趣,哪怕它只是个"杀人事件",惊奇则让人觉得生活也许并没有想象中的那么糟。

一、走向高处的叙事之眼

读阿乙的小说可以感受到他对文本强烈的操纵力,就像玩拼图,摆来摆去呈现出令人惊奇的画面。小说集《鸟,看见我了》中最精彩的两篇《意外杀人事件》和《鸟,看见我了》正是如此。

《意外杀人事件》(发表于《人民文学》2010 年第 10 期时题为《那晚十点》)写了红乌镇某晚十点发生于六个当地人和一个外地人之间的离奇故事。故事的主线其实很简单,外乡人李继锡丢失了打工数年的全部积蓄,流落红乌镇,绝望之间杀死了六个与他毫不相干的当地人。一个老实的作家大概会按部就班地叙述整个过程,像一个与世无争的路人;一个冷酷的作家也许会把自己当成李继锡,绝望而漫无目的地走进红乌镇,从"好再来"超市抄起一把水果刀,然后看着它在红乌人的身体进进出出。但这些显然不能令阿乙感到满足,他有更大的野心,他在小说中努力地走向高处,把自己想象成带着嘲笑俯瞰人世的鸟,拼摆整个故事,不仅要看到"那晚十点",而且要看穿每个白天黑夜的每个钟点。小说被分解成七个独立的故事,开始于赵法才对"狐仙"的想念。赵法才是个浪漫得要死的泥瓦匠,很早的时候,他会"细致地调好一桶泥",把泥均匀抹在砖头上,一块对准一块贴上去,"贴到房主没钱了,就封顶",然后"骑在屋顶上吹口琴,欣赏自己漫山遍野的作品"。之后女人来了,三个孩子相继降生,"诗意的生活就结束了"。赵法才成了一家超市的老板,却迷失在年轻、高挑的女收银员怀中,于是有了闻名红乌镇的捉奸事件。从此之后,赵法才"松开闸,任烈酒燃烧内脏",准备把生命胡乱消耗在红乌镇。金琴花是红乌镇的传奇。1999年夏天,一具疯子的尸体腐烂在青龙巷,是金琴花义捐200元找人埋了。她做着饥渴男人们的生意,却"总是在乞丐面前驻足,取出两毛、五毛、一块,分发给他们"。这个善良的女人最终是让警察抓了,从派出所走出来的时候放声大哭,红乌人从没见过"这么大的悲伤"。狼狗其实是个人,红乌镇的黑老大。六年前,狼狗被一个小屁孩吓得失了威风,开始对死亡有了不可救药的恐惧。无助的狼狗打通前妻的电话,问她能不能别挂,他害怕在洗澡的时候死掉。等他擦拭着身体走出来,电话里是"嘟嘟"的声音。狼狗在这永远的孤独中号啕大哭,成了红乌镇历史上第一个出来锻炼身体的人。艾国柱其实就是何水清,他们同样中了一个女人的蛊,想带着女人以奔赴圣地的热情出发,离开红乌镇,到"放射着金光"的地方去。不过,何水清狼狈地归来,艾国柱压根就没走出去。于学毅"一直没有走出初恋",他迷恋一个并不喜欢自己的女人直到被送进精神病院。他像赵法才那样坐着,消耗自己,不断地寻死,沉入"拒绝之河"就再没上岸。傻子小瞿救过三个落水儿童，因此有了一段光彩的日子和一个爱他的妻子。时过境迁，小瞿渐渐被人们遗忘，便把所有的失落都化为对女人的刁难。直到小说最后，李继锡意外出现，一口气杀死了上面提到的六个当地人，七个故事才纠缠到一起。

显而易见，六则故事的铺陈不能必然地导向整个小说的结局，难道其中的叙事逻辑存在问题？细读文本便会发现，《意外杀人事件》的六加一则故事隐藏着一种身份倒置。小说中的六个当地人，其实并不属于红乌镇。赵法才的浪漫与红乌镇格格不入，他试图改变当地的饮茶习惯却赔得一干二净；如同红乌人般盘下一间超市，想也不想就像长途公路边几十家店铺一样叫做"好再来"，却在心里藏了一个秘密："拥有一匹白马"，"离开红乌镇，去做自由自在的鳏夫"。贪婪的红乌男人每天盯着金琴花，却在她被捕之后发现他们并不认识这个女人，意外得"好似发现了一个潜藏多年的敌特"。狼狗当年的风光是红乌人不敢想象的，因为"红乌镇的人不但怕自己死，也怕别人死"，十几岁就夺走了红乌隐秘世界所有的权柄，而他之后的沉沦又超出了当地人的理解，脆弱无助，甚至去做锻炼身体这件红乌人认为"十分羞耻"的事情。傻子小瞿相信红乌人从不相信的爱情，却与红乌人避之不及的雷孟德为伍，逼走了爱人。艾国柱和于学毅就更不必说，"红乌容不下我们"，其他地方也尽是"拒绝之河"。反过来，所谓的外地人李继锡更像红乌的原住民。他如红乌人一般粘而富有弹性，赖在地上跟老板索要更多的赔偿，为的是裤裆里弱小的玩意儿以及它所能带来的红乌镇一样封闭循环的历史。他从火车中甩出来，命不该绝地落在红乌镇，归乡孩子般嘤嘤地哭够了才爬起来，但是，红乌镇的陌生让他无法容忍，像面对剧变的家园，急需运动却不知怎么运动，"因此像炸药一样越积越大，越积越密，最终以一种极其残酷的方式释放出来"。身份的倒置让小说充满了戏剧感，而位于高处的叙述视角则让身份倒置变得明朗又冷酷。外乡人李继锡犹如叙事之主派出的使徒，清杀不属于红乌镇的异类，让红乌重回它的混沌和无趣，以此实现红乌镇的"意外"和叙事的"意外"，使小说开始有关红乌车站建成带来的从亢奋到视而不见的表述不致失去存在的必要。文坛曾经纠结于宏大叙事和细微书写哪种更具魅力，而阿乙在这里显示了他的精明。他将视角上移，极力地细化小说中每一个人的故事并把它们串联起来，既不崇高也不宏大，却流露出高悬同时抽身事外的穿透力。由此，阿乙对叙述手段的斟酌可见一斑，其中暗藏的叙事野心也暴露无遗。

与《意外杀人事件》中多则故事的相对独立不同，《鸟，看见我了》虽然也由几个片断构成，却让不同的人讲述着相同的事，交错间显出一种特别的神秘色彩。整个小说是秘密被逐渐揭开的过程。高纪元是清盆乡一个傻乎乎的小伙计，替李老爹看店，等待一个前来送鸟的人。纯朴的高纪元请送鸟人留下吃饭，却发现他过分地紧张和局促。几杯酒过后，一些没头没脑的话从送鸟人嘴里溜了出来："有仇，仇，跟鸟儿有仇"，"因为，因为鸟儿看到我了，看到我了"。秘密在这里被掀开一角，小说却转而叙述其他，在经过一些与此有关无关的琐碎之后，"鸟儿看到我了"才传进民警小张的耳朵里，而小张的冷漠又让秘密再次隐藏起来。小张的故事开始于他跟清盆乡姑娘元凤的关系，这是小说中最浓重的一颗烟幕弹，在第二节篇幅几近过半。当然，小张最终还是重视起捉鸟人的可疑，带兄弟夜上青山，逮捕了捉鸟人。秘密的揭开已是水到渠成，捉鸟的说"我杀了人"，然而，该节在此戛然而止，瞬间回拢到小张身上："我胜利了。狗日的清盆。"作为一篇涉案小说，整个作品没有刺眼的白炽灯，没有冷酷的审讯室，秘密的揭开变成了一则颇具诗意的故事，它最后的讲述者正是杀人凶手，清盆乡的捉鸟人单德兴。"山坡上有条湿黄的路，地里庄稼蔫蔫奄奄，高家岙露出一排黑沉沉的屋顶，门前则摆着光光的晒衣架"，如此空洞的安宁让人很难将其与一个凶犯联系起来。之后轻轻的敲门声，女人不满的唠叨，孩子的啼哭，这些温暖而琐碎的日常生活背后是一个逃犯恐慌的神经。他在夜里不知所措地抽出两件衣服，捏在手里，不知往哪里放，"一旦放进尼龙袋，好像生活就从此诀别了，眼泪扑簌扑簌掉下来"。单德兴是在一个阳光灿烂、油菜花遍野的地方强奸火香的。就在掐死火香之前，他听到手下的女人说："你看，鸟儿看着你呢，鸟儿会说出去的。"小说让我想到 Matt Madden 的 *99 Ways to Tell a Story: Exercises in Style*，他以 99 种方式绘制同一个故事，合成了一本饶有趣味的小书，展现了叙事和风格的多种可能。与之相似，阿乙让三个人讲述同一个事件，以不同视角的切换、拼接使其最大限度地详细而完整，再加上文本中小号字的补充叙事，不但揭开了秘密，而且让秘密的每一个细节都展露无遗，就像小说中那只眼白很大的巨鸟，高高在上地斜眼看着地面的一切。除了贪婪，我想不出还有什么词可以用来描述阿乙讲故事的心。

二、作为审美手段的凶器与杀戮

阿乙善于制造种种意外，这很大程度上来自小说通过语言建构起的审美体验。小说的用词看似随意，实则精确毒辣，少有滚滚的气势铺陈，如一柄英吉沙小刀，不经意间闪出寒光，简简单单就把事情办了。

《意外杀人事件》中，红乌站刚刚建好便在全国列车大提速中被遗弃，不平的红乌人"想它出点事"，就在人们对红乌站和过路的火车习以为常的时候，"这逐渐被遗忘的东西，三年后像故事里的伏笔猛然一抖，抖出一桩人事来"，"割痛了所有红乌人"。先是个"抖"字，以轻巧和随意的姿态表达出一种破碎感，正如红乌人被忽略的生活，破碎、零散得毫无理由。接着是"割痛"，恰好与小说后来那柄频频杀人以致刀背弯曲，刀刃卷如刨花的水果刀相呼应。这难免让我想到阿乙《小人》中的另一件凶器。小说里，凶手陈明羲说："锤子小巧有力，不易见血……对待何老二这样的大物件，刀不如斧，斧不如锤，出其不意，速战速决。"曾为警察的阿乙显然熟知各样"杀人工具"的特性，如果《意外杀人事件》中作案工具变成了锤子，想必"割痛"一词将被其他字眼替换。在阿乙看来，几乎对所有感观、状态、气氛的表述都可以通过对凶器不同特性的体味加以实现。这一点在《意外杀人事件》中表现得尤为精到。在赵法才与小他18岁的渺儿激情过后，躲进旅馆肮脏的卫生间，看着自己松弛的身体，感到空虚且极不真实。小说以"脑后有刀锋掠过"来形容赵法才此刻的感受，将其空虚和不真实的突如其来以及来过之后万物皆摧、不可挽回之感表达得贴切、使人不寒而栗。当写到金琴花因卖淫被抓进派出所，与检察长存有奸情的女警官罗丹的高跟鞋也成了道貌岸然的惩治工具。阿乙没有使用通常的"鞋跟"，而是换作"鞋钉"，即刻使其充满杀伤力，赋予了某种邪性的味道。"踩进脂肪，踩进肠子，踩进盆骨，像是踩进了很深的泥潭"，如此还不够，还要"许久才弹回来"，把凶器的冷、硬与柔软且具有弹性之肌体的互动状态表达到了极致。红乌的黑老大狼狗因一个孩子而心生恐惧，除了孩子阴狠的目光，凶器的出现必不可少："那个叫欧阳小风的小孩每天用语文课本夹着一把菜刀。"课本出现在孩子身上是再正常不过的事情，而对于一个心存报复的人来说，带着一把刀时刻寻找机会亦不离奇，但是薄而长方的课本夹上一把同样薄而长方的菜刀，在小说中竟然产生了意想不到的审美效果。当一把菜刀整齐、伏贴、悄无声息地隐没在带着稚气的语文课本中，寥寥词语令孩子腾起的阴冷杀气要比提着斧头满街找人的喧嚣更令成年狼狗心惊胆战。尽管二人相逢时，狼狗盯着孩子的瞳孔"像用一把剑迎接一把剑，用一颗子弹迎接一颗子弹"，但是一颗硕大的泪珠从眼窝中滚出来，狼狗在红乌镇的时代结束了。外乡人李继锡流落红乌镇，那些当地人烂熟于心的秘密在李继锡看来陌生异常，"像一堆刀子"，以致由此开始了他的杀戮之旅。《小人》中，目光如刀这般滥俗的描述经由阿乙的重新编织获得了崭新的艺术感染力。镇上习惯于冯伯韬追着何老二下棋的人突然从冯的眼中看到了刀光，他"是拿着一把刀子押何老二进地府"。为了证明这一切藏得深密却不容置疑,阿乙说"他们不能拦下何老二说你要死呢(就像不能拦下公路上的卡车说你要发生车祸呢),这不可思议"。《巴赫》里户外搜索队的成员上山寻找走失的巴礼柯,"用柴刀砍杀荆棘、丛枝",一个"杀"字使柴刀由生活工具变成了凶器。《翡翠椅子》中卫华觉得"时间啊、雨啊就像锯子,一下一下锯着他和爹"。这几乎构成了对他们生活状态准确而全面的描述,光阴过去,是来来回回漫长而反复的折磨,不可抗拒,留下的仅是无聊且无用的粉末。

  凶器的出现必然昭示着杀戮,而对杀戮的描写也是阿乙小说中的大戏。《意外杀人事件》最后一节几乎变成了屠宰场。不过,在阿乙的屠宰场中,没有血肉横飞、汁水淋淋,有的是凶器切入躯体所带来的微妙质感和对杀戮过程的审美表述。在赵法才被杀的情节里,除了凶器的冷、硬之外,更突出了刀的特性:"说话时感觉腰里滑入一个冰凉的东西","好像不是刺,而是沼泽似的肉将刀子吸进去,又慢慢吐出来"。一连串的动词——"滑""吸""吐"——展示了一个轻柔、飘逸、自然而然的杀戮过程,里面没有撕裂、没有停顿,甚至没有疼痛,除了显现刀子的锋利之外,更是将其不容置疑的安静、便捷、朴实却有效的品格像欣赏一件巧夺天工的艺术珍品一样摹绘出来。"这种感觉对遇刺者和行刺人来说都是奇异的",对读者也是如此。杀过赵法才之后,"李继锡为它有这么大能量而不可思议,因此抽出刀,像孩童一般沉浸在喜悦中,健步朝前走",迎面走来的是失魂落魄的金琴花。面对这个与自己毫不相干的女人,李继锡几乎不受控制地将刀子插进她的身体。阿乙对该场景的描写可谓小说中相当出彩的一部分。被捅了的金琴花"仍然沉浸在哭泣当中,以为只不过是撞了树,意识到面前有个男人后,她气恼地说:'走开。'"李继锡连捅五刀,被害人"不明所以,只是闻到臭烘烘的热气正从冰冷的身体里飘出,因此朝下看,便看见暗绿色的肠子如同巨蛆外涌。她着急地搂它们,跟随它们一起扑倒在地"。两个本不相干的人在杀戮中建立起一种奇异的关联,但两人又好似不约而同地置身事外。李继锡如一个贪玩的孩子，一次又一次地尝试着新鲜玩具带来的快慰，金琴花则像一个被淘气孩子纠缠、骚扰的心事重重的母亲，不耐烦地道了一声"走开"，直到金琴花肠子外涌扑倒在地，才将人们重新拉回到杀戮的场景中。该情节前半部所营造的悠然、嬉闹的气氛与之后由"暗绿""巨蛆"构成的惊悚恶心的画面激烈碰撞，在揭示整个杀戮本身毫无征兆毫无理由的同时，生出一种极特别的审美和情感效用。艾国柱的死突如其来，刀子举起，他的身子也便"猛然抖直"，"刀子一颤一颤，跳动了几秒"，让人分不出是刀子在跳还是心脏在跳。整个过程中身体与刀子几乎合成了一个奇特的物件，刀子掌控着身体的动向，支撑着它存在的价值，等到刀子被猛地拔出，身体像是失了灵魂的皮囊，"轰然倒地"，再无存在的必要。于学毅是屠宰场中的赠品，直到凶手和"这个叫于学毅的人要擦肩而过了，才随意地划上那么一刀"，没有挣扎，没有喊叫，只是被杀的人捂住伤口，迷乱地游荡到树下，悄无声息地去了。《翡翠椅子》里卫华的梦中满是锤子敲击银钉的声音。医生小心地测量"兄弟"的颅顶，先是用蘸过酒精的棉球精心擦拭量过的部位，然后扶稳银钉缓慢地敲打起来。钉歪了，"他咬牙将它拔出，待位置吃准了，他小心而迅捷地连敲两下，然后停下来细细查看，如此歇歇停停敲进去了一半"，接着"猛然一锤，将剩余的一半一下敲进去"。卫华看到兄弟的四肢像风扇一样狂热地转动继而停息，医生坐等创口的黑血流净，再用棉球细心擦拭直到整张脸一尘不染，然后站起来"像伟大的木匠一样转着圈参观自己的作品"。

　　化身作家的阿乙，像选择"杀人工具"一般精练词汇，抛开了常规的用词思路，出其不易地建立起独特的审美逻辑，这不仅让作者意图得到了更准确有力的表达，而且在小说创作普遍随意化、平淡化的氛围中尤其难能可贵，显示了阿乙严谨的写作态度和追求文字本身魅力，无心归顺文学时尚却有意打造独立风格的野心。但是，面对这种特殊的审美体验与审美逻辑，不免令人生出些许担忧。在我阅读阿乙小说的时候,头脑中不停地跳出沈浩波一本诗集的名字——《心藏大恶》,也许只有心藏大恶之人才能真正体味阿乙经由凶器和杀戮打造的独特审美世界,读出其中的自由、飘逸、令人欲罢不能的微妙质感,而不是血腥和绝望。读者的接受和体验未必与作者有关,但这个独立的审美王国必将把一些人无情地拒于城墙之外,使他们与阿乙闪着寒光却诱人异常的文字失之交臂,不能不说是一种遗憾。当然,这里由凶器和杀戮带来的快慰只限于审美的范畴,与价值判断无关。阿乙所钟情的暴力美学本身就是一个令人尴尬的东西,有人觉得魅力十足,有人感到恐慌厌恶,对此,就每一不同个体来说,既不必吝惜掌声,亦无需掩饰愤怒。

三、毫无负担的手段与目的

阿乙的首部长篇《下面,我该干些什么》又一次让人们瞪大了眼睛,它被称作"一个'无理由杀人犯'的自白"。

"我睡过去,直到醒来再也睡不着。这时我得找点事情干。"故事的开始如此简单而直接,行动起来却心思缜密。"我去买了眼镜",它将"人们的注意力有效地转移过来,默认我为近视眼",因为"人们总是倾向于相信戴眼镜的人"。"我"又买下尼龙索和弹簧刀,"有一把弹簧刀,事情就会有一种仪式感"。在杀死美丽、优秀、同样身世可怜的女同学之后,"我"才被真正调动起来,开始逃亡。这个"找点事情干"的逃亡者躲在外地的小旅馆努力地擦地,像追寻真理一样把鞋面擦得光亮照人;买来望远镜,坐在楼顶端详着屁股下的小县城;在逃亡的过程中不断打开手机,给警察留下追捕的可能;"想乘船去下一地,又觉得他们不来我为什么跑,因此又住了些时日"。逃亡的过程是"我"与警察间的游戏,"像捉迷藏","我去敲门,跑掉,他们冲出,四散寻找,然后恼羞成怒地站在荒野"。直到这码事变得无聊至极,"我"才在小镇的集市中,对进行搜捕却又擦肩而过的警察说,"你们太嫩了"。小说完成了阿乙之前在多部短篇中演练过的情节,例如《鸟,看见我了》中乌龙山土匪夹着燃烧的烟头睡觉式的逃亡;在自首、自杀、继续逃亡的困顿中浮现出《意外杀人事件》里李继锡的名字。不过,之前作为配角的逃亡在《下面,我该干些什么》变为一种意义与审美的追求:

> 我跑在时间的最前列。在过去,时间是凝滞的,过去是现在,现在是未来,昨天、今天、明天组成一个混沌的整体,疆界无穷无尽。现在它却像一枚急速前移的箭头,一个射出去的点。它光明、剽悍、无所畏惧,像毒辣的阳光,凶猛地刺进每一个到来的未来,将它烧成矿渣一般黑暗的过去。我决定跑得粉碎。①

这为小说"无理由杀人"找到了一个借口。

接下来自然是"我"在法庭上不能被称为辩护的辩护。当人们困惑于这个不为发泄性欲,不为钱,不为报复的高中生到底出于什么动机杀人时,"我"的回答不仅震惊了法庭,也让每一个读小说的人感到震撼:

> 你们是猫,我是老鼠,老鼠精干、结实,不多不少,没有一丝多余的脂肪,浑身散发着数字的简练之美。我渴望过这样紧张忙碌、充满压力的生活。
>
> 我们追逐食物、抢夺领地、算计资源、受原始的性欲左右,我们在干这些事,但为着羞耻,我们发明了意义,就像发明内裤一样。而这些意义在我们参透之后,并无意义,就连

---

① 阿乙:《下面,我该干些什么》,杭州:浙江文艺出版社,2012年,第80、81页。

意义这个词本身也无意义。

> 我可以像原始社会处于食物链弱端的动物那样，在无时不在的追杀中狂奔，进而享受到无意识的充实。说到底，生命终归无用，做什么不做什么都一样，都是覆灭，但至少我可以通过这个来避免与时间的独处。①

这个人在求生与求死之中固执地追寻着在他看来并不存在的"意义"，以一种极端的方式近乎无耻地挑战着每一个人习以为常的价值、信念和无趣的生活。面对这些，法庭上检察官暴怒的声音显得是那样的微弱，小说最后的死刑也变得无足轻重，我们几乎要被完全带入这个可怕的逻辑当中。但是，我们必须清醒。这是阿乙最为深情的告白，他第一次把自己如此赤裸地展露在人们面前，不仅解读了这部长篇，而且几乎参透了他之前所有的创作。其中有关目的性的问题来源于作者对生命和生活本身的追问；而杀人无论是作为情节中实现目的的手段还是作为实现小说叙事意图的选择，都让人们看到这是怎样一个浪漫进五脏六腑，浪漫进骨头里的阿乙。

其实，在那些痴迷于凶器和杀戮的短篇小说中已早早露出了某些细微的苗头。比如在《意外杀人事件》中，狼狗轻而易举地夺了红乌镇隐秘世界的权柄，是因为"红乌镇的人不但怕自己死，也怕别人死，有时怕别人死甚过怕自己死"；何水清悲观地告诉艾国柱，"你看看守所的老犯人，放出去了还是想办法闹点事，好再被抓回来，为的就是要在臭烘烘的地方活下去"；小说最后，死亡充斥红乌镇，"红乌镇的人听着游魂一样的口琴声，彻夜不眠，他们紧紧抱着女人和孩子，就像后者正发着致命的高烧"。在冷酷和凶残之中，阿乙总是想办法放出

---

① 阿乙：《下面，我该干些什么》，第177—180页。

一点有关"活"的东西来，它构成了红乌人卑微、琐碎、毫无生机的日子，而后来李继锡的杀人，只是因为这样的生活让他感到陌生，因为在他心里有一部辉煌连贯的"历史"，他急需做些什么。还有《情人节爆炸案》里刑侦专家老张对小警官说的那些话——"弱者在和强者对话时，总是想得到器具的帮助，心理成因就是想赢得多余的砝码"，"弱者的不安心态，很容易转化为对工具的迷恋"，"对炸药也是这样，很多人可以捕鱼，可以刺鱼，但他们就是觉得这种方式太温柔，所以用炸药炸鱼……仿佛一炸，全村人都投来畏惧的目光……就像健美先生要展现胸肌一样，一天不展现个几回会死"——炸药和使用炸药本身不构成目的，它更多地指向弱者与强者等一些含混而又难以平衡的社会关系结构。

我们有必要仔细地分别阿乙小说中的手段和目的。这不是一个拿杀戮和死亡随便开玩笑的作家，他笔下那些暴虐的元素都有一个看似荒诞实则非常可靠的理由。在他的小说里，我们很难找到真正的"无理由杀人"，它们不是来源于陌生带来的恐慌，就是弱者寻求力量平衡的渴望，抑或纯粹为了让生活变得充实而富有"意义"的逃亡。因此，小说对血淋淋故事的讲述，实际是阿乙对生活严厉的质问。他在小说中赋予那些走向干涸的人们以绝对权利，让他们敢于实施其执意改变生活的某种极端手段，同时又将之作为叙事和审美的途径，让人们看到那些所谓正常的生活究竟是怎样空洞、无趣、荒诞而令人恐慌，甚至使人瞬间心生大恶。只有将小说中的手段与目的区分明确，我们才会发现阿乙的单纯和腼腆，他从不奢望引导人们怎么做，甚至很少进行评判，在小说中基本不亮出底牌，把自己的道德底线也埋得很深，只是有些兴奋地把故事讲出来，然后轻描淡写地说，好像有哪儿不太对劲。

当然，在《下面，我该干些什么》的前言中阿乙说过，写作的时候他很平静，对于杀人这事从来"不赞美也不认同"，"也没有急不可耐或先入为主地对它进行审判"，在他看来，一个作者如果预先将自己设置为正义的化身,"立场便可能偏颇,思想便可能空洞,说教便可能肤浅,所揭示的也可能为人们所麻木"。尽管阿乙自己也会感到害怕,怕"书写这种罕见的罪恶,就像揭开一个魔盒的盖子",但他最终只是在小说里充分安置了自己的思考,并没给自己增加额外的负担。因为没有负担,他才可以在创作中表现得如此自由、放纵、贪婪,在无数可能中恣意地选择最坏的一种,在数不清的方法里偏执地挑选最极端的一个。他在小说世界随意地播散着野心,让一切鲜血淋淋、毛骨悚然的事情变得犹如风花雪月般沁人心脾,同时又固执地追问我们也曾感到困惑却疲于思索的"意义",隐约间闪露出一张兼具天使与魔鬼两样面孔的脸庞。

离开，或者死
——再论阿乙

阿乙的小说总是与死亡有关，特别是《意外杀人事件》《鸟，看见我了》等几篇，几乎是在炫耀作者语言上的控制力。他对冷兵器质感与效率的痴迷，对杀人过程浪漫化的描写，非但没有令人贴近死亡的恐惧和绝望，反而掘出深藏人心的某种暴戾的快感。但是，几年下来，阿乙的小说越来越朴素，炫技的成分少了，之前一些模棱两可的东西却清晰起来。死亡背后，是与作者半生历程休戚相关的出走或是逃亡，它既是阿乙一个难以打开的心结，又是他继续写下去的力量。

一、乡镇

离开乡镇便没有阿乙，尽管他无时无刻不在施放对乡镇的厌恶，却无法阻止所有的小说都由此开始。

红乌镇（《意外杀人事件》）是个被时代遗弃的地方，小说里红乌站就是它命运的缩影。红乌站建成的时候，街上飘满气球，电线杆上拉着彩纸，红乌人像过节一样，宁可衣衫湿透也穿戴整齐，迎接新娘般等着火车从新站驶过。人们对红乌站的建成寄予厚望，仿佛红乌已与武汉、广州平起平坐，"今晚爬上火车，明早也能看到天安门升旗了"。在等待中,德高望重的老路工掷地有声的话语安抚着人们焦虑的心情,"除非是国家把这铁路拆了,火车都死光了",但是火车似乎不想给老路工面子,全国大提速的文件也不会在乎这等在太阳下的万把红乌人,火车呼啸而过,从此不在红乌停靠。火车里的外地人开始"一遍遍参观笼子里的我们,总会生出一点优越感",这让红乌人感到羞耻。因着这种羞耻,红乌人报复式地想它出点事,于是1997年火车在附近出轨,他们带着胜利者的笑容去捡火车的碎片,这让红乌镇成了一个不可救药的地方。《鸟,看见我了》同样是红乌的落寞与绝望。"纽约往下,是北京,北京往下是南昌,南昌往下是九江,九江往下是瑞昌,瑞昌往下是赵城,赵城往下是清盆","联合国一首都一省会一市一县一镇一乡,世界的尽头"。民警小张为何"不长记性"被分配到清盆已是不得而知,但在所长看来,那是一个可以"冷静冷静"的去处。阿乙用小张临行前内勤小许"老嫂子"般的笑容说明了这到底是个什么地方——"要不你骑嘉陵吧,踏板车乡下路磕得慌"——这既是同情亦是嘲讽:你小子再也回不来了。小张的警务室在土管所的尽头,没人等他,桌子擦过之后新落的浮灰比陈年的积土还能刺痛人心。这就是清盆,"墨水瓶、笔筒和印泥孤伶伶地摆着,材料纸一片空白","荒芜得连件案子也没有"。

在这样的乡镇,人们泼洒着固执、无聊又恼人的温情。这里没有谁可能成为陌生人,没有人懂得什么是偶遇,当艾国柱坐上一辆红乌镇的人力三轮车,看到谁都要点头,"他们'小艾'、'小艾'地叫唤着,像无耻的姨爹"。每个人就这般不可救药地陷入生活琐碎而不能自拔。新出现的民警像是填补了清盆人灵魂的空缺,他们的敬畏被激发出来,如奴仆用嘴吮吸胶管,为小张的摩托车加油;请酒,然后把烂醉的小张抬回,披好被子;鼓励他走进当地姑娘的房间,"将鸡巴戳进去,戳得整个清盆乡嗷嗷大叫"。当地人的"温情"筑起了一个封闭的乡镇,百年如一日地运转而丝毫不会有什么变化。这样的乡镇不相信赵法才的爱情,他只能背上搞破鞋的名声喝着烈酒消耗生命;也不会包容何水清的浪漫征程，它已将其变得不为其他地方所容，只得灰溜溜地回来，看着爱人死去，然后像看守所的老犯人，"在臭烘烘的地方活下去"。乡镇在阿乙的小说中是如此的坚不可摧，只有真正的陌生人出现，乡镇的秩序才被打破。当李继锡从火车上跳下，作为陌生人的他便会陷在那种与他无关的"姨爹"的温情里无助至崩溃，崩溃至疯狂，最后抄起水果刀戳死六个沉浸在红乌秩序里的当地人。六人的被杀看似无辜而充满悲情，却成为死城一样的红乌镇最有活力、让人意识到生命之所存的事情。

所以，乡镇不仅是阿乙小说叙述的生长点，而且承载着出走的根本诱因。艾国柱不想在这里渡过永久无聊的一生："20来岁的科员变成30来岁的副主任，30来岁的副主任变成40来岁的主任，40来岁的主任变成50来岁的调研员，头发越来越稀，皱纹越来越多，人越来越猥琐，一根中华烟熄灭了，还会点起烟头来抽。"于是，艾国柱也好，不想在清盆一直"冷静"下去的民警小张也好，无论出于什么直接的、表层的动机，他们最终要逃离的是乡镇带来的不可改变的宿命感和耻辱感。这种耻辱在阿乙后来的小说《模范青年》里被直白地讲述出来，当走出小镇，混迹城市人群的艾国柱再次遇到之前的恋人，"这个当初爱过、后来恨过、现在又跑来揭示我县城背景的姑娘，让我难堪死了"。在艾国柱们看来，来自乡镇成为了他们需要用一生的游荡来掩饰的一个耻辱印记，不仅要摆脱那些"温柔的看护人""不要脸的狱卒"，粉碎当地人眼中那些不容被否定的稳妥，更要走出红乌，走出清盆，在郑州、上海、纽约获得一种非乡镇的优越感以回报那些将之视为异类的乡镇眼神。虽然那些预想的优越感也来得毫无根据，我们将之称为理想也好，虚荣也罢，但是在阿乙的小说中，从乡镇出发的逃亡不惜成本、不计后果，就像被杀前艾国柱看着另一个将死的人"像蚂蝗一样趴在垃圾桶上，大口喷着口臭"，心想即便成了这个样子，"那个叫上海的地方他还是要去，去了就不回了"。

二、女人

　　阿乙的小说似乎对女人不抱什么热情,也极少对女人本身的描写,但他依然对女人念念不忘,更准确地说是小心翼翼地保持着一种极致的冷静考量,因为她们早已成为左右出走的力量。

　　当出走的意思流露,一批又一批姑娘的信息便会蜂拥而至,"为的是赶紧找一个温柔的笼子,将野兽困住"。《模范青年》里的艾国柱从警校毕业返回瑞昌,不可救药地开始了一眼望到头的安逸又无聊的生活。小说写他一天下午独自走上山顶,看着远处绵延的还是脚下一样的山,洼地里坐落着眼前一样的房子,农民每天重复着沉默的劳作,想到自己将跟一个女人生儿育女,被拴牢在这里,不禁泪流满面,"赌气式地发誓,现在就出发,去镇、去县"。

　　女人所能引发的危机被《鸟,看见我了》写得更加清晰而狠毒。在这则充分施展叙事手腕架设而成的扑朔迷离的凶案故事里,民警小张与本地姑娘元凤的关系成为案情揭秘最重的一颗烟幕弹。阿乙在开始的时候努力让两人的关系素朴而真挚:小张坐在河岸看元凤洗衣,姑娘的一举一动都让他着迷,再加上因旁边洗衣妇们的嬉笑而显露在元凤脸上的幸福的眩晕,令这份情感更显生涩和甜蜜。但是,在不可撼动的出走决心下,女人又成了最危险的东西。小张"把手缓缓插进那条牛仔裤里,触到温热的地方","听到元凤的脖颈、耳根传出浅浅的呻吟,听到呼吸急促起来",就在他要情不自禁地沉入女人的温柔中时,却又猛然提醒自己:"女人那里就像木板上的蛋糕,如果我不能克服饥饿,跑去吃了,老鼠夹子就把我夹住,我就要在这鸟不拉屎的地方待上一生。"女人在出走的路上成了"老鼠夹子",这个比喻耐人寻味。如果把它与阿乙其他的小说联系起来就会发现,"老鼠夹子"不是一个随便使用的名词,也不是出走路上一般的阻碍。《下面,我该干些什么》中,只是为了逃亡而杀人的凶手在法庭上有这样的陈述:"你们是猫,我是老鼠,老鼠精干、结实,不多不少,没有一丝多余的脂肪,浑身散发着数字的简练之美","我渴望过这样紧张忙碌、充满压力的生活"。老鼠在阿乙的小说里成为逃亡者的图腾,不管叙述中是否挑得明确,他们都带上了"精干、结实",散发"数字的简练之美"的气质,而他们的离开,除了为摆脱耻辱,还要逃离小镇的安逸去追求"紧张忙碌、充满压力的生活"。因此,"老鼠夹子"成了出走路上的死敌,她们的存在带来的不是波动与惊吓,而是致命的危机。为了进一步强调被女人拴住是不容犯下的错误,就在小张看到元凤晾衣服时从领口露出的乳房。看到那些从毛孔溢出的细密的汗珠和叶茎一般埋藏在白嫩皮肤下的静脉,不禁"下身膨胀""心绪软软的"时候,阿乙粗暴而充满恐慌地写道:"操一次,负担一生,操一次,负担一生"。

与此同时,女人又成为逃离旧地的捷径。《县城的活法》曾写"我"逃出县城之前,也像"欢喜的驴一样"爱上一个女子,忍不住拉她的手,想法把关系锁定下来,她的些许暗示都能让"我"振奋一夜,只因她是"一个足可给我家带来无上荣光的女子"。《模范青年》中那些"积极向上"的小镇青年,把所有的希望都寄托在三线厂,因为"市和县是不同的世界,天上地下,泾渭分明,不可逾越,同时充满绝望",而三线厂像"城市委建到乡下的一座卫星城",让城市人和县里人的联姻变成可能。

《两生》名字清晰,故事无奇,却在叙述上拿捏得好。26 岁的周灵通复读多年也没能走出高中,鬼使神差变成强奸犯,开始了他的亡命生涯。在这一年,周灵通走到了人生的谷底,因逃亡沦为乞丐,却又急速触底反弹,只因遇到一个女人。他无意间救下一个被殴打的女子,而女子在他走投无路时改变了他的生命。周灵通被女人带进酒店,泡在水里狠狠地洗,一路逃亡变得像鬼一样的他,"洗得水全变黑了,又全变白了,又对着镜左右端详,像个人了"。他从浴室走出,看到女人正迎着晨光抽一根烟,"长而柔的食指像弹钢琴,把烟灰弹向垃圾桶",

"温暖以气体的形状,从优雅的背部和赤裸的手臂上层层生出"。这里需要注意的是周灵通第一次看到这个女子的情景。他把女人救出扶到高跟鞋上,发现女人"是个马脸,眼睛奇小,耳朵和鼻孔巨大,十分吓人"。前后之间何以如此千差万别?不妨找找阿乙其他的小说。《县城的活法》说得清楚,"农家子弟是有爱情,但那爱情是奇异的,它不是说你脸上长了一双桃花般的眼睛,而是你脸上长了前途";《模范青年》中艾国柱在小镇谈过两次恋爱,"一次爱上的只是一件来自北京的风衣,她不穿它,她便不再神圣",一次爱上的是在县城条管单位上班的姑娘,"我爱上的不是明亮的眼睛或者性感的嘴唇,而是她脸上长满我的前途"。于是,这个叫张茜娜的北京女子"作为一个不可能的乌托邦,一个不可能的观世音菩萨",真得带周灵通逃离小镇,洗掉耻辱和案底,"成为他钱财和生命的保护神"。这种改变是周灵通以及小镇青年所不敢想象的,一个"昨天还在垃圾桶里和塑料袋、死老鼠混迹的人",因为一个陌生的女子,更因为她父亲一句"女婿,给个公司你开开",如今坐在总经理办公室,"双脚搭在巨大而光亮的红木办公桌上,一闪一闪,一晃一晃"。小说中有个细节也颇值玩味。周灵通洗过澡,跪倒在张茜娜面前,嘴里说的是"我爱你,我爱你,娘"。后来,当"张茜娜情不自禁地舔起那根东西来,像舔一根冰棍,他才全身心放松起来",嘴里嘟念着"别,娃儿,别这样"。从"娘"到"娃儿",女人在他眼中的变化意味着一个逃亡者的胜利,这种从卑贱走向傲慢的姿态,总能让我想到《鸟,看见我了》小张那句"我胜利了,狗日的清盆"。

三、纽约

阿乙小说里没人到过纽约,纽约却无处不在。对清盆来说,赵城就是纽约;对赵城来说,瑞昌就是纽约;九江、南昌、郑州可以是纽约,广州、武汉、上海、北京也可能是纽约。失掉了县城条管所的姑娘,一家人的嗟叹因外地哥哥一句"假如有一天你去了九江市,她算得了什么"而平复,因为相比县城女子,九江的姑娘就是纽约。因此,不管纽约是什么,它都是出走最大的诱惑。《模范青年》大概是我们了解阿乙的纽约最好的文本。

纽约产生于无法逃避的差距,虽然小说里艾国柱最终到达了他的纽约,而周琪源被困死在洪一,但在最开始的时候,周琪源的一切为艾国柱心中的纽约提供了范本。警校同学周琪源来自江州造船厂。在瑞昌人眼中,这些三线厂"像是上帝投放来的几座孤岛",现实存在的围墙时刻提醒着墙内墙外的差距。墙里人"上学、买菜、看病、做爱、造冰棍都在围墙之内",好似天潢贵胄,过着当地人想象中的"北京上海的生活"。因为周琪源来自墙内,即便同在瑞昌,同读警校,但在艾国柱们看来,"我们像是被迫划到一个科目的两种动物,根本不能算是老乡"。而且,周琪源的存在不停地灼伤着当地人的自尊,"我们会从他细嫩的皮肤、倒三角的肩背想到我们很少涉及的牛肉和牛奶"。周琪源是警校中的异类,始终保持着当地并不该有的自我克制,仪容整齐、讲普通话,既不抽烟也不喝酒,从不参加娱乐活动……艾国柱们觉得他是一个无聊的存在,但那些嘲讽和调笑却无时不暴露着他们对墙里人的羡慕,也正是因为羡慕,有时"也会为他们被钉死在此地而幸灾乐祸"。警校毕业的时候,没人知道周琪源的去向,但艾国柱对周琪源的想象又一次刺痛了自己:

> 周琪源一定待在省城警校,晚上定点睡觉,早上准时醒,精神振作地走向放着各类文件夹的办公室,完成各项指派的任务,闲暇时跷二郎腿,喝好茶,看报。他和所有同事说普通话,就是点头也有这种话才有的生分与庄重——他们在没日没夜地说普通话,而我在没日没夜地喝酒。

这些毫无根据的猜想完全来自三线厂围墙制造出的差距，好像来自墙里的周琪源不需理由便可高人一等。即使到了最后，艾国柱为一生未离洪一而死在那里的周琪源返回故乡，途经省府大院看到门口笔直的武警和大字招牌，他依然相信这才是周琪源"理想的终点"，这个终点比他艾国柱的纽约要远，要好，"也许公安部才是"。

艾国柱决意离开，于是他的纽约变得清晰、现实而充满世俗意味。他从郑州返回瑞昌，十分享受"衣锦还乡"的快感。当年的工资只有八百，一桌酒席需要两百，而如今月薪两千八，酒席便设在了更贵的宾馆。在这里他不仅可以口若悬河讲述自己出走的征程，听到别人"还是你有勇气"的赞唱，而且还能得意地叹息"说白了我现在只是一个打工的"。更重要的是，他从周琪源眼下的处境获得了快慰，他看到他一直坐在角落，偶尔夹一两粒花生米，那是一种"还不如一刀刺死他"的羞辱。

出走路上的纽约零碎、具体。《隐士》里，纽约是"作为外地人的一件大衣、一条裤子、一双皮鞋或者一只皮包，火眼金睛的人们以此评断出我的实际价值"；另一年，他的纽约是"大城市的，研究生，比我小六七岁"，"我是作为一个外地女子臂里挽着的男人回来，我知道自己并不爱她，但在落地的那刻，我柔情万丈，羞涩地向别人出卖她的身份"。而对逃往郑州的艾国柱，一个不被打扰的工位，一个气味不至于让姑娘头也不回就走掉的出租屋，就成了他的纽约。

但是，艾国柱们的纽约又常常空洞得让人无法把握，就像小说里的形容，"高架桥车来车往，街道清澈得可以照见人像，飞机的影子像鱼儿游过夕阳照射之下的摩天大楼玻璃墙"，其实等于什么都没说。刚刚抵达郑州的艾国柱，面对鳞次栉比的高楼展开双臂低声吼叫，像是完成蜕变的神圣仪式，却在走向报社的时候两腿发飘，心里虚得很。后来，朋友阿丁召唤艾国柱进京，后者面临的选择一是到北京实习之后再确定是否转正，一是原单位领导许下的主笔位置。然而，之前衣锦还乡的快慰很快被抛之脑后,一皮箱书和一皮箱碟,火车进京,艾国柱再次躺在了廉价出租屋的水泥地板上。从这时起,纽约才变得遥远起来,它不再是一个可以抓住的职位,一个能够留住的女人,或是一份胜利者的快感,它开始成为需要被不断确认的东西,如同艾国柱在水泥地上从一个返回瑞昌开始安逸生活的噩梦中惊醒,需要反复确认自己身在北京才能安静下来。它化作一种身处绝境无路可退的心理需要,"就像有什么东西掉下深渊,一个地方永远回不去了",而保持逃离与游走是别无选择的选择。这个时候,艾国柱的纽约已经从一个个目的地变成了纯粹的行动,心属霄汉、穿州过府,只为在那条无头路上无尽奔忙。

四、死

如果不离开,结局会怎样?阿乙从最初的创作就开始回答这个问题,直到最近才将之编织完整,至少让人看上去还觉得可靠。

《意外杀人事件》开始于赵法才对"狐仙"的想念。赵法才是个浪漫得要死的泥瓦匠,很早的时候,他会"细致地调好一桶泥",把泥均匀抹在砖头上,一块对准一块贴上去,"贴到房主没钱了,就封顶",然后"骑在屋顶上吹口琴,欣赏自己漫山遍野的作品"。之后女人来了,三个孩子相继降生,"诗意的生活就结束了"。赵法才成了一家超市的老板,却迷失在年轻、高挑的女收银员怀中,于是有了闻名红乌镇的捉奸事件。从此之后,赵法才"松开闸,任烈酒燃烧内脏",准备把生命胡乱消耗在红乌镇。金琴花是红乌镇的传奇。1999年夏天,一具疯子的尸体腐烂在青龙巷,是金琴花义捐200元找人埋了。她做着饥渴男人们的生意,却"总是在乞丐面前驻足,取出两毛、五毛、一块,分发给他们"。这个善良的女人最终是让警察抓了,从派出所走出来的时候放声大哭,红乌人从没见过"这么大的悲伤"。狼狗其实是个人,乌红镇的黑老大。六年前,狼狗被一个小屁孩吓得失了威风,开始对死亡有了不可救药的恐惧。无助的狼狗打通前妻的电话,问她能不能别挂,他害怕在洗澡的时候死掉。等他擦拭着身体走出来,电话里是"嘟嘟"的声音。狼狗在这永远的孤独中号啕大哭,成了红乌镇历史上第一个出来锻炼身体的人。艾国柱其实就是何水清,他们同样中了一个女人的蛊,想带着女人以奔赴圣地的热情出发,离开红乌镇,到"放射着金光"的地方去。不过,何水清狼狈地归来,艾国柱压根就没走出去。于学毅"一直没有走出初恋",他迷恋一个并不喜欢自己的女人直到被送进精神病院。他像赵法才那样坐着,消耗自己,不断地寻死,沉入"拒绝之河"就再没上岸。傻子小瞿救过三个落水儿童,因此有了一段光彩的日子和一个爱他的妻子。时过境迁,小瞿渐渐被人们遗忘,便把所有的失落都化为对女人的刁难。六则故事本不相干,却因死亡交织在一起。十点,赵法才从湿石走到超市门口;金琴花哭泣着向超市走来;狼狗穿着运动短裤跑进建设中路;艾国柱为了一包烟走向超市;于学毅无聊地闲逛至此;傻子小瞿转到这里找他的兄弟……不管之前的故事或长或短,反正李继锡意外而又准时地出现,一口气杀死了这六个当地人,让滴溜乱走的时间卡死在这一点。这个结局像是宿命,更像是一个诅咒。那些安于现状驻守城镇的人、失去希望消耗生命的人、动了出走的念头未及行动的人,全都死在李继锡手中。这个从火车上翻滚下来无处可去的外乡人,像是带着惩戒之剑,专来红乌完成这项任务,以死亡这一残酷的结局,打破小镇封闭的安宁。

《意外杀人事件》只是一个开始,虽然在这篇小说中阿乙有意无意地将出走与死亡联系起来,但其中的关联到底暧昧不清,他更多的还是在讲"看你们如何去死",貌似清醒实则迷离,直到《下面,我该干些什么》以及后来的《模范青年》,阿乙才把目光转向自身,更多地去探究"我如何去死"。

"我睡过去,直到醒来再也睡不着。这时我得找点事情干。"《下面，我该干些什么》的开始简单而直接，行动起来却心思缜密。"我去买了眼镜"，它将"人们的注意力有效地转移过来，默认我为近视眼"，因为"人们总是倾向于相信戴眼镜的人"。"我"又买下尼龙索和弹簧刀，"有一把弹簧刀，事情就会有一种仪式感"。在杀死美丽、优秀、同样身世可怜的女同学之后，"我"才被真正调动起来，开始逃亡。这个"找点事情干"的逃亡者躲在外地的小旅馆努力地擦地，像追寻真理一样把鞋面擦得光亮照人；买来望远镜，坐在楼顶端详着屁股下的小县城；在逃亡的过程中不断打开手机，给警察留下追捕的可能；"想乘船去下一地，又觉得他们不来我为什么跑，因此又住了些时日"。逃亡的过程是"我"与警察间的游戏，"像捉迷藏"，"我去敲门，跑掉，他们冲出，四散寻找，然后恼羞成怒地站在荒野"。直到这码事变得无聊至极，"我"才在小镇的集市中，对进行搜捕却又擦肩而过的警察说，"你们太嫩了"。小说完成了阿乙之前在多部短篇中演练过的情节，例如《鸟，看见我了》中乌龙山土匪夹着燃烧的烟头睡觉式的逃亡；在自首、自杀、继续逃亡的困顿中浮现出《意外杀人事件》里李继锡的名字。不过，之前作为配角的逃亡在《下面，我该干些什么》变为一种生命的价值：

> 我跑在时间的最前列。在过去，时间是凝滞的，过去是现在，现在是未来，昨天、今天、明天组成一个混沌的整体，疆界无穷无尽。现在它却像一枚急速前移的箭头，一个射出去的点。它光明、剽悍、无所畏惧，像毒辣的阳光，凶猛地刺进每一个到来的未来，将它烧成矿渣一般黑暗的过去。我决定跑得粉碎。

出走或是逃亡在这里代价沉重，不但消化了女同学的性命，而且"我"也最终跑向生命的完结。虽然阿乙用大量的笔墨完成"我"在法庭的陈述,以展现并说明逃亡之于"我"的意义,但那些法庭陈辞更多地产生着完整故事情节的叙述作用,而真正形成情感冲击的还是凭空消失的两条人命。人命和逃亡在小说中构成了价值的对等,死亡在这里充当着沉甸甸的砝码,阿乙在小说中不断追问的逃亡的分量也由此得以衡定。

阿乙对出走的书写直到《模范青年》才趋于完整,它不但是作者自省式的发问,而且出走与死亡的交锋也前所未有地清晰化、白热化。艾国柱与周琪源一个玩世不恭,一个按部就班,但在最初却有着相同的生命内核。周琪源从进入警校那天起就保持着令人难以理解的自制力,他通过了英语六级,自考拿到法律本科文凭,考中过研究生,发表过八百一十七篇报道,完成了小镇警局从未出现的专业论文,获得两次三等功和多次宣传先进个人称号,"他做这一切,只为出走"。生命距离的拉开,是因为"周琪源终生极少违逆父亲的旨意"。艾国柱能够因为一个河南的电话离开家庭,"走得那么轻松","为诱惑粉身碎骨,抛家弃业","从此无君无父,浪荡江湖",而一切细小的责任与命令却能管住周琪源宏大的理想,"他没有和父亲再说什么,收起考研材料,塞进纸箱,从此不复过问"。一个完整的生命就此被分成两半:

　　一个是艾国柱,自由放荡、随波逐流、无君无父,受尽老天宠爱;
　　一个是周琪源,勤奋克己、卧薪尝胆、与人为善,胸藏血泪十斗。

这篇小说有太多阿乙自己的故事,周琪源也确有此人,但它的出现绝非阿乙作为一个胜利者为自己树碑立传,而是以此为他半生的游荡寻找一个可以令自己信服的理由。抛开那些真实故事,阿乙在小说里竭尽全力地把另一个规矩、懦弱的自己写死,只是因为作为"周琪源"的"我"别无其他出路,非死不可。这是一道单选题,由不得半分含糊。生命也因此变得简单而残酷:要么离开,要么死。

从小镇的封闭乏味到路途上那些难忘或必须遗忘的女人,再到从未抵达却依旧令人痴迷的纽约,最后到离开还是死亡的命运轮盘,阿乙用几个关键词建立起整套的出走逻辑,用一系列创作逐渐完整着他对生活与叙述的想象和实践。他用数年的时间从炫技走向沉思,从"看你们如何去死"走向"看我如何去死",始终难以割舍的便是成就当今阿乙的"出走"。

"像守财奴一样守住自己的往事"
——路内论

一个人忧伤地坐在那里,头也不抬,低声说,那就讲讲年轻时候的故事吧。讲完了,无辜地看着你,依然是一脸的忧伤,仿佛又有些释怀:"衰老可能来得更慢一些吗?"这个人就是路内。路内不相信自己已不再年轻,心里却打着鼓。这是他通过小说,留给我最深的印象。路内的小说一点儿都不畅快,像在冷水里加热一只青蛙,慢慢地就被挟持了情感,让人分不清是在听路内的故事,还是在想着自己的事。

一、"无处可去"的青春

"这一年我三十岁,我很久没有坐在马路牙子上了。"《少年巴比伦》里的这句话几乎串联起他所有的小说。从《少年巴比伦》到《追随她的旅程》再到《云中人》,都有一个已到而立之年,至少也是奔三张的人在讲述以前的故事。"坐在马路牙子上"仿佛成了一个符号,一种激扬而放肆的姿态,如今"我"所能做的也只有回忆和祭奠。而这些对一个三十岁的人来说又是那样的紧迫,就像《少年巴比伦》里路小路的慌张,如果这些故事在三十岁的时候还无处倾诉,就会变成黑暗中的一扇门,无声地关上,那些被经历过的时间也平静而深情地腐烂掉。因此，除了被讲述，"我"的青春无处可去。

路小路的青春普通又珍贵，荒诞却稀松平常。他中学时候从来做不出解析几何的题目，因为看到象限上的曲线只能想到女人的乳房和屁股，所以高中毕业，面临的选择或是参加高考，等着落榜，或是直接到厂里做学徒，或者干脆到马路上卖香烟。路小路一下子实现了两种可能，在拿着成绩单挨了他爸的一记耳光之后，成了糖精厂的钳工。成为钳工以后，声名显赫的师父老牛逼就已预见了路小路枯燥的中年，那时只有厂里的泵房阿姨"才是唯一的雨露"。这成为小说中一个微妙的关节。当三十岁的路小路回忆往事的时候，师父的预言早已破灭，他中年的生活注定是另一种样子，然而"阿姨"却成为他年轻时代的一个重要主题。这让路小路的故事颇具未老先衰的意味，好像三十岁之前已然走完了生命的全部，而之后令其向往已久的转机变得索然无味，尽管那样的青春"既不残酷也不威风"。电工班的意外减员让路小路从钳工升级到电工，虽然之前父亲许诺的化工职大成为泡影，但是，"电工也不错，至少我已经到达了工人阶级的顶峰"。于是，穿着枪驳领的西装换灯泡或者光着膀子炫耀体毛就成了电工路小路的全部生活。由于糖精厂扩产，再加上路小路大闹职工大会，他最终告别了那些看上去体面又轻闲的工作，成为车间里倒班干力气活的"三班"工人。再后来，路小路深爱的白蓝走了，生活真正变得空洞起来。一份"倒三班"工作，一些蜻蜓点水的感情，都无法让路小路打起精神。最终，路小路决定离开糖精厂，至于去哪里，他自己也不知道。路内很会讲故事，颇具一些冷峻的幽默感，所以我们常常会被其中层出不穷的有趣情节吸引而感到兴奋，可是整个小说完结的时候，却让人一点也不轻松。路小路就像转笼里欢乐的松鼠，跑得亢奋异常，却走不出糖精厂。年轻的路小路从来不知道什么是"安分"，翻墙、旷工、"抽游烟"，公然辱骂劳资科长，他觉得这样才有趣，才对得起自己二十岁时大把的青春。他把自己最珍贵的年华甚至是整个人生都交给了这个破落、空洞、充满无聊的嘲笑和自嘲的地方，就如同一只苍蝇搓着脚独自取乐，除此之外无处可去，只能在这里把自己挥霍掉。

当然，路小路也有理想。他二十岁那年的理想是在工厂宣传科做个科员，"每天早上泡好自己的茶，再帮科长泡好茶，然后，摊开一张《戴城日报》，坐在办公桌前，等着吃午饭"。这样平淡无趣的日子对路小路来说却是遥不可及的。他只是厂里的一个学徒工，食堂排队得给老师傅让饭，厕所拉屎得给老师傅让坑。这样的日子过了很久，在别人安分地做学徒的时候，他依然告诉自己应该去宣传科，或者成为一个诗人。他假装是一个诗人，以此来勾引那些懵懂的文艺女工；当别人都在看《淫魔浪女》的时候，他夹一本《收获》让自己显得特别。这样的理解显然低估了路小路，他在糖精厂确实是个与众不同的年轻人，至少在那群整日插科打诨的工人里，他敢想象自己会写诗，这也是他最后能够逃离糖精厂唯一的砝码。但是，糖精厂里的理想无疑是个笑话，他首先被科室青年鄙视，认为是在装孙子，其次被生产青年鄙视，理由还是装孙子。理想和青春总是纠缠不清，在这个理想被当成小把戏的工厂，路小路除了看着自己的春青一点点烂掉，还能做些什么？近三十岁的时候，路小路独自坐火车去上海谋生，看到火车上一个二十来岁的少年莫名其妙地哭着，哭得那么伤心，泪水汹涌，好像把少年路小路二十岁那年的伤感"一起滴在了路途上"。故事讲完的时候，路小路的青春结束了。

如果《少年巴比伦》给了路小路最终逃离的机会，那么在《追随她的旅程》中，路小路真的困死在了戴城。十八岁那年，路小路还是戴城化工技校的学生，初中老师就说过，他们是七八点钟的太阳，但是，他不这么以为：

> 这种算法很光明，把人生视为白天，要是倒过来看，人生是黑夜，那么十八岁那年我正处于黄昏最美的时候，然后是

漫长的黑夜,某一天死了,在天堂看到红日升起,这种计算的方式可能更接近于神的逻辑。①

小说一开始就建构了这个封闭的逻辑,无论是白天到黑夜还是黑夜到白天,怎样轮回都改变不了戴城的衰老,更改变不了路小路被困在这个衰老县城的事实。这种设置非常奇妙,如果单看《追随她的旅程》,这让小说有了一些未卜先知的味道,跟之后的情节有着极契合的映照,而作为《少年巴比伦》的姊妹篇,将两部小说放在一起时,它又构成了对前篇的总结,加之两部长篇在故事发展上也有一些相似乃至衔接之处,这就圈出了一个封闭的循环,小说中青春膨胀与禁闭小城对抗之间的无力感油然而生,路小路无处安放的青春就陷在这种轮回中再也逃不出来。

在戴城,化工技校的学生自觉比重点中学的矮了一头,他们看到"戴城中学"的校徽,"就像妓女看见了贞节牌坊,有一种说不出的愤怒"。于是,打群架,在街上羞辱戴城中学的女生就成了化工技男们找回平衡的办法。其实化工技校也不错,至少路小路在这里遇到了老丁。老丁是路小路的语文老师,他一心让路小路学好,多读书,常常讲一些令后者摸不着头脑的道理。"尽管我并不在乎那张技校文凭,但真要是把我开除出学校,我找不到可以混的地方,也很麻烦。"在路小路即将被学校开除的时候,老丁跑到校长那里说情,成了路小路的恩人。不过,老丁的存在又是矛盾的。路小路本可像其他人那样混过技校的几年,然后一窝蜂地涌入濒临破产的工厂,成为一个普通工人,像《少年巴比伦》中那样渡过与"阿姨"为伴的中年,然后蹲在路边下象棋。可是老丁又明确地告诉他"很有文学潜质",让他与约翰·克利斯朵夫为伍,这让他难以在化工技校这个空洞而绝无出路的地方"安分"地衰

---

① 路内:《追随她的旅程》,北京:中信出版社,2009年,第6页。

老下去。是老丁的出现让戴城变得更加残酷,如果说路小路呆在技校只是一个麻木的存在,那么是老丁清楚地告诉他,你不属于这里,但你无处可去。技校快毕业的时候,路小路不得不去前进化工厂,一个位于乡下的倒闭企业,那里生产的东西会把人的鼻黏膜腐蚀掉,"一毛钱的硬币从左边鼻孔塞进去,能从右边鼻孔掏出来"。与《少年巴比伦》一样,厂子的情况越来越糟,路小路们的青春就无奈地交代在这里。

不管怎么说,路内的故事一直都讲得很从容,虽然以青春作为主题,却没有青春写作的焦躁与不安,里面更多的是追忆和缅怀,有那么一点炫耀,同时又是无可奈何的悲凉和忧伤。在这些看似轻浮却又浓重的情感里,我们看到了一种青春刚逝的稚嫩的沧桑,在这样的感情面前,考虑故事应该怎么被讲述大概就是多余的了。

二、充满喜感的时代恶疾

1949年之后,工业、工厂、工人曾经是中国文坛力推却颇显尴尬的题材,从上世纪50年代初到90年代末经历了高唱工人阶级颂歌到剖析和反思企业体制改革的漫长过程,虽然产生过一些优秀的作品,却始终没能形成什么大的气候。不得不承认,工业题材的创作已经驶上了一个发展缓慢并不断寻求转变的道轨。近年来,李铁等作家开始探寻有关工厂、工人创作的新方式,而年轻一代中涉及工业题材的更是只有肖克凡等为数不多的作家。路内的小说并不以工厂、工人作为叙事的核心,却有一种十分浓重的工厂情结。不同于李铁笔下国企改革中工人的坚忍与惶恐,更不像肖克凡的《机器》那般再现工人阶级的荣光,路内的工厂旗帜鲜明地悬挂着破败、萧条、混乱和荒诞的招牌。

《少年巴比伦》中,路小路在糖精厂做过钳工和电工,他对这两个工种的深刻认识是从钳工班和电工班开始的。钳工班在一个铁皮屋,冬凉夏暖,新来的学徒工任务很简单,"夏天洒水,冬天捡燃料",路小路也是如此。钳工的传统是擦车,上班的时间大家把自行车推进铁皮屋,一字摆开,整个钳工班歪着头,眯着眼睛,陶醉得很,像"给自行车做马杀鸡"。一辆锃亮的自行车"显示出了一个钳工的骄傲"。相比而言,电工班就没有钳工班那么富有无产阶级的荣誉感,他们更像一群大烟鬼。电工班的所在地密不透风,电工们都在躺椅上抽着烟,碉堡一样的房间里烟雾弥漫,如同一个"鸦片馆"。不过电工也有光彩的地方,因为他们不用穿工作服,几乎每个人都是太子裤加两排金色扣子的枪驳领西装,"这种装扮走在厂里非常吓人,认识的人知道是电工发神经,不认识的还以为是外商来考察",到了夏天更是"八个褶子的太子裤配上光膀子",故意把皮带松开一个扣,让裤子吊在胯上,四处炫耀体毛。当然还有长脚所在的管工班。管工班的师傅们开发着另一项工作:下围棋。一个班组可以摆下四五个棋局,全都站着,叼着烟,而且手劲大得出奇,在彰显着工人阶级力量的同时谁也顾不上干活。各种车间也是一样的玩闹,至于泵房,则永远是留给"那些美色已逝、风韵残存的中年女工"的,这些"阿姨"是中年钳工们的甘霖。路内笔下的国营厂班组都有着各自的风貌和上班时间的娱乐活动,工人们挑衅安全科长,语言俏皮;举止怪异,跟他们内部的黑话很般配;男女之间打情骂俏,低俗却充满日常生活的智慧与欢乐。如果脱离了小说背景单去看其中的人物描写,会以为这是街头巷尾想法取乐的闲人,甚至干脆就是个杂耍班子。

至于厂里的工作更是充满了门道。在钳工班的时候,路小路跟着师父老牛逼出入泵房,工作无非是拧螺丝,把旧的水泵拆下来,让民工抬走,再把新的水泵换上去。旧的水泵直接扔到钳工班的角落,过上几个月就报废了,根本没人去修理它们。师父很体恤地告诉路小路,"做钳工很简单,对于泵房的老阿姨来说,只要你给她换上一个会转的水泵,她就会很舒服很满足,谁管你能不能修好那个坏泵呢","铁棚子里有一大半的机修工都不会修水泵,只会拧螺丝,所以不用太担心"。

至于技术评定,就是把一陀铁块生生锉成了不方不圆麻将大小的东西,然后学徒路小路就变成了四级钳工。更多的时间,路小路在照看老牛逼的自行车摊,学着跟泵房里的"阿姨"们套近乎。后来到了电工班的路小路和小李成了最忙的人,每天扛着梯子到各种地方去换灯泡。他们对"阿姨"失去了兴趣,开始揣着大白兔奶糖,遇到科室、化验室的小姑娘就会分给人家吃,然后坐上桌子聊个半天,"整整四个工时"。

　　松散的管理让厂里的工人有足够的时间取乐。就在长脚东躲西藏忙着复习考夜大的时候,全厂的师傅开展了一项围捕长脚的娱乐活动:谁逮住长脚,管工班长就发给一根红塔山。当然,国营厂也给员工们一些看得见的"实惠","厂里人偷窃成风,有人偷铁块,有人偷纱手套,有人偷煤块,还有人长年累月偷工地上的水泥,每天装一饭盒的水泥回家,再在包里揣一块红砖,这么顺手牵羊地干上三年,家里就可以重新翻修房子"。还有厂里的花匠,把每棵树苗的进价报高了十元,同时把活树记成死树,账本上凭空记录着一千多棵树,一百个高级盆景,还有一些从未存在过的芭蕉树、君子兰、日本樱花和墨西哥仙人掌——对于这个账本上的绿色世界,"所有人都很向往"。因此,在路小路记忆中的国营厂,你很难说这个花匠到底是个贪污犯还是一个浪漫成性的人。除此之外,厂里的干部可以肆意地打击报复不听话的工人,工人们自然也不怕什么,他们有恃无恐地享受着这个过程,因为国营企业"不能开除职工,除非你真的去打车间主任",他们把保卫科长推进粪坑,在全厂大会上用污水把劳资科长浇成落汤鸡。

　　路内对国营厂的描写充满了矛盾,他清楚地知道这是一个时代不可救药的顽固癖好,但在叙述中又充满着温情。是这种混乱、荒诞和无药可救让年轻的路内以及无处可去的路小路们享受到了干涸的生活中难得的乐趣,以致自己看起来不像一个被排斥、孤立的混子。小说花了大量的篇幅去书写国营厂所谓的工作是一个多么空洞的词汇,工作本身既无技术含量也没有任何的美感和吸引力,其中充满了消极怠工、资源浪费、胡来蛮干、玩忽职守,更像是厂里的员工寻找玩乐消遣的一个附带条件。小说写到三资企业出现在戴城的时候,工人们的账算得更清楚:"在糖精厂,我们一天干两个小时的活,其余六个小时闲着;在三资企业一天马不停蹄地干八个小时的活,工资却不会高出四倍。"计划经济时代国营厂的种种弊病就在这种段子式的叙述里暴露无遗。

在中国当代文学数十年的历史中,对于计划经济的弊病、国营大厂的人员冗杂、效率低下、官僚作风盛行等问题的书写不在少数。作家们有的以一种隐晦的方式旁敲侧击,有的则饱含热情地呼吁、控诉。面对中国经济的坎坷历程和经济体制改革的迫切要求,绝大多数涉及此问题的作家都是十分严肃的,他们有着非常清晰的写作目的,有着旗帜鲜明的态度,怀着一种强烈的使命感进行创作,却少有像路内这样把一个时代肌体的重症和几代工人无法把握的荒诞命运写得如此意外,如此充满喜感。因此在这一问题上,我们很难说路内是一个十分严肃的作家。然而,路内对国营厂的书写为我们提供了另外一个视角,给读者带来的是一种非常奇特的阅读体验。对于这些问题,路内在小说中也有所透露:

> 为什么某些人认为我很善良,很有培养前途,很值得和我说话谈心,而另外一些人则认为我完全是个垃圾,除了去糖精车间上三班,再也没有别的事可干。……后来我是这么认为的,前者是那些亲爱的人们,我从生下来就要为他们唱歌写诗、讲黄色笑话,我要用很温柔的态度把他们写到小说里去;后者则完全是混蛋,我要八辈子去你妈的。这个想法很幼稚,像个二元论者。纳博科夫说,所有打算清账的小说都写不好,不管是历史的账个人的账。除此之外,还会像个愤怒的傻瓜,我很不喜欢傻瓜,尤其是愤怒的,所以我对自己

的想法一直都很批判。①

所以，路内的小说里没有严厉的指控，甚至也谈不到严格意义上戏谑的解构，他只是提供了一种看似个人却又不完全属于个人、荒诞滑稽却又异常可靠的"历史书写"。在这种书写中，路内以一个人的感触达成了一个群体的共识，那种调笑的语调更是让某些高高在上的问题落入凡间、沁入每个当事人的肌体。这样的写作同样充满力量。

同时，路内有关工厂的叙述也提供了一种可信的历史感，就如一些上了年纪的人，对之前的那个时代深恶痛绝，讲起上山下乡却会流露出一丝不易觉察的怀念。人到中年的路小路虽然始终觉得工厂欠自己点什么，但又十分留恋。离开工厂的他会经常梦到厂边的河。河上原本有很多运送化工原料的货船，"突突的马达声很像一幕摇滚音乐会的开场"，听久了，这种声音会变得很无聊。但是在梦里，货船静悄悄地驶过，工厂的喧闹和压迫感因回忆变得无影无踪，就像村头的臭水塘被离家的孩子写成碧波荡漾杨柳招摇。张小凡是对工厂毫无记忆的人，在这个"80后"的姑娘看来，这就是一个破厂。这确实是个破厂，路小路当时也这么以为。不过，后来的路小路总能为它的光辉找到一些不容置疑的借口，比如这曾经是戴城著名的国有企业，"有两三千号工人，生产糖精、甲醛、化肥和胶水"；这样的厂子不容倒闭，"如果它倒闭了，社会上就会多出两千多个下岗工人"，这是威力极大的事情，"他们去摆香烟摊，就会把整条马路都堵住；他们去贩水产，就会把全城的水产市场都搅乱；他们就像什么都不干，你也得在街道里给他们准备五六百桌麻将"。这个厂子曾经带给路小路骄傲的资本，过年的时候厂里会发两尺多长的大鱼，挂在自行车龙头上尽情炫耀，这时邻居会说一无是处的路小路"真有出息"。然而回忆终究是回忆，"我不进

---

① 路内：《少年巴比伦》，重庆出版社，2008年，第199页。

去了,原来的门房老头死掉了","我就不进去了"。确切地说,是路小路回不去了,这是他"香甜腐烂的地方",如今,"果子熟透了,孤零零挂在树枝上"。

三、新题材的书写困境

《云中人》是路内在题材方面的一个新尝试,离开了他所熟悉的工厂,转而去写学校,并且增添了大量悬疑小说的成分。小说开始于工学院"著名的淫乱场所",那是校园男女们的圣地。看台背后的门洞正对着一排高大的水杉,青年男女在门洞里激情过后,男孩子会仪式般地"把套子摘下来打个结,抛向夜空,坠落于树枝"。日复一日,树枝上透明的套子悠来荡去,成了这所学校的地标,"供新生做启蒙教育"。这个开端确立了小说的基调,注定了故事会围绕青年学生的不羁生活展开。它隐含了小说推进的一些必要信息。首先,这是一所管理松散,不怎么样的工学院,其次,小说一定会涉及青年男女的感情与性,最后,那些日复一日形成的"传统"暗藏着激变的可能,而促成其发生的人或事将构成小说的核心内容。

夏小凡的故事其实很简单。他是工学院计算机专科三年级的学生,快毕业了还没找到像样的工作,有时像"鞋匠"一样"在电脑城里给菜鸟用户装机杀毒"。他学生时代最后的日子被描述成"打乱了次序无法恢复其线性状态的记录":

> 一次发烧;一次被城管执法队抓进了收容所;两次喝醉了倒在草坪上睡到天亮;一次在学校澡堂洗澡被人偷走了所有的衣裤,包括内裤;六次吃食堂吃出蟑螂;两次散步时被足球飞袭于后脑;十次求职被踢出局;无数次买香烟多找了三块五

块的……基本上都是被动语态。①

这不仅是夏小凡学生时代最后的生活,也是学生共有的经历,而真正让夏小凡记忆深刻的是这段时间里过路的那些姑娘和突如其来的"敲头事件"。夏小凡也承认自己的感情"不太值钱":热衷于植物学的姑娘半途失去联系就再也没出现过;唯一在看台门洞看他把避孕套扔到树上的长发女孩被敲头凶手杀死在黑暗的路上;齐娜跟夏小凡感情极深,却一直徘徊在他的朋友身边,最后死在小树林中;在咖啡店打工的姑娘离开了,留下一间还有几天租期的屋子;小白失踪了,夏小凡一直在找她;光头歌手的声音他再也没听到过;还有小白同寝的女生,在一张床上睡过多次之后依然是陌生人。在有关青春的书写上,《云中人》继前两部小说之后保持了良好的持续性,夏小凡像路小路们一样,依然纠结、迷惘、无奈,如同《少年巴比伦》里路小路的未来"只能看到这么远","上三班是傻子,下岗也是傻子,两者对我而言没什么区别",夏小凡的学生时代也将结束在这种没有区别里。但是,我们很快便会发现小说中一个很尴尬的问题,夏小凡无处可去的青春是建立在什么之上的?是感情世界中的被流放感;是通过混乱而稚嫩的男女关系所营造出的空洞的放荡不羁的生活;甚至是经由香烟、宿醉、小众摇滚乐、打口碟等标签式的东西生硬印证的姿态。相比《少年巴比伦》中路小路由钳工电工最终被驱逐成为三班工人那样"从中兴到末路"式的荒谬变幻、《追逐她的旅程》里路小路从技校最差生到倒闭厂多余员工宿命般的演进,夏小凡青春的枯萎犹如空降,只是某一状态的平面展现,路内在几篇小说中企图建立的主题持续性因此缺乏了时空变幻的可靠支持。同时,在近十余年青春、校园书写大行其道的情况下,《云中人》在校园主题上是没有什么突破的。毕竟校园就是那么大,人

---

① 路内:《云中人》,杭州:浙江文艺出版社,2012年,第6页。

物关系就是那么简单的几组，本身就是一个不甘平庸却惊喜有限的领域，要在这里挖出什么新意，确实需要狠下一番工夫。如何去除那些浮于表面的惯用标签，更深刻、更深情地贴近青春本体，是路内在前两部作品处理不错却有必要在之后的创作中给予足够重视并寻求突破的一个重要问题。

想必路内也意识到了校园题材在新意上的局限，所以在小说中穿插了敲头事件，并将之作为故事的另一条线索。敲头杀手本是几年前工学院七起无目的杀人案的凶犯，早已被捕正法，是学校附近一个仓库的保管员，据说是他杀死了在看台门洞"启蒙"夏小凡的长发校花，也是他用榔头敲碎了"杞人便利店"小老板杞杞的头盖骨使其至今头顶还是软软的一片。几年之后，敲头杀手再次出现在工学院，敲杀了一个女生，同时把另一个吓得精神失常。案发当晚，学校的男生全力围堵，虽然有人看清了他的相貌，像是学校附近的民工，但还是让他跑掉了。不过齐娜偷偷告诉夏小凡，两年前，她也被人跟踪过，回头看时，那人袖子里忽然滑下一把榔头，她一路狂奔到学校才得以逃脱。齐娜说，"后来两年里，我一直等着再发生类似的案子"，以证明她当时不是幻觉。故事情节的发展至此变得扑朔迷离，悬疑恐怖的气氛也被调动起来，在这个三流工学院周围，潜伏着不止一个敲头杀手，一茬接着一茬，繁殖迅速。之后齐娜的死，小白的失踪，咖啡屋女孩屋外闪过的黑影和窗台上留下的指甲，以及斜眼男孩掩饰起自己的生理特征假扮引路人把夏小凡一步步带入陷阱，都让简单的校园故事变得复杂起来，在一定程度上确实摆脱了校园题材被写俗写透的困境。但是，问题依然存在。小说中，青春故事与悬疑案件两条线索并没有很好地融合。青春故事的随性、荒诞，可以让作者任意发挥，而悬疑案件的书写则需要小说有着严密的逻辑，前后的铺垫、悬念的制造、谜团解开或不解开的必要推演都需要一番推敲。青春主题、校园故事的无律性和悬疑小说人为制造的张弛很难形成节奏上的一致，至少在《云中人》里是没有实现的。两条线索在小说中不能互为有力的支撑，反而相互干扰着对方步伐，这也就是为什么《云中人》读起来远不及《少年巴比伦》和《追随她的旅程》那样舒缓顺畅，令人觉得《云中人》背后的路内有些不知所措，显得浮躁而慌乱。

一部好的小说会在有意或无意中形成某个自主、稳定的场域，它为小说的写作者与接受者提供了共通的叙事逻辑和审美体验。写作者提供的某种东西对于该场域中的其他个体来说是新鲜的，其他个体对其有着充分的好奇心，有着高度的审美期待，那么这时候，其中的秩序是严密而稳定的。《少年巴比伦》和《追随她的旅程》以其青春书写圈定了一个相对封闭的领地，而其中有关国营厂的叙事不但向这个封闭的区域提供了一种新的审美经验，同时也吸纳了一些可能达成共识的新分子的加入。但《云中人》在圈定一个领域之后却难以拿出具有足够吸引力的东西，其内部也不易形成一种稳定的秩序，毕竟小说两条线索的连接有些生硬，受众范围也相去甚远。因此，《云中人》新题材的尝试很难说是十分成功的，夏小凡身上清晰地存有着路小路们的影子，但离开工厂的路小路是单薄的，而且敲头事件的悬疑色彩几乎把单薄的路小路排除在外，成为小说两条线索之间一个虚弱的关联。因为前两部小说的存在让我们更易看到《云中人》的缺欠，同时也让人有理由相信路内本可把《云中人》写得更好。

有人曾将路内与王小波相提并论，把二者的荒诞幽默和时代记忆放在一起来谈，这大概是一种多余的牵连。虽然《黄金时代》后部同样有一些回光返照的忧伤，但小说整体充满了向外的张力，是王二那个十足的混蛋传奇般的挑衅。而路内的小说更多的是向内的抚慰，可能有些报怨，却极少向外严厉问责，这是两种精神世界截然不同的写作姿态。后者在用青春的故事来消化一个年轻人的衰老，"用路途来迷惑读者，事实是它在谈论的是时间"，不由地暴露出新生的沧桑感。

张楚论

在青年作家中,张楚可能不是最显眼的一个,或者显眼本身就与他格格不入。小说中的张楚质朴而冷静,不动声色地讲述着小镇人生的卑微、无聊、坚韧和绝望。他不紧不慢地写着小说,有一套不错的叙述手段,即便所谓的"结局"早已真相大白,却还能把读者拉回过程之中;他的小说"为纷杂而贫乏的文学展示了一种朴素的可能性……在对差异的把握中严正追问什么是怜悯、什么是爱、什么是脆弱和忍耐、什么是罪什么是罚、什么是人之为人、什么是存在"[①]。张楚的出现无疑是新世纪文坛的一个惊喜。

一、绝望只是开始

凭借可靠的叙述,张楚向我们展现了一个异常绝望的世界,李云雷就曾把张楚称为"黑暗中的舞者"。与一些引导故事走向绝望的作家不同,张楚热衷于一出手就把绝望摆在人们面前,以之作为小说多种可能的开始。

《曲别针》里的刘志国并不是一个讨人喜欢的角色,当然,他身边的一切同样不讨他欢心。他半躺在酒店大堂的沙发上却被前台接电话

---

① 李敬泽:《张楚:真正的文学议程》,《中华读书报》2003年11月12日。

的收银小姐搅得心烦意乱，神经质地数出姑娘的上唇和下唇一分钟内碰了六十九下，幻想着要是有把勃朗宁手枪，一定"用枪膛轻柔地抵紧她的口腔，辨别一下她是否比别人多长了一条舌头"。他厌恶自己的跟班大庆，"要不是因为他们一起在钢铁厂做过十五年的工友，要不是他有个下岗的老婆和瘫痪了多年的父亲，他早就把他解雇了"。酒店楼上跟小姐搞在一起的东北客户没完没了，不知什么时候才能结束；熟悉的酒店突然间不接受他的签单；手里的曲别针老是不那么听话，没法像曲别针艺术家路易斯·裘德那样随心所欲地变成艺术品；情人苏艳的电话总是不合时宜地打进来；他也想不明白苏艳这个身材苗条风骚万种的小姐怎么看上了他这个"四十岁、有点轻度阳痿、手里没几个钱的小老板"，更搞不清苏艳那个两岁的男孩到底是不是自己的儿子……总之，刘志国的生活里似乎没有什么不值得厌恶，于是使用同样令人厌恶的方式表达着自己的情绪。

但是很快，张楚就为刘志国乖张的性情找到了一个理由：

> 脸色苍白、终日拿药喂着、患了轻度抑郁症和自闭症的女儿拉拉。拉拉。可怜的拉拉，十六岁的拉拉。喜欢吃"德芙"巧克力和"绿箭"口香糖的拉拉。得了先天性心脏病、左心房和右心房血液流速缓慢、左心室和右心室时常暂歇性停止跳动的拉拉。拉拉。唯一的拉拉。拉拉。拉拉。

这个蛮横跋扈的铁锹厂小老板，一个已经交好三万定金打算干掉客户的不规矩的"生意人"，无论如何也改变不了拉拉活不过这个冬天的事实。他那些混乱和扭曲的行为完全来自于即将失去女儿的无助与绝望。这个人，不是一个符号式的"底层"人物或是无力的"弱势群体"之一员，而是一个永远无法被拯救的父亲。他之所以拼命地赚钱，是因为"拉拉的药费永远是一只饥饿的胃"，他只能"不厌其烦地往这只胃里灌溉纸币",除此之外无能为力。他的口袋里装着十四个曲别针弯成的形象,两把铁锹,剩下的全是拉拉,一个女孩消瘦的头像。这十四枚曲别针其实构成了刘志国生活的全部:女儿,和为女儿灌溉纸币的铁锹生意。张楚无意在这篇小说中用无耻和温情、强势和软弱包裹出丰富的人性,或者说他的野心不止于此。生命的分裂更能引起他的兴趣,他在小说中书写的是深埋人心的暴戾之气如何被分离出来,不断施放,最终践踏生命也被生命践踏的短暂而又令人无法承受的过程。

小说以一个惊异的场景展示了绝望的皮囊和撕裂的灵魂的狂欢:因侮辱一对恋爱中的警察被带到派出所的刘志国刚刚得以解脱,还未走出胡同就转向了一个等客的小姐。床上,他把一张报纸琐琐地展开,女人的身体在光影中变成"正被一辆卡车压成一张皮,没有血肉和骨骼的皮",在女人越来越疯狂的动作和喘息声中,更让刘志国兴趣盎然的是破报纸上英国特种兵与本·拉登擦肩而过以及超级充气女郎的广告。这段描写虽是围绕性事展开,却丝毫没有弥漫出荷尔蒙的味道,刘志国就像做着一件无聊而又必然去做的事情,比如修脚,需要一张报纸打发时间。小说在这里变得有趣起来。对于刘志国来说,最紧迫的就是时间,女儿的生命所剩无几,而他却偏执地将这时间以最无聊的方式消耗掉。

事后,小姐意识到刘志国根本没有钱,开始狂躁地搜索他的衣服,直到发现一条水晶项链。这是刘志国买给拉拉的礼物。无聊、狂躁、父爱、温情、绝望、无助……小说先前沉积下的所有情绪在这一刻以最极端的方式暴发出来,变成本能的"骨骼和肌肉的协调性",直到他发现"女人被自己像玩具似的在地板上摔来摔去、一摊黑色的血黏着她浅黄色的短头发","软绵绵的身体瘫倒在自己的脚下,仿佛一条被剥离了脊椎的蛇"。他不知道自己什么时候把项链拿在了手里,心想"没人会得到不属于他自己的礼物,哪怕是条价值四元钱的地摊货"。他舔干了项链上的血迹,踢了踢女人的屁股离开了,而女人像"一条吃了安眠药的鱼"。

整个小说都建立在拉拉即将死去这样一个绝望的起点,这个起点是刘志国跋扈、放肆、发泄、扭曲以及从电话里听到女儿毛茸茸的声音有了一瞬间温情的唯一来源。至于刘志国是否将那些曲别针弯成的头像全部吞下已并不重要,因为绝望的开始在张楚的小说里只会走向一个黑暗的结束。小说用近乎残忍的叙事手段以一种绝望阐释着另一种绝望,在塑造出一个无法被拯救的灵魂的同时,反复地拷问着人类情感的承受极限。

二、寻找最坏的结局

《献给安达的吻》有这样一句话:"人的意志总要被某种偶然力量瓦解,同时派生出噩梦似的结局。"这句话几乎成了张楚创作的一个重要信条。在很多小说里,张楚如同一个痛恨希望、拒绝拯救的凶手,摧毁了小说中任何产生转机、通往光明的可能,只为寻找一个最坏的结果。

《长发》是张楚最优秀的短篇小说之一。小说开头,王小丽对着镜子拔掉一根白发,用火柴点燃,燃烧的头发"喷出一股烧死雀的糊味",站在她身后的外甥女不失时机地说了句:"老姨,你该结婚了……是吗?"小说由此营造出一种岁月的紧迫感,如果王小丽再不让自己的生活发生改变,她也将不可救药地散发出苍老的焦糊气。王小丽之前的生活糟糕而无味,在满是布料、鹅绒、粉笔和线团的家中,她的两个哑巴姐妹忙得头也不抬,完全忽视她的存在。她倒是可以给父亲剪剪胡子,对着他说上两句话,可是瘫痪在床的父亲即便听得懂,也全无对话的可能。刚刚结束了六年无性的婚姻,"不仅将六年的时光判给了马黎明的那张双人床,也将她所有的积蓄花在了律师身上",剩下的只有前公公对她恶毒的谩骂。张楚调用了足够的笔墨来描写王小丽之前的生活是如何干涩、零乱,而这些全是王小丽的生活应该好起来并且真的有了起色的情感积累。"她现在是一点不惧怕这样的日子,她就要结婚了",这是王小丽幸福生活的号角。她遇上了一个为之心动的男人,她跟他结婚,丝毫不顾忌他带着一个四岁的儿子,还盘算着把头发卖掉,买一辆上班用的摩托车,尽管她在的国营手套厂已经连着四个月发不出一分钱。无论怎样,王小丽觉得令她"暖和"的日子终是不远了。然而,这"暖和"的日子被迅速瓦解,王小丽发现自己喜欢的男人正与前妻做着苟且之事,又在卖掉长发时被人强暴。

性在这篇小说里作为叙事的核心线索出现,更是王小丽的生活由黯淡到出现转机又随即被瓦解的象征。王小丽的前夫患有性功能障碍,这是她与前夫离婚的主要原因,"我等了他三年,他就是不去医院治疗","我只是想要个自己的孩子"。这也为前公公的谩骂提供了借口:"贱货","你稀罕男人操死你是不"。在这里,性意味着压抑、畸形和耻辱,小说对性的叙述已然支撑起王小丽的不幸生活。在王小丽的生活转机中,性的叙述更是微妙。小孟对王小丽散发着十足的诱惑,有着"紧绷的没有一丝赘肉的屁股"。她总是"喜欢偷偷地瞥他两眼,有时甚至有种快抑制不住的冲动,想把他的头搂入胸怀,让他的鼻孔和嘴唇紧紧贴住自己的乳房和心脏",幻想着"小孟在床上时是什么样"。如同王小丽尚未触及就被迅速瓦解的"暖和"日子,她对小孟的性期待也终究是个虚妄的幻想,"她和小孟还没有真正做点什么,他们有的是机会,可是他们并没有做"。小说颇费心机建立起充满转机与希望的生活,其瓦解到崩溃的过程,完全是由性来实现的。当王小丽揣着满心的温暖和同样温热的护心肉去找小孟,从这个准备与她结婚的男人屋里出来的女人以及粘在葱绿色羊毛衫上的避孕套如同突袭而来的寒流,把她"暖和"的日子冲得无影无踪。她把落在地上的避孕套捡起来托在手心,"她确信自己在那恍惚的片刻神志迷乱起来,不然她不会像个拣到肉骨头的猎狗那样,把如此肮脏的东西贴近鼻尖闻了闻"。这段描写显示了张楚的冷酷,在一连串缓慢而平静的动作中,是一个有着温暖期待的女人精神世界的崩塌，甚至连绝望也感受不到。从之前象征着压抑、畸形和耻辱的符号，到后来蕴含希望与转机的诱惑和想象，再到用"肮脏"来表述的欺骗和背叛，在小说突如其来的转折中，对性的叙述经历了一个戏剧化的过程。如果说这样的转折还不够残忍的话，小说的结局更富震撼力。王小丽决定卖掉长发，却遭到买发人的强暴。她无法反抗这个力气大得出奇的男人，在这个过程中还有一个叼着胡萝卜的白痴充当帮凶。施暴的男人"每冲刺一下就唠叨句鸟语"："20块……40块……60块……"，以最廉价的方式消费着王小丽的希望和尊严。需要特别注意的还有男人那句"还是处女呢"，这几乎可以被看成作者要把性的叙述推向崩溃、推向极致的一个暗示。张楚叙述中的残忍在其后更是显露无遗。王小丽摸着卖头发得的五百块钱"还在硬扎扎地暖着心脏"，"心也就放下了"，只是想着"我要结婚了"，"我只是想要个好点的嫁妆"。当王小丽失去了爱人，失去了期望的生活转机，而恍惚着把一切都置于卖出一头长发所获得的安慰之时，强暴又能怎样，她还有什么可供失去吗？小说跳出了紧锣密鼓编织着的性的逻辑，让区区几张纸币带着"不过如此"的轻蔑口气瓦解了象征着王小丽全部生活的性的意义，无论它是压抑的、耻辱的、"暖和"的还是崩溃的。

与之类似的还有《疼》。杨玉英虽然做过风尘女子，却在有了一些积蓄以后金盆洗手，努力推销各类可以推销的产品，期望可以与小自己六岁的男人过上安定的生活。她深爱着这个叫马可的男人，并且怀了他的孩子。然而，瓦解杨玉英幸福生活的正是马可。他策划了对杨玉英的抢劫，只是事情的结果是马可始料未及的。当杨玉英经历了磨砺，决心与自己心爱的男人建立家庭并即将触及幸福之时，张楚用一个来自于智障凶手的荒诞理由终结了她的生命："他说她干嘛不让他拿走床下的蜡笔小新呢，他说她不知道小新睡在地板上会害怕吗？他说她还用脚踩小新，他说她不光用脚踩小新还用脚踹了他裤裆，他说他没想用刀砍她,是她先用菜刀吓唬他的,他说她不砍她她就会砍了他,他只好先用菜刀砍了她的脖子,这样他就能带着小新安全地回家了……"马可坐在车里抱着流血不止的杨玉英,只是重复着"我操你妈索亚男",他想起两年前怀中的这个女人花了五百块钱从北京打车到酒吧把烂醉的自己带回家,那时也像现在一样把手伸进他的衬衫,而这一切都将一去不返。在作者残忍而出人意料的叙述中,杨玉英的死同时瓦解了两个人生活的希望和转折的可能。那么对于马可这个不再拥有未来的自负的阴谋策划者来说,小说结尾所呈现的悔恨和绝望则意味着他仅有的过去与现实的彻底崩坏。

《大象》里没有流血、没有扭曲的身影,充满着母亲对死去女儿的留恋和年轻朋友间的关爱,却是一篇更加残忍的创作。小说由两条线索构成,第一条开始于慵懒而无聊的叙述。孙志刚夫妇的进城之行从一开始就被各种事情搅扰着:先是栗子少了一袋,接着是遇上了搭车进城的亲戚;借来的三轮车在城里被警察阻拦;他们要感谢的人不是出差,就是患了严重的老年痴呆,还有的搬去了德克萨斯,再无联系到的可能。这种绝望的升华在于艾绿珠隐藏的一个秘密。她把女儿的骨灰缝在了随身携带的大象里:"她没把女儿留在寺庙,而是时常把女儿贴在乳房上"。女儿仿佛永远留在艾绿珠的身边,在这种自我欺骗式的安慰与温暖之外,失去女儿的痛苦与绝望也会如影随形,从不消退。第一条线索在叙事逻辑上与《曲别针》别无二致,当孙志刚女儿的死已成事实,作者能够向我们展示的也只能是于事无补的情感溃败。

小说的第二条线索开始于令劳晨刚感到不安的旅途,她和网友苏澈在为患了白血病的孙明静寻找亲生父母,请求他们的两个儿子为孙明静捐献骨髓。在这条线索中,出现了张楚创作中罕见的清亮色彩。劳晨刚在长途车上被坐在旁边的男人骚扰,不动声色的用随身小刀在男人手上切了一下作为报复;她随时用 MP4 录下各种"奇怪的、有点轻快的声音";热心的网友苏澈在小卖部给劳晨刚买雪糕,看着她吃方便面；两个人孩子气的轻松交谈，争论到底谁更成熟——众多情节都让这条线索显得富有人情味。当孙明静的亲生父母拒绝让两个孩子捐献骨髓之后，一个稍大点的孩子跟着劳晨刚出来，悄悄对他说："你们代我问姐姐好。我还记得小时候，她带我买过水果硬糖吃。她的病好了，让她一定来看我，好吗？"这样一段饱含温情与希望的描写出现在这条线索即将完结之时，几乎让人们开始相信这是一个独立而光亮的故事了。但是，当两条线索交织一处，一切都变了。孙明静的死是板上钉钉的事实，它作为整篇小说的起点实际上已经完全消解了第二条线索在救人故事中的现实价值，劳晨刚寻找孙明静亲生父母所付出的全部热情、经受的所有波折已然毫无意义。但是，在整篇小说的情节架构中，张楚固执而残忍地让第二条线索继续推进下去，两条线索于小说结尾相交，最终让一个善良的女孩在广场围观的人群中发出粗糙而绝望的痛哭。如果说第一条线索只是循序渐进揭开母亲把女儿的骨灰藏在身边的秘密，从日常生活的琐碎慢慢展示绝望之深广的话，那么第二条线索则是在给出一个斩钉截铁的判决之后，在一个无法改变的悲惨结局真相大白之时，依然不动声色地演示了一则清亮的故事，里面那充满温情的可能在小说中先被缓缓地成全又被无情地摧毁。

《草莓冰山》里"我"的出现是小东西畸形生活中罕有的一丝温暖，当她跟着拐子离开，她的情况可能会变得更糟；老辛与张茜在《夜是怎样黑下来的》中的斗争以老辛一次又一次的溃败走向了一个耻辱而荒诞的结局；贯穿《夏朗的望远镜》的是夏朗被逐步侵吞的志趣和尊严；《七根孔雀羽毛》里宗建明为了让儿子小虎回到身边，不惜替人卖命，却因毫无目的的闲逛被摄像头拍下在场的影像，让他对生活的美好设想化为泡影。凭借严谨的情节发展逻辑以及对心理细节和生活细微证据的把握，张楚在小说中竭尽全力地寻找某种希望或转机被瓦解的可能，他让小说中那些失意的人物为着一个并不清晰的目标，付出尊严、付出诚实、丧失底线，最终获得的却只有最坏的结局。

三、被消解的忏悔

从《曲别针》到《长发》再到《地下室》，张楚通过各种手段逐一展示着人性之恶的施放。但是，在张楚的叙述中，恶之发生似乎总有一个圆润的过渡，甚至让人读起来也觉得理所当然，就像张楚在一篇创作谈中所说，"人们好像也已经习惯没有忏悔的生活"。

其实在《曲别针》里，张楚就已经开始思考忏悔缺失的问题。刘志国把一对恋爱中的警察当成嫖客与妓女，"我想把这位小姐给包了……你出了多少钱？我赔你双倍价钱好了。"刘志国放肆、张狂、不顾廉耻，任意地以自己的思维打量着世界。当他被警察戴上手铐，依然一副无所谓的样子，没忘了命令大庆把两个热衷于虐待的嫖客招待好，还暗自品评女警察："喜欢玫瑰红的女人，都是愚蠢的女人。"在他杀死试图夺走送给拉拉项链以抵嫖资的女人之后，若无其事地走到街上，丝毫没有杀人之后的惊恐、慌张，想的是今晚应该把两个傻乎乎的生意伙伴干掉，轻松得像嘴里哈出一口热气。他安静地拨通了女儿拉拉的电话，像一个好父亲。即便是吞掉了十四枚曲别针，"当那些玫瑰、狗和单腿独立的女孩在他的胃里疯狂舞蹈的时候"，他依然相信自己的运气总是不错。小说在这里让刘志国重新回到了那个绝望的起点，他的生命将会依此循环，也许明天就会锒铛入狱，也许暴行依旧，唯独没有忏悔的影子。

《雨天书》中王一等绝食了，因为跟他有过一腿的寡妇房翠芬不想嫁给他。敦厚老实的张宝林决心帮助这个被母亲收养的兄弟。他去求过房翠芬，后来也跟房寡妇有一腿的老袁给指了条"明路"："钱哪！我不信王一等要是给她五千块钱，她会不嫁给他。"无奈之下，张宝林想到了卖血，想到大老王的妹妹就在医院。老实人张宝林的噩梦就此开始。

首先是"好心人"大老王。大老王对收废品的张宝林格外照顾，平日里的旧报纸都攒下来专门留给他。在大老王的帮助下，张宝林卖了六百毫升的血，得了两千块，盘算着有了这些钱，大概就能帮王一等娶了房翠芬。为了感谢大老王，张宝林咬咬牙请他吃涮羊肉。酒过几巡，大老王的话多了起来，直到一个唱黄梅调的姑娘出现在他们面前。唱着唱着，张宝林醉了，等他醒来，卖血的钱不知去向。在大老王金屋藏娇的旅馆，张宝林听到了这样的话："我们这样糟蹋他，骗他的钱，心里总不落忍。这可是他卖血的钱。"这个骗过老婆，骗过闺女，骗过主任、局长，唯独没骗过张宝林的"好心人"，在安徽妹子的嗔怪下，那丝丝悔意也如过眼云烟，化作熄灯之后房间里的呻吟声。

接着是王一等。可怜虫王一等没能等来娶媳妇的钱，半夜偷偷去了寡妇家。当张宝林发现王一等的时候，小说压制许久的能量才真正爆发出来。

张宝林说："这么晚了你还来献殷勤。房翠芬请你来挖地窖吗？她想秋后囤白菜吗？"

王一等说："不是囤白菜。是埋人。"

张宝林说："你是不是饿晕了说胡话？"

王一等说："我清醒得很。我要把房翠芬埋了。"

张宝林说："埋她做什么？"

王一等说："她死了，难道还让她睡在炕上？"

……

王一等说："张大傻，快来帮我帮我，我累了，挖不动了。"

张宝林说："她这是怎么了？"

王一等说："我给了她六十块钱。可她只让我摸了两把奶子。我让她退给我三十块钱，她不肯。我就用铁锹打了她脑袋，就死了。"

人性之恶在瞬间得以施放，一直窝窝囊囊的王一等也如同变了一个人，好似六十块钱买了一条人命，还亏欠了许多。这时的张宝林也像看着兄弟做了一笔赔钱的买卖，只是无可奈何地接过铁锹，挖了没两锹就蹲在坑沿上抽烟。小说的结尾被处理得精准而平静，那几片有着"青草被阉割后清爽味道"的樱桃叶子，让张宝林觉得自己"成了一棵枝干开裂的老樱桃树，脊背、头颅和心脏生出些枝丫，那些枝丫安静快速地生长着，恣肆地吞咽着漫天雨水，同时盛开出些许细碎的、麻冷的花朵"。

小说演绎出一种慢收快放的节奏，从对大老王热心厚道的书写到他骗走张宝林血钱的突然转向；从王一等为娶房寡妇绝食两天哀叹生活无味到突然之间拍死了自己渴望的女人，阴险、暴戾的能量在老实敦厚和苦情颓唐的缓慢积累下猛地暴发出来，一切都出乎意料，却又合乎小说的叙述逻辑。在这种人性之恶的突然暴发之后，则是毫无忏悔的安宁。面对欺诈、杀戮，无论是张宝林还是大老王、王一等，都被张楚赋予了一张司空见惯的面孔，甚至作为受害人的张宝林，站在大老王窗外，都不知该离开还是破门而入，因为一想到女人给大老王洗脚的样子，"心就先柔软起来"。这与小说结尾樱桃花的宁静遥相呼应，毕竟施暴到忏悔路途遥远，而拒绝忏悔，一切都可以装作风轻云淡。

《梁夏》中的忏悔被更好地隐藏了起来。泥瓦匠梁夏结婚之后跟着老婆王春艳跑起了小买卖。生意越来越好，小两口开始盘算着找个帮手，就这样，王春艳的叔伯三嫂便进入了小两口的生活。开始还好，三嫂话也不多，低眉顺眼地帮着忙活，但渐渐地，梁夏和三嫂之间就多了那么一点儿东西。

虽是婚外情，但在张楚的叙述里却带了些许初恋般的朦胧与青涩。梁夏眼中，三嫂越来越受看，"眉极轻目极细，眉目前略敞，眼皮不是乳黄，而是笼了层炊烟"，嘴是肉肉的，"不是通常这个年岁女人的李子红，而是樱桃红"。梁夏带着三嫂去俫城赶集，两人一路无语，却都等待着对方说些什么。进货的夜里在高速上堵了车，震天动地的雷声吓得三嫂一把抓住梁夏的手，越抓越紧，"这个表相瘦弱的女人，气力竟如此之大，仿佛她此刻将毕生的力量都倾注出来，或者说她把她毕生的气力都孤注一掷，为的仅是将他的手指跟她的手指纠缠在一起，为的仅是她的皮肤能与他的皮肤摩擦无隙，为的仅是她的指纹与他的指纹或许能重叠"。张楚狠下了一番工夫来打扮三嫂，从她的勤快到她为自己偷衣服的远房亲戚贴钱，即便是对梁夏动了心，也好像单纯得让人同情。

直到一天夜里，三嫂留宿梁夏家，趁着夜色偷偷摸上了他的床，从此一发不可收拾。如同《雨天书》中的大老王，三嫂的面目在一夜之间有了翻天覆地的变化。第二天，她跑去村委会告状，说梁夏"把她搞了"。村支书自作主张从梁夏口袋里搜出一千块钱塞到三嫂手里，竟被她看也不看，从中间"果断地撕成了两截"。受尽冤屈的梁夏跑到镇上告状，不想三嫂拿出了"证据"。如果此前我们还相信三嫂对梁夏的爱慕或是因为独自留守的寂寞，或是与梁夏日久生情，那么当作证据被小心翼翼包在手绢里的两根阴毛被展开在镇政府办公室的时候，三嫂对梁夏的感情已然化为得不到便毁掉的扭曲占有。小说为三嫂所进行的情感积淀显然比大老王的更加有效，毕竟张楚在梁夏、王春艳和三嫂之间预先建立起一个相对可靠而平稳的情感关联，这是大老王与张宝林所不具备的。因此，三嫂的"恶人先告状"有了更大的阅读震撼。

梁夏四处申冤，三嫂却又一次在夜里出其不意地抱住了这个冤屈的男人，关切地问候，用胸紧紧贴着他的后背。三嫂的再次出现构成了小说一个异常纠结而又关键的环节。人物形象及行为的反复在不断增强情节突变张力的同时，也将人性的两面进一步放大，三嫂对梁夏的情感愈发的真诚可靠，而其中隐藏的危机与三嫂在镇上狂热的面孔也愈发膨胀和扭曲。

第二天，三嫂死了，吊挂在自家的梁头。这是一个颇为聪明的结尾。它既是一个女人求爱之路走向绝望的结局，又是梁夏万劫不复的开始，毕竟谁也不相信一个女人如果不是受骗上当会把这种事情首先抖搂出来。在这场两败俱伤的感情纠葛中，三嫂的死证明了她的真诚，同时也毁掉了整个事情的是非。是非不复有，哪里还谈得上忏悔？

四、写在最后

张楚小说对小镇人物形象及心理的塑造生动、可靠，对小镇生活有着细致具体的描写，在展现了一个社会群体普遍生存状态的同时，显示着作者探究复杂人性的努力。他绝大多数的作品都有着很强的可读性，但当这些小说被置于一起，就会觉得好像少了些什么。

不难发现，无论是《曲别针》《长发》，还是《夜是怎样黑下来的》《地下室》《雨天书》等等，很多作品都有着一个相似甚至是相同的写作模式，那就是在琐碎平常的小镇生活中制造一个离奇的至少是非平常的事件。我们可以从这些作品中读出他极力想把小说写漂亮的渴望——为了制造阅读上的冲击力，张楚不惜让情节的发展脱离真实可靠、具有普遍意义的小镇生活这一写作基础——例如《曲别针》中，一个不规矩的生意人，一个绝望的父亲，是否需要像摔死一条鱼一样摔死一个卖淫女才能充分突显出人性的复杂与分裂？同样，在《长发》中，王小丽是否必须被收头发的南方人强暴之后，她的生活才称得上无望？《草莓冰山》里被拐卖的缅甸女人，《梁夏》中三嫂的狂热，《地下室》中被宗建明偷偷囚禁的曹书娟，《雨天书》里王一等杀人之后的平静与理所当然……为什么每篇小说的暴发点都建立在一个离奇的转折之上？在阅读中也可以发现，这些暴发点的存在并不是张楚写作的最终目的，他最直接的意图是以这些暴发式的情节转变作为情感砝码来撬起作品中平常生活的分量。但是，我们却会因此产生这样的疑问：如果没有这些离奇的故事，张楚是否还能把他要表现的小镇生活书写完全？如果没有这些非常态的事件，人性是否还能被完整表达？

罗振亚先生曾在《寻求超越的精神探险——2011年中篇小说综述》中点评张楚的作品，"《七根孔雀羽毛》中的犯罪故事……都是生活中可能出现却绝非常态、普遍的存在，这使作品表现生活的力度、深度打了折扣"，这种"致力于情节奇巧、曲折的经营"，并不利于小说人物的塑造。其实问题并不仅仅在于表现生活和塑造人物上，这种书写方式同时也反映着一个作家的写作功力和态度。从写作功力的角度看，脱离了那些离奇的故事，一个作家的创作是否还能够抓住读者？张楚的小说读起来确实不错，但是在阅读中头脑总是回响着"这只是一篇小说"的警示，让人无法融入其中。从张楚的一些访谈及言语中可知，这些离奇的故事大多有一个现实的来源，但他对这些"现实"的反复借用与再造却让小说看起来太像小说，反而使其真实性大打折扣，这对张楚良好的创作初衷及可靠的叙述来说难免不是一种巨大的伤害。而就写作态度看，张楚在创作时确实带有相当的人文关怀，但这种人文关怀背后更需要的是对现实问题深入的思考和对某些博人眼球的离奇情节的坚决抵抗。张楚在小说中一直努力地讲述别人的故事，整个过程缺乏作家的介入感，他完全从小说的叙述中将自我抽离，表现得过于冷静，以致在作品中很难发现属于张楚的某个清晰的态度。当然，这不仅仅是张楚一个人的问题，这个问题同样存在于新世纪出现的一批年轻作家甚至是1990年代便活跃于文坛的一些作家的创作中。对于这些作家来说，小说创作似乎成了一种以合适的文体、恰当的叙事手段组织起他所知晓的材料，并以某种艺术化的口吻将之讲述出来的活动，仅此而已。小镇人物、下层民众生活这样的创作主题不同于单纯的风花雪月，不是十七八岁的爱情故事，后者可以写得轻如焰火，可以唯美，可以喧闹，可以无聊，可以无疾而终，但张楚所涉及的主题必须面对读者乃至作者自己一个严厉的追问：怎么办？不得不承认，在这个时代，绝大多数人不再相信作家可以扮演拯救者的角色，也不再期许作家能够为失语者指出一条明路。但是,对于一个严肃的作家来说,需要在创作中拿出一个明确的态度。在创作中玩闹可以成为一种立场,无聊可以作为一种姿态,文学创作不一定要板起面孔,不一定非要让理想主义的大旗呼啦啦地迎风飘扬,但是一个作家依然需要清醒地认识到某些潮流、某些姿态背后的东西,玩闹之中可能有异常严肃的问题出现,无聊背后可能存在咬牙切齿的表态。这一点在张楚以及一些作家的创作中是有所欠缺的。张楚的小说从个人体验出发去展现一个群体甚至是人类普遍的困境,在这一过程中对人物所处的异质环境基本不表露思考的兴趣,只是冷静甚至冷酷地呈现某种似乎有理的存在,有着非常明显的"零度介入"的烙印,没有"为什么"的追问,更不用说"怎么办"了。这是张楚等人急需解决的问题。毕竟我们不希望看到这些颇有天资的作家像其小说中的人物那样成为失语者,成为一个单纯依靠叙事技术架构故事的叙述工匠。在某些时候,我们需要看到作家抛开那些离奇的情节,丢掉花里胡哨的叙述手法,面对常态的生活,露出他们的獠牙。

雄心勃勃怎奈江郎才尽

——漫谈马原《荒唐》

《花城》2014年第1期发表了马原的长篇《荒唐》。初翻目录,马原的新作让人颇为期待,但读过之后,失望远大于期望,甚至成了本期杂志最大的败笔。

小说其实有一个不错的开始。"黄棠这个名字看上去不错,有草有木一派生机盎然",在这个漂亮的名字下,一个小女孩开始了她注定不凡的一生。黄棠的母亲贺秋是市评剧团的台柱子,一辈子从青衣唱到老旦,成为平民社会红得发紫的偶像。这个上台风情万种、台下寡言少语的评剧演员二十三岁生下了黄棠,但在黄棠那里,没有台上台下,自出生起就鲜有安静的时刻,小小年纪便口舌伶俐,把大人们哄得喜笑颜开。黄棠的父亲、奶奶、爷爷、外公、外婆陆续死去,一个隐秘的念头便在母亲贺秋心中越扎越深,最后变得牢固不移——女儿黄棠是个扫把星,劫了她大半辈子攒在肚里没有说出的话,生出一条毒舌,咒死了她最亲近的家人,而她之所以能够逃过一劫,完全是因为女儿没有太多机会叫她妈妈。直到黄棠在大学一年级请了六个月的病假,偷偷为一个男人生下女儿,小说都进行得从容而镇定。这个开头让小说充满了诱惑力,让人无法猜测这个谜一样的女人到底会有怎样的生活。但是,这种神秘感和诱惑力很快就被马原白白地浪费掉,之后的黄棠无论怎样轰轰烈烈,都能让人在小说里摸得到,捏得住,再无什么可期待之处。黄棠成了小说一个干枯的"组织者",她的存在只是把一家人联系起来以便转而讲述其他的故事。真正让小说充实起来,或者说更加吸引马原注意的,是黄棠家人的事情。于是,一个原本可以书写传奇的黄棠,尽管小说结尾还是回转到了她的身上,尽管马原不断强调"这是一个关于黄棠的故事",却最终没能丰满起来,成了一根在风中摇摇晃晃串起一挂干燥腊肠的麻绳。

小说借助黄棠之力四散开来,丈夫、儿女、女婿一干人等都被纳入叙述视野,为此马原不惜在小说里列出一个人物名录。说实话,即便是玩票,列表这一票也玩得足够笨拙。马原把近些年主要的社会问题嵌入黄棠一家老小的生活,试图勾画出当下中国的微缩图谱。

黄棠的丈夫洪锦江是地方公务员,在一场被当作"碰瓷"的交通肇事中,他与刘大队长的你来我往是为官官相护,同时"目击者"刘福贵把事故照片公布于网络又大敲警察竹杠则是对当前民众通过网络介入公共事务乃至网络反腐的一个回应。儿子洪开元既是"官二代"又是"富二代"。马原下了不少工夫来包装这个角色,从豪车豪宅到丰富的人脉,从代父搞倒政敌到飙车惹祸、对抗警察,无不带有"我爸是李刚"、李天一等事件的影子。外婆贺秋的慈善之路构成了对中国慈善问题的重述:"当然她不知道她的钱根本到不了中国孩子的手上,过手的那些人怎么会让钱从自己手里溜走呢"。洪静萍拍摄苍鹭河沿岸搬迁的纪录片,挖出沙场工人鲁国庆与城管执法队的暴力冲突,最后却以"底线价格"从继父洪锦江手中大量收购沿河土地;孔威廉的医疗器械生意直接暴露出政府医疗设备采购中的层层回扣;蒙立远换肾暗藏人体器官交易;祁嘉宝怀孕点到的食品安全;大桥垮塌、"国五条"出台后的假离婚大潮、黄浦江死猪、"中国好歌秀"……一干社会热点都统统被纳入小说叙事。

不难看出,从重返文坛时《牛鬼蛇神》对历史的关照,对生命、自然以及神秘力量的哲思,到之后《纠缠》里财产分割的纷纷扰扰,马原由回顾历史、探究生命走向关注现实,再一次展现了他小说创作的野心,这显然是想搞出一些"大"作品。面对这样的转向,他曾在某次访谈中说道:"谁会期望一个中年和老年的小说家还时时做出先锋姿态呢?我下一部书里一定会有城管打小贩的故事,会有大桥垮塌的故事,会有北京雾霾的故事,会有权力部门好话说尽坏事做绝的故事,会有形形色色当代中国的故事。"然而,这些零碎的"中国故事"是否真的能够成全马原?

的确,《荒唐》所涉及的每个问题都值得深入书写,但在这篇小说中,马原显然把读者当成了傻子。"碰瓷"事件发生后洪开元和父母的交谈空洞无趣,对人物性格和情节发展没有丝毫的作用,纯粹是拙劣的贫嘴;孔威廉和祁嘉宝围绕采购回扣在饭桌上一唱一和,对话生硬教条,满是作者故意而为的大惊小怪;至于网络推手、跑车型号和相机价格等等,则让人看到什么叫假扮时尚……小说充满了不必要的解释说明,读来像听老太太的唠叨。

这里最需注意的是那些社会热点在小说中的组织方式。它们看上去被有序地安插进黄棠一家的生活中,实际上却是十分不动脑筋的罗列。如果把小说人物所涉及的事件进行简单梳理就会发现,每个人都被分配了不同的"任务",各个"任务"之间不发生必然的关联,人物之间也不存在因"任务"而发生的交叉。洪开元的一系列活动是公众熟知的"富二代""官二代"系列事件的对号入座;黄棠合作伙伴的妻子碰巧在卫生局医疗设备协调办公室工作,小说对黄棠生意的叙述也就由此切换到医疗设备采购的回扣问题上。这些都是由人物到事件的单向引导,什么人说什么话,什么人做什么事,统统遵循着一个最简单也最乏味的逻辑。至于洪静萍拍摄的纪录片更是成了一个用来放置零碎片段的箩筐,从拆迁到地方税收,从国有土地转让到当地人面对城管的暴力抗法,小说所提及的大多数事件都可以被随意地拆借过来安放于此，丝毫不产生任何别扭之感：分配给贺秋的苍鹭河大桥垮塌可以完全脱离老评剧演员的慈善活动成为洪静萍纪录片的内容；置于祁嘉宝名下的食品安全问题也可以因为苍鹭河滩的自然生态而转到洪静萍名下。同样道理，洪静萍可以低价拿地，换作祁嘉宝或是洪开元又有什么不妥？马原并没有在人物塑造和情节发展之间建立起可靠的专属关系，一切都是简单而浮皮潦草的拼凑。我们不能说马原在这部新作中对社会热点的关注是没有价值的，毕竟无视历史与现实难有优秀的创作产出。但是，像《荒唐》这样将社会问题进行生硬拼凑，也可能生成内容丰富的垃圾堆。马原不是这一系列社会问题的发现者，所以在《荒唐》里，展示必将大于探索。那么，如何将这些来源于报纸、网络等多种媒体且为公众熟知的社会热点和现实事件进行恰当的重述则成了写作的关键。马原的作为是令人失望的。虽然可以看出他下了不少工夫去搜集材料，几乎在小说里罗列了近几年中国社会最为人关注的一系列重要问题，但是，叙述中的不计成本、求全求大，没能对这些片段进行有效的组织。那些媒体信息的贩卖让我们从阅读开始就能联想到大大超出小说所包含的信息碎片，读到一个人物就能猜到即将发生在他们身上的故事，阅读时反复产生的想法是"哦，这个问题他写到了"或者"某某事件被马原忽略了"，结果让小说读来只见树木不见森林，没法像拎起一串长相结实的葡萄那样去看到一个真正的微缩中国。

这样一个由媒体信息拼凑起来的小说，当它的情节、片段不再会产生任何的新鲜感，当它的叙述手段和情节组织陷入整体的溃败，那么除了作者的态度，我们还能期待什么？

读过全文，再调头来看小说的引子就会显得更有意思：

独立钟铭文：就此宣布所有土地和生活其上的所有居民获得自由。

309 微信：网上大家都在议论要给 PM2.5 取中文名字——

严肃点就叫"公雾源"(公务员);

高端点就叫"京尘"(京城);

霸气点就叫"尘疾思汗"(成吉思汗);

乐观点就叫"尘世美"(陈世美);

娱乐点就叫"尘惯吸"(陈冠希);

……

独立钟的铭文与微信有关PM2.5的各种称谓并置一处,让一个自由与权利的象征消解在讽刺的贫嘴里,这仿佛成了整部小说的缩影:一系列严肃的社会问题在小说中没有得到充分辨析,大量陈旧老套的网络语言和颇显累赘的解辞使书写在无聊中辗转腾挪,读起来更像是草草完成的网络事件与社会新闻的年度总结报告,丝毫看不到作家驾驭文字组织故事的功力。更重要的是,作者的态度在这样一种书写状态下越发的含糊不清。

首先是洪锦江。他在那场被当作"碰瓷"的交通肇事中率先登场,于上班路上撞倒了一个推着自行车的中年女人。事发之后,洪锦江并未上前询问伤者,而是站在旁边冷眼旁观,拨通了手下刘大队长的电话。警察的到来让躺在地下的女人匆忙逃离,于是"碰瓷"似乎是坐实了。考量人物的身份与处境,这个情节也不乏精明之处,中年女人的逃离其实让事件越发模糊,反而能够包含更大的信息量。如果真是碰瓷还则罢了,但中午妇女若确实被洪锦江撞倒,当肇事者的身份被公开,当他与警察大队长的上下级关系摆在面前,女人到底应该坚持申诉还是自认倒霉速速离开?小说其实并没有对事件真相进行一个明确的交代,洪锦江对事件的陈述更是靠不住,这种模棱两可的叙述恰恰把官官相护、公正缺失和社会弱势群体的失语等现实状况集中在一个细节里反映出来。但是我们很快就会发现,马原在小说中努力地把洪锦江打扮成一个"不太坏"的地方官。小说用了洪开元这样一个中学生的政治敏感来反衬洪锦江在官场中的"单纯""木讷"甚至是"厚道",可这个"一辈子不贪赃枉法,不拿一分昧心的钱","想活得干干净净"拥有"真正的尊严"的新区主任,依然会为了飙车闯祸的儿子跟刘大队长进行一些"工作层面"上的沟通,后来更是以下调百分之二十的"底线价格"把一万亩新区土地转让给继女祁嘉宝,为自家生意谋求暴利大开方便之门。这样的书写显然不是为了塑造洪锦江里外两张皮,何况人物性格丰富与否在这篇小说里也没有现实意义。所以,洪锦江的故事在小说中更像不带任何评判的直白展示,或者再恶毒一点说,是马原面对这样一个人物,面对这样一类事件,屁股坐在哪里犹豫不决,脑袋的方向自然也摆不好。作者态度的游离,一个直接的后果就是令小说的指向含糊不清。

肇事案件中对"目击者"刘福贵的处理也很有意思。这个发现车上放着"新区政府"铭牌,咬住洪锦江抽软中华,迅速将事故照片公布于网络,主动要求去公安局录口供的人,却很快揪住刘大队长的迟到大敲其竹杠。刘福贵的出现是小说对当前民众通过网络介入公共事务以及网络反腐等问题的一个回应,从其中反复出现的微博转发、网络炒作以及专业的网络公关公司看,马原充分意识到网络力量在当今社会运转机制中的重大作用。但是,刘福贵的一举一动怎么总能让人联想到《芙蓉镇》里王秋赦一类的角色?透过经由网络开拓的公共话语空间,我们从《荒唐》里看到的怎么总是一张贫农乍富、滚刀肉当权的笑脸?这很难说是马原有意为之,但从中暴露出来的作者态度的模糊和暧昧却是无法回避的事实。

与之类似,小说里洪开元的"手眼通天",沙场工人鲁国庆跟城管执法队的流血冲突,搬迁村民的集体上访和针对老钉子户的阴险手段,种种叙述背后都没有写作者态度的表达。这常常会令人恼火,因为如此对社会新闻缺乏立场、没有评判的文学重述无疑是在浪费着阅读者的时间。在小说结尾,马原看来是想表个态,他借着脑子受损的黄棠又把小说简要地复述了一遍,由黄棠的名字牵强附会地抛出"这个世界究竟怎么了,真真荒唐透顶"的论断。其实有没有这个结论并不重要,反正它在小说的叙事过程中也没能被表达出来,到最后扣上一个大帽子又有什么意思呢?

话已说到这个份上,也就不必继续了。重返文坛的马原可谓雄心勃勃,不想一部《牛鬼蛇神》就将他再次掏空。透过《荒唐》所能看到的只是江郎才尽,一个不坏的写作构想被活生生地糟蹋,汉人马原用圈套套住了自己脚,摔得真不怎么好看。

《琴腔》：藏不住的记忆或年代

"在南城一座灰色的简易楼里生长了十八年的我，于临搬走前的一天，拿出一个傻瓜式胶片相机，将家里每一处细节都拍了下来。然后我对着那三间小屋，认认真真地磕了三个头，我想用这样的方式告诉它们，也告诉自己，我会想念这个家，在它们第二天就被拆掉之后。"常小琥曾在他的散文《家与路》里写下这样的经历。在这个疯了一样飞快翻新的时代，那些走过十八岁的"我"们，常常在某些时候，被自己感动。它很快化作一只破旧的皮球，一个长着青苔的胡同，或是一段不曾去过的模糊的日子，它们的存在，可能只是为了存放那些无法随身携带的情感。梨园、琴师，辉煌已逝，常小琥把它们拿来，成了安置自己故事的匣子。

梨园的故事好写，因为里头的烟火声线脸谱风尘，自然就成了故事。可梨园也有的是沧桑有的是夜半歌声孤魂艳鬼，你让一个刚刚走过"十八岁"还在因着丢失的小岁月唏嘘不已的年轻人怎么写？可常小琥就把它给写了出来——《琴腔》里没有灰土呛鼻的戏服，没有漆面斑驳的花枪，没有出将入相的布帘后腾起的阴气，也没有程蝶衣和段小楼，一个趿拉着懒汉鞋的愣头青式的琴师，却成就了常小琥的梨园中"阳光灿烂的日子"。

秦学忠很独，手里那把自己用凤眼竹和枣木做的破琴，在选琴师的时候发出铿锵的肃杀之音。这不是一个琴师，他是常小琥对于世外高手、流浪侠客和体制外英雄的想象。所以，团里的头把琴徐鹤文就会觉得秦学忠这孩子没大出息。但出息不出息还在于头把琴的交椅，对于秦学忠的手艺，老徐自然看在眼里。于是就有了二人台上台下的心斗。老徐也倔，硬是将一把不趁手的新琴拉得浮夸躁动，"像一匹熬到殊死一搏的困狼"，砸了自己的招牌。事后他托人给秦学忠带话："戏台橼角，你我之命，相猜未相伴，拉琴即拉人"，便是英雄相惜的豁达和悲凉。常小琥在这里其实做着一个少年梦，秦学忠的存在仿佛成了少年英雄情结的寄托。琴师这个行当，以前不曾、现在也不能产生一个时代的英雄，而秦学忠却以他的轴、他的倔、他的孤傲，以及他最后的"惨败"，以一种不可能的方式满足了人们对于当下之外侠客或是英雄的渴望。当然，这种渴望并不是期待他进入现实肩担道义，这也不是一个琴师的分内之事，而是在一个记忆被不断拆除、粉碎的时代里，让繁杂情绪得以安置，种种遐想得以实现，让无趣的生活变得激荡起来的归属感。

老徐走后，团里也就再没人懂得秦学忠。同年进团的岳少坤是个万金油，走的自然也不跟秦学忠一个路数。因着秦学忠的倔，岳少坤才搭上团里的头牌云盛兰，不但娶得美人归，还一路经营做上了副团长。秦学忠自知经不起云盛兰的一团烈火，却不想连新来的小丫头倪燕这碗清水也留不住，直到和岳少坤离了婚的云盛兰再次站在他面前。于是结婚，于是怀孕，于是养子，小说也就由上代人走到了下代人。直到这里，《琴腔》才回到常小琥写作的初衷，那就是怎样面对下 代。在他的设想里，秦学忠和岳少坤之间将呈现出两条"路线"的斗争，秦学忠给儿子起名叫做秦绘，从不当着他的面拉琴，铁了心地让儿子远离梨园行当，而岳少坤则是处心积虑把女儿打造成"京剧小神童"。按理说，这将是秦学忠和岳少坤新一轮的较量，但是藏在常小琥心里的那个时代让事情变成另外一个样子。合同工、聘用制、下海、到南方去，这是与常小琥胶片里的三间小屋绑在一起的事情，也是他的个人经验、他所面对的生活和世界剧烈变化的开始。这代人在懵懂的年岁与一个国家的急剧转折碰撞在一起,什么都是模糊而牢固的,就像常小琥所说的那个半生不熟、半新不旧的状态,它潜移默化生成了一代人的情感结构,伴随它的是搬迁,是分离,是小小的漂泊感,是新物件的巨大吸引力和回过头来一个旧玻璃球带来的忧伤。死气沉沉的安稳被打破之后的希望、焦虑和慌张,都以最具体和最稚嫩的方式投射到这代人心里,并被称为成长的记忆。所以小说里如何面对下一代的问题终将被那个难以弃舍的时代来回答,而不是秦学忠、岳少坤、云盛兰或是常小琥。到南方去,到深圳去,变成秦子恒的秦绘让云盛兰的傲慢、秦学忠的倔强和荣耀以及上一辈的恩怨统统变得无关紧要,只剩老琴师那句"早知道你就只有这个悟性,当年真不该藏那么多心眼,直接让你听我拉琴也无妨"。小说最终变成了讲述时间,找不回也不必找,追不上也不必追,正如老子面对儿子,儿子面对老子。

走不出的西山
——读王可心

西山，西山。"上西南呵，大道通天——"

不知怎么，脑子里就蹦出故乡送殡时狼叫一样的指路声。这和王可心的小说有什么关系？没关系。可它就是这么长时间地在脑子里游来荡去，让人久久不得安宁，沉入一种撕裂的、自虐的、悲壮的、圣洁的或是根本无法说清的刺痛之中。西山真的有那么可怕么？也许没有，但王可心让它变得满是一闪而过的黑影，你以为眼睛花了，揉一揉，却发现它又在别处匆匆离去。

西山之于王可心的小说，就一个人像遭遇了鬼打墙，怎么也走不出，逃不脱。西山到底是什么？这里曾经是法场，身首分家的地方；这里也是吉林市最穷的人和打工者居住的地方，肮脏、拥挤、杂乱，四个季节里有三个它都臭气熏天；这里还是王可心小说生长的地方，她让小说里的人生在西山，长在西山，妄想走出西山，又彻底困死在西山。一个女子何以如此残忍？抑或西山本来就那么残忍？

四十二岁的杨八（《头顶一片天》）根本就是个废人，虽然是个瓦匠，不但原来手艺不行，从脚手架上掉下来还断了胳膊，从此不能打弯，更是什么也干不成。可家里还有两张嘴，等着饭吃。闲逛的杨八在某天恰当地被人挤了一下，迎头撞在电线杆的一则小广告上。有人要买肾,卖他一个便是。饭总是要吃的,家里的老婆孩子也得养活,反正除了身上的器官,杨八什么都没有。兴许卖肾的钱能让他开个肉串店,能让他成为整个西山最富有的人,或者,一个藏在杨八藏在所有西山人心中的秘密,一个王可心想说又没把握说出的秘密——离开西山,再也不回来。其实,陆大壮(《乐园东区 16 栋 303 室》)也是这么想的。陆大壮替人顶罪进了监狱,作为交换,他要一套三室一厅的楼房。这当然不在西山。陆大壮好像成功了。当他提前从监狱里出来,买了新衣,剃了头,又在浴池泡足两个钟点,泡掉了身上的晦气,挺直腰杆走向乐园东区,一个有着防盗门,有着门铃,与西山截然不同的去处。陆大壮被父亲老陆定性为家里的功臣,没有他,陆家可能永远窝在西山;没有他,弟弟陆小壮可能就要打一辈子光棍——毕竟没有哪个姑娘会嫁给西山郎,西山的姑娘也不。看上去,所有试图离开西山的人都要付出代价,或是一个肾,或是六年的光阴,或是其他什么东西。这好似千百年前种在西山的一个诅咒,盘踞于此,阴魂不散。

既然西山如此可怕,或者说王可心让西山变得如此可怕,它就会这么算了?让杨八成了富人?让陆大壮稳坐乐园东区?不可能,西山正在酝酿着报复。杨八以为自己遇上了好心人,卖肾的十五万元给得痛痛快快,以为那个开着悍马沉默寡言又跟他称兄道弟的李大国真的把他当成了自家人。可是当杨八的肾不能在李小会体内正常工作的时候,李大国盯上了杨八的儿子杨乐宝。确切地说,李大国盯上的是杨乐宝那只年轻的,十七岁的肾。杨八再也没法摆脱李大国,他简直无处不在无所不能,他把杨八逼到墙角,他让杨八想到了"黑社会"——一个遥远而陌生,如今却步步紧逼扎向他脑门的词。西山何以拥有了如此阴邪的法力,让一个敞亮的人,一个细致的人,一个西山之外的成功的人,变得贪婪、无耻、暴戾、阴暗?难道只是为了他的姐姐,他的天?天,杨八也有,杨乐宝就是他的天。为了他的天,杨八捅了李大国的天,准备好的电工刀没派上用场,倒是他那条好用的左臂掀起被子,让李小会在里面挣扎了两下就放直了身子。可是,这又有什么用呢?西山就是他的宿命,在西山外的人看来,他杨八的天甚至整个西山的天,都不值钱,它们理应成为一个可以被任意践踏任意侮辱任意买卖交换的配件,或者它根本就不是什么天,只不过是倒映在西山臭水洼里的一片天的影子。杨八到底是毁在了西山,他逃不掉的,因为他动了逃离西山的念想,西山就要狠狠地惩戒这个弱小无力又蠢蠢欲动的叛逃者,就像报复陆大壮一样。陆大壮以为自己真的成了功臣,却发现自己的归来让整个陆家剑拔弩张。至于婆婆和媳妇怎么较上了劲,陆大壮怎么打了媳妇的耳光,家里的吵闹怎么让老陆急性脑出血,这都是家庭伦理剧的老套路,但问题是,一个所谓的功臣,怎么就落得无家可归?陆大壮是王可心笔下罕见的"成功者",至少他在西山外有了一套房,他本该烂在西山的身体在外边有了一个去所,那是他用六年的自由换来的,更是他逃离西山唯一的出路。可西山的报复是爆炸性的,陆大壮几乎被震得粉碎。被逼无奈的弟媳铃铛上演了一出被强暴的大戏,它有力地将陆大壮驱逐出了乐园东区。然而,这显然不够,西山也好,王可心也罢,他们似乎要陆大壮这个西山的叛徒永世不得翻身,或者更严厉些,断子绝孙:"我就干不了那个事","在里边的时候,全骨盆骨折,下边也坏了,听懂没?"

问题似乎在慢慢浮现。原来王可心并不是小说里说一不二的裁决者,西山才是,是西山挟持了王可心。也许这时候,我应该为之前对王可心是否残忍的猜测表达某种歉意,因为那些有关西山的文字暴露了她的无力和软弱,或者,更多是无奈。西山是无处不在的,它几乎成了一个时代,一个国家无法回避的尴尬难题,它被冠以一个冷酷而决绝的名字:"底层"。活在西山的人们在那道无形的围墙背后哭喊、挣扎,相互扶持也相互倾轧,他们在是否走出去与是否能走出去中绝望、漠然也自得其乐。事实如此,你能要求一个弱女子怎样?但是,我依然不能抛弃我在这个问题上的成见,因为王可心的无力让我们成了无耻的消费者,在毫无节制地消费着西山的诅咒——回到西山的杨八是不是可以更加悲伤,尽管他"已经泪流满面";陆大壮是不是能够更惨,惨到连"回家吃饺子"的记忆也找寻不见?——而这一切都是所谓的现实。我们在这类写作面前往往会不自觉地变得贪婪异常。因为苦难,我们会在心中原谅他们走投无路时的暴行;因为苦难,我们会下意识站在他们一边。当我们面对困在西山的男男女女报以无限的同情和怜悯之时,何尝不是充当了西山的帮凶,贪婪地汲取着付出同情后的情感满足。在整个事件中,没有人需要承担责任,也没有人在充当看客的同时还恐惧于自己的脑门上是否写着"凶手"二字。一个有力的作家不应该如此。即便是面对普遍的,长久的,鬼打墙一般的窘迫与绝望,即便是跪倒在西山无休无止流淌的臭水中,他也应该让人看到诅咒中的变数。这不是要什么光明的尾巴,因为光明的尾巴总是包含着某种图谋不轨的说教,这个变数将成为更加绝望更加好斗更加盲目的唐·吉诃德,是一种受了西山的诅咒由人变兽面对活在西山其乐融融的精神侏儒龇出獠牙的可能。

然而,事情变得越来越可疑。人生的窘迫、苦难、无力、耻辱和无视耻辱是否与贫民窟、打工者、一个城市最脏乱差的区域有着天然的、无需证明的关联?毛四和彭艳艳(《西山谣》)在这里背叛了王可心也背叛了西山。一个是租住在西山的打工仔,不舍得把钱花在路上,过年也不敢回家;一个是同样租住在西山的独身女子,让人一看就知道她是"做那种生意的人"。因为"上呼吸道感染",这两个同在西山本不相干的人偶遇在社区诊所,照例是为了省下大医院里必需的挂号费。孤独的人是脆弱的,生了病更是,再加上大年夜。两个孤独的人由此开始攀谈,直到彭艳艳自然地挽起毛四的胳膊,"走吧,到我那里去喝酒"。在彭艳艳租住的小屋里,一切变得温暖而纯净。几个家乡的小菜,两杯家乡的老酒,直到二人伏在桌上晕睡过去。第二天早上,毛四留下了整整齐齐的二百元钱,因为想"正儿八经地给彭艳艳一个价儿",

也为昨晚没包饺子没放鞭炮的愧疚。后来,当毛四和彭艳艳再次相遇,女人把一个纸条塞给男人,"以后再有个头疼脑热的,身边还是有人好,你给我打电话"。如果说王可心在《头顶一片天》《乐园东区 16 栋 303 室》里试图建立起苦难、可悲与西山间无需证明的逻辑关联,让人看到在那样一个肮脏混乱,充满陷阱的地方,杨八陆大壮们如何被生活无情地嘲讽玩弄却无能为力,那么《西山谣》则走向了它的反面,让人意识到在这个可怜人的聚集地,依然闪烁着斑斑温情,倔强地残留着质朴的人性的光辉。

《两小无猜》与西山的恩怨看似没那么深,却也与《西山谣》有着异曲同工之处,甚至,完成得更加机敏。两个要好的同学在考试中"互相帮助",大刚被抓了出来。是谁在协助作弊?郝雷。校方解释说他们核对了大刚周围全部同学的笔迹,而事实的真相让郝雷的母亲感到惊讶:大刚毫不犹豫地出卖了自己的朋友,以换取不被记录在档的可能。这在一个成年人看来是不可饶恕的背叛,"她还是第一次因为儿子有这种刀割一样的疼",在他们的思维里,高考是一个西山孩子离开这个地方唯一的出路,他们害怕这种帮助更害怕这种背叛,因为"发生在高考时那将是灾难性的"。母亲忍了好久,还是决定把真相告诉儿子。小说的结尾,是两个孩子骑着自行车冲下西山,依然搂脖抱腰打闹不止。后来父亲问儿子,如果高考再有人给你传纸条怎么办?儿子回答,我就当看不见,"即便这个人是大刚"。我们是否应该相信这个回答?是否相信一个内心空如白纸的孩子经历百转轮回最终还要进入西山的逻辑?答案只有郝雷知道。从这个意义上说,《西山谣》和《两小无猜》将西山补充完整,我们由此才得以看到西山的真实面目:西山并不可怕,它不过是我们的日常生活。它穷一点富一点,脏一点干净一点,混乱一点有序一点,都不会有什么变化,它今天存在于那里,明天便可能被拆迁的钢爪一扫而光,即便被毫不留情地从城市规划中抹去,它也依然关照着杨八毛四们的生活,如婴孩,如魔鬼。